골동품 상점 2

골동품 상점 2

초판 1쇄 발행 2019년 8월 20일

지은이 찰스 디킨스
옮긴이 김옥수
펴낸이 김소연
디자인총괄 이유빈

펴낸곳 비꽃
등록 2013년 7월 18일 제2013-000013호
주소 서울 강북구 삼양로16길 12-11
이메일 rain__flower@daum.net 전화 02)6080-7287 팩스 070-4118-7287
홈페이지 www.rainflower.co.kr

ISBN 979-11-85393-82-7
979-11-85393-19-3 (세트번호)

이 도서의 국립중앙도서관 출판시도서목록(CIP)은 서지정보유통지원시스템 홈페이지(http://seoji.nl.go.kr)와 국가자료공동목록시스템(http://www.nl.go.kr/kolisnet)에서 이용할 수 있습니다.
(CIP제어번호: CIP2019031204)

값 12,000원

The Old Curiosity Shop

골동품 상점 2

찰스 디킨스 지음 · 김옥수 옮김

비꽃

목 차

38장

여기에서 키트가 누리는 행운을 따라가, 우리가 이런 행운을 누리려면 어떻게 살아야 하는지 살펴보며 잠시 숨을 고르자. 앞선 15개 장에서 이야기가 흘러가는 동안 독자 여러분이 추측한 것처럼, 키트는 노부부와 아벨과 당나귀와 바바라와 가까워지면서 하나같이 친구로 여기고 핀칠리에 있는 집을 자기 집처럼 여겼다.

잠깐…… 이렇게 말하긴 했지만, 키트가 새집에서 풍족하고 편안하게 산다는 말이 예전에 살던 가난한 집을 무시한다는 뜻으로 들린다면 크나큰 오산이며 착각이다. 집에 남은 가족을, 어머니와 두 동생이 전부지만, 키트처럼 마음에 담아두는 사람이 또 어디에 있을까? 진짜 아버지라 해서 초저녁만 되면 바바라에게 어린 제이콥 이야기를 꺼내고, 온 마음을 다해서 갓난아기를 칭찬할 수 있을까? 아들이 그렇게 자랑하는 어머니는 키트 어머니 말고 또 어디에 있으며, 키트가 그렇게 신나서 자랑할 정도로 가난을 편하게 받아들일 가족이 키트 가족 말고 또 어디에 있을까!

여기에 좀 더 머물러 보자, 가족끼리 소중하게 여기며 사랑하는 게 중요하다면, 그건 가난한 가족도 마찬가지라는 사실을 잘 보여주는 사례니 말이다. 부자가 가족을 자랑스럽게 여기는 마음은 땅에서 나오나, 빈자가 초라한 가족을 자랑스럽게 여기는 마음은 하늘이 도장까지 찍어서 내려준 단단한 쇳덩이다. 높은 가문 출신은 물려받은 저택과 토지를 자신의 일부로, 혈통과 권력의 상징으로, 자부심과 재물과 승리를 보장하는 대상으로 사랑하나, 가난한 사람이 초라한 셋방에, 모르는 사람이 예전에 살고 나중에 모르는 사람이 다시 들어올 셋방에 집착하는 마음은 순수한 땅에 훨씬 소중하게 파고든 뿌리다. 집 안 생필품은 금도 은도 보석도 안 박힌 피와 살이며, 그 마음엔 재산이 없어도 애정이 가득해, 누울 바닥과 비바람을 막아줄 벽만 있으면 옷은 누더기고 일은 힘들고 먹을 건 부족해도 하느님이 주신 가정을 사랑하니, 초라한 오두막은 엄숙한 공간이 된다.

아! 나라의 운명을 다스리는 사람들이 이 사실을 명심한다면…… 가난한 사람들이 품위라곤 하나도 없이 지저분한 오두막만 가득한 동네에 살면서 가정을 사랑한다는 건 정말 어려우나, 그 마음에서 모든 미덕이 샘솟는다는 사실을 생각한다면…… 널찍한 대로와 웅장한 건물에서 눈을 돌려, 가난이 돌아다니는 골목길 비참한 거주지를 개선하려고 애쓴다면…… 죄악과 범죄와 끔찍한 질병이 가득한 곳에 드높이 자랑스럽게 일어나는 교회 첨탑보다 수없이 늘어선 오두막 나지막한 천장이 하늘에 진심으로 다가간다는 사실을 깨닫는다면 얼마나 좋을까! 이런 주장은 구빈원과 병원과 감옥에서 오래전부터 공허하게 매일매일 일어난다. 이건 가벼운 문제도, 노동자들이 외치는 소리도, 수요일 밤마다[1] 형식적으로 지껄이는 건강과 행복처럼 단순한 문제도 아니다. 가정을 사랑하는 마음에서 나라를 사랑하는 마음이 나오니, 나라가 흔들릴 때 누가 진정한 애국자로 나서겠는가? 숲과 개울과 땅과 거기에서 나오는 모든 걸 소유하고 토지를 받들어 모시는 사람들이겠는가? 드넓은 국토 어디에도 땅 한 줌 없는 걸 떳떳하게 여기며 나라를 사랑하는 사람들이겠는가!

키트는 이런 문제를 모르지만 옛집이 가난하고 새집은 정반대라는 건 안다. 그런데도 가득한 애정으로 감사하며 만족스러운 마음으로 옛집을 끊임없이 돌아보고, 어머니에게 편지를 써서 1실링이든 18펜스든 그보다 적은 돈이든, 아벨이 은혜를 베푼 덕분에 조금씩 모은 돈을 소중하게 동봉해서 보냈다. 근처를 지날 때 시간 내서 들르면 어머니는 더없이 기쁘고 자랑스러워하며, 어린 제이콥과 갓난아기는 좋아서 소리치고 진심으로 반기다 아벨 저택 이야기를 감탄하는 귀로 들으니, 눈빛마다 황홀함과 놀라움이 그렇게 가득할 수 없었다.

키트가 노부인과 노신사, 아벨, 바버라를 지극히 좋아하는 건 사실이지만 이 집 식구 누구도 고집스러운 당나귀만큼 키트를 편파적으로 좋아할 순 없으니, 세상에서 누구보다 고집이 세고 완고해도 키트만 다가오면 누구보다 온순하고 상냥하게 변했다. 당나귀는 (어떤 위험을 감수하고라도 키트를 한 집에 붙잡아 두기로 각오한 듯) 키트 말을 잘 듣는 만큼 다른 누구 말도 안 듣지만, 그렇게 좋아하는 키트가 고삐를 잡아도 가끔은 변덕을 부리며 날뛰어서 노부인 신경을 곤두서게 했다. 그럴 때마다 키트는 재미로 그러는 것뿐이라고, 주인에게 애정을 드러내는 방식이라고 설명해서 노부인은 점차 설득당하다 결국에는 확신까지 하게 되었으니, 한번은 당나귀가 심하게 날뛰어서 마차까지 뒤집혀도 좋은 의도로 그런 거라며 기꺼운 마음으로 받아들였다.

---

1) 하원에서 수요일 밤마다 고해하던 걸 말한다.

키트는 마구간 일을 짧은 시간에 훌륭하고 완벽하게 파악하더니, 웬만한 정원사 일은 물론 집안일까지 능숙하게 거들고 아벨 시종 역할까지 멋들어지게 해내, 아벨은 정말 믿음직하다며 매일 칭찬하고, 공증인 위써던 역시 다정한 눈으로 바라보고, 척스터까지 고개를 살짝 끄덕이거나 '한 번 쳐다보기'라는 형태로 독특하게 인정하는 영광을 베풀거나 아랫사람을 기분 좋게 대하는 식으로 아는 척했다.

하루는 아침에 키트가 아벨을 태워서 공증 사무실 앞에 내려주고 근처에 있는 임대 마구간으로 마차를 몰려는데, 바로 그 척스터가 사무실 문에서 나와, 당나귀 가슴에 두려움을 심어주고 열등한 동물보다 인간이 우수하다는 걸 강조할 요량으로 "워-워-워!" 하는 소리를 한참 뱉어내더니, 키트를 바라보며 소리쳤다.

"마차를 세워, 꼬맹아. 안으로 들어오래."

"아벨 나리께서 무얼 잊으셨나요?"

키트가 물으며 마부석에서 내리자, 척스터가 대답했다.

"나한테 묻지 말고, 꼬맹아, 직접 들어가면 알아. 워-워-워, 알겠어? 이 당나귀가 내 것이라면 뼈다귀를 분질러버릴 텐데."

"부탁이니, 다정하게 대해주세요, 안 그러면 문제를 일으킬 테니까요. 귀를 잡아당기지 마세요. 저 애가 싫어해요."

이렇게 충고하는 말에 척스터는 아무 대답도 없이 거만하고 쌀쌀맞은 어투로 "꼬맹이"라고 부르면서 쓸데없는 참견 말고 어서 들어가기나 하라고 다그쳤다. '꼬맹이'가 그 말에 따르자, 척스터는 두 손을 주머니에 찌른 채 그곳에서 우연히 빈둥거릴 뿐 당나귀에겐 관심이 없는 척하려고 애썼다.

키트가 (서류 더미와 양철 상자에 대한 존경심을 여전히 안 잃은 터라) 신발 밑창을 조심스럽게 닦고 사무실 문을 똑똑 두드리자, 공증인이 직접 열며 말했다.

"아! 들어오게, 키트."

"저 아인가요?"

안에서 신사가 묻는데, 나이는 듬직하지만 체구가 단단하고 무뚝뚝했다.

"네, 저 아입니다. 바로 이 사무실 앞에서 우리 고객 갈랜드 선생님과 만났답니다. 좋은 아이 같으니 선생께선 저 아이를 믿어도 괜찮을 겁니다. 아벨 갈랜드를 소개하겠습니다, 선생…… 저 아이 주인이자 내 밑에서 일하는 도제로, 매우 특별한 친구랍니다, 매우 특별한 친구요, 선생."

공증인이 다시 말하면서 비단 손수건을 꺼내 얼굴에 화려하게 갖다 댔다.

"반갑습니다, 선생."

낯선 신사가 인사하자, 아벨이 조심스럽게 대답했다.

"네, 반갑습니다, 선생님. 키트한테 물을 게 있으시다고요, 선생님?"

"네, 그렇소. 그래도 괜찮겠습니까?"

"당연하지요."

아벨이 대답하고 공증인과 물러나려 하자, 낯선 신사가 말했다.

"제가 물어볼 건 비밀이 아닙니다, 아니, 여기에선 비밀로 할 필요가 없다는 말이 정확하겠군요. 저 아이가 일하던 골동품 상점 주인에 관한 내용으로, 저는 그분한테 관심이 많답니다. 이 나라를 오랫동안 비운 터라 행여나 제가 예법이나 형식이 부족하다면 두 분 모두 기꺼운 마음으로 용서하시기 바랍니다."

"말도 안 됩니다, 선생…… 그런 거 조금도 없습니다."

공증인이 대답하고 아벨도 똑같이 대답하자, 낯선 신사가 말했다.

"저 아이 주인 노인이 살던 주변을 샅샅이 살피다, 저 아이가 그분 밑에서 일했다는 말을 들었습니다. 그래서 저 아이 어머니가 사는 집을 찾아가, 여기에 오면 저 아이를 찾을 수 있다는 말을 들었습니다. 그게 오늘 아침에 찾아온 이유입니다."

"이유야 어떻든 찾아오는 영광을 베푸셔서 기쁩니다, 선생."

공증인이 말하자, 낯선 신사가 반박했다.

"선생께선 아무것도 아닌 사람처럼 말씀하시는데, 제 눈에는 대단한 분으로 보이십니다. 그러니 저한테 무의미한 찬사를 하시느라 진짜 성격을 억누르실 필요는 없습니다."

"에헴! 말씀이 참 솔직하시군요, 선생."

공증인 말에 낯선 신사가 대답했다.

"거래도 솔직하게 한답니다. 이 나라를 오랫동안 비우고 경험이 부족해서 내린 결론이겠지만, 이 나라에 솔직하게 말하는 사람이 적다면 솔직하게 거래하는 사람은 훨씬 적을 겁니다. 이 말이 기분 나쁘게 들리신다면 제가 거래를 통해서 보상할 수 있길 바랄 뿐입니다."

위써던은 나이 듬직한 신사가 대화를 풀어가는 방식에 약간 당황한 것 같고, 키트는 저 신사가 공증인에게 저렇게 거침없이 말한다면 자신에겐 어떻게 말할까 걱정스러워서 입을 쩍 벌린 채 쳐다보았다. 하지만 낯선 신사가 키트를 바라보며 말하는 어투에는 급한 성미로 서두는 느낌이 또렷해도 거친 느낌은 없었다.

"얘야, 내가 물어보는 말에 두 사람을 찾아서 도우려는 것 말고 다른 의도가 있는 거로 여긴다면, 그건 나를 오해하는 거야. 제발 간청하니, 오해하지 말고 내 말을 믿으렴."

낯선 신사가 공증인과 도제를 다시 바라보며 덧붙였다.

"사실, 저는 예상치도 못한 고통스러운 상황에 부닥쳤답니다. 런던으로 들어올 때만 해도 좋은 마음만 품고 아무런 어려움 없이 좋은 뜻을 이룰 거라 예상했습니다. 그런데 그럴 수 없다는 사실을 깨달은 겁니다. 이해할 수 없는 일이 일어나서요. 저는 그 내용을 파악하려고 애썼지만, 그럴수록 애매하고 어두운 수렁에 빠져들기만 했습니다. 그런데도 공개적으로 들추고 다닐 순 없었습니다. 제가 애타게 찾는 사람들이 저한테서 더 멀리 달아나면 안 되니까요. 내가 장담하는데, 얘야, 네가 나를 도운다 해서 나중에 후회하는 일은 절대 없을 거야, 지금 내가 절박한 심정이라는 걸, 나한테서 무거운 짐을 덜어줄 사람은 너밖에 없다는 걸 안다면."

너무나 절박하고 소박한 말에 마음 착한 공증인은 크게 감동하고 낯선 신사가 뜻을 이루도록 행여나 도울 게 있으면 최선을 다해서 돕겠다고 대답했다.

낯선 신사는 키트에게 주인 노인과 여자애가 외롭게 살던 모습, 남의 눈에 안 띄던 습관, 철저한 은둔생활 등을 자세히 물었다. 노인이 밤마다 집을 비우고, 그럴 때마다 여자애 혼자 외롭게 지키고, 노인이 아프다 났고, 퀼프가 건물을 압류하고, 두 사람이 갑자기 사라진 내용 역시 자세히 묻고 자세히 들었다. 키트는 그 건물을 세놓았으니 관심이 있다면 법조인 거리 샘슨 브라스 변호사랑 상의해야 한다고, 그곳에 가면 더 많은 내용을 알 수 있다고 알려주었다.

그러자 낯선 신사가 머리를 절레절레 저으며 대답했다.

"그럴 필요 없어, 지금 거기에서 사니까."

"브라스 변호사네 집에서 산다고요!"

위써던이 깜짝 놀라며 소리쳤다. 직업적으로 아는 사람인 게 분명했다.

"네, 하숙 친다는 글을 보고 그 집에 들어갔습니다, 내가 어디에 살든 문제 될 건 없습니다. 그 집에 살면 다른 데서 얻을 수 없는 정보를 얻을 수 있기만 간절히 바랄 뿐입니다. 네, 저는 브라스 변호사네 건물에서 삽니다…… 정말 부끄러운 짓이에요, 그죠?"

공증인이 어깨를 으쓱하며 대답했다.

"어떻게 보느냐에 따라 다르겠지요. 그 사람은 성격이 꽤 의심스럽다고 알려졌거든요."

"의심스러워요? 의심스러운 점이 있다는 말을 들어서 기쁘군요. 저 역시 그런 평판이 오래전부터 돌아다닐 거라 생각했답니다. 그렇다면 선생과 저, 단둘이서 말할 수 있을까요?"

위써던이 동의하고, 두 사람은 공증인 전용 사무실로 들어가서 단둘이 15분 정도 대화하다 바깥 사무실로 나왔다. 낯선 신사가 위써던 사무실에 모자를 그대로 두고 나온 걸 보면 짧은 시간에 꽤 우호적인 발판을 쌓은 것 같았다. 신사는 키트 손에 1크라운을 쥐여주며 말했다.

"더 붙잡지 않겠어. 나중에 다시 만나자꾸나. 이번 일은 노신사 부부 말고 누구한테도 말하지 말도록."

"어머니도 알면, 선생님, 좋아하실 텐데……"

키트가 말끝을 흐리자, 낯선 신사가 물었다.

"무얼 알면 좋아하신다고?"

"넬리에 관한 내용이라면…… 해로운 게 아니라면…… 무어든요."

"그래? 으음, 어머니가 비밀을 지킬 수 있다면 말해도 좋아. 하지만 다른 누구한테도 말하면 안 된다는 걸 잊지 말렴. 꼭 명심해. 정말 조심하도록."

"알겠습니다, 선생님. 고맙습니다, 선생님. 안녕히 계세요."

누구에게도 말하지 않도록 다시 한번 다짐하려고 낯선 신사가 키트를 따라 밖으로 나오는데, 우연히도, 정말 우연히도, 바로 그 순간에 스위블러가 고개를 돌리다 신비로운 신사와 키트가 함께 있는 모습을 보았다.

정말 대단한 우연인데, 그 사정은 다음과 같다. 척스터는 취향이 세련되고 영혼이 맑은 신사답게 '화려한 미남자들' 회원이고 스위블러는 영구 회장인지라, 브라스 심부름을 가다 '화려한 미남자 형제' 가운데 한 명이 당나귀 지켜보는 걸 발견하고 영구 회장으로서 인사라도 나누려고 길을 건너, 바로 그 건물 앞에서 서로를 격려하며 칭찬한 것이다. 그래서 날씨가 어떻게 변할지 등, 일반적인 얘기로 나아가다 고개를 치켜들어, 법조인 거리에 사는 독신 남성이 키트와 심각하게 얘기하는 모습을 본 것이다.

"맙소사! 저 사람은 누구지?"

스위블러가 묻자, 척스터가 대답했다.

"오늘 아침에 우리 사령관을 만나러 왔다는 것 말고는 몰라."

"그래도 이름은 알지 않겠어?"

스위블러가 묻는 말에 척스터는 '화려한 미남자'에 걸맞게 도도한 어투로, 그걸 안다면 "영원한 축복을" 받을 거라고 대답했다. 그리곤 손가락 사이로 머리칼을 쓸어넘기며 다시 말했다.

"사랑하는 친구여, 내가 아는 건 저 꼬마 때문에 여기에 20분이나 서 있다는 사실, 그래서 누구보다 증오하고 혐오하며 시간만 된다면 저 꼬마를 쫓아가서 감옥에 영원히 가두고 싶다는 사실이라네."

두 사람이 이렇게 대화하는 사이에 그 주인공은 (스위블러를 못 알아본 듯) 안으로 들어가고, 키트는 계단을 내려오고 옆으로 다가와서 스위블러가 다시 물었지만 특별한 대답을 들을 순 없었다.

"저분은 훌륭한 신사분입니다, 나리, 제가 아는 건 그게 전붑니다."

키트가 대답하자, 척스터는 크게 화나서 특정 대상을 언급도 안 한 채, 속물들 머리를 부수고 그 코를 잘라내야 한다고 중얼거렸다. 이렇게 터트리는 분노에 스위블러는 공감을 안 한 채 잠시 생각하다 키트에게 어느 쪽으로 가느냐 묻고 대답을 듣더니, 자신도 그쪽으로 간다며 마차에 태워달라고 부탁했다. 키트는 그럴 영광을 기쁘게 거절하려는데 스위블러가 옆자리로 대뜸 올라타, 강제로 밀어내는 것 말고는 다른 방법이 없어서 마차를 재빨리 모니, 너무 빨라서 척스터와 영구 회장은 작별할 틈도 없고, 척스터는 들고 있던 옥수수를 당나귀에게 갑자기 빼앗기는 봉변을 당했다.

당나귀는 오랫동안 서 있던 게 지겹기도 하고 스위블러가 휘파람을 날카롭게 불며 신나게 내지르는 소리에 자극도 받아, 시끄럽게 덜거덕대며 급하게 나아가다 스위블러가 나무라는 말에 화나서 가로등이나 짐마차로 툭하면 다가가고, 인도를 뛰어넘거나 벽돌담에 마차를 비벼대려는 욕구까지 강하게 드러내는 바람에 두 사람이 대화할 여유는 거의 없었다. 마구간에 도착해, 마차를 조그만 입구로 넣고 당나귀도 평소에 넣던 마방으로 들어간 다음에 비로소 스위블러는 여유를 찾고서 말했다.

"일이 정말 힘들군. 맥주 한잔 들이켜는 거 어때?"

키트는 처음에 거절하다 곧바로 받아들이고, 두 사람은 근처 술집으로 자리를 옮겼다. 그러자 스위블러가 거품이 가득한 잔을 치켜들며 말했다.

"이름이 궁금한 우리 친구를 위해 건배하자고. 오늘 아침에 자네한테 말하던 신사 말이야. 나도 그 사람을 알거든. 사람은 좋지만 괴팍해, 많이. 자, 이름이 궁금한 신사를 위해 건배!"

키트가 술잔을 들이키자, 스위블러가 다시 말했다.

"그 사람은 우리 집에 살아, 내가 일종의…… 업무 집행 대행인이거든. 속마음을 빼내는 게 쉽지 않은 친구지만 우리는 그 사람을 좋아해. 그 사람을 좋아한다고."

"이제 가봐야 해요, 나리."

키트가 일어서자, 스위블러가 대답했다.

"서둘지 마, 키트. 자네 어머니를 위해 건배해야지."

"고맙습니다, 나리."

"자네 어머니는 훌륭한 여성이야, 키트. 내가 쓰러지면 누가 달려와서 잡아주고 껴안고 위로하겠어? 우리 어머니. 아름다운 여인. 그 신사는 자유분방한 사람이야. 우리가 그 신사한테 너희 어머니를 위해 무언가 하도록 만들어야 해. 그 신사가 너희 어머니를 아니, 키트?"

키트는 머리를 저으며 슬며시 바라보다 고맙다고 말하더니 상대가 더 말하기 전에 얼른 도망치고, 스위블러는 깊은 생각에 잠기며 중얼거렸다.

"으으흠! 묘해. 브라스네 건물에선 이상한 일만 일어나. 하지만 속마음을 드러내지 말고 가만히 있어야 해. 아직은 누구도 못 믿거든. 하지만 이제 슬슬 알아봐야겠어. 묘해…… 정말 묘해!"

스위블러는 엄청 지혜로운 얼굴로 곰곰이 생각하다 술잔을 더 들이켜고 옆에서 지켜보던 꼬마를 부르더니, 잔에 남은 몇 방울을 자갈 바닥에 붓고 꼬마에게 빈 잔을 주방으로 갖다 주라 하곤, 정신 바싹 차리고 절제하며 사는 게 무엇보다 중요하다고, 취할 정도로 술을 마시면 절대 안 된다고 충고했다. 꼬마가 수고한 보답으로 이렇게 도덕적인 충고를 하고 (이런 충고가 동전 한 닢보다 좋다고 지혜롭게 판단하며) '화려한 미남자들' 영구 회장은 두 손을 주머니에 찌르고 여전히 깊은 생각에 잠긴 채 어슬렁어슬렁 떠나갔다.

39장

키트는 초저녁까지 아벨을 기다리는 사이에, 미리 좋아하지 말자, 다음 날 기쁨을 온전히 누리자고 다짐하며 식구들을 안 떠올리려 애썼다. 다음 날은 사상 최대로 멋진 날, 오랫동안 기대하던 1분기가 끝나는 날, 6파운드 연봉의 1/4인 30실링이란 엄청난 돈을 처음 받는 날, 반휴일을 받아서 신나게 놀며 어린 제이콥에게 굴 먹는 법도 알려주고 공연도 보여주는 날이기 때문이다.

모든 상황이 유리하게 돌아갔다. 노신사 부부는 엄청난 액수에서 복장 비용을 안 빼겠다, 거대한 돈을 조금도 안 깨뜨린 채 주겠다 미리 알려주고, 낯선 신사는 5실링까지 보탰으니, 이는 하느님이 주신 완벽한 선물이며 행운 그 자체로, 꿈속에라도 상상조차 못 하던 일이었다. 바버라 역시 똑같은 날에 한 분기가 끝나고, 그래서 키트와 마찬가지로 반휴일을 받아, 바버라 어머니까지 합류해서 키트 어머니와 차를 마시며 친분을 쌓을 예정이었다.

다음 날 이른 새벽에 키트는 창문을 내다보며 구름이 어느 쪽으로 흐르는지 살피고, 바버라 역시 옥양목 천 조각에 풀을 먹이고 다림질하고 주름 장식을 넣고 바느질로 꿰매서 다음 날 입을 멋진 옷을 만드느라 간밤을 꼬박 지새우지 않았다면 똑같이 하늘을 살필 터였다. 하지만 두 사람 모두 일찍 일어나서 나중에 충분히 먹으려고 아침을 적게 먹고, 바버라 어머니가 날씨가 좋다면서 (그러나 바버라 어머니 같은 사람은 휴일에 흔히 그러듯 커다란 양산을 들고) 들어올 때 한껏 기뻐하고, 종소리를 듣고 2층으로 올라가서 금화와 은화를 황홀하게 받은 것까지 똑같았다.

아아, 노신사는 "키트, 자, 임금을 받아라, 그동안 열심히 일했다"라고, 노부인은 "바버라, 임금을 받아라, 네가 있어서 참 기쁘구나"라고 말하는 모습이 얼마나 다정하던가! 그래서 키트는 수령증에 얼마나 대담하게 서명하고, 바버라는 얼마나 떨리는 손으로 서명했던가! 노부인이 바버라 어머니 유리잔에 포도주를 가득 따르는 모습은 또 얼마나 아름답던가! 바버라 어머니가 "훌륭한 숙녀신 마님과 훌륭한 신사신 나리를 위해서, 그리고 내 사랑 바버라와 키트 자네한테도 은총이 가득하길 빌면서"라며 포도주가 가득한 듯 오랫동안 마실 때는 장갑을 끼고선 모습이 얼마나 우아하던가! 세 사람 모두 마차에 올라타서 이런 과정을 돌아보며 마음껏 웃고 떠들다, 휴일이 없는 사람을 얼마나 불쌍히 여겼던가!

아아! 키트 어머니가 좋은 가문에서 태어나 평생을 정숙하게 살아왔다는 사실을 부정할 사람이 어디에 있겠는가! 그런 키트 어머니는 도자기 상점 한가운데를 따사롭게 장식했음 직한 찻잔 세트를 꺼내서 손님맞을 준비를 마치고, 어린 제이콥과 아기는 완벽하게 차려입으니, 낡디낡은 옷이란 건 하늘이 알지만 새 옷처럼 훌륭하지 않던가! 사람들이 자리에 앉고 5분이 지나자 키트 어머니는 바버라 어머니가 자신이 상상하던 숙녀 모습 그대로라 칭찬하고, 바버라 어머니는 키트 어머니 역시 자신이 상상하던 모습 그대로라 칭찬하고, 키트 어머니는 바버라 어머니에게 바버라를 칭찬하고, 바버라 어머니는 키트 어머니에게 키트를 칭찬하고, 바버라는 어린 제이콥에게 흠뻑 빠지니, 어린애가 흔히 그러듯, 어린 제이콥 역시 자신을 소중하게 여기며 다정한 친구가 되려고 애쓰는 모습을 보고서 어깨를 으쓱하지 않겠는가!

"그러고 보니 우리 둘 다 남편을 일찍 여위었네요! 서로 친하게 지낼 운명인가 봐요."

바버라 어머니가 말하자, 키트 어머니도 대답했다.

"맞아요. 일찍 못 만난 게 아쉬워요."

"하지만 아들과 딸 덕분에 이렇게 만난 것도 즐거우니 충분히 보상받은 셈이지요, 안 그런가요?"

바버라 어머니가 말하자, 키트 어머니는 충분히 공감하고 결과에서 원인으로 거슬러 올라, 먼저 떠난 남편들 얘기로 자연스레 넘어가고, 살았을 때 모습과 죽었을 때 모습과 장례식 모습까지 얘기하다, 바버라 아버지는 나이가 키트 아버지보다 딱 4년 10개월 많고, 한 사람은 수요일에 또 한 사람은 목요일에 사망하고, 두 사람 모두 체구가 좋고 놀라울 정도로 잘 생겼다는 사실 등, 여러 부분에서 신기할 정도로 비슷하다는 사실을 깨달았다.

그렇지만 이런 얘기는 유쾌한 휴일 분위기에 그림자를 드리우는 것 같아서 키트가 화제를 돌리자 사람들은 기운을 금방 되찾아서 유쾌하게 지냈다. 키트는 예전에 일하던 곳과 (바버라에게 이미 천 번은 말한) 엄청나게 예쁜 넬리 아씨 얘기도 하는데, 사람들은 마지막 말에 관심을 안 보이고, 키트 어머니는 (바버라를 힐끗 쳐다보며) 넬리가 예쁜 건 사실이지만 어려서 그런 거라고 넬리처럼 예쁜 여자애는 많다는 말까지 하고, 바버라는 자신도 그렇게 생각한다고 키트가 착각했다는 의심을 지울 수 없다고 조심스럽게 말하니, 키트는 바버라가 그렇게 말한 이유를 이해할 수 없어서 적잖게 당황했다. 바버라 어머니 역시 여자애는 열네 살에서 열다섯 살에 많이 변한다고, 처음에는 예쁜 여자애가 나이 들면 못생긴 얼굴로 변하는 법이라면서 여러 사례를 강력하게 제시하다, 전망 좋은 건축일을 하는 젊은이가 관심을 많이 보였는데 바버라가 대답을 또렷하게 안 했다고, (결국엔 오히려 잘됐지만) 자신은 안타까운 생각마저 들었다고 말했다. 키트는 자신도 그렇게 생각한다고 솔직하게 말하더니, 바버라가 갑자기 입을 다물고 어머니가 그렇게 말하면 안 된다는 표정으로 쳐다보는 이유를 궁금하게 여겼다.

공연만 생각할 시간이 왔다. 숄과 보닛 모자를 준비하는 건 물론 손수건 하나에 오렌지를 가득 담아서 묶고 또 다른 손수건에 사과를 가득 담아서 묶어야 하는데, 모서리마다 과일이 밀려 나와서 시간을 잡아먹었다. 그래도 준비는 결국 끝나고 모두 길을 나섰다. 키트 어머니는 잠에서 완전히 깬 아기를 안고, 키트는 어린 제이콥을 한 손에 잡고 다른 손으로 바버라를 에스코트하니, 두 어머니가 뒤에서 따라오다 멋진 가족처럼 보인다 하고, 바버라는 얼굴을 붉히며 "그러지 마세요, 어머니!"라 말하고, 키트는 두 분이 뭐라 하시든 신경 쓰지 말라고 말했다. 키트 마음속엔 연애할 생각이 한 톨도 없으니 그 말도 틀린 말은 아니었다. 아, 불쌍한 바버라!

마침내 일행이 웨슬리 극장[2)]에 도착해서 아직 열지도 않은 문 앞에 서자, 2분도 안 돼서 어린 제이콥은 인파에 납작하게 눌리고, 아기는 다양한 충격에 시달리고, 바버라 어머니 양산은 몇 m 너머로 도망치다 사람들 어깨를 타며 돌아오고, 어떤 사내는 어머니에게 "스크루지처럼 군다"고 쓸데없이 말하고, 키트는 사과 보따리로 그 머리를 냅다 후려쳐서 한차례 소동이 일었다. 하지만 손마다 입장권을 움켜쥐고 매표소를 간신히 빠져나와 극장에 무사히 들어서고 자리에 앉으니, 일부러 고르려 해도 그렇게 좋은 자리는 고를 수 없을 것 같아, 지금까지 겪은 고통 하나하나가 공연만큼이나 재밌게 느껴졌다.

아, 아, 웨슬리 극장은 다양한 색상, 금박, 거울로 치장한 모습이 얼마나 화려하던가! 어렴풋한 말 냄새는 놀라운 쇼를 예고하고, 커튼 뒤에는 미스터리가 찬란하게 깃들고, 곡마장 바닥엔 하얀 톱밥을 깨끗하게 깔고, 극장 단원들이 들어와서 자리를 잡고, 바이올린 연주자들이 그들을

---

2) 근대 극장의 창시자 필립 웨슬리가 천막으로 세운 영국 최초의 노천원형 극장.

대충 바라보며 음을 조율하는 모습은 쇼를 지겹도록 본 터라 다시 시작하지 않길 바라는 것 같았다! 불빛이 기다랗고 또렷하고 화려하게 줄지어 천천히 다가오며 모든 사람을 비추는 모습은 또 얼마나 대단하며, 조그만 종을 울리고 드럼 여러 개를 힘차게 때리고 트라이앵글 여러 개를 달콤하게 때리는 소리가 진지하게 울려 퍼질 때는 모두가 얼마나 흥분하던가! 바버라 어머니가 키트 어머니에게 꼭대기 자리[3]라서 전망이 좋다고, 칸막이 좌석[4]처럼 안 비싼 게 이상하다고 말하는 것도 당연하고, 바버라가 더없이 즐거운 나머지 웃어야 할지 울어야 할지 몰라서 애매하게 행동한 것도 당연했다.

공연 자체는 또 어땠던가! 말이 여러 마리 나올 때마다 어린 제이콥은 처음부터 진짜라 확신하고, 신사 숙녀가 생전 듣도 보도 못한 모습으로 나오는 건 진짜가 아닌 것 같고, 총소리에 바버라가 움찔하더니 여성이 버림받는 모습에 눈물까지 흘리고, 폭군은 바버라를 덜덜 떨게 하고, 남자가 하녀와 노래하고 합창단이 춤출 때는 바버라도 웃음 짓고, 당나귀는 살인자를 보고 뒷다리로 일어날 뿐 살인자를 잡을 때까지 네 다리로 달리란 말을 안 듣고, 광대는 군화 차림 군인과 친한 척하는 위험을 감수하고, 숙녀는 리본 24개 너머로 훌쩍 뛰어올라 말 등에 무사히 내려앉으니, 모든 게 흥겹고 훌륭하고 놀라웠다! 어린 제이콥은 손바닥이 아프도록 손뼉 치고, 키트는 막이 끝날 때마다 "앙코르!"를 외치고, 바버라 어머니는 황홀경에 빠져서 바닥을 마구 내려치느라 양산이 내려앉았다.

황홀한 가운데도 바버라는 간식을 먹을 때 키트가 한 말을 여전히 생각한 듯, 공연이 끝나서 나올 때 넬리 아씨도 리본 너머로 뛰어오른

---

3) 가격이 제일 싼 자리.
4) 가격이 제일 비싼 자리.

LANDELLS
HKB

여인만큼 아름다우냐고 물으며 어설프게 웃었다.

"그 여자만큼 아름답냐고? 두 배는 아름다워."

키트가 대답하자, 바버라가 말했다.

"아, 키트! 세상에 그 여자만큼 아름다운 여자는 없어."

"말도 안 돼! 잘 생겼다는 건 부인하지 않아. 하지만 화려하게 차려입고 잔뜩 화장해서 그렇게 보이는 거야. 실제로는 네가 그 여자보다 훨씬 예쁘다고, 바버라."

"아, 키트!"

바버라는 고개를 숙이고, 키트는 다시 말했다.

"정말이야…… 너희 어머니도 그러시고."

가여운 바버라!

그래도 놀라운 잔치는 이어져서 키트는 평생 들락거린 것처럼 굴 가게로 대담하게 들어가, 계산대나 그 너머에 있는 사람에게 눈길조차 안 주고 일행을 칸막이 좌석으로 - 빨간 커튼으로 사방을 가려서 아늑하고 식탁보는 하얗고 양념 통까지 완벽한 좌석으로 - 인도하더니, 표정은 모질고 구레나룻은 기다란 신사가 키트에게 "손님"이라 부르며 시중들 때, 제일 커다란 굴 서른 개를 가져오라고, 빨리 서둘라고 지시했다! 그렇다, 키트는 빨리 서둘라 지시하고, 신사는 빨리 서둘겠다 대답하는 건 물론이고 실제로 서둘러서 막 구운 빵과 신선한 버터와 생전 처음 볼 정도로 커다란 굴을 재빨리 가져왔다. 그러자 키트는 신사에게 "맥주 한 단지"라 말하고 - 딱 이것만 말하고 - 신사는 "손님, 나한테 정말 그런 식으로 말했습니까?"라고 따지는 대신, "맥주 한 단지요, 손님? 네, 손님"이라 대답하고 냉큼 가서 마개 달린 유리병을 스탠드에 - 시각 장애인을 돌보는 강아지가 거리에서 입에 물고 동전을 구걸하는 것처럼 생긴 스탠드에 - 걸어서 가져와 식탁에 올려놓고, 키트 어머니와 바버라 어머니는 신사가 떠나는 모습을 보고서 저렇게 날씬하고 우아한 젊은이는 처음 본다며 칭찬했다.

이윽고 저녁을 본격적으로 먹는데 바바라는, 멍청한 바바라는, 두 개 이상 못 먹겠다 선언해서 도저히 못 믿을 만큼 압박에 시달리다 네 개까지 간신히 먹지만, 바바라 어머니와 키트 어머니가 기꺼이 거들어 그 몫까지 먹고 웃으며 마음껏 즐기니, 키트는 그 모습이 보기 좋아서 똑같이 먹고 웃으며 떠들었다. 그날 밤에 가장 놀라운 인물은 어린 제이콥으로, 적성에 딱 맞는다는 듯, 굴에 후추와 식초를 나이에 안 어울릴 만큼 신중하게 뿌려서 맛있게 먹어 얼마 뒤에는 식탁에 굴 껍데기가 산처럼 쌓였다. 갓난아기 역시 한 번도 안 졸고 얌전하게 앉아서 초롱초롱한 눈으로 커다란 오렌지를 입안에 쑤셔 넣으려 애쓰며 샹들리에 불빛을 열심히 바라보니, 어머니 무릎에 앉아서 눈 한 번 안 껌벅이고 가스불을 바라보는 얼굴에 굴 껍데기 조각이 살짝 묻은 모습은 아무리 냉정한 사람이라도 사랑스러운 마음이 절로 솟구치지 않을 수 없었다! 한마디로 더없이 멋진 저녁이었다. 게다가 키트가 뜨거운 음료를 주문해서 한 잔씩 돌린 다음에 주인어른 부부를 위해 건배를 제안하니, 여섯 명만큼 행복한 일행은 세상 어디에도 없었다.

하지만 모든 행복은 마침내 끝나고 - 그래야 다음에 또다시 기쁨을 누릴 수 있으니 - 시간도 많이 늦은 터라, 일행은 집으로 돌아갈 시간이 되었다고 공감했다. 키트와 키트 어머니는 길을 약간 돌아서 바바라와 바바라 어머니를 그날 밤에 묵을 친구 집까지 안전하게 데려다주고, 그 집 문 앞에서 다음 날 아침 일찍 만나 핀칠리로 돌아갈 약속도 하고 다음 분기 임금을 받으면 즐길 계획까지 세운 다음에 헤어졌다. 키트는 어린 제이콥을 등에 업고 어머니 팔짱을 끼고 아기에게 뽀뽀하고, 온 가족은 집으로 흥겹게 걸었다.

40장

키트는 휴일 다음 날 동틀 녘에 막연하게 아쉬워하며 일어나, 서늘한 햇살에, 바버라와 그 어머니를 만나 일상으로 돌아가야 한다는 사실에, 간밤을 즐겁게 지냈다는 믿음이 살짝 흔들렸다. 그리곤 집안 식구가 지칠 대로 지쳐서 깊이 잠자는 걸 안 깨우려 조심하며, 벽난로 선반에 돈을 올려놓고 효성스러운 아들이 내놓는 돈이란 글을 남기고 길을 나서는데, 마음은 주머니보다 무거워도 부담은 전혀 없었다.

아, 휴일이여! 휴일은 왜 아쉬움을 남길까? 우리 기억 속에서 휴일을 1~2주일 너머로 단번에 밀어내, 적당한 거리감을 유지하면서 차분하고 편안하게 되새길 순 없단 말인가! 어제 마신 포도주 향기처럼 피로감과 권태감은 나른하게 감돌고, 미래를 생각하는 바람직한 의도는 땅속으로 끝없이 빨려들어[5] 저녁 시간까지 힘겹게 하는 이유가 무어란 말인가!

바버라는 나른하다 호소하고 바버라 어머니는 짜증스러워하는 걸, 웨슬리 극장을 살짝 깔보고 광대는 간밤에 생각한 이상으로 늙은 것 같다고 말하는 걸 누가 이상하게 여기겠는가? 바버라 어머니가 이렇게 말하는 걸 듣고도 키트는 안 놀랐다. 배우는 그 전날 밤에도 화려하게 분장했으며, 자신이 안 가더라도 오늘 밤과 다음 날 밤은 물론 앞으로 몇 주고 몇 달이고 그렇게 분장하고 연기할 게 분명하다는 의혹을 벌써 품은 터였다. 이건 어제와 오늘이란 차이에 불과하니, 우리 앞에 놓인 길은 공연장으로 가거나 집으로 돌아가는 것뿐이다.

하지만 태양이 처음에 힘없이 나타나도 하늘 높이 솟구칠수록 힘과 용기를 끌어모으듯, 그들 역시 걷고 말하며 웃는 사이에 당시 상황을

---

5) '지옥으로 가는 길은 좋은 의도로 포장됐다'는 속담을 변형시켰다.

조금씩 떠올리며 쾌활하게 변하다 핀칠리에 이를 즈음엔 기분이 다 풀려, 바버라 어머니는 피곤한 느낌이 완전히 사라지고 기분도 상쾌하다고 선언했다. 키트도 똑같이 말했다. 오는 내내 침묵하던 바버라도 그렇게 말했다. 가련한 바버라! 바버라는 너무도 조용했다.

도착한 시간은 적당해, 키트는 노신사가 아침을 들러 내려오기 전에 당나귀를 솔로 열심히 문질러서 경주마처럼 멋있게 손질하니, 노부인과 노신사와 아벨은 시간도 잘 지키고 일도 열심히 한다며 높이 칭찬했다. 아벨은 평소와 똑같은 시간에 (일분일초도 안 틀린다는 표현이 옳은 것 같은데) 출발해서 런던행 역마차를 타러 가고, 키트와 노신사는 정원으로 일하러 갔다.

그러나 일이라고 할 수도 없었다. 화창한 날씨에 가족끼리 소풍을 나온 것 같았다. 노부인은 근처에 앉아서 조그만 탁자에 뜨개질 바구니를 올려놓고 노신사는 흙을 파거나 가지를 치거나 커다란 가위로 나무를 다듬거나 키트가 일하는 걸 열심히 돕고, 당나귀는 조그만 방목장에서 느긋하게 바라보며 생각에 잠기는 식이었다. 오늘은 포도나무 덩굴을 손질할 예정이라, 키트는 짧은 사다리 중간에 올라서 가위로 자르거나 망치질하고, 노신사는 열심히 지켜보다 키트가 달라는 못이나 천 조각을 건네고, 노부인과 당나귀는 평소처럼 구경했다.

"그래, 키트, 새로운 친구를 만났다지?"

노신사가 묻자, 키트가 사다리에서 내려다보며 되물었다.

"무슨 말씀인가요, 나리?"

"사무실에서 새로운 친구를 만났다고 아벨한테 들었네!"

"아! 네, 나리, 맞아요. 훌륭한 분이세요, 나리."

키트가 대답하자, 노신사가 빙그레 웃으며 말했다.

"잘됐어. 그분이 앞으로 더 훌륭하게 행동하실 테니까, 키트."

"맞아요, 나리! 정말 좋은 분이지만, 저는 그분이 그러시는 걸 바라진 않아요."

키트가 대답하며 안 들어가는 못을 망치로 힘껏 때리고, 노신사는 다시 말했다.

"그분은 네가 그분 밑에서 일하길 바라는 것 같더구나…… 조심하렴, 까딱하다 떨어질라."

키트가 하던 일을 멈추고 능수능란한 공중곡예사처럼 사다리에서 몸을 돌리며 물었다.

"제가 그분 밑에서 일해요, 나리? 맙소사, 나리, 그분이 그런 말씀을 하실 때 저는 진심이 아니라고 생각했어요."

"아! 하지만 진심이란다. 그분이 아벨한테 말했단다."

노신사가 말하자, 키트는 주인과 마님을 슬픈 눈으로 바라보며 중얼거렸다.

"저는 전혀 못 들었어요! 이상한 신사분이시네요, 그분은."

"너도 알겠지만, 키트, 이건 너한테 중요한 전환점이니까 신중하게 생각하렴. 돈을 나보다 많이 줄 수 있어. 나만큼 너를 좋아하고 신뢰할진 모르겠지만, 키트, 더 많은 돈을 주는 건 확실해."

"아아, 그런 다음엔, 나리……"

"잠깐만. 그게 전부가 아니야. 내가 알기에 너는 예전 고용주한테 충실한 하인이었고 이 신사는 그들이 잃은 걸 되찾아 주려고 애쓰니, 너 역시 충분히 보상받을 거야."

노신사가 강조하는 어투로 덧붙였다.

"게다가 오랫동안 그리워하던 두 사람을 다시 만나는 기쁨도 누릴 테지. 모든 면을 충분히 생각해야 돼, 키트, 성급하게 결정하지 말고."

이 말이 머릿속으로 파고들다 오랜 꿈을 실현하길 바라는 마음이 깃들어, 키트는 이미 결심한 걸 지키려니 가슴이 찢어지는 것 같았다. 하지만 그것도 금방 지나고, 키트는 그 신사로선 처음에 생각한 대로 다른 사람을 구해야 한다고 단호하게 대답했다. 그리고 망치질하다 몸을 또 돌리며 말했다.

"제가 그 밑으로 갈 거로 생각했다면 그 신사가 오해한 거예요, 나리. 그 신사는 내가 멍청한 줄 아나 보죠?"

"그럴 수도 있겠지, 키트, 네가 제안을 거절한다면."

노신사가 진지하게 말하자, 키트가 반박했다.

"그러려면 그러라 하세요, 나리. 세상 누구보다 다정하신 주인님과 마님 곁을, 제가 너무 가난해서 굶주릴 때, 두 분이 상상하신 이상으로 가난해서 굶주릴 때, 저를 거리에서 구해주신 두 분 곁을 떠나 다른 사람한테 가는 자체야말로 멍청한 짓이라는 걸, 아니, 멍청한 짓 이상이라는 걸 잘 아는데, 그 신사가 어떻게 생각하든 제가 무슨 상관이겠어요?"

그러더니 갑자기 노부인을 쳐다보며 덧붙였다.

"넬리 아씨가 돌아온다는 건 또 다른 문제니까 행여나 저를 필요로 한다면 제가 집안일을 마친 다음에 넬리 아씨를 도와줘도 되겠느냐고 가끔 물어볼 순 있겠지요. 하지만 돌아온다면 예전 주인님이 늘 말씀하시던 대로 넬리 아씨는 돈 많은 부자가 되었을 텐데, 돈 많고 젊은 숙녀가 저를 찾을 일이 뭐겠어요?"

키트는 머리를 슬프게 저으며 계속 말했다.

"아니에요, 아니에요, 넬리 아씨는 저를 절대로 안 찾아요. 저야 당연히 보고 싶겠지만, 바라건대, 넬리 아씨가 저를 찾는 일은 결코 없어야 해요!"

그리고 못을 힘껏, 필요 이상으로 힘껏 박더니, 다 박은 다음에 고개를 돌리며 말했다.

"저 당나귀가, 나리, 저 당나귀가, 마님, (제가 자기 말을 한다는 걸 알고서 히힝 대네요, 나리) 저 말고 다른 사람이 곁에 다가오도록 하겠어요, 마님? 여기엔 정원도 있고 주인님과 아벨 나리도 계세요, 마님. 아벨 나리께서 저를 보내시겠어요, 나리? 이 정원을 저보다 좋아할 사람은 또 어디에 있겠어요, 마님? 아벨 나리께서 며칠 전에 오래 지내길 바란다 말씀하시고선, 저를 이렇게 일찍 보내신다면 어머니는 가슴이 찢어지고, 어린 제이콥은 눈이 퉁퉁 붓도록 울 테니, 마님……"

키트가 사다리에 올라서서 노신사와 노부인을 번갈아 쳐다보며 얼마나 오래 말할지 모를 판에 바버라가 달려오더니, 금방이라도 연설할 것 같은 키트 모습에 깜짝 놀란 표정으로, 사무실에서 사람이 쪽지 한 장을 가져왔다며 노신사 손에 올려놓았다.

그러자 노신사가 쪽지를 읽고서 말했다.

"아! 이쪽으로 모시도록."

바버라는 물러나고, 노신사는 키트를 바라보며 이 문제는 더 말하지 말자, 키트가 우리 곁을 안 떠나려는 마음이 크다는 걸 충분히 깨달았다 말하고, 노부인도 기꺼이 공감했다. 그러자 노신사는 손에 들린 쪽지를 힐끗 쳐다보며 덧붙였다.

"그런데, 키트, 그 신사가 가끔 너를 한두 시간이나 하루 이틀씩 빌려 가길 바란다면 우리는 너를 내어줄 수밖에 없고, 너 역시 그 말에 따라야 해…… 아! 젊은 신사가 오는군. 잘 지냈나, 친구?"

노신사가 인사하자, 척스터는 모자를 한쪽으로 비스듬히 써서 머리칼을 길게 흘린 채 으스대며 다가오다, 노부부에게 인사했다.

"안녕하셨습니까, 선생님. 안녕하셨습니까, 마님. 집이 아담하니 예쁘네요, 선생님. 주변 분위기가 참 좋은 것 같아요."

"키트를 데려가려고 온 거겠지?"

"그럴 생각으로 마차 택시를 기다리라 했습니다. 회색 말이 잘 달리더군요, 나리. 한번 보시겠습니까?"

노신사는 멋진 말을 봐도 잘 모른다는 핑계를 대며 거절하곤, 점심시간이니 가볍게 식사나 들자며 초대했다. 척스터는 기꺼이 받아들이고, 차가운 음식에 맥주와 포도주를 곁들인 자리는 순식간에 생겨났다.

이 자리에서 척스터는 주인을 즐겁게 하는 능력을 최대한 발휘해, 자신은 시내에 사는 누구보다도 정신적으로 우수하다는 느낌을 주며 그날 떠도는 소문을 떠벌리고, 노부부는 눈빛을 반짝이며 열심히 들었다. 그가 설명하길, 미즐러 후작과 바비 경이 갈등을 빚는 건 신문에서 엉뚱하게 보도한 것과 달리 비둘기 고기 파이 때문이 아니라 샴페인을 둘러싼 논쟁 때문이다. 신문이 엉뚱하게 보도한 것처럼, 바비 경이 미즐러 후작에게 '미즐러, 자네와 나 가운데 한 명은 거짓말하는 건데, 나는 아닐세'라고 말한 것도 사실이 아니고, '미즐러, 자네는 내가 있는 곳을 아니, 제기랄, 나를 만나고 싶다면 언제든 찾아오게'[6]라고 말했다는 거다. 그러니 노부부로선 당연히 흥미진진한 소문을 완전히 새로운 각도에서 바라볼 수밖에 없었다.

척스터는 식스베리 공작이 오페라 하우스의 바이올레타 스테타에게 보장한 수입 총액도 정확히 알려주었다. 그건 일반 다중이 아는 것처럼 6개월 간격으로 주는 액수가 아니라 분기별로 주는 액수며, (엉뚱하게 돌아다니는 소문처럼) 보석과 향수, 시종 다섯 명이 가발에 뿌릴 화장품과 심부름꾼에게 매일 두 켤레씩 지급할 양가죽 장갑[7]을 포함한 게 아니라, 그 비용은 따로 지급한다는 거다. 하지만 노부인과

6) 결투를 신청하는 전형적인 표현이다.
7) 이 말에서 헛소문이라는 사실이 확실히 드러난다.

노신사는 곧이곧대로 믿으며 깜짝 놀라고, 척스터는 극장과 궁정에 떠도는 소문까지 알려주느라 아무도 입 열 틈을 안 주고 혼자 떠들다가 45분 만에 우아하게 일어나서 정말 대단하고 환상적인 대화를 마무리하며 말했다.

"마차를 끄는 말도 숨을 충분히 돌렸을 테니 안타깝게도 그만 떠나야 할 것 같습니다."

노신사도 노부인도 (이렇게 대단한 사내라면 모든 걸 충분히 알아서 할 거라 여기고) 만류하지 않으니, 척스터는 곧바로 출발해, 키트는 마부 옆에 앉고, 척스터는 마차 안에 혼자 앉아서 장화 신은 발을 앞창문에 하나씩 걸쳤다.

공증인 건물에 도착하자, 키트가 척스터를 따라 사무실로 들어가니, 아벨이 앉아서 기다리라고, 키트를 만나려던 신사는 급한 볼일로 나갔는데 금방 안 돌아올 것 같다고 말했다. 예상은 맞아서 키트가 저녁을 먹고 간식을 먹고 가볍게 정리한 법률 목록과 우편 번호부 책을 들여다보고 여러 차례 꾸벅꾸벅 존 다음에 비로소 예전에 만난 신사가 급히 들어왔다. 그래서 위써던과 전용 사무실에 들어가더니 잠시 뒤에 아벨까지 불러, 아벨이 궁금한 표정으로 들어가고, 급기야 키트까지 안으로 불렀다.

키트가 들어서자, 낯선 신사가 대뜸 쳐다보며 말했다.

"키트, 자네 옛 주인과 아씨를 찾았네."

키트는 기뻐서 눈빛을 반짝이며 물었다.

"맙소사, 나리! 정말요? 어디에 계시나요, 나리? 어떻게 지내시나요, 나리? 근처에…… 이곳 근처에 계시나요?"

하지만 신사는 머리를 저으며 대답했다.

"멀리 떨어진 곳이야. 하지만 오늘 밤에 찾아가서 데려올 거야. 자네가 함께 가면 좋겠네."

"제가요, 나리?"

키트가 되물었다. 기쁘면서도 깜짝 놀란 어투였다.

낯선 신사는 깊이 생각하는 표정으로 공증인을 바라보며 물었다.

"개를 데리고 다니는 사내가 말한 곳이 여기에서 얼마나 먼가요, 100km?"

"100에서 110km."

"으으흠! 역마차를 타고 밤새도록 달린다면 내일 아침엔 넉넉하게 도착하겠군요. 문제는 두 사람이 나를 몰라서 여자애가, 하느님, 그 애를 가련히 여기소서, 자기 할아버지를 잡으러 왔다고 여기리란 겁니다. 그러니 두 사람이 한눈에 알아볼 아이를 데려가서 내가 좋은 뜻으로 찾아왔다는 사실을 알리는 것보다 좋은 방법이 있겠습니까?"

독신 남성이 묻는 말에, 공증인이 대답했다.

"당연히 없겠지요. 키트를 데려가세요."

그러자 키트가 울적한 얼굴로 듣다가 말했다.

"죄송합니다만, 나리, 그것 때문이라면 제가 가는 건 좋은 일보다 나쁜 일이 많을 거예요. 넬리 아씨는, 나리, 저를 아니까 제 말을 믿겠지만, 옛 주인은 - 저도 모르고 누구도 모르는 이유로, 나리 - 심하게 앓고 나신 다음부터 저를 싫어하셔서 넬리 아씨가 할아버지 근처에 오지 말라고, 더는 할아버지 눈에 띄지 말라고 당부했답니다. 그래서 제가 가면 나리한테 방해만 될까 걱정스러워요. 저는 당연히 가고 싶지만, 나리께서는 저를 안 데려가시는 편이 좋답니다, 나리."

그러자 신사가 당황하며 한탄했다.

"또 다른 난국이군! 나처럼 난국에 둘러싸인 사내가 또 있을까? 두 사람을 아는 사람이, 두 사람 모두 믿을 사람이 아무도 없단 말인가?

두 사람 모두 외롭게 살아, 나를 도와줄 사람이 하나도 없다는 말인가?"

"없니, 키트?"

공증인이 묻자, 키트가 대답했다.

"아니요, 한 사람 있습니다, 나리. 네, 바로 저희 어머닙니다."

"두 사람이 너희 어머니를 아니?"

독신 신사가 물었다.

"아느냐고요, 나리! 어머니는 가게를 늘 들락거리셨어요. 두 사람 모두 나한테 잘하는 만큼 어머니한테도 다정했답니다. 게다가, 나리, 저희 어머니는 두 분을 우리 집으로 모시라는 말씀까지 하셨어요."

"지금 어디에 계시니? 도대체 여기에 왜 안 계시는 거야? 이렇게 절박한 순간에 너희 어머니는 도대체 어디에 계시는 거야?"

신사가 조급하게 물으며 모자를 대뜸 집어 드는 게, 당장에라도 뛰쳐나가 키트 어머니를 움켜잡고 고상한 목적으로 납치해서 역마차에 강제로 태울 것 같자, 아벨과 공증인이 힘을 합쳐서 가까스로 막고는, 먼저 그분이 짧은 순간에 준비를 마치고 먼 길에 기꺼이 따라나설 수 있겠는지 키트에게 물어보라고 설득했다.

키트는 독신 남성이 폭력적으로 행동하는 모습에 의심이 잔뜩 일었으나, 공증인과 아벨이 열심히 달래주었다. 그래서 절박한 사정을 곰곰이 따지며 진지하게 생각한 다음, 앞으로 두 시간 안에 어머니가 준비를 마치고 여기로 오도록 하겠다고 어머니를 대신해서 약속했다. 대담하긴 해도 쉽게 지킬 수 없는 약속이라, 키트는 당장 행동에 돌입해서 대뜸 달려나갔다.

41장

키트는 혼잡한 거리로 들어서서 인파를 가르고 번잡한 도로를 가로지르고 오솔길과 골목으로 뛰어들고 옆길로 들어서다, 잠시 걸음을 멈추고 골동품 상점 앞에 우뚝 섰다. 습관이기도 하고 잠시 숨을 고르려는 것이기도 했다.

어둑어둑한 가을 초저녁이라, 황혼에 비친 모습이 이토록 쓸쓸하게 보인 적은 없다는 생각이 절로 들었다. 창문마다 부서지고, 창문틀은 녹슬어 덜렁대고, 버림받은 건물은 우중충한 장애물로 변해서 반짝이는 불빛과 혼잡한 거리를 두 갈래로 기다랗게 가르며 차갑고 어둡고 허무한 모습으로 우뚝 선 음산한 풍경이 키트가 그곳에서 지내던 화려한 풍경과 모질게 뒤섞이다 실망스럽고 안타까운 느낌을 일으켰다. 퀭한 굴뚝에 불길이 솟구치고 창문마다 환한 빛이 흘러나오고 사람들이 활달하게 오가고 다양한 목소리가 쾌활하게 일어나서 새로운 희망으로 가득할 거라고 여기기라도 한 것 같았다. 완전히 다른 분위기일 거란 기대는 조금도 않고 잔뜩 기대하며 달려왔으나, 건물은 구슬픈 그림자를 암울하게 드리우며 인파를 가를 뿐이었다.

하지만 다행히도 키트는 앞으로 나타날 사악한 징후에 시달릴 정도로 충분히 배우거나 생각이 깊진 않고 이런 관점에서 바라볼 마음의 눈도 없어서 건물이 우중충하다는 사실만 느끼니, 잔뜩 부풀어 오르던 기대감이 깨져나간 게 전부였다. 그래서 이 길로 안 가는 게 좋았을 거란 생각마저 하며 잠시 늦춘 시간을 메꾸려고 속도를 끌어올려 더욱 열심히 달리니, 어머니가 사는 초라한 집이 나타나는 순간엔 이런 생각이 절로 들었다.

'행여나 어머니가 나가셔서 내가 못 찾으면 그 신사가 성급한 마음에 크게 낙담할 거야. 하지만 불빛도 없고 문도 닫혔어. 사정이 사정이니만치 이런 말을 하느님도 용서하실 텐데, '조그만 베델' 때문이라면, 그 예배당이 멀리…… 아주 멀리 사라지면 좋겠어.'

키트는 이렇게 생각하며 차림새를 가다듬고 문을 두드렸다. 두 번이나 두드려도 대답이 없더니, 길 맞은편 아주머니가 밖을 내다보며 누구냐고, 누블스 부인을 무슨 일로 찾느냐고 물었다.

"저예요, 아주머니. 어머니는…… '조그만 베델'에 가셨나요?"

키트는 밉살스러운 교파 이름을 마지못해 꺼내서 정말 싫다는 어투로 묻고, 앞집 아주머니는 그렇다며 고개를 끄덕였다.

"예배당이 어딘지 알려주세요. 급한 일이 있어서 설사 예배를 보는 중이라 해도 급히 모시고 가야 하거든요."

이웃 가운데 그곳에 다니는 사람은 아무도 없고 이름만 들은 정도라, 장소를 알기가 만만치 않았다. 하지만 신앙심보다 차 한 잔을 편히 마시려고 예배당에 한두 차례 따라갔다는 누블스 부인 친구를 마침내 찾아, 필요한 정보를 듣자마자 키트는 곧바로 달려갔다.

'조그만 베델'은 큰길이 쭉 뻗은 곳에 자리할 수도 있지만, 그러면 천국으로 가는 길은 국교회로 쭉 뻗어가는 길이 아니라 꾸불꾸불 멀찌감치 돌아가는 골목길이라는 사실을 암시할 수 없어, 일부러 멀찌감치 떨어져서 복잡한 길을 고른 것 같았다. 그래도 키트는 이리저리 고생한 끝에 마침내 문 앞으로 찾아가서 숨을 고른 다음에 예배당으로 점잖게 들어갔다.

'조그만 베델'이란 이름은 한 가지 측면에선 정확했다. 예배당도 조그맣고 신도가 앉는 좌석도 조그맣고, 마찬가지로 조그만 설교단에는 (직업은 제화공이고 예배당에선 목사라 불리는) 조그만 신사가, 신자도 적지만 대부분 곤하게 자느라 듣는 사람은 더더욱 적은 현실에 비해 턱없이 커다란 목소리로 턱없이 기다란 설교를 늘어놓는 중이었다.

그 사이에서 키트 어머니도 간밤을 신나게 보낸 터라 눈을 뜨는 게 어려운 나머지 목사가 설교하는 내용과 정반대 편으로 기울다, 온몸으로 몰려드는 졸음에 밀려서 곤하게 자는데, 설교를 제대로 듣는다는 듯 가끔 조그맣게 알아들을 수 없도록 끙끙 소리를 흘리는 걸 보면 아주 곤하게 자는 건 아닌 것 같았다. 아기는 그 품에 안겨서 어머니처럼 곤하게 자고, 어린 제이콥은 너무 어려서, 영적인 영양분을 마구 퍼붓는 설교에 굴 요리 절반만 한 흥미조차 느낄 수 없어서 곤하게 자다 화들짝 깨어나길 되풀이하는 걸 보면, 잠자고 싶은 마음과 목사가 자신을 지적할까 두려운 마음이 복잡하게 뒤엉킨 것 같았다.

키트는 어머니가 있는 조그만 통로 맞은편 빈자리에 앉으며 생각했다.

'여기까지 오긴 했지만 어머니 옆으로 어떻게 다가가서 데리고 나가지? 십 리는 떨어진 것 같아. 어머니는 설교가 끝날 때까지 절대 안 깨어날 텐데, 그래도 시간은 열심히 간다고! 저 목사가 자리를 잠시 비우거나, 성가라도 부르면 좋겠는데!'

하지만 그러려면 앞으로 최소한 두 시간은 지나야 할 것 같았다. 목사는 자신도 못 하는 걸 신자에게 강요하며 계속 떠드는데, 자신이 말한 절반만 지키고 다른 건 모조리 잊어도 최소한 당장은 정말 훌륭한 사람이 아닐 수 없을 것 같았다.

키트는 초조하고 절박한 마음으로 둘러보다 사회자 책상 바로 앞 조그만 자리를 우연히 바라보는 순간, 자기 눈을 믿을 수 없었다. 퀼프였다!

눈을 두세 차례 문질러도, 그 자리에 앉아서 두 손을 무릎에 올리고 모자를 조그만 나무틀에 놓은 채 더러운 얼굴로 익숙한 미소를 머금고 두 눈으로 천장만 바라보는 건 퀼프가 분명했다. 키트나 그 어머니를 안 보는 건 물론, 두 사람이 있는 것조차 모르는 것 같으나, 교활하고 조그만 악마의 유일한 관심사는 다른 누가 아니라 바로 자기네 모자란 느낌을 지울 수 없었다.

'조그만 베델' 신자 가운데 마귀 같은 난쟁이가 있다는 사실이 너무나 놀랍고, 앞으로 성가신 일이 일어날 수 있다는 염려도 일지만, 초저녁 시간은 슬금슬금 흐르고 상황은 심각한지라, 키트는 마음을 가라앉히고 어머니 관심을 끄는 일에 집중하는 수밖에 없었다. 그래서 어린 제이콥이 다시 깨어나는 순간에 가볍게 기침하는 식으로 관심을 끌어서 어머니를 깨우라고 신호했다.

하지만 악운이 몰아치듯, 바로 그 순간에 목사가 설교 내용을 강조하느라 두 다리는 설교단 안쪽에 두고 상체만 앞으로 쭉 빼서 왼손은 설교단을 잡고 오른손은 힘껏 흔들어 – 어린 제이콥 눈에는 – 무섭게 쳐다보며 협박하는 표정이 행여나 조금이라도 움직이면, 단순한 비유가 아니라 말 그대로 단번에 '달려들 것' 같았다. 어린 제이콥은 키트가 갑자기 나타난 게 궁금하면서도 목사가 노려보는 눈빛에 압도당해 꼼짝도 못하니, 울고 싶어도 무서워서 못 그러는 표정으로 목사만 열심히 바라보느라 어린 눈동자가 당장에라도 튀어나올 것 같았다.

키트는 '이제 어쩔 도리가 없다'는 생각이 들어, 좌석을 조용히 빠져나와 엄마 옆으로 가서 아무 말 없이 아기를, 스위블러가 흔히 말하듯, "빼앗았다." 그리고 속삭였다.

"쉿, 어머니! 밖으로 나오세요, 급히 할 말이 있어요."

"여기가 어디니?"

누블스 부인이 묻자, 키트는 비꼬듯 대답했다.

"은총이 가득한 '조그만 베델'이요."

"그래, 정말 대단한 은총이로구나! 아, 키트, 내가 오늘 밤에 커다란 은총을 받았어!"

누블스 부인이 말꼬리를 잡으며 감동하자, 키트가 황급히 말했다.

"네, 네, 알아요. 어서 나오세요, 어머니, 사람들이 쳐다보잖아요. 시끄럽게 하지 말고…… 제이콥을 데리고…… 그래요!"

그리고 키트가 앞서 나가려 할 때 목사가 소리쳤다.

"멈춰라, 사탄아, 멈춰라!"

"저분이 너한테 멈추라는구나, 키트."

어머니가 속삭이고, 목사는 다시 소리쳤다.

"멈춰라, 사탄아, 멈춰라! 하느님 말씀에 귀 기울이는 여인을 그대 목소리로 유혹하지 말라. 그대는 무리에 속한 양을 훔쳐가는구나!"

목사가 아기를 가리키며 목소리를 키웠다.

"그대는 소중한 어린 양을 훔쳐가는구나! 한밤중에 늑대처럼 돌아다니며 연약한 양을 유혹하는구나!"

키트는 성격이 좋으나, 엄청 당혹스러운 데다 말이 너무 심하다 느끼고 아기를 품에 안은 채 몸을 돌려서 설교단을 똑바로 쳐다보며 커다랗게 대답했다.

"아닙니다, 이 아이는 내 형제입니다."

"그 아이는 내 형제다!"

목사도 소리치자, 키트가 벌컥 화냈다.

"아닙니다. 말도 안 되는 소리 그만 하세요! 사람한테 욕도 하지 말고요. 내가 무슨 해를 끼쳤습니까? 특별한 사정이 없다면 찾아와서 데려가지도 않았을 겁니다. 그래서 조용히 데려가려는데, 당신은 그럴 기회조차 안 주었습니다. 그러니 당신이나 사탄과 마음껏 싸우시고 나를 건들 생각은 마세요."

키트는 이렇게 말하며 예배당을 당당하게 나가고 어머니와 어린 제이콥도 뒤따라 나가니, 그때 비로소 잠자던 사람까지 놀라서 모두 바라보는데 퀼프 혼자만 원래 자세 그대로였다는, 천장에서 눈길 한번 안 뗐다는, 적잖은 소동에 눈길 한번 안 준 것 같았다는 생각이 애매하게 떠올랐다.

"아, 키트! 도대체 무슨 짓을 한 거니! 이제 여기에 두 번 다시 못 오겠구나, 절대로!"

어머니가 손수건으로 눈물을 닦으며 나무라자, 키트가 대답했다.

"잘됐네요, 어머니. 간밤에 살짝 즐겁게 지냈다 해서 오늘 밤을 우울하게 지낼 이유가 뭔가요? 어머니는 늘 이런 식이에요. 조금이라도 행복하고 즐거우면 여기에 와서 잘못했다고 빌어야 하지요. 저는 그런 모습이 정말 창피하다고요, 어머니!"

"얘야, 쉿! 진심이 아니란 건 알지만, 그렇게 말하는 건 죄악이야."

"진심이 아니라니요? 진심이라고요! 순수하게 즐겁고 재밌게 보내는 걸 하늘에서는 셔츠에 목깃을 다는 것처럼 아무렇지 않게 여기는데, 저 예배당 사람들은 자기네 마음대로 죄를 뗐다 붙였다 하는 것 같아요. 하지만 어머니가 안 울겠다고 약속하면 이 얘기는 그만하겠어요. 어머니는 가벼운 아기를 안고, 어린 제이콥을 저한테 주세요. 가면서 (지금 아주 급하니) 내가 가져온 소식을 알려드릴게요. 그럼 어머니도 조금은 놀라실 거예요. 자…… 됐어요. 이제 비로소 '조그만 베델'에 한 번도 안 간 사람처럼 보이니, 앞으로 두 번 다시 안 가길 바라요. 자, 아기를 받으세요. 어린 제이콥, 너는 내 등에 업혀서 목을 단단히 잡아. '조그만 베델' 목사가 너를 소중한 양이라 부르거나 형제라고 말하면, 일 년 열두 달 내내 똑같은 말만 한다고, 당신도 어린 양이라면 박하 소스를 바르자고,[8] 그러면 맛이 훨씬 좋을 거라고 쏘아붙여, 제이콥."

---

8) 양고기를 구울 때 바르는 양념이다.

키트는 단단히 마음먹고 농담 반 진담 반으로 말해서 어머니와 어린 동생은 물론 자기 기분까지 끌어 올리더니, 집으로 상쾌하게 걸어가며 '조그만 베델'까지 찾아간 이유와 공증 사무실에서 일어난 일을 설명했다.

어머니는 자신이 할 일을 알고 적잖게 놀라다 여러 생각이 복잡하게 뒤엉켰다. 제일 먼저 드는 생각은 역마차를 타고 간다는 건 대단한 영광이라는 것, 그러나 아이를 남겨두고 가는 건 도덕적으로 옳지 않다는 것이었다. 하지만 이것을 비롯한 다양한 장애물 뒤에는 드레스를 빨았다는 사실, 그래서 입을만한 옷이 없다는 사실이 있으니, 키트는 넬리를 찾아서 얼마나 다행이며 당장 가서 의기양양하게 데려오면 또 얼마나 즐겁겠냐고 일일이 반박하며 설득하다, 집에 도착하자마자 말했다.

"십 분밖에 안 남았어요, 어머니. 판지 상자가 있으니 필요한 건 거기에 넣고 곧장 출발해요."

꼭 필요한 물품을 키트가 판지 상자에 얼마나 급하게 넣고 딱히 필요하지 않은 걸 어떻게 빼냈는지, 이웃을 어떻게 설득해서 두 동생을 맡겼는지, 두 동생이 비참하게 울다, 생전 듣도 보도 못한 장난감을 사다준다는 말에 웃음꽃을 얼마나 활짝 피웠는지, 키트 어머니가 두 아이랑 얼마나 열심히 뽀뽀했는지, 그 모습에 키트가 짜증 내지 않으려고 얼마나 애썼는지 말하려면 여러분과 내가 견딜 수 있는 이상으로 많은 시간과 공간이 필요할 테니 2시간에서 몇 분이 지난 뒤에 비로소 어머니와 공증인 건물에 도착하고 역마차는 벌써 기다린다고 말하는 거로 넘어가, 키트는 마차를 보고 깜짝 놀라며 감탄했다.

"사두마차예요! 이걸 타고 가시는 거예요, 어머니! 어머니가 오셨습니다, 나리. 제 어머닙니다. 준비를 마쳤습니다, 나리."

“수고했네. 자, 긴장할 거 없습니다, 부인. 우리가 편히 모시겠습니다. 새 옷과 물품을 넣은 상자는 어디에 있나요?”

신사가 묻자, 공증인이 대답했다.

“여기에 있습니다. 안에 넣으렴, 키트.”

“알았습니다, 나리. 다 됐습니다, 나리.”

키트가 대답하자, 독신 남성이 말했다.

“이리 오세요.”

그러더니 키트 어머니에게 팔을 내밀어 마차에 오르도록 최대한 점잖게 도와주고 그 옆에 앉았다.

발판을 올리고 문을 쾅 닫고 바퀴는 덜거덕대며 돌고 마차는 출발하고 키트 어머니가 창문 밖으로 머리를 내밀어 축축하게 젖은 손수건을 흔들며 어린 제이콥과 아기에게 보내는 전갈을 수없이 소리치는데, 한 마디도 안 들렸다.

키트는 도로 한복판에서 눈물을 글썽이며 바라보았다. 마차가 떠나서 슬픈 게 아니라 마차가 어서 돌아오길 바라는 눈물이었다. 이런 생각도 들었다.

‘주인어른과 넬리 아씨는 말할 사람 하나 없어 잘 가라는 인사도 못 받고 걸어서 떠나더니, 이제 사두마차를 타고 돌아오는 거야. 돈 많은 신사가 곁에 있으니 고통도 끝이야! 넬리 아씨는 나한테 글쓰기를 가르친 것조차 잊었겠지만……’

키트는 생각에 오랫동안 잠긴 채 마차가 완전히 사라진 다음에도 나란히 늘어서서 반짝이는 가로등을 물끄러미 쳐다볼 뿐 건물로 안 들어가, 바퀴 소리가 사라질 즈음에 안으로 들어간 공증인과 아벨은 키트를 그 자리에 붙잡아두는 게 무얼까 궁금했다.

42장

기대감에 부푼 키트를 떠나, 몇 장 앞으로 돌아가서 이야기 실타래를 풀어가자.

초저녁에 두 자매를 멀찌감치 따라다니다 보면, 넬리는 영혼이 외로운 자신과 너무나 비슷한 시련을 자매에게서 발견하고 눈물 속에서 소박하게 피어나다 사라지는 기쁨이긴 해도 잠시나마 마음속 깊이 위안과 평안을 느꼈다. 황혼이 차분하게 깔리는 시간에 거닐다 보면 하늘, 대지, 공기, 강물에 어린 잔물결, 멀리서 일어나는 종소리가 포근하게 다가와서 외로운 여자애 머릿속에 차분한 생각을 불러일으키지만, 현실적이거나 편하게 즐길 수 있는 건 아니었다. 멀찌감치 따라가는 게 유일한 기쁨이며 탈출구로, 그러다 보면 빛이 사라지며 어둠이 깔리고 초저녁이 깊어가며 밤으로 변하고 그래도 어둠 속을 거닐다 시끌벅적한 소음과 화려한 불빛이 쓸쓸하게 가라앉을 때 자연이 친구처럼 더없이 고요하고 차분하게 다가왔다.

하지만 두 자매가 숙소로 들어가면 여자애는 혼자였다. 그러면 고개를 들어 드넓은 하늘에서 상냥하게 반짝이는 별을 가만히 바라보고, 새 별은 불쑥 나오고 또 나오고 또 나오다 결국에는 광대한 우주 전체가 반짝반짝 빛나며, 변하지도 않고 부패하지도 않는 모습으로 무수히 영원히 헤아릴 수 없는 우주로 높이 더 높이 올라간다. 그러면 여자애는 고요한 강물로 고개를 숙여, 노아의 방주에서 나온 비둘기가 산꼭대기까지 불어난 사이로 흐를 때처럼 반짝이는 강물을, 만길 물길에 빠져 죽은 인류를 바라볼 때처럼 장엄하게 흐르며 반짝이는 강물을 바라본다.

그러다 밤을 휘감는 정적에, 가득한 경이로움에 숨소리조차 누른 채 나무 밑에 앉는다. 추억이 일어나서 희망을 가만히 품으며, 아니, 체념하며, 과거와 현재와 앞으로 다가올 미래를 떠올린다. 할아버지와 꾸준히 멀어지는 느낌이 무엇보다 슬프고 힘들었다. 할아버지는 초저녁마다, 대낮에도 툭하면, 자리를 비웠다. 할아버지가 어디를 무엇 때문에 가는지 잘 알지만, 빈약한 지갑이 늘 줄어드는 건 둘째치고 퀭한 얼굴만 봐도 확실하지만, 할아버지는 모든 답변을 거부한 채 입을 꾹 다무는 건 물론, 손녀딸을 피하기까지 했다.

꼼짝 않고 앉아서 이런 변화를 구슬프게 떠올리며 주변 상황과 뒤섞일 때, 멀리서 교회 종소리가 아홉 시를 알렸다. 여자애는 깊은 생각에 잠긴 채 조용히 일어나서 온 길을 되짚으며 마을로 향했다.

개울을 가로지르는 조그만 나무다리를 지나 목초지로 들어서다, 갑자기 나타난 빨간 불빛을 살피니, 도로 옆 한쪽 모서리에 집시가 천막을 치고 모닥불을 피운 채 주변에 앉거나 누운 모습이 보였다. 여자애는 가진 게 없으니 집시를 두려워할 필요도 없어, 다른 길로 돌아가는 대신에 오히려 발길을 재촉하며 곧장 나아갔다.

모닥불이 가까워질 때는 호기심이 일어서 힐끗 바라보았다. 그러다 여자애와 모닥불 사이에서 한 물체가 불빛을 배경으로 또렷하게 보이는 순간, 갑자기 걸음을 멈췄다. 그러다, 설마 그럴 순 없다고 달래며, 자신이 떠올린 사람은 절대 아니라고 달래며 다시 걸었다.

하지만 모닥불 옆에서 무언지 모를 대화가 들리는 순간, 내용은 알 수 없어도 거기에서 흘러나온 목소리가 여자애 자신 목소리만큼이나 익숙하게 들렸다.

여자애는 대뜸 돌아서서 쳐다보았다. 조금 전에 앉아있던 사람이 일어나서 지팡이를 두 손으로 짚은 채 상체를 기댔다. 그 모습이 목소리만큼이나 익숙했다. 할아버지였다.

처음에는 할아버지를 부르려는 충동이 일었다. 다음엔 어떤 사람이랑 어울리는지, 그곳에 모인 이유는 무언지 알고 싶었다. 그와 동시에 막연한 불안감이 일고, 여자애는 가까이 다가갔다. 하지만 눈에 띄게 다가간 게 아니라 산울타리 옆으로 기어서 살그머니 다가갔다.

이런 식으로 몇 m 앞까지 나아가서 어린나무 사이에 숨었다. 들킬 염려 없이 제대로 보고 제대로 들을 거리였다.

방랑하면서 여러 차례 지나친 집시 야영장과 마찬가지로 여자나 어린애는 없고, 집시 한 명은, 커다랗고 건장한 사내 한 명은, 약간 떨어진 나무에 등을 기댄 채 팔짱 끼고 까만 눈꺼풀 밑으로 모닥불 쪽을, 그 주변에 있는 세 사람을 이따금 바라보지만 겉으로는 관심 없는 척하려고 애썼다. 바로 그 세 사람 가운데 할아버지가 있고, 다른 두 사람은 폭풍이 몰아치던 밤에 선술집에서 도박하던 두 사람…… 아이삭이라는 사내랑 몸집이 커다란 동료였다. 집시 특유의 천장이 낮고 둥근 천막은 바로 옆에 세웠으나, 안에는 사람이 없는 것 같았다.

“그래, 그만 떠나겠소? 조금 전만 해도 엄청나게 서둘더니만. 가고 싶으면 가시오. 영감도 마음대로 할 권리는 있으니.”

몸집 커다란 사내가 바닥에 편하게 누운 채 똑바로 쳐다보며 말하자, 아이삭이 모닥불 맞은편에 개구리처럼 웅크리고 앉아서 사팔눈으로 쳐다보듯 몸을 옆으로 비틀며 나무랐다.

“영감님을 자극하지 마. 나쁜 의도로 한 말은 아니랍니다, 영감님.”

“내 돈을 한 푼도 안 남기고 모조리 빼앗더니, 이제는 나를 놀리고 조롱하는군. 화를 돋우려는 거야.”

노인이 말하며 두 사람을 번갈아 보았다.

우유부단하고 연약한 백발 어린애가 교활한 손아귀에 놀아나는 모습이 아프게 다가왔다. 하지만 여자애는 오가는 대화에 신경을 곤두세운 채 한 마디 한 마디는 물론 그 표정까지 안 놓치려 애썼다.

몸집 커다란 사내가 살짝 일어나서 팔꿈치로 몸을 지탱하며 다시 말했다.

"영감 돈을 빼앗다니, 무슨 뜻으로 하는 말이오? 한 푼도 안 남겼다니! 영감도 그럴 수 있다면 그랬을 거 아니요? 그건 돈을 잃고서 찡얼대는 소리밖에 안 된다오. 돈을 잃으면 순교자지만, 영감도 돈을 따면 똑같지 않겠소! 돈을 빼앗다니!"

이어서 목소리를 키우며 덧붙였다.

"제기랄, 신사답지 않게 돈을 빼앗는다는 말까지 하는 이유가 뭐요, 엉?"

그러더니 다시 기다랗게 누워서 발을 두세 차례 내차는 게, 화나서 도저히 못 참겠다는 것 같았다. 그는 험상궂은 역할을 하고 아이삭은 중재자 역할을 해서 뭔지 모를 목적을 이루려는 게, 자기네끼리는 물론 집시하고도 눈빛을 노골적으로 주고받는 걸 보면, 그럴 때마다 집시가 하얀 이를 환히 드러내며 씩 웃는 걸 보면, 연약한 할아버지만 빼고 나머지는 다 아는 게 분명했다.

노인이 그들 사이에서 공격자를 무기력하게 바라보며 말했다.

"자네도 돈을 빼앗는다는 말을 지금 막 했잖아. 그러니 나를 몰아세우지 말라고. 자네도 그렇게 말했으니까, 아닌가?"

"여기 모인 사람 가운데 돈을 빼앗는 사람은 없소! 신사라면…… 명예를 아는 신사라면, 영감."

몸집 커다란 사내가 하고 싶은 말은 많지만 그만두겠다는 어투로 끝내자, 아이삭이 끼어들었다.

"영감님을 너무 몰아세우지 말게, 자울.[9] 그리 말한 걸 많이 미안해하

---

9) Jowl: 턱, 혹은 턱에서 늘어진 살을 뜻한다. 이름으로 등장인물의 성격을 드러내는

시잖나. 그러지 말고 하려던 말이나 마저 하게."

그러자 자울이 한탄했다.

"나는 인정이 너무 많아서 탈이야. 여기에 앉아서 생기는 것 하나 없이 욕만 먹는 건 물론, 상대가 무시할 게 뻔한 조언이나 하며 소중한 시간을 낭비하다니 말이야. 하지만 평생을 이렇게 살았어. 이런 일을 겪고도 따듯한 마음이 차갑게 식질 않아."

"영감님이 많이 미안해하신다고 했잖나! 영감님도 계속 듣길 바라신다고."

아이삭이 나무라자, 자울이 물었다.

"영감이 듣길 바란다고?"

노인이 끙끙대며 바닥에 앉아 몸을 앞뒤로 흔들다 대답했다.

"그래, 어서 말해, 어서. 내가 뭐라 한다고 무슨 소용이 있겠나. 그럴 힘도 없고. 어서 말해."

"그렇다면 영감이 너무 일찍 일어나는 바람에 내가 중단한 지점부터 말하리다. 지금 운때가 왔다고 생각한다면, 내가 보기에도 온 것 같긴 한데, 그런데 운때를 시험할 수단이 없다면 (내 말은 영감이 충분히 앉아있을 자금이 없다는 뜻인데) 좋은 방법을 찾아보라는 거요. 가령, 나중에 갚을 수 있는 만큼 빌리는 식으로."

아이삭이 대뜸 끼어들었다.

"맞아, 밀랍 인형을 전시하는 착하디착한 숙녀한테 돈이 있다면, 잠자리에 들 때 양철통에 집어넣고 행여나 불날까 두려워서 문을 안 잠근다면, 너무 간단하잖소. 하느님 뜻이라 할 정도로. 이래 봬도 내가 종교적인 집안에서 자랐거든."

이번에는 자울이 바싹 달아올라, 집시에게 끼어들지 말라고 눈짓하며

묘한 특징이 여기에서도 나타난다.

노인에게 다가가서 말했다.

"자네도 알다시피, 아이삭, 낯선 사람이 온종일 쉴새 없이 들락거리니, 그 가운데 한 명이 착하디착한 숙녀 침대 밑으로 들어가거나 옷장에 숨을 수 있는 거 아냐? 의심할 사람은 넘쳐나서 범인이 누군지 절대로 짐작할 수 없다고. 노인이 얼마를 가져오든 내가 마지막 한 푼까지 복수전을 받아주겠네."

"정말? 그럴 돈은 충분하고?"

아이삭이 묻자, 자울이 무시하지 말라는 표정으로 대답했다.

"당연하지! 여보게, 저 밀짚에서 돈궤를 꺼내오게."

이 말을 듣고 집시가 네발로 기어서 나지막한 천막으로 들어가, 한참 부스럭대며 뒤지다 돈궤를 들고 돌아오니, 자울은 목에 걸린 열쇠로 돈궤를 열어서 한 손으로 동전을 잔뜩 움켜쥐고 손가락 사이로 물방울처럼 떨어뜨리며 말했다.

"이게 보이나? 이 소리도 들리고? 자네는 금화가 떨어지는 소리를 아나? 자, 그만 돌려놓도록…… 판돈 얘기는 두 번 다시 말고, 아이삭, 자네나 두둑이 가져와."

아이삭은 엄청 창피한 표정으로, 자신은 자울처럼 명예롭게 거래하기로 유명한 신사를 의심한 적이 없다고, 돈이 충분한지 물은 건 의심해서가 아니라 조금도 의심하지 않기 때문이라고, 게다가 그렇게 많은 돈을 보면 자기 것은 아닐지언정 기분이 좋기 때문이라고, 자기 주머니에 몽땅 집어넣은 다음으로 기쁘기 때문이라고 반박했다. 아이삭이랑 자울은 자기네끼리 주거니 받거니 하면서도 노인을 살피고, 노인은 두 눈을 불길에 고정한 채 앉아 깊은 생각에 잠기면서 자신도 모르게 고개를 끄덕이거나 얼굴을 씰룩이는 걸 보면 두 사람 얘기를 열심히 듣는 게 분명했다.

마침내 자울이 무관심한 표정으로 바닥에 누우며 말했다.

"내가 하고픈 조언은 간단해. 사실 이미 다 말했다고. 나는 친구로서 조언한 거야. 친구로 안 여긴다면 내 돈을 다 따갈 사람을 뭐하러 돕겠어? 그래, 다른 사람 생각만 하는 건 멍청한 짓이지만 애초에 성격이 이러니 어쩌겠나. 그러니 나를 탓하지 말게, 아이삭."

그러자 아이삭이 대답했다.

"자네를 탓하다니! 말도 안 돼, 자울. 나도 자네처럼 관대하면 좋겠네. 게다가 자네 말대로 돈을 다 따서 원래 자리로 돌려놓으면 되잖아…… 하지만 행여나 잃으면……"

"그건 자네가 신경 쓸 문제는 아니야. 그래도 모두 잃었다고 가정한다면 (운때가 돌아온 거로 봐서 그런 일은 없겠지만) 자기 돈을 잃는 것보다 다른 사람 돈을 잃는 게 훨씬 낫다고!"

자울이 말하자, 아이삭이 감탄했다.

"아하! 돈을 따는 즐거움! 돈을, 노랗게 반짝이는 금화를 따서 주머니에 몽땅 쓸어담는 기쁨! 결국에는 다 따는 상쾌함! 이제 거의 다 왔는데 판돈이 모자라서 중간에 돌아서다니! 그건…… 하지만 설마 영감님이 그러진 않겠지요?"

노인이 어느새 일어나서 두세 걸음 급히 걷다 다시 급히 돌아와서 말했다.

"좋아, 하겠네, 마지막 땡전 한 푼까지 내가 쓸어담지."

아이삭이 벌떡 일어나서 노인 어깨를 툭툭 치며 감탄했다.

"야, 대단하세요. 젊은 피가 여전히 넘쳐흐르는 게 정말 존경스럽습니다. 하, 하, 하! 자울도 괜히 조언했다며 후회할 거예요. 저 친구를 마음껏 비웃어주자고요. 하, 하, 하!"

그러자 노인이 주름살 가득한 손으로 자울을 가리키며 말했다.

"저 친구가 복수전을 받아주겠다 했어. 저 돈궤에 있는 돈을 마지막 한 푼까지 걸겠다 했다고, 많든 적든. 명심하도록!"

"제가 증인인 만큼 두 분 다 억울하지 않게 하겠습니다."

아이삭이 대답하자, 자울도 마지못한 표정으로 대답했다.

"말을 뱉었으니 나로선 지키는 수밖에 없겠군. 그래, 복수전은 언제 치르겠소? 오늘……밤?"

"돈부터 구해야 하니, 내일……"

"오늘 밤에 해치우지 그러세요?"

자울이 재촉하자, 노인이 대답했다.

"지금은 너무 늦은 데다 흥분했는지 머리가 어지러워. 차분해야 한다고. 안 돼, 내일 밤."

"그럼 내일 밤으로 합시다. 여기로 아무 때나 오시오. 멋진 영감한테 행운이 따르길! 자, 술을 돌려!"

집시가 양철 컵 세 개를 가져와서 브랜디를 철철 넘치도록 따랐다. 노인이 몸을 옆으로 돌려서 술을 들이켜기 전에 혼자 중얼거리는데, 여자애 귀에 넬리라는 이름이 두세 차례 꽂히는 걸 보면 간절한 마음으로 고통스럽게 비는 것 같았다. 그래서 여자애 역시 속으로 울부짖었다.

'하느님, 저희를 불쌍히 여기시어, 너무나 고통스러운 시간을 이겨내도록 도우소서! 아아, 어떻게 해야 할아버지를 구할 수 있을까!'

나머지 대화는 나지막한 목소리로 이어지는데, 간단명료했다. 그 일을 해내는 방법 그리고 의심을 안 받는 방법이었다. 노인은 악마들과 악수하고 물러났다.

그들은 허리 굽은 물체가 천천히 떠나는 모습을 지켜보다 노인이 툭하면 돌아볼 때마다 손을 흔들거나 힘내라고 소리쳤다. 그러다 멀리서 한 점으로 줄어든 다음에 비로소 서로를 바라보며 폭소를 터트리더니 자울이 두 손을 불에 쬐며 말했다.

"그래, 마침내 해냈어. 영감을 설득하는 게 예상보다 오래 걸렸어. 얘기를 처음 꺼낸 게 3주 전이니 말이야. 영감이 얼마나 가져올 것 같아?"

"얼마를 가져오든 반씩 나누자고."

아이삭이 대답하자, 동료가 고개를 끄덕이며 말했다.

"재빨리 해치운 다음에 영감이랑 관계를 끊어야 해. 안 그러면 의심받을 수 있어. 내 말 명심하라고."

아이삭과 집시가 공감했다. 세 사람은 피해자를 신나게 조롱하다 이 문제를 접고서 여자애가 알아들을 수 없는 용어로 말하기 시작했다. 그래서 세 사람이 홀딱 빠져들 때, 여자애는 안 들키고 도망칠 기회라 여기곤, 산울타리 그늘을 기거나 그 사이를 뚫거나 마른 도랑을 지나며 천천히 조심스레 나아가다, 세 사람 시야에서 완전히 벗어난 다음에 비로소 도로로 올라섰다. 그리곤 가시에 찢겨서 피가 흘러도 몸보다 마음을 아파하며 숙소로 최대한 빨리 달린 다음, 침대로 몸을 던지며 괴로워했다.

여자애 머리에 제일 먼저 떠오른 생각은 도망치자는, 당장 도망치자는, 할아버지를 질질 끌고서 다른 데로 가자는, 할아버지가 끔찍한 유혹에 넘어가느니 차라리 멀리 도망치다 죽는 편이 낫다는 거였다. 그러다, 다음 날 저녁까지 범죄를 안 저지른다는, 아직은 해결책을 찾을 시간이 있다는 사실을 떠올렸다. 그러다, 할아버지가 지금 이 순간에 범죄를 저지를 수도 있다는 끔찍한 공포가 몰려들고, 고요한 밤에 고함과 비명이 날카롭게 일어나는 것 같기도 하고, 악마의 유혹에 이끌려, 할아버지가 그 짓을 저지르다 들키고 여주인과 싸우는 끔찍한 느낌조차 일어서 머리가 혼란스러웠다. 버티기엔 너무나 고통스러웠다. 그래서 돈을 보관하는 방으로 살금살금 다가가 문을 열고 안을 들여다보았다. 아아, 하느님을 찬미하라! 할아버지는 거기에 없고, 여주인은 곤하게 자는 중이었다.

여자애는 자기 방으로 돌아가서 잠자리에 들려고 했다. 하지만 잠이……잠이 어떻게 오겠는가! 끔찍한 공포가 몰려드는데 어떻게 가만히 누워있겠는가? 공포가 훨씬 강하게 몰려들었다. 그래서 옷을 대충 입고 머리는 잔뜩 헝클어진 채 할아버지 침실로 달려가서 그 손목을 잡고 할아버지를 깨웠다.

"무슨 일이냐?"

할아버지가 깜짝 놀라며 소리치곤 유령을 쳐다보듯 손녀딸을 바라보자, 여자애는 엄청난 공포를 그대로 드러내며 소리쳤다.

"끔찍한 꿈을 꾸었어요. 더없이 끔찍하고 무서운 꿈. 예전에도 이런 꿈을 꾸었어요. 할아버지 같은 백발노인이 밤에 깜깜한 방에서 잠자는 사람한테 금화를 훔치는 꿈이요. 일어나세요, 일어나!"

노인은 덜덜 떨다 기도하듯 두 손을 모으고, 여자애는 다시 말했다.

"제가 아니라 하늘에 대고 기도하세요, 우리가 악행을 안 저지르도록 지켜달라고! 꿈이 너무나 생생해요. 잠을 이룰 수도, 여기에 머물 수도, 이런 꿈을 꾼 지붕 밑에 할아버지 혼자 남겨둘 수도 없어요. 일어나세요! 어서 도망쳐야 해요."

노인은 귀신을 바라보듯 손녀딸을 - 세상의 모든 고통에 시달리는 모습을 - 바라보다, 온몸을 더욱 심하게 떨었다.

"낭비할 시간이 없어요. 단 일 분도 허비하면 안 돼요. 일어나요! 어서 멀리 도망쳐요!"

여자애가 다그치자, 노인이 웅얼거렸다.

"오늘 밤에?"

"네, 오늘 밤에. 내일 밤은 너무 늦어요. 꿈이 다시 나타날 거예요. 우리가 사는 방법은 도망치는 길밖에 없어요. 일어나세요!"

노인이 침대에서 일어났다. 너무 무서워서 이마에 식은땀이 맺힌 채, 하늘에서 내려와 길을 인도하는 천사라도 되는 듯 손녀딸 말에 순종하며 따라갈 채비를 마쳤다. 여자애는 할아버지 손을 잡고 길을 인도했다. 도적질하려던 방문을 지나칠 때는 온몸을 부르르 떨며 할아버지 얼굴을 쳐다보았다. 얼굴이 백지장처럼 하얬다. 하기야 어찌 안 그럴 수 있겠는가!

여자애는 자기 침실로 할아버지를 데려가, 행여나 사라질까 두려운 듯 그 손을 꼭 잡은 채, 얼마 안 되는 물품을 챙기고 바구니를 팔에 걸쳤다. 노인은 손녀딸이 건네준 가방을 어깨에 걸치고, 손녀딸이 건네준 지팡이도 들었다. 그리고 손녀딸이 이끄는 대로 따라갔다.

두 사람은 덜덜 떨리는 발을 열심히 내디디며 큰길에 쭉 늘어선 건물을 지나고 좁은 길을 꾸불꾸불 나아갔다. 정상에 낡은 회색 성이 있는 가파른 언덕도 열심히 오를 뿐, 단 한 번도 돌아보지 않았다.

하지만 폐허로 변한 성벽으로 다가갈 때 달이 부드러우면서도 화려하게 떠올라, 오랜 세월이 깃든 담쟁이덩굴과 이끼와 파도치는 풀밭을 비출 때 비로소 계곡처럼 깊은 잠에 빠져든 마을을, 멀리서 희미하게 반짝이며 굽이치는 강물을, 머나먼 산을 돌아보았다. 그러다 꼭 잡은 할아버지 손을 살짝 풀고 눈물을 터트리며 할아버지 목에 얼굴을 파묻었다.

43장

마냥 허물어지던 여자애는 지금까지 그런 것처럼 마음을 다잡곤, 범죄와 불명예를 피해서 당장 도망쳐야 한다는, 도와줄 사람도 없고 따듯하게 충고할 사람도 없는 상황에서 자신이 단호해야 할아버지를 지킬 수 있다는 생각만 하려고 애쓰며 할아버지에게 두 번 다시 돌아보지 말고 계속 나아가라고 재촉했다.

할아버지는 곁에 고결한 존재라도 있는 듯 더없이 부끄럽고 창피한 모습으로 잔뜩 움츠러들어서 고개를 숙인 채 시키는 대로 하고, 여자애 자신은 가슴에서 새로운 기운이 이는 걸, 새로운 존재로 변한 걸, 예전에 없던 자신감이 새롭게 솟구치는 걸 느꼈다. 이제 모든 걸 책임져야 했다. 두 사람이 살아갈 부담을 혼자 온전히 짊어졌으니, 앞으로 그것만 생각하며 움직여야 했다. '사방에 가득한 함정과 위험에서 할아버지를 구했으니, 앞으로 이것 하나만 떠올리는 거야'라는 생각이 절로 들었다.

자신들을 가족처럼 대한 친구에게 한 마디 설명도 않고 도망쳤다는 생각이, 겉보기에 배은망덕한 것처럼 행동했다는 생각이, 두 자매하고도 헤어졌다는 생각이 나중에 슬프고 안타깝게 일어날 게 분명했다. 하지만 험한 길에 다시 나선 지금으로선 앞으로 닥칠 어려움에 맞설 각오만 새롭게 돋울 뿐, 다른 건 하나도 안 떠올렸다.

달은 희미한 빛을 내뿜어 여자애의 섬세한 얼굴에 가냘픈 느낌을 더하고 깊이 생각하는 표정에 우아하고 사랑스러운 매력을 덧붙여, 눈빛은 환하게 빛나고, 머리는 영적으로 반짝이고, 꽉 다문 입술은 가슴에 가득한 용기와 결의를 드러내, 두 사람 이야기를 지극히 가냘프면서도 단호한 모습으로 나직이, 부스럭대는 바람에만 나직이 말하니,

바람은 그걸 짊어지고 어머니 베갯속으로, 환하게 피어나다 사그라진 어린 시절 희미한 꿈속으로 나아가, 깨어날 줄 모르는 잠속에서 편히 쉬게 한다.

밤은 허공을 끊임없이 달리고, 달은 기울고, 별은 희미하게 줄어드니, 새벽은 매서운 추위를 몰고 천천히 다가왔다. 그러더니 머나먼 산 너머에서 고귀한 태양이 안개를 유령처럼 몰고 올라오다 깨끗하게 몰아내, 어둠이 깔릴 때까지 유령 같은 형상은 이제 지상에 두 번 다시 없을 터였다. 그러다 마침내 하늘 높이 솟구쳐서 상쾌한 햇살을 따듯하게 뿌리니, 두 사람은 그때 비로소 운하 둑에 누워서 잠을 청했다.

하지만 넬리는 할아버지 팔을 꼭 잡아, 할아버지가 깊은 잠에 빠져들고도 오랫동안 지칠 줄 모르는 눈으로 지켜보았다. 그러나 결국엔 피로감이 몰려들어, 잡은 팔을 느슨하게 풀다 다시 움켜잡고 다시 풀다, 나란히 잠들었다.

넬리는 꿈속에서 당혹스러운 소리가 이는 걸 느끼고 잠에서 깨어났다. 거칠게 보이는 사내 한 명은 바로 옆에서 굽어보고, 동료 두 명은 두 사람이 잠자는 사이에 둑에 댄 길고 육중한 배에서 쳐다보았다. 배는 노도 돛도 없이 말 두 필이 끄는데, 지금은 두 필 모두 멈춰서 마구에 묶인 밧줄이 축 늘어지며 강물에 잠겼다.

"어이! 여기서 뭘 하는 거니?"

사내가 거칠게 묻자, 넬리가 대답했다.

"잠자는 중이었어요, 아저씨. 밤새도록 걸었거든요."

그러자 사내가 다시 말했다.

"밤새도록 걷다니, 방랑자치곤 독특하군. 한 사람은 너무 늙고 한 사람은 너무 어리니 말이야. 어디로 가는 길이니?"

넬리는 잠시 망설이다 서쪽을 아무렇게나 가리키고, 사내는 마을 이름을 말하며 그쪽으로 가는 거냐 물었다. 넬리는 계속 캐묻는 걸 피하려고 "네, 맞아요"라고 대답했다.

"어디서 오는 길이니?"가 다음 질문으로, 비교적 쉽게 대답할 수 있었다. 사내가 몰라서 더 못 묻도록 다정한 교장 선생님이 사는 조그만 마을 이름을 댄 것이다.

"강도를 당한 줄 알았는데 다행이로구나. 잘 있으렴."

사내가 말하고 떠나더니 말 한 필에 올라타서 배를 다시 끄는 모습을 넬리는 다행스러운 마음으로 바라보았다. 그런데 사내가 멀리 안 가서 멈추고 손짓하는 게 보였다.

"저를 부르는 건가요?"

넬리가 물으며 달려가자, 배에 탄 두 사내 가운데 한 명이 말했다.

"원한다면 우리 배를 타려무나. 우리도 그 마을로 가는 중이거든."

여자애는 순간적으로 망설였다. 하지만 노인이 여자애와 단둘이 가는 걸 보고서 행여나 사람들이 따라오다 자신을 무시한 채 할아버지를 해치고서 몸에 지닌 걸 빼앗지나 않을까 두려워한 적이 여러 번이라는 사실이 떠오르고, 배를 타고 간다면 자신들이 지나온 흔적조차 사라질 거란 사실마저 떠올라, 제안을 받아들이기로 했다. 배는 둑으로 다시 다가오고, 여자애는 더 고민할 새도 없이 할아버지와 함께 올라타서 운하를 따라 부드럽게 내려갔다.

강물은 환하게 반짝이며 햇살을 기분 좋게 반사하다 나무 그늘에 어리고, 널찍한 들판으로 나아가다 개울물을 가르고, 나무가 울창한 숲도, 경작한 밭도, 옹기종기 모인 농가도 지났다. 가끔은 나지막한 종탑과 초가지붕과 한쪽으로 비스듬한 지붕이 마을로 모여서 나무 사이로 내다보기도 하고, 한번은 커다란 교회 종탑 여럿이 연기 사이로 굽어보고, 옹기종기 모인 주택 위로 높다란 공장이나 작업장이 솟아오른 마을

이 멀리서 보이기도 하는데, 그 풍경이 오랫동안 머무는 걸 보면 배가 얼마나 느리게 나아가는지 알 수 있었다. 하지만 강물은 대체로 저지대를 지나며 평야로 흐르고, 사람들은 머나먼 들판에서 일하거나 다리를 거닐다 밑에서 천천히 미끄러지는 배를 바라볼 뿐, 단조롭고 한적한 뱃길로 다가오는 사람은 없었다.

배는 늦은 오후에 선창 같은 곳으로 들어서고, 뱃사람 한 명은 목적지에 다음 날에나 도착하니 먹을 게 없으면 선창에서 사는 게 좋을 거라 말해서 넬리는 크게 낙담했다. 벌써 빵을 사 먹은 터라 동전이 얼마 없는데, 낯선 곳으로 들어서려면 그거나마 지녀야 했다. 그래서 조그만 빵 한 덩이와 치즈를 조금 사서 돌아오니, 뱃사람 세 명은 선술집에서 30분 정도를 보낸 뒤에 배를 다시 몰았다.

뱃사람 세 명은 맥주와 위스키를 가져왔는데, 선술집에서 이미 얼큰하게 마시고도 배에서 또 마셔대더니 순식간에 취해서 크게 다투기 시작했다. 그래서 넬리는 선실이 어둡고 지저분한 데다 툭하면 할아버지와 자신에게 권하는 술을 피해 갑판으로 나와서, 할아버지와 나란히 앉아, 쿵쾅거리는 심장을 달래며 뱃사람들이 시끌벅적하게 싸우는 소리를 듣다가 다시 밤새 걸을지언정 배가 육지에 무사히 닿기만 간절하게 바랐다.

사실, 뱃사람 세 명은 두 손님에게 친절하긴 해도 자기네끼리는 거칠고 시끄럽고 폭력적이었다. 여자애에게 맥주를 누가 먼저 권했느냐며 방향키를 잡은 사람과 선실에 있는 동료가 심하게 다투더니 주먹까지 주고받으며 드잡이질해, 넬리는 말할 수 없는 공포에 시달리고, 두 사람은 여자애를 기분 나쁘게 한 건 자신이 아니라 상대라고 서로 주장하다 주먹을 다시 날리고, 서로 경쟁하듯 알아들을 수 없는 말로 여자애를 번갈아가며 칭찬했다. 그러다 의견 차이를 마침내 극복하더니, 선실에

서 나온 사내가 상대편 머리를 때려서 쓰러뜨리고 아무렇지 않게 방향키를 움켜잡는데, 동료는 체격이 좋아서 그 정도는 가볍게 견딜 뿐 아니라 치고받는 것 역시 익숙한 듯 누운 자세대로 발을 쭉 뻗더니, 곧바로 코를 느긋하게 골아댔다.

그러다 보니 밤은 어느새 돌아오고, 여자애는 옷차림이 허술해서 추우나, 걱정이 가득해서 추위 같은 건 까마득히 잊은 채 앞으로 할아버지랑 어떻게 살아갈지 열심히 생각하는데, 전날 밤과 똑같은 느낌이 다시 솟구쳤다. 할아버지는 옆에 누워서 탈 없이 잠잘 뿐, 범죄로 치닫던 광기는 떨쳐냈다. 천만다행이 아닐 수 없었다.

짧은 생애지만 다양한 기억이 마구 솟구쳤다! 너무나 사소해서 지금까지 생각도 않고 기억조차 못 하던 사건이, 딱 한 번 보고 까마득히 잊어버린 얼굴이, 가볍게 넘긴 말이, 일 년 전 장면과 어제 장면이 뒤엉키고, 낯익은 장소가 어둠 속에 떠오르다 가까이 다가가면 까마득히 멀어지며 완전히 다른 장소로 변하고, 그곳에서 일어난 사건, 자신이 찾아가는 목적지, 그동안 만난 사람이 묘하게 뒤엉켜, 뭐라고 묻는 소리가 또렷하게 들리는 것 같아 깜짝 놀라며 고개를 돌려서 하마터면 대답까지 할 뻔하니, 상호 모순되는 환상은 공간을 끝없이 바꾸며 여자애를 휘감았다.

여자애는 환상에 까마득히 빠져들다 갑판 뱃사람과 얼굴이 우연히 마주쳤다. 그러자 상대는 술에 취해 떠들썩하던 분위기가 감상적인 분위기로 변한 듯, 입에서 곰방대를 떼어내고 철사로 청소하다, 넬리에게 노래나 한 곡 부르라며 말했다.

"너는 목소리가 예쁘고 눈이 부드럽고 기억이 좋아. 목소리와 눈은 내가 직접 확인하고, 기억은 추측한 거야. 그런데 나는 틀린 적이 없어. 지금 당장 한 곡조 뽑아보라고."

"아는 노래가 없어요, 아저씨."

넬리가 대답하자, 사내는 반박을 허용하지 않겠다는 듯 단호한 어투로 말했다.

"너는 마흔일곱 곡을 알아. 마흔일곱 곡. 그중 하나를 들려달라고…… 제일 멋진 곡으로. 지금 당장 한 곡조 뽑아."

상대가 화나면 무슨 일을 저지를지 몰라, 가련한 넬리는 두려워서 덜덜 떨며, 자신이 행복한 시절에 배운 민요 한 곡을 부르니, 사내 귀에 너무나 달콤하게 들린 나머지 한 곡 더 부르라 또다시 단호하게 요구하곤, 곡조도 안 맞고 가사도 모른 채 목소리만 키우며 노래에 힘을 실었다. 이렇게 불러대는 소리에 다른 사내가 깨어나고 비틀대며 다가와서 조금 전에 싸운 상대와 악수하고는 자신은 노래를 무엇보다 좋아한다고, 노래만큼 즐거운 건 어디에도 없다고 소리쳤다. 그래서 훨씬 단호한 세 번째 요구에 넬리도 응할 수밖에 없으니, 이번에는 두 명만 합창하는 게 아니라 말 등에 올라타서 배를 끌어당기느라 술잔치에 끼어들 수 없던 사내까지 동료가 커다랗게 부를 때마다 똑같이 소리를 키우며 공기를 갈랐다. 이런 식으로 한 번을 안 멈추고 똑같은 노래를 부르고 또 부르고 또 부르니, 여자애는 지칠 대로 지쳐도 뱃사람 세 명은 밤새도록 흥겹게 지내고, 농가에서 잠자던 사람들은 그릇 깨지는 소리가 바람에 실려 올 때마다 곤한 잠이 흔들려, 담요를 끌어다 머리까지 덮으며 이를 부드득 갈았다.

마침내 동녘이 텄다. 그런데 동녘이 트자마자 비가 묵직하게 내렸다. 선실로 쏟아지는 빗방울이 여자애는 못 견딜 정도로 힘들었지만 뱃사람들은 그동안 고생한 보답으로 질긴 삼베랑 방수포로 덮어주어, 할아버지까지 옆으로 들어와서 비를 피할 수 있었다. 비는 시간이 지날수록 강해지다 정오에는 더욱 무섭게 퍼부어댈 뿐, 줄어들 기미는 없었다.

그러는 사이에도 배는 목적지로 꾸준히 다가갔다. 강물은 더럽고 지저분하게 변했으며, 다른 바지선은 툭하면 다가오다 지나치고, 도로에 깔린 석탄가루와 벽돌로 쌓아 올린 집은 거대한 산업도시가 가깝다는 사실을 드러내고, 사방으로 흩어지는 도로와 건물, 머나먼 용광로에서 뿜어대는 연기는 이미 그 외곽으로 접어들었다는 사실을 알려주었다. 그러더니, 다닥다닥 달라붙은 지붕과 쭉 늘어선 건물은 엔진이 힘차게 돌아가는 대로 흔들리다, 날카로운 소리를 힘껏 내지를 때 또다시 흔들리고, 높다란 굴뚝은 까만 연기를 뿜어대서 지붕마다 까맣고 더러운 구름을 걸치며 공기를 까맣게 만들고, 망치는 쇠를 끊임없이 때리고, 거리는 시끌벅적하게 붐비며 다양한 소리를 내지르다 무언지 분간할 수 없는 소리로 뒤섞이며 목적지에 왔다는 사실을 알려주었다.

배는 선창으로 들어서고, 뱃사람 셋은 곧바로 정신없이 움직였다. 여자애는 할아버지와 함께 어디로 가면 좋을지 물어보려고 기다리다, 아무 말도 못 하고 더러운 길을 지나 인파가 붐비는 거리로 들어서니, 수천 년 전에 죽었다 기적처럼 깨어난 듯 당혹스럽고 어리둥절하고 혼란스러워, 시끌벅적한 거리 한가운데에, 비가 사납게 퍼붓는 한가운데에 우두커니 서고 말았다.

44장

짐마차가 화물을 덜거덕대며 시끄럽게 지나거나 빗물과 기름에 젖은 포장도로에 말굽이 미끄러져도, 빗물이 창문과 우산을 시끄럽게 때려도, 조금 더 급한 사람이 밀쳐도, 도로에 사람이 가득해서 시끌벅적해도, 번잡한 인파는 아무런 방해도 안 받고 자기 일에 하나같이 열중하며 서로 거스르는 물살처럼 급하게 흐를 뿐 멈추거나 줄어들 기색은 없었다. 두 이방인은 급하게 지나치는 인파에 당황해서 어리벙벙한 표정으로 바라볼 뿐 동참할 순 없어, 구슬프게 쳐다만 보노라니, 수많은 인파 가운데서 고독이 밀려들었다, 배가 부서져서 뱃사람이 거대한 파도에 이리저리 흔들리며 목마름에 시달릴 때 핏발이 곤두선 눈엔 사방에 물만 가득해도 갈증을 시원하게 풀어줄 물은 한 방울도 없는 것처럼.

넬리와 노인은 비를 피하려고 나지막한 아치 밑으로 들어가, 지나는 사람들 얼굴을 바라보며 용기나 희망의 빛줄기를 찾으려 애썼다. 일부는 얼굴을 찡그리고, 일부는 미소를 머금고, 일부는 투덜대고, 일부는 상쾌하게 걷는 게 조금 뒤에 시작할 대화에 잔뜩 기대하는 것 같고, 일부는 사람을 속여서 물건을 팔아먹으려는 것처럼 교활한 표정이고, 일부는 열정이 넘치고, 일부는 기운이 없고, 몇몇 얼굴엔 이익을 봤다고 적히고 몇몇 얼굴엔 손해를 봤다고 적혔는데, 가만히 멈춰서 바삐 지나는 얼굴을 쳐다보는 걸 모든 사람이 당연하게 여기는 것 같았다. 바쁜 공간에서는 누구든 할 일이 있다고, 다른 사람도 자신처럼 할 일이 있다고, 당연히 그 성격과 목적이 얼굴에 커다랗게 쓰여있다고 느낀다. 도시에 가득한 인도와 산책로에는 사람들이 자신도 드러내고 타인도 구경하러 돌아다니니 크게 안 다른 표정이 수없이 나타나나, 일하는 날에 나타나는 얼굴은 진실에 가까워, 훨씬 솔직한 표정이 드러난다.

여자애는 고독 속에서 일종의 추상 상태에 빠져들어, 지나는 인파를 흥미진진하게 바라보느라 자신이 처한 상황까지 순간적으로 잊었다. 하지만 빗물에 젖어서 몸은 춥고 배는 고프고 쉬고픈 마음은 가득한데 콕콕 쑤시는 머리를 누일 곳은 없어, 자신들 처지를 다시 떠올렸다.

지나는 사람 누구도 눈길을 안 주니, 감히 다가가서 호소할 사람도 없는 것 같았다. 결국엔 비를 피하던 은신처에서 나와, 인파에 뒤섞일 수밖에 없었다.

초저녁이 다가왔다. 두 사람은 여전히 방황하는데 인파는 줄어도 가슴에 가득한 고독감은 그대로고, 주변 모두 무관심한 것도 똑같았다. 거리와 상점에 가득한 불빛은 두 사람을 쓸쓸하게 만들기만 했다. 밤과 어둠이 그만큼 빨리 다가오는 것 같았기 때문이다. 여자애는 다 젖은 몸이 추워서 덜덜 떨렸다. 죽을 정도로 힘들고 아팠다. 이제는 바닥을 기는 용기라도 붙잡아야 했다.

시끌벅적한 도시에 뭐하러 왔단 말인가! 시골은 훨씬 평화로운 데다, 설사 배고프고 목마른 건 똑같을지언정, 이렇게 더러운 곳에서 시달릴 필요는 없지 않은가! 고통이 산처럼 가득한 도시에서 두 사람은 보잘것없는 티끌이니, 그 사실을 깨닫는 순간에 절망과 고통만 가득 몰려들었다.

여자애는 절망적인 상황에서 몰려드는 고통은 물론, 할아버지가 나무라는 소리까지 견뎌야 했다. 편히 살던 곳에서 뭣 때문에 도망쳤느냐며 당장 돌아가자고 요구한 것이다. 두 사람은 이제 땡전 한 푼 없으니 편히 쉴 수도 없어, 자신들이 걸어온 길을 되짚으며 황량한 거리를 걸어, 행여나 배가 그대로 있으면 그 배에 올라타서 하룻밤 보내길 갈망하며 선창으로 돌아갔다. 하지만 또다시 실망했다. 선창 입구가 닫힌 데다 무서운 개 여러 마리가 짖어대서 그냥 물러날 수밖에 없었다. 여자애는 발길을 돌리며 힘없는 목소리로 말했다.

"오늘 밤은 거리에서 자고, 할아버지, 내일은 구걸하면서 조용한 시골을 찾아가 무슨 일이든 해서 빵을 사야겠어요."

"나를 여기로 왜 데려온 거냐? 여기는 도저히 못 견디겠구나. 전에는 조용한 곳에서 살았잖아. 나를 억지로 데려온 이유가 무어냐?"

노인이 매섭게 다그치자, 여자애는 눈물을 지우고 단호한 태도를 순간적으로 되살리며 대답했다.

"제가 말한 꿈 때문에요. 우리는 가난한 사람 사이에서 살아야 해요. 안 그러면 그 꿈이 다시 찾아올 거예요. 사랑하는 할아버지, 저도 할아버지가 늙고 약한 걸 알아요. 하지만 저를 보세요. 저 역시 힘들어요. 그래도 할아버지가 불평하지 않으면 저 역시 불평하지 않아요."

그러자 노인은 걱정스러운 표정이 가득한 손녀딸 얼굴을, 때 묻은 손녀딸 옷을, 물집이 터져서 부어오른 손녀딸 발을 처음 보는 듯 바라보다, 두 손을 모으며 한탄했다.

"아! 엄마도 없고 집도 없고 돈도 없어서 거리를 헤매는 손녀딸! 내가 수없이 걱정하며 애썼지만 이런 꼴이 되고 말았구나! 예전에는 행복하게 살았으나 이제는 전부 잃고서 이런 꼴로 사는구나!"

여자애는 쉴만한 곳을 찾아 할아버지와 함께 꾸준히 걷다 명랑한 표정을 억지로 떠올리며 말했다.

"여기가 시골이라면 커다란 나무가 반기듯 녹색 팔을 기다랗게 뻗고 고개를 끄덕이며 부스럭대서 우리가 깊이 잠자는 동안 지켜줄 텐데요. 고마우신 하느님께서 우리가 아무리 늦어도 내일이나 모레까지 시골로 들어서도록 도와주실 거예요. 그러기 전까지 우리는 여기에 온 걸 잘했다고 여기는 거예요. 수많은 인파에 묻히면 잔인한 사람들이 쫓아오더라도 흔적을 못 찾을 테니까요. 그건 좋은 거잖아요. 여기에 깊고 낡은 입구가 있는데…… 어둡긴 해도 바람이 안 불어서 물기가 없고 따듯해요. 앗, 저게 뭐예요!"

여자애가 날카로운 비명을 조그맣게 내질렀다. 안에 들어가서 쉬려는 깜깜한 곳에 까만 물체가 갑자기 나타나서 물끄러미 쳐다보는 바람에 움찔한 것이다.

"다시 말해. 내가 아는 목소린가?"

까만 물체가 묻자, 여자애는 겁에 질린 채 대답했다.

"아니에요. 우리는 처음 오는데, 여인숙에 들어갈 돈이 없어서 하룻밤 쉬려는 거예요."

멀지 않은 곳에 등불이 희미하지만 주변이 한 평 정도 넓이에 불과해서 누추하고 지저분한 풍경을 보여주기엔 충분했다. 그 등불로 까만 물체가 손짓하더니, 몸을 숨겨서 유리한 위치를 선점할 생각은 없다는 듯 자신도 불빛이 비치는 곳으로 나왔다. 사내처럼 보이는데, 옷차림이 초라하고 검댕이 가득 묻어 생살이 실제보다 창백해 보였다. 하지만 애초에 창백하고 핼쑥한 데다 뺨은 움푹 들어가고 몸매는 깡마르고 두 눈은 퀭한 게, 한 마디로 오랜 고통에 끝없이 시달린 모습이었다. 목소리는 거칠어도 잔인하지 않고, 앞에서 말한 것 말고도 까만 머리칼이 기다랗게 자라서 얼굴을 가렸지만, 사악하거나 사나운 표정 역시 아니었다.

"어떻게 여기서 쉴 생각을 했니?"

사내가 묻더니, 여자애를 자세히 살피며 덧붙였다.

"어떻게 이런 밤에 쉴 곳을 찾아다니게 됐니?"

"불행이 겹친 거지요."

할아버지가 대답하자, 사내는 넬리를 열심히 바라보다 물었다.

"저 아이가 온몸이 흠뻑 젖은 걸, 여자애는 비를 맞으면 안 좋다는 걸 아세요?"

"잘 안다오. 하지만 어쩌겠소!"

노인이 대답하자, 사내는 넬리를 다시 쳐다보고 그 옷을 가만히 만져서 쪼르륵 흘러내리는 빗물을 바라보다 말했다.

"내가 다른 건 없어도 너를 따듯한 곳으로 데려갈 순 있어. 저곳으로 들어가는 거야."

사내가 자신이 나온 입구를 가리키더니, 노인에게 말했다.

"그래도 여기보단 안전하고 좋아요. 불길이 거칠게 올라오지만, 옆에서 하룻밤을 안전하게 보낼 순 있어요, 내 말을 믿고 따라온다면. 저쪽에 빨간 불빛이 보이나요?"

두 사람은 고개를 돌려서 어두운 하늘에 걸친 섬뜩한 빛을 보았다. 멀리서 솟구치는 불빛이 흉측하게 어린 것이다.

"안 멀어요. 따라올래요? 차가운 바닥에서 잠자려던 것 같은데, 바닥에 깔린 재가 따듯한 잠자리를 내줄 수 있어요. 정말 아늑하지요."

사내는 노인에게 말하고 두 사람 표정을 살피다가 대답을 안 기다리고 넬리를 두 팔로 번쩍 들더니, 노인에게 따라오라고 말하며 앞장섰다.

사내는 넬리를 갓난아기처럼 가볍고 편하게 든 채 확실하면서도 빠르게 걸어, 도시에서 가장 초라하고 비참해 보이는 지역을 지나고, 장애물 같은 건 아무렇지 않은 듯, 물이 넘치는 도랑이나 물이 콸콸 흘러내리는 배수관도 곧장 지나치며 꾸준히 나아갔다. 15분 정도를 말없이 나아가니, 사내가 가리킨 불빛이 순간적으로 사라지다, 어둡고 좁은 길을 지나는 순간에 갑자기 환하게 일어나며 바로 옆에서 높이 솟구친 굴뚝으로 힘차게 올라갔다.

사내는 그 입구에서 넬리를 내려놓은 다음, 그 손을 잡으며 노인에게 말했다.

"여깁니다. 겁내지 마세요. 두 분을 해칠 사람은 아무도 없으니까."

두 사람이 안으로 들어서려면 강한 확신이 필요했다. 내부에 펼쳐진 광경이 더없이 무섭고 섬뜩했다. 엄청 널찍하고 드높은 건물을 쇠기둥이 받치고, 위쪽 벽에 커다랗고 새까만 구멍을 뻥뻥 뚫어서 바깥 공기를 빨아들이고, 망치로 때리는 소리와 용광로가 타오르는 소리는 천장에서 메아리치다 빨갛게 달군 쇳덩이가 물속에서 지글대는 소리랑 뒤섞이는 등, 생전 처음 듣는 소음이 사방에 가득하고, 우중충한 공간에서 사내 서너 명이 화염과 연기 사이를 악마처럼 움직이다, 불길이 타오를 때마다 환하게 드러나며 거대한 무기를 고통스럽게 휘둘러, 행여나 실수라도 하면 다른 사람 해골을 깨부술 거인처럼 정신없이 일했다. 다른 몇 명은 석탄이나 재 무더기에 누워서 까맣고 둥근 천장을 바라보며 고된 노동을 잠시 쉬거나 잠잤다. 또 다른 몇 명은 새하얀 열기를 내뿜는 용광로 문을 열어서 석탄을 퍼붓고, 그럴 때마다 화염이 무섭게 달려들어 기름처럼 핥아 먹었다. 또 다른 몇 명은 빨갛게 달아올라 열기를 도저히 못 견딜 것처럼 내뿜는 쇳덩이를 바닥에 놓아 시끄럽게 때리고, 그럴 때마다 사나운 맹수가 새빨간 눈빛을 번뜩이듯 불똥이 튀었다.

당혹스러운 광경과 귀청이 터질듯한 소리로 가득한 곳을 지나서 깜깜한 안쪽으로, 밤이고 낮이고 타오르는 용광로 옆으로 사내가 인도하니, 두 사람은 소리를 들을 순 없어도 말하는 모습을 볼 순 있어, 사내 입술이 움직이는 걸 보고서 추측할 수밖에 없었다. 여태껏 불길을 지키던 노동자는 이제 임무를 끝내고 기쁘게 물러나니, 사내는 넬리의 조그만 망토를 잿더미에 펼치고 겉옷을 걸어서 말릴 곳을 알려준 다음에 넬리와 노인에게 누워서 자라고 손짓했다. 그리곤 용광로 바로 앞 울퉁불퉁한 멍석에 앉아서 턱을 두 손으로 받친 채 쇳덩이 틈새로 이글거리는 불길과 지옥 불 바닥으로 가라앉는 하얀 재를 지켜보았다.

잠자리는 딱딱하고 초라해도 따듯하고, 여자애는 완전히 지친 나머지 시끌벅적한 소리마저 자장가처럼 달콤하게 들렸다. 노인도 옆에 기다랗게 눕고, 여자애는 할아버지 가슴에 한 손을 올리고 가만히 누워서 곤하게 잠들었다.

여자애는 밤이 여전히 한창일 때 깨어났으나 얼마나 오래 잤는지 얼마나 짧게 잤는지 알 순 없었다. 하지만 작업복이 몸을 덮어, 바깥에서 들어오는 차가운 바람도 안에서 일어나는 뜨거운 열기도 막아준다는 걸 깨달았다. 그래서 바라보니, 사내는 원래 자세 그대로 앉아서 불길에 시선을 고정한 채 열심히 바라볼 뿐 꼼짝도 않는 모습이 숨조차 안 쉬는 것 같았다. 여자애는 비몽사몽 상태로 누워서, 꼼짝도 안 하는 사내를 한참 바라보다 앉은 자세 그대로 죽은 것 같다는 공포까지 일어, 가만히 일어나서 가까이 다가가 그 귀에다 속삭이는 위험을 감수했다.

사내가 꿈틀대더니, 똑같은 여자애라는 걸 확인하려는 듯, 여자애가 조금 전까지 누웠던 곳과 옆에 있는 여자애를 번갈아 보더니, 왜 그러느냐는 표정으로 가만히 바라보았다.

“아저씨가 아픈 줄 알았어요. 다른 아저씨는 모두 움직이는데, 아저씨는 꿈쩍도 안 해서요.”

여자애가 말하자, 사내가 대답했다.

“다른 사람은 나를 안 건들거든. 내 성격을 아는 거야. 그래서 놀리긴 해도 괴롭히진 않아. 저쪽을 보렴…… 내 친구야.”

“저 불길요?”

“나만큼 오래 살았지. 우리는 밤새도록 함께 대화하고 함께 생각한단다.”

여자애가 깜짝 놀라며 힐끗 쳐다보지만, 사내는 이미 눈길을 돌린 채 처음처럼 깊은 생각에 빠져들었다. 그러다 말했다.

“나한테는 책 같아, 내가 읽는 법을 배운 유일한 책. 그래서 나한테 옛날이야기를 들려줘. 음악이기도 하고. 다른 소리가 아무리 시끄럽고 복잡해도 나는 저 목소리를 단번에 알아듣거든. 저기엔 그림도 있어.

낯선 얼굴과 다양한 광경이 새빨간 석탄불에 얼마나 많이 어리는지 너는 몰라. 저 불은 기억이기도 해, 내가 살아온 인생을 보여주는."

여자애는 이 말을 들으려고 고개를 숙이다, 사내가 깊은 생각에 잠기며 번뜩이는 강렬한 눈빛을 보았다.

"그래, 갓난아기 때도, 이리저리 기어 다니다 깊이 잠들 때도, 저 불은 똑같았어. 당시에는 아버지가 저 불을 지켜보았지."

사내가 말하며 희미한 미소를 머금자, 여자애가 물었다.

"어머니는요?"

"돌아가셨어. 여기에선 여자도 힘들게 일해. 사람들 말이 어머니는 일하다 돌아가셨다더군. 그때 이후로 저 불길도 끊임없이 똑같이 말하는 걸 보면 사실인 것 같아. 나는 저 불을 믿거든."

"그럼 여기에서 자란 건가요?"

"여름이든 겨울이든. 처음엔 은밀하게 지내다 나중에 들켰는데 사람들이 그냥 두었어. 그래서 불이 나를 보살폈지, 바로 저 불. 지금까지 한 번도 안 꺼졌거든."

"저 불이 좋으세요?"

"당연하지. 아버지도 저 앞에서 돌아가셨어. 나는 아버지가 바로 저기에, 지금 재가 떨어지는 곳에 쓰러진 걸 보았어. 저 불이 왜 아버지를 안 일으키는지 궁금하게 여기던 기억이 나."

"그 이후로 여기서 계속 지낸 거예요?"

"저 불길을 처음 본 이후로. 다른 데서 잠시 지낸 적도 있는데 끔찍하게 춥더군. 하지만 저 불은 늘 타오르다, 나를 보고서 신나게 춤췄지, 내가 어릴 적에 늘 그런 것처럼. 나를 보면 어린 시절을 어떻게 보냈는지 추측할 수 있을 거야. 너랑 나는 어린 시절을 다르게 보냈어도, 오늘 밤에 너를 보는 순간 내 모습이, 아버지가 돌아가신 당시 모습이 떠오르더군. 그래서 너를 불가로 데려오고 싶었어. 네가 저 옆에서 잘 때는 내가 그렇게 자던 시절이 떠오르고. 인제 그만 가서 자렴. 다시 누워, 가련한 아이야, 다시 누워!"

사내는 이렇게 말하곤 어설픈 잠자리로 데려가서 여자애가 처음 깨어날 때 덮었던 작업복을 다시 덮어주고 자기 자리로 돌아가더니, 용광로에 먹이를 줄 때만 빼면 가만히 앉아서 석상처럼 꼼짝을 안 했다. 여자애는 그런 사내를 바라보다 졸음이 밀려들어, 낯설고 깜깜한 잿더미가 궁전 침실 오리털 침대라도 되는 듯, 편히 곤하게 잤다.

다시 깨어난 건 대낮으로, 높은 벽 곳곳에 뚫린 구멍으로 햇살이 파고들며 벽 중간까지 비스듬히 쏟아져, 건물 내부가 한밤중보다 어둡게 보였다. 쇠를 때리는 소리를 비롯해 시끄러운 소리는 여전히 가득하고, 잔인하게 타오르는 불길도 똑같았다. 낮이든 밤이든 변하는 건 없는 것 같았다.

사내는 커피 조금과 거친 빵조각에 불과한 아침을 여자애와 노인에게 조금씩 나눠주고, 어디로 갈지 물었다.

여자애는 도시도 마을도 멀리 떨어진 시골로 깊이 들어갈 거라 대답하고는 어느 길로 가는 게 제일 좋으냐고 더듬거리는 어투로 물었다.

사내는 머리를 절레절레 저으며 대답했다.

"나는 시골을 몰라. 용광로 앞에서 평생을 보내느라 맑은 공기를 마시러 간 적이 없어. 하지만 그런 곳이 있긴 하지."

"먼가요?"

"꽤 멀어. 이런 데 주변에서 푸르른 녹색이 어떻게 자라겠니? 사방으로 수없이 뻗어 나간 길도 우리 공장처럼 불길이 환하거든…… 도로는 새까맣고, 밤에 보면 무서울 정도로."

사내가 말하자, 여자애는 용감하게 대답했다. 할아버지가 걱정스러운 표정으로 듣는 걸 보았기 때문이다.

"그래도 가야 해요."

"사람들은 거칠고, 그렇게 연약한 발로 가기에는 길이 너무 험하고 황량해. 돌아갈 곳은 없니?"

사내 말에 여자애는 다그치듯 대답했다.

"없어요. 가는 길을 알려줄 수 있으면 알려주세요. 하지만 알려줄 수 없으면 우리 길을 막으려 하지 마세요. 우리가 얼마나 커다란 위험을 피해서 도망쳤는지, 도망친 게 얼마나 잘한 건지 아저씨는 몰라요. 그걸 안다면 아저씨도 우리를 막으려 들지 않을 거예요."

"어쩔 수 없구나!"

초라한 친구가 말하면서 노인에게 눈길을 돌리자, 노인은 고개를 숙인 채 바닥만 내려다보았다. 그래서 다시 말했다.

"입구에서 알려주마, 최대한 자세히. 더 도울 수 없어서 안타까워."

그러더니, 도시를 벗어날 방향과 그다음부터 가야 할 방향을 알려주었다. 그런데 똑같이 설명하고 또 하는 바람에 여자애는 계속 들을 수 없어서 고마운 마음을 급히 전하고 헤어졌다.

오솔길 모퉁이를 돌아가기 직전에 사내가 급히 달려와서 여자애 손에 무언가를 쥐여주었다. 연기에 그을린 채 잔뜩 찌그러진, 그러나 천사 눈에는 비석에 새긴 황금 글씨보다 환하게 반짝일 것 같은, 동전 두 개였다.

이들은 이렇게 헤어지니, 여자애는 굴욕스러운 죄악에서 멀리 벗어나는 신성한 임무에 열중하고, 노동자는 두 손님이 잠자던 자리에 새로운 의미를 부여하고 용광로 불길에서 새로운 역사를 읽었다.

45장

이리저리 떠도는 동안 탁 트인 들판과 맑은 공기를 지금처럼 간절하게 바란 적은 없었다. 그렇다, 정든 집을 버리고 낯선 세상에 뛰어든, 익숙한 모든 걸 뒤로 한 채 거리로 나선 그날 새벽에도, 산업도시 특유의 소음과 쓰레기와 매연이 세상을 집어삼켜 어딜 둘러보아도 도망칠 곳 없고 희망도 없는 지금처럼 신선한 숲과 산과 들판을 간절하게 바란 적은 없었다.

'이틀 밤낮! 아저씨는 이런 곳을 이틀 밤낮 걸어야 한다고 했어. 아! 살아서 시골로 들어선다면, 끔찍한 곳을 벗어난다면 설사 쓰러져 죽더라도 하느님이 베푸신 은혜를 더없이 고맙게 여기겠어!'

여자애는 이렇게 생각하고, 개울과 산을 수없이 넘어서 끔찍한 곳을 완전히 벗어나, 가난한 사람이 소박하게 사는 곳으로, 자신도 할아버지와 농사지으며 소박하게 살 수 있는 곳으로 가야 한다는 계획을 막연하게 세우니, 돈이라곤 가난한 노동자가 준 동전 두 개가 전부고 용기라곤 마음에서 조그맣게 일어난 게 전부지만, 지금 올바로 행동한다는 확신이 들어서 기운을 북돋우며 대담하게 나아갔다. 그래서 거리를 힘겹게 걸어가다 말했다.

"오늘은 천천히 걸어야겠어요, 할아버지. 발바닥이 아픈 데다 어제 비를 맞아서 팔다리가 쑤셔요. 우리가 이럴 것 같아서 아저씨가 오래 걸어야 한다고 했나 봐요."

그러자 할아버지가 측은한 표정으로 대답했다.

"그 사람 말대로 길이 험하구나. 다른 길은 없니? 이 길 말고 다른 길로 가면 안 될까?"

하지만 여자애는 단호했다.

"우리가 아무런 위험 없이 평화롭게 살 곳은 저 너머에요. 이 길도 결국엔 끝날 테니, 여기에서 방향을 바꿀 순 없어요, 예상한 것보다 백 배는 힘들더라도. 그렇지 않나요, 할아버지?"

노인이 몸뚱이만큼이나 떨리는 목소리로 대답했다.

"그래. 계속 가자꾸나. 나는 준비를 다 했다. 완전히 다 했어, 넬리."

여자애는 할아버지가 아는 이상으로 힘들게 걸었다. 관절을 움직이는 자체가 힘들고 통증은 늘어만 갔다. 하지만 아프단 소리도 않고 아프단 표정도 안 하니, 두 사람은 느리긴 해도 앞으로 나아가긴 나아갔다. 그러다 도시를 완전히 벗어날 때는 상당히 멀리 왔다는 느낌마저 들었다.

근교로 나오자 빨간 벽돌 주택이 길게 늘어서고 일부는 조그만 정원도 있는데, 석탄가루와 공장 매연이 까맣게 달라붙어 잎사귀마다 쪼그라들고, 쭉 늘어선 꽃은 더럽고, 채소는 용광로와 화덕에서 내뿜는 열기에 맞서 싸우다 시들시들 병들어서 도시보다 끔찍하고 흉물스러운데…… 단층 주택이 기다랗게 늘어선 지역을 지나자 음산한 지역이 천천히 다가오는데, 풀잎 하나 제대로 자라는 게 안 보이고, 꽃봉오리는 봄이 돼도 안 필 것 같고, 식물이라곤 썩은 물이 고인 주변만 조금씩 자라다 까만 석탄가루를 뒤집어쓴 채 문드러진 게 전부였다.

애처로운 느낌이 가득한 곳으로 깊숙이 들어갈수록 두 사람은 삭막한 분위기에, 황량하고 우울한 분위기에 휩싸였다. 사방에, 멀찍이 시선이 닿는 곳마다 높다란 굴뚝이 틀어박혀서 추악한 형상을 묵직하게 드러낸 채 악몽이라도 꾸듯 새까만 연기를 역병처럼 뱉어내며 햇빛을 가려서 공기를 매캐하고 울적하게 만들었다. 썩어빠진 지붕이나 판자로 가린 도로변 잿더미에서는 괴물이 고문받는 듯 이상한 엔진이 몸부림치며 쇠사슬을 철렁이다, 도저히 못 견디고 비명을 질러대듯 숨 가쁘게 돌아서 대지도 덜덜 떨었다. 황폐한 집은 먼저 무너진 다른 집 판자에 기댄 채 금방이라도 무너질 것 같은 데다, 지붕도 없고 창문도 없이 석탄가루만 뒤집어쓴 모습이 황량하지만, 사람이 살았다. 창백한 얼굴에 누더기를 걸친 남자와 여자와 아이들이 엔진을 보살피며 불길에 먹이를 주거나 도로변에서 구걸하거나 문짝도 없는 집에서 반쯤 벌거벗은 채 무섭게 노려보았다. 그러다 잔뜩 화난 괴물이 다시 일어나, 누구도 못 다스릴 맹수처럼 비명을 지르며 돌고 또 돌고 또 돌아, 앞에도 뒤에도 오른편에도 왼편에도 높이 쌓아 올린 벽돌은 까만 연기를 끊임없이 뱉어내서 새까만 구름으로 태양을 차단하며 공포를 몰아와, 생물이든 무생물이든 모조리 결딴냈다.

그러나 밤에는 또 얼마나 끔찍하던가! 밤이면, 까만 연기는 화염으로 돌변해서 굴뚝마다 불꽃을 뿜어대고, 온종일 까맣던 천장은 새빨갛게 반짝이고, 불길을 날름대는 주둥이에선 사람이 오가며 거친 목소리로 서로를 불러댄다. 밤이면, 기계마다 암흑에 잠긴 채 이상한 소리를 한껏 내지르고, 주변 사람은 한층 거칠고 잔인하며, 일자리를 잃은 노동자 무리는 횃불을 들고 행진하고, 지도자는 부당한 현실을 깨부수자며 소리높여 선동하고, 잔뜩 흥분한 노동자들은 칼과 횃불로 무장해, 여인네들이 참으라고 울면서 호소하는 걸 외면한 채, 모든 걸 깨부수려고 달려가지만, 제대로 깨부수는 건 하나도 없다. 밤이면, 짐마차는 (전염병이 돌아서 죽은 사람을 치우려) 어설픈 관을 잔뜩 싣고 덜거덕대며 지나고, 부모 잃은 아이들은 울고 넋 나간 아낙네들은 울부짖으며 따라간다. 밤이면, 일부는 빵을 구걸하고, 일부는 근심 걱정을 잊으려 술을 마시고, 일부는 울면서, 일부는 비틀비틀 걸으면서, 일부는 눈이 새빨갛게 달아오른 채 집으로 간다. 밤이면, 하늘이 지상에 내려보낸 밤과 달리 고요하거나 평화롭지도 않고 행복하게 잠자는 징후도 없으니, 이렇게 끔찍한 밤을 어린 여자애가 어떻게 견디겠는가!

그런데도 여자애는 하늘을 지붕 삼아 누울 때 자신이 아니라 불쌍한 할아버지만 걱정하며 기도했다. 완전히 지쳐서 힘은 없어도 머리는 차분하고 고요해, 자신에게 필요한 건 생각지 않고 할아버지를 도와달라고 하느님에게 기도했다. 지금까지 걸어온 길을 떠올리다, 간밤에 잠잔 옆에서 불길이 타오르던 방향도 쳐다보았다. 이름을 묻는 건 잊었지만 기도 속에서 불쌍한 아저씨를 떠올려, 아저씨가 지키던 곳을 안 돌아보는 건 은혜를 모르는 짓 같았기 때문이다.

동전 하나로 산 빵이 그날 두 사람이 먹은 전부였다. 턱없이 적은 양이지만 머리가 이상할 정도로 차분하고 배고픈 감각조차 없었다. 그래서 얼굴에 고요한 미소를 머금은 채 누워서 잠들었다. 잠자는 것 같진 않은데, 잠잔 게 분명했다. 그게 아니라면 고마운 여학생을 꿈속에서 밤새도록 본 건 무어란 말인가! 아침이 왔다. 힘이 없어서 제대로 보이는 것도 제대로 들리는 것도 없으나, 여자애는 투덜대지 않았다. 할아버지를 안심시키려는 마음이 아니라도 투덜대지 않을 것 같았다. 끔찍한 곳을 벗어날 수 없을 것 같다는 느낌이, 자신이 많이 아프다는, 그래서 죽어간다는 느낌이 들었다. 하지만 두렵거나 불안한 느낌은 아니었다.

마지막 남은 동전 한 닢으로 빵을 산 다음에 비로소 아무것도 먹기 싫다는 사실을 깨닫고 한 입도 안 먹었다. 할아버지가 맛있게 먹는 모습을 기쁘게 바라볼 뿐이었다.

주변 풍경은 어제와 똑같았다. 변한 것도 좋아진 것도 없었다. 공기에 먼지가 많아서 숨조차 쉬기 힘든 것도 똑같고, 주변이 황폐한 것도 똑같고, 절망적인 풍경도 똑같고, 비참할 정도로 가난한 것도 똑같았다. 물체는 흐릿하고 소음은 희미하나, 길은 훨씬 거칠고 울퉁불퉁해서 여러 차례 넘어지니, 다시 안 넘어지려고 애쓰며 걸었다. 아아, 불쌍하도다, 그렇게 넘어진 건 길 때문이 아니라 비틀거린 다리 때문인 것을!

오후로 넘어가자, 할아버지가 배고프다며 심하게 투덜댔다. 여자애는 도로변에 가축우리처럼 비참하게 늘어선 집으로 다가가서 손으로 문을 두드렸다.

깡마른 사내가 문을 열며 물었다.

"무슨 일이니?"

"자선을 베푸세요. 빵 한 조각만."

여자애가 구걸하자, 사내는 땅바닥에 있는 꾸러미 같은 걸 가리키며 힘없이 대답했다.

"저거 보이니? 아들이 죽었단다. 나를 비롯해 노동자 오백 명이 쫓겨났어, 삼 개월 전에. 세 번째자 마지막으로 죽은 자식이란다. 그런 내가 자선을 베풀 수 있겠니, 빵 한 조각이라도?"

여자애는 뒤로 물러나고 문은 닫혔다. 하지만 너무나 절박해서 다른 문을, 바로 옆집을 두드리니, 가볍게 두드리는 힘에 문이 스르륵 열렸다.

여기에는 가난한 가정이 둘이나 사는 것 같았다. 두 여인네가 각자 다른 부분을 차지한 채 자녀들에 둘러싸였기 때문이다. 까만 옷차림 신사 한 명이 지금 막 들어온 듯, 한가운데서 사내아이 팔을 잡고 엄숙하게 말했다.

"자, 아주머니, 말도 못 하고 듣지도 못 하는 당신 아들을 받으시오. 아들을 돌려줘서 고마운 줄 아시오. 아침에 도적질하다 잡혀서 나한테 끌려왔소. 다른 아이 같으면 혼쭐이 났을 거요. 하지만, 장애가 불쌍하고 제대로 못 배웠을 거란 생각도 들어서 데려온 것이오. 앞으론 제대로 신경 써서 돌보시오."

그러자 다른 여자가 벌떡 일어나서 사내 앞으로 나오며 소리쳤다.

"우리 아들도 돌려주세요! 똑같은 죄로 잡아갔잖아요!"

"그 애도 말을 못 하고 못 듣나요, 아주머니?"

신사가 근엄하게 묻자, 여자가 반문했다.

"그렇지 않던가요, 나리?"

"그렇지 않다는 건 아주머니도 알잖소."

"우리 애도 태어날 때부터 말을 못 하고 못 들었다고요. 제대로 배우지도 못 하고요! 우리 애가 어디에서 배우겠어요? 어디에서요? 우리 애가 누구한테 제대로 배우고 어디에서 제대로 배우겠어요?"

"진정하시오, 아주머니. 아주머니 아들은 제대로 듣고 제대로 말한다고요."

"맞아요, 그래서 옆길로 더 쉽게 샌 거예요. 저 집 아이가 옳고 그른 걸 몰라서 풀어준다면, 그런 걸 못 배운 우리 아이는 왜 안 풀어주나요? 신사 나리가 아무것도 몰라서 우리 아이한테 벌을 준다면, 하느님이 아무것도 몰라서 말을 못 하고 못 듣게 한 저 집 아이도 벌을 주어야 한다고요. 이걸 배웠는지 저걸 배웠는지 신사 나리들이 따지는 동안 너무나 많은 아이가, 아, 그리고 어른들이, 말도 못 하고 못 듣다, 마음이 병들었다는 이유로 당신네한테 끌려가서 벌 받다 몸과 마음이 멍든다고요! 나리, 우리 아들도 돌려주세요, 공평하게."

"필사적이군. 하지만 나로선 안됐다는 말밖에 못 하겠소."

신사가 말하며 코 담뱃갑을 꺼내자, 여자가 대답했다.

"네, 필사적이랍니다. 나리가 그렇게 만들었으니까요. 우리 아들을 돌려주세요, 여기 가엾은 동생들한테 먹을 거라도 갖다 주도록. 저 집 아들한테 자비를 베푸신 것처럼, 나리, 우리 아들도 공평하게 돌려주세요!"

여자애는 자선을 구할 집이 아니라는 걸 충분히 보고 들은 다음, 문가에서 할아버지를 당기며 다시 먼 길에 나섰다.

그렇게 걷는 사이에 희망도 기력도 계속 줄지만, 여자애는 움직일 힘이 있는 한 한숨이나 불평 한마디 안 내뱉겠다는 결심을 다지며, 느려질 수밖에 없는 걸음을 벌충하려 예전처럼 툭하면 멈춰서 쉬지도 않고 힘든 길을 꾸준히 나아갔다. 음울한 풍경이 똑같은 곳을 지나, 번잡한 도시로 들어선 건 해가 완전히 떨어지기 직전에 황혼이 진하게 깔릴 즈음이었다.

두 사람은 기운이 없어서 머리까지 어지러운 터라 거리를 걷는 게 더없이 힘들었다. 문을 몇 차례 두드려서 구걸하다 거절당하자, 도시를 최대한 빨리 벗어나, 지칠 대로 지친 나그네를 동정할 외딴집이 있는지 알아보기로 했다.

몸을 질질 끌며 마지막 거리를 지날 즈음, 여자애는 약한 체력으로 도저히 못 견딜 순간이 다가온다는 걸 느꼈다. 바로 그 순간, 앞에서 걸어가는 사내가 보였다. 등에 걸망을 진 채 한 손은 단단한 지팡이를 짚고, 다른 한 손엔 책을 들고서 읽으며 걸어가는 사내였다.

걸음이 빠른 데다 거리까지 멀어, 사내를 따라잡아 도움을 청하는 게 쉽지 않았다. 그런데 사내가 집중해서 자세히 읽으려고 걸음을 멈추는 게 아닌가! 여자애는 한 줄기 희망을 느끼고 할아버지를 뒤에 둔 채 앞으로 달리다, 낯선 사내가 급한 발소리에 안 놀라도록 다가가서 가느다란 목소리로 도움을 요청했다.

사내가 머리를 돌리는 순간, 여자애는 두 손을 마주 잡고 외마디 비명을 내지르며 쓰러져서 그대로 정신을 잃었다.

46장

사내는 가난한 교장 선생님이었다. 다른 사람이 아니라, 바로 가난한 교장 선생님이었다. 여자애가 교장 선생을 알아보고 깜짝 놀란 만큼이나 교장 선생 역시 놀라서 환영이라도 본 것처럼 순간적으로 옴짝달싹 못 했다. 바닥에서 일으킬 생각조차 못 할 정도였다. 하지만 곧바로 정신을 되찾고 지팡이와 책을 내던진 채 재빨리 무릎 꿇어 여자애를 깨우려고 애쓰는 사이에 할아버지가 힘겹게 다가와서 손을 비비며, 손녀딸에게 무슨 말이든 하라고, 한마디만 하라고 사정했다. 그래서 교장 선생이 노인 얼굴을 올려다보며 말했다.

"아이가 완전히 지쳤어요. 아이를 너무 힘들게 했어요, 친구."

"아무것도 못 먹어서 죽어가는 거예요. 체력이 떨어지다 못해 이렇게 아플 거란 생각은 못 했어요, 지금까지."

노인이 말하자, 교장 선생은 나무라는 눈빛 절반, 동정하는 눈빛 절반으로 힐끗 쳐다보곤 여자애를 두 팔로 들더니 노인에게 조그만 바구니를 주워들고 쫓아오라 한 다음에 최대한 빠르게 걸었다.

앞에서 조그만 여인숙이 나오는데, 뜻밖의 사태가 일어나기 전에 교장 선생이 가려던 곳 같았다. 그래서 의식이 없는 여자애를 들고 급하게 들어서자마자 주방으로 가더니, 벽난로 주변 사람들에게 비키라 소리치곤 곧장 다가가서 의자에 내려놓았다.

사람들은 교장 선생이 들어오는 걸 보고 깜짝 놀라며 급히 일어나서는 그런 상황에 흔히 그럴 것처럼 행동했다. 약을 가져오라 일제히 소리치지만 실제로 가져오는 사람은 하나도 없고, 공기가 통하게 하라 소리치지만 동정 어린 표정으로 에워싸며 차단하고, 자신은 몰라서 가만히 있지만 다른 사람이 적절하게 조치하지 않는 걸 어이없게 여겼다.

여주인은 비교적 차분해, 사태를 재빨리 파악하고 물러나서 따듯하게 데운 브랜디와 물을 곧바로 가져오고, 하녀는 식초와 탄산 암모니아와 코 자극제 같은 각성제를 잇달아 가져와서 서둘자, 여자애는 정신이 살짝 돌아와서 사람들에게 희미한 목소리로 고맙다 말하고, 바로 옆에서 걱정스럽게 바라보는 교장 선생에게 한 손을 내밀었다. 여인네들은 힘들게 말하지 말라고, 손가락 하나 까딱하지 말라고 하면서 여자애를 들어 침대로 곧장 데려가, 몸을 따듯하게 감싸고 차가운 발을 따듯한 물로 씻기고 천으로 감싸준 다음에 사람을 보내서 의사를 불렀다.

의사는 딸기코 신사로, 주름 잡힌 까만 공단 조끼 밑으로 도장 뭉치를 대롱대롱 매단 채 급히 달려와서 가련한 넬리 침상 곁에 앉더니, 시계를 꺼내서 맥박을 쟀다. 그러다 혓바닥을 들여다보고 다시 맥박을 재면서 반쯤 빈 포도주잔을 바라보며 깊은 생각에 빠진 듯했다. 그리고 말했다.

"따듯하게 데운 브랜디에 물을 타서 조금씩 주어야 합니다."

"어머나, 우리가 그렇게 했답니다, 선생님!"

여주인이 기뻐하며 말하자, 의사는 계단에 있던 대야를 떠올리고 신의 계시를 전하는 목소리로 다시 말했다.

"그리고 두 발을 따듯한 물로 씻긴 다음에 천으로 감싸주어야 하오. 그런 다음에 먹을 걸 가볍게 주고…… 닭 날개 같은 걸 구워서……"

엄숙한 목소리에 여주인이 다시 소리쳤다.

"어머나, 어쩜 그럴 수가, 선생님, 주방에서 지금 닭 날개를 굽는 중이랍니다!"

정말이다. 교장 선생이 주문했다. 그래서 냄새가 솔솔 피어나, 의사도 관심만 기울이면 충분히 맡을 수 있었다. 아니, 실제로 맡은 것 같았다.

"그렇다면 적포도주에 설탕을 넣고 따듯하게 데워서 주도록 하시오, 아이가 포도주를 좋아한다면……"

의사가 말하며 엄숙하게 일어나자, 여주인이 재빨리 물었다.

"토스트도 곁들여서요, 선생님?"

그러자 의사는 고상하게 양보하는 어투로 대답했다.

"네, 토스트도 곁들여서…… 빵으로. 빵을 구운 토스트여야 한다는 걸 명심하시오, 부인."

의사가 천천히 엄숙하게 말하며 떠나자, 그곳 사람 모두 자기네가 떠올린 지혜와 너무나 똑같다는 사실에 감탄하고, 의사가 정말 날카롭다며, 상태를 완벽하게 파악했다며, 의사가 그렇게 말한 데에는 다 이유가 있다며 칭찬했다.

음식을 준비하는 동안 여자애는 곤하게 자다가 음식이 다 된 다음에 깨어나야 했다. 그런데 할아버지가 아래층에 있다는 걸 깨닫고 극도로 불안해하며 힘들어하자, 할아버지도 올라와서 여자애와 함께 저녁을 먹었다. 사람들은 여자애가 할아버지와 떨어지는 걸 힘들어한다는 사실을 깨닫고 서로 안쪽으로 연결된 침실을 내주자, 할아버지는 그 방으로 곧장 들어갔다. 하지만 방문 열쇠가 다행히도 넬리 침실 쪽에 달려, 넬리는 여주인이 물러나자마자 그쪽으로 가서 할아버지가 편히 쉬는 걸 확인하고 다행스럽게 여기며 자기 침대로 기어갔다.

교장 선생은 사람이 모두 물러난 부엌 벽난로 앞에 행복한 얼굴로 앉아서 파이프 담배를 오랫동안 태우며, 자신이 여자애를 우연히 만나서 도운 걸 다행스럽게 여기다, 호기심 많은 여주인이 넬리가 그동안 살아온 과정을 꼬치꼬치 캐묻는 말에 최대한 단순명쾌하게 대답했다. 교장 선생은 꺼릴 게 없는 데다 교활하게 얼버무리며 넘어가는 능력마저 없는지라, 여주인은 처음 5분 동안 모든 내용을 있는 그대로 들었으나 그다음부터 궁금한 내용은 교장도 몰랐다. 하지만 여주인은 만족할 수 없었다. 상대가 대답을 교묘하게 피한다 여기고 대답할 수 없는 이유를 다그쳤다. 그런데 여주인은 손님이 살아온 과정을 자세히 파고들지 말아야 한다. 자기 문제도 많으니, 손님 문제가 아니라 자기 문제에 집중하는 게 옳다. 여주인은 예의상 묻고 예의상 대답을 듣는 거로 만족해야 한다. 그거면 충분하다. 어쩌면 애초에 교장 선생이 말하고 싶지 않다고 단호하면서도 간단명료하게 대답하는 게 여주인에게 훨씬 좋았을 수도 있다. 여주인에겐 캐물을 권리가 조금도 없는 반면에, 교장 선생에겐 스스로 판단해서 자신이 바라는 대로 말할 완벽한 권리가 있으니 말이다. 그걸 부정할 사람은 어디에도 없다. 그렇다, 어디에도 없다!

"분명히 말하지만, 아주머니, 아는 건 전부 말씀드렸습니다. 나 역시 구원받길 원하니 지금까지 말한 건 모두 사실입니다."

교장 선생이 부드럽게 말하자, 여주인 역시 좋은 마음으로 기꺼이 대답했다.

"그렇다면 저 역시 선생님 말씀을 믿겠습니다. 쓸데없이 귀찮게 해서 죄송합니다. 선생님도 알다시피 여성은 호기심이란 저주를 받았거든요."

그러자 남자 주인이 머리를 긁는 게, 그런 저주를 받은 건 남성도 똑같다고 여기는 것 같았다. 하지만 머릿속으로 생각할지언정 겉으로 말하진 않으니, 교장 선생은 이렇게 대답했다.

"오늘 밤에 친절한 마음씨로 많은 걸 도와주셨으니 설사 다섯 시간 내내 앉아서 묻더라도 내가 아는 내용은 기꺼이 대답하겠습니다. 하지만 나는 아는 게 별로 없으니, 새벽에 넬리를 살펴보고 상태가 어떤지 알려주세요, 두 사람이 쓴 비용은 내가 부담한다는 사실도 명심하시고."

마지막 말까지 따듯하게 하고 교장 선생과 주인 부부는 다정하게 헤어져서, 각자 자기 침실로 갔다.

아침에 들은 소식은 여자애가 많이 좋아졌지만 체력이 떨어져서 최소한 하루는 충분히 보살핌을 받으며 쉬어야 길을 떠날 수 있다는 내용이었다. 교장 선생은 이 소식을 듣고 좋아하며, 하루나 이틀 정도는 여유가 있다고, 그 정도는 충분히 기다릴 수 있다고 대답했다. 초저녁엔 여자애가 일어나 앉을 수 있고, 교장 선생은 방으로 찾아갈 시간을 약속한 다음에 책을 들고 산책하다 약속 시각에 돌아왔다.

두 사람만 남자, 넬리는 절로 눈물이 흐르고, 교장 선생 역시 창백한 얼굴과 깡마른 체구가 안쓰러워 눈물을 살짝 비추면서도 우는 건 멍청한 짓이라고, 마음만 먹으면 이 정도는 간단히 이겨낼 수 있다고 강한 어투로 타일렀다. 그러자 여자애가 말했다.

"신세를 지면서도 우리 두 사람이 선생님께 부담을 줄 수밖에 없는 현실이 안타까워요. 은혜를 어떻게 갚아야 할까요? 낯선 곳에서 선생님을 못 만났다면 저는 죽고, 할아버지는 혼자가 되었을 거예요."

"죽는다는 말도 부담이 된다는 말도 하지 말자꾸나, 네가 우리 집을 다녀가고서 행운이 깃들었으니까."

교장 선생 말에 여자애가 뛸 듯이 좋아했다.

"정말요!"

"그래. 여기랑 멀리 떨어진, 예전 마을하고는 더더욱 멀리 떨어진 마을에서 학교 교장이랑 마을 서기 일을 맡아달라는 부탁을 받았으니까, 연봉 35파운드에. 35파운드!"

"잘됐네요. 정말, 너무너무 기뻐요."

"지금 그 마을로 가는 중이란다. 그곳 사람들이 역마차를 타고 올 비용까지 준다더구나. 사람들이 인색하질 않아. 하지만 시간이 넉넉한 터라 그냥 걸어가기로 작정했단다. 그래서 너를 만났으니 얼마나 기쁜지 모르겠어!"

"우리가 기쁘지요!"

여자애가 대답하자, 교장 선생이 의자에 댄 엉덩이를 들썩이며 말했다.

"그래, 그래, 정말이야. 하지만 어디로 가는 길이고 어디서 오는 길이니? 나랑 헤어진 다음에 무얼 하면서 지냈니, 그 전에는 무얼 하면서 살고? 나한테 모두 알려주렴. 나는 세상을 몰라. 세상일에 관한 한 내가 너한테 충고하기보다 네가 나한테 충고하는 게 바람직할 거야. 그래도 나는 정직한 사람이고 (너도 잘 알겠지만) 너를 사랑할 이유도 충분하단다. 죽은 제자를 사랑하던 마음이 그 아이 임종을 지켜준 너한테 넘어간 것 같아."

교장 선생이 하늘을 쳐다보며 덧붙였다.

"정녕 이 아이가 재에서 일어난 아름다운 아이라면 저와 함께 평화가 가득하게 하소서, 이 아이를 다정하고 따듯하게 대하겠나이다!"[10)]

행동 하나하나가 소박하고 솔직하고 다정하며, 말투에도 애정과 진정성이 묻어나오고, 표정에도 말 한 마디 한 마디에도 진심이 가득해 여자애는 교장 선생을 믿는 마음이 가득하니, 이는 거짓과 기만에 아무리 능숙해도 결코 도달할 수 없는 경지였다. 그래서 친구도 친척도 없다는 걸, 할아버지가 감옥에 갇히는 끔찍한 사태를 피하려고 도망치는 중이라는 걸, 할아버지가 유혹에 두 번 다시 안 빠질, 지난번 같은 고통과 슬픔에 더는 안 시달릴 곳으로 찾아간다는 걸 모두 말했다.

교장 선생은 듣고 나서 깜짝 놀라며 생각했다.

'바로 이 아이야! 모든 의심과 위험을 영웅처럼 이겨내면서 가난과 고통에 맞서고, 강인한 애정과 바람직한 정신 하나로 의연히 견디다니! 그래, 세상에는 아직도 영웅이 많아. 가장 힘겹고 고통스러운 시련은

---

10) '이사야 61장 1-3절'. 메시아가 오시는 걸 기뻐하는 내용이다. 넬리를 메시아에 비유했다는 건 교장 선생이 넬리를 통해 삶의 의미와 기쁨을 새롭게 느낀다는 의미를 함유한다.

누구도 기록하지 않는, 일상적인 고통이란 사실을 이제 비로소 깨닫는구나! 그러니 이 아이가 하는 말을 듣고 어떻게 안 놀라겠는가!'

교장 선생이 무얼 더 생각하고 무얼 더 말했는지는 중요하지 않다. 넬리와 할아버지는 교장 선생이 가는 마을에 같이 가기로, 두 사람이 할만한 일을 교장 선생이 찾아주기로 했다. 교장 선생이 "우리는 분명히 성공할 거야, 이렇게 좋은 일은 실패할 수 없거든"이라고 진심으로 말할 정도였다.

세 사람은 다음 날 초저녁에 같은 방향으로 가는 짐마차가 여인숙에 들러서 말을 갈아 끼울 때 마부에게 돈을 조금 쥐여주고 넬리를 마차에 태워서 길을 떠나기로 계획을 세웠다. 마침내 짐마차는 들어오고 협상은 금방 타결해, 마차가 떠날 시간이 되자, 여자애는 짐이 부드러운 사이로 편안하게 들어가고, 할아버지와 교장 선생은 마부 옆에서 나란히 걷고, 여주인을 비롯한 사람들은 잘 가라 소리치며 행운을 빌어주었다.

천천히 움직이는 마차에 누워가는 먼 길은 얼마나 편안하고 안락하고 졸리던가! 말은 종소리를 딸랑딸랑 대고, 마부는 채찍으로 가끔 찰싹 때리고, 커다랗고 널찍한 바퀴는 부드럽게 구르고, 마구는 덜거덕대고, 여행객이 조그만 말을 몰고 흥겹게 인사하며 빠르게 지나는 소리마저 두꺼운 천막 너머로 희미하고 경쾌하게 들리니, 가만히 듣다 보면 저절로 눈이 감기는 것 같았다! 그래서 잠들어도 베개에 누인 머리는 앞뒤로 흔들려, 고생도 않고 힘든 것 하나 없이 앞으로 나아간다는 생각이 어렴풋이 떠올라, 꿈속에 이는 선율을 들으며 마음을 가라앉히다 조금씩 깨어나면, 산들바람에 흔들리는 커튼 사이로 저 멀리 깜깜한 하늘엔 별이 수없이 떠올라 차갑게 반짝이고, 마부가 든 등불 밑엔 도깨비불 같은 게 춤추며 일렁이고, 양옆엔 까만 나무들이 무섭게 솟구치고, 앞엔 텅 빈 도로가 오르고 또 오르고 또 오르다 마침내 완전히 사라지면서 하늘만 가득하다 갑자기 내려가고, 가볍게 식사하려고 여인숙 앞에 멈추면 부축받으며 나가서 벽난로 불길과 촛불이 환한 방으로 들어가고, 눈을 심하게 껌뻑이면 옆에서 실제보다 춥게 여기고 밤공기가 차갑다 다정하게 말하며 조금이라도 편하게 해주려 애쓰니…… 짐마차를 타고 여행하는 것보다 재밌는 여행이 어디에 있겠는가!

그러다 다시 먼 길에 나서니, 처음에는 상쾌하다 곧바로 졸음이 몰려든다. 짐마차는 등잔 불빛을 번뜩이고 말굽이 힘차게 내차면서 유성처럼 달리는 소리에 곤한 잠에서 깨어나면 짐마차 뒤에는 경비원이 두 발을 따듯하게 하려 일어서고 모피 모자를 쓴 신사는 두 눈을 크게 뜨고 앞만 열심히 바라보는 모습이 보인다. 유료도로로 다가가면 징수원은 벌써 잠자리에 들고, 그래서 문을 세차게 두드리면 불빛이 희미한 위층 조그만 침실에서 침대 담요를 뒤집어쓴 채 힘겹게 대답하고 수면 모자를 쓴 채 덜덜 떨며 내려와서 차단문을 활짝 열어, 마차가 낮에만 다니면 좋겠다는 소원을 빈다.

깜깜한 밤과 새벽 사이에 매서운 추위가 깃들더니, 멀리서 빛줄기가 점차 번지다, 회색은 하얗게 변하고 하얀색은 노랗게 변하고 노란색은 빨갛게 타오르고 태양은 상쾌하게 떠올라서 생명을 퍼트리면, 농부는 말에 묶인 쟁기를 끌고, 새들은 나무랑 산울타리에서 노래하고, 아이들은 딸랑이로 겁주며 새를 쫓는다. 마을로 들어서면 사람들은 시장터에서 바쁘고, 가벼운 짐마차와 이륜마차는 선술집 마당을 돌아가고, 장사꾼은 가게 앞을 지키거나 말을 끌고 바쁘게 오가며 장사하고, 돼지는 멀찌감치 더러운 곳을 돌아다니며 꿀꿀대다 다리에 묶인 기다란 밧줄을 최대한 끌어당겨 깨끗한 상점으로 뛰어들어 도제가 휘두르는 대빗자루에 쫓겨나고, 밤에 달려온 역마차는 말을 바꿔 달고, 승객들은 하룻밤 사이에 머리칼이 삼 개월은 자란 모양으로 기운 없이 축 늘어진 채 추위에 떨며 투덜대고, 그에 반해 마부는 말쑥한 모습이 유난히 아름답게 보이는 등, 모든 게 북적대고 모든 게 움직이며 다양한 풍경을 연출하니, 짐마차를 타고 여행하는 것보다 재밌는 여행이 어디에 있겠는가!

가끔은 할아버지가 2~3km를 걷다 마차에 올라타고, 가끔은 교장 선생도 권유에 못 이기는 척 마차에 올라타서 넬리 옆에 누워서 쉬니, 넬리는 마냥 행복하게 여행하다 마침내 커다란 마을로 들어서, 짐마차는 멈추고 일행은 하룻밤을 보낸다. 커다란 교회를 지날 때는 거리마다 낡은 주택이 쭉 늘어서, 흙이나 회반죽을 올리고 까만 대들보를 이리저리 겹치고 다시 겹치며 참으로 놀랍고 고풍스러운 모습을 연출한다. 대문은 아치 모양이 나지막하고, 일부는 현관문을 참나무로 만든 데다 이상한 벤치까지 놓은 게 예전에 살던 사람이 여름철 초저녁이면 앉았음직하다. 창문은 격자 구조로 조그만 다이아몬드 모양이 가득해서 얼핏 보면 눈을 깜빡이며 윙크하는 것 같다. 쭉 늘어선 용광로와 까만 연기는 오래전에 사라지고도 들판에 하나씩 틀어박혀서 불타는 산처럼 주변 공간을 시들게 한다. 하지만 마을을 완전히 벗어나자, 시골은 다시 나타나고, 목적지는 점차 다가온다.

그렇게 가깝진 않아도 하룻밤을 길에서 더 묵어야 할 만큼 먼 거리도 아니나, 그들은 그렇게 했다. 마을이 몇 km 앞으로 다가오는 순간, 교장 선생이 오랜 여행으로 잔뜩 헝클어진 옷차림과 더러운 신발 대신 마을 서기다운 위엄을 갖추길 바랐기 때문이다. 그래서 맑고 화창한 가을 아침에 비로소 일행은 교장 선생이 일할 마을로 들어서다 멈춰서 아름다운 풍경을 감상했다.

"저길 봐…… 교회야! 바로 뒤 낡은 건물은 학교가 분명해. 이렇게 아름다운 마을에서 연봉 35파운드를 받으며 산다니!"

교장 선생이 나지막한 목소리로 감탄했다.

오래된 회색 현관, 고풍스러운 창문, 녹색이 짙은 교회 묘지에 점점이 장엄하게 박힌 묘비, 고풍스러운 탑, 그 위에 달린 닭 모양 풍향계, 나무 사이로 보이는 농가와 헛간과 부속건물의 갈색 초가지붕, 멀리서 도는 물레방아와 잔물결 이는 개울, 저 멀리 파란 웨일스 산맥…… 모든 게 아름다웠다. 매연은 짙고 사람은 많고 모든 게 비참한 공장지대에 질린 사람에게 딱 맞는 곳이었다. 여자애는 잿더미에 누워서도, 숨 막히는 공포에 시달리며 힘겹게 걷는 사이에도 언제나 아름다운 풍경을 꿈꾸었다. 하지만 머릿속으로 가만히 떠올릴 때마다 그 풍경은 점차 희미하게 변하다 허공으로 사라지는 것 같았다. 그럴 때마다 여자애는 그 풍경을 더욱더 사랑하며 갈망했다. 그런데 여기는 그보다 아름다웠다.

모두 더없이 기뻐하며 침묵하는 가운데, 마침내 교장 선생이 입을 열었다.

"잠시 다녀와야겠구나. 서류를 내고 몇 가지 물어볼 게 있거든. 그동안 너를 어디로 데려갈까? 저쪽에 있는 조그만 여인숙?"

"여기서 기다릴게요. 대문이 열렸어요. 선생님이 돌아오실 때까지 교회 입구에 앉아있을래요."

"그래, 그것도 좋겠구나."

교장 선생이 대답하며 그쪽으로 나아가더니, 등에 멘 걸망을 풀어서 돌의자에 내려놓으며 덧붙였다.

"좋은 소식을 가지고 돌아올게. 오래 걸리지 않아!"

그리곤 주머니에서 새 장갑을 꺼내고 손에 끼면서 즐겁고 행복한 표정으로 힘차게 걸어갔다.

여자애는 그 뒷모습을 교회 입구에서 물끄러미 바라보다 나뭇잎에 가려서 안 보일 때 비로소 가만히 걸어서 낡은 교회 묘지로 들어섰다.

엄숙하고 고요했다. 길에 낙엽이 가득해, 발소리 대신 치맛자락 스치는 소리가 조용히 파고드는 것 같았다.

유령이 나올 것처럼 낡은 묘지였다. 교회 건물은 수백 년이 되고, 아치문과 퇴창과 까맣게 변한 담장 잔해가 있는 걸 보면 나중에 수녀원이나 수도원을 부속건물로 지은 것 같았다. 하지만 다른 부분은 무너져서 땅바닥에 흩어진 채 공동묘지 흙과 뒤섞이며 잡초만 무성한 걸 보면 이들도 무덤에 묻힐 권리를, 건물 파편 역시 인간 먼지와 뒤섞일 권리를 요구하는 것 같았다.

오래전에 비석처럼 변한 폐허 바로 옆에는 최근에 인간이 살려고 세운 조그만 주택 두 채가 폐허의 일부마냥 있는데, 참나무 현관문과 창문은 내려앉고 내부는 텅 비어서 황량한 모습이 빨리 썩으려고 몸부림치는 것 같았다.

여자애는 주택 두 채에 시선이 꽂혔다. 이유는 몰랐다. 낯선 눈에는 낡을 대로 낡은 묘지도 교회도 폐허도 똑같을 것 같은데, 여자애는 주택 두 채를 처음 보는 순간에 시선을 돌릴 수 없었다. 묘지를 한 바퀴 돌 때도, 교회 입구로 돌아와서 교장 선생을 기다릴 때도 주택 두 채만 바라보며 황홀경에 빠져들었다.

47장

이야기에 일관성이 없다는 질책과 등장인물 근황이 너무 모호하다는 비난을 안 받으려면 키트 어머니와 독신 남성이 (앞에서 그런 것처럼) 공증인 건물 입구에서 사륜 역마차를 타고 급히 달려서 런던을 곧바로

LANDELLS.

벗어나 널찍한 고속도로에 불꽃을 일으키며 달리는 광경으로 돌아가야 하겠다.

착한 여인은 색다른 상황이 적지 않게 당혹스럽기도 하고, 지금이면 어린 제이콥이나 아기가, 아니면 둘 다, 벽난로 불길로 넘어지거나 계단에서 구르거나 문틈에 끼거나 목이 말라서 찻주전자 주둥이를 입에 대고 마시다 숨통을 데진 않았을까 마음이 불편하고 걱정스러워 입을 꾹 다문 채, 창문 너머로 통행료 징수원이나 지나는 마차 마부를 비롯한 사람들과 눈이 마주칠 때마다 장례 마차에 올라탄 미망인처럼 엄숙한 표정을, 고인이 만나던 지인은 알아보나 고인이 떠난 걸 크게 슬퍼하진 않는, 세상 모든 것에 무관심한 표정을 떠올렸다.

하지만 강철 심장이 아닌 한 마차에 함께 탄 독신 남성에게 무관심할 순 없었다. 독신 남성은 마차를 타고 가는 내내 마냥 불안한 기색이 가득했다. 2분 이상 똑같은 자세를 유지할 수 없는지 두 팔과 두 다리를 끊임없이 움직이고 창문을 올렸다 쾅 내리거나 창문 밖으로 머리를 내밀다 집어넣고 다시 내밀었다. 주머니엔 신기하게 생긴, 생전 처음 보는 불 상자도 있어, 행여나 키트 어머니가 눈이라도 감으면 – 칙, 휙, 부지직 – 불꽃을 여지없이 일으켜서 시계를 살피고, 남은 불은 바닥에 깔린 지푸라기로 그대로 내던지는 게, 자신과 키트 어머니 몸에 불이라도 붙으면 마부가 말을 곧바로 세울 거라고 여기는 것 같았다. 마차가 말을 갈려고 멈출 때마다 독신 남성이 발판조차 안 내리고 뛰어내려 불붙은 폭죽마냥 여인숙 마당을 급하게 돌아다니다 등잔 불빛 옆에서 시계를 꺼내도 쳐다보는 걸 잊은 채 다시 집어넣는 등, 한 마디로 터무니없이 행동하는 모습은 키트 어머니를 너무나 걱정스럽게 했다. 그러다 말을 다 가는 순간에 할리퀸[11]처럼 올라타서 1km도 달리기 전에 시계와

---

11) Harlequin, 무언극이나 발레에 등장하는 어릿광대. 가면을 쓰고 얼룩빼기 옷을 입고

불 상자를 꺼내니, 키트 어머니는 잠잘 희망을 포기한 채 정신을 다시 바싹 차릴 수밖에 없었다. 그러다 보면 독신 남성이 갑자기 돌아보며 묻곤 했다.

"불편한 덴 없으세요?"

"네, 선생님, 고맙습니다."

"확실하세요? 춥진 않으세요?"

"약간 으스스하긴 하네요, 선생님."

키트 어머니가 대답하면, 독신 남성은 "그렇겠지요!"라고 한탄하곤 앞 유리를 내리며 중얼거렸다.

"이분한테는 물 탄 브랜디가 필요해! 당연히 필요할 거야. 내가 그걸 어떻게 잊을 수 있지? 여보시오! 여인숙이 나오면 마차를 세우고 따듯하게 데워서 물 탄 브랜디 한 잔을 주문하세요."

그런 건 조금도 필요하지 않다고 키트 어머니가 아무리 항변해도 소용이 없었다. 독신 남성은 아무 말도 안 들었다. 불안한 느낌에 빠져들 때마다 키트 어머니에게 물 탄 브랜디가 필요하다고 중얼거릴 뿐이었다.

두 사람은 이런 식으로 달리다 자정 무렵에 저녁을 들려고 마차를 세웠다. 독신 남성은 여인숙에서 파는 음식을 모조리 주문하더니, 키트 어머니가 단번에 먹지도 전부 먹어치우지도 않자, 정작 자신은 아무것도 안 먹고 실내를 서성이기만 하고도 키트 어머니가 아픈 게 분명하다며 걱정했다.

"몸이 안 좋은 거예요. 제 눈에 또렷이 보여요, 부인. 몸이 안 좋은 거예요."

"아니에요, 괜찮습니다, 선생님."

나무칼을 든다.

"아니에요, 몸이 안 좋은 거예요. 확실해요. 가련한 여인을 내가 가족 품에서 너무 급하게 빼냈어. 그래서 몸이 안 좋은 거야. 내가 너무 급했어! 자녀는 몇인가요, 부인?"

"키트 말고 둘입니다, 선생님."

"둘 다 사낸가요, 부인?"

"네, 선생님."

"세례를 받았나요?"

"절반만 받았습니다, 선생님."

"내가 두 아이한테 대부를 서주겠소, 부인이 원하신다면. 따듯하게 데운 포도주를 마시는 게 좋겠어요."

"저는 술을 입에 한 방울도 못 댄답니다, 선생님."

"내 말을 들으세요. 마셔야 해요. 조금 더 일찍 생각해야 했어요."

독신 남성이 말하곤 곧바로 종을 울려, 물에 빠진 사람을 지금 당장 살려야 할 것처럼 따듯하게 데운 포도주를 급하게 주문해, 눈물이 날 정도로 뜨거운 포도주를 쭉 들이켜게 한 다음 마차에 급하게 태우니, 키트 어머니는 술기운이 퍼진 나머지 독신 남성이 불안해하는 것조차 잊어버린 채 곧바로 잠들었다. 그래서 독신 남성이 예상한 것보다 멀고 기나긴 여행길이지만, 멋진 처방전이 효과를 발휘한 덕분에 마차가 환한 대낮에 커다란 마을 포장도로를 덜거덕대며 지날 때 비로소 깨어났다.

"바로 여기야! 밀랍 전시장으로 가시오!"

독신 남성이 소리치며 창문을 모두 내리고 마부는 모자에 손을 댄 다음에 박차를 가하니, 말 네 필이 힘차고 상쾌하게 달리는 소리가 커다랗게 일어나, 마을 사람은 현관마다 창문마다 나와서 궁금한 표정으로 바라보고, 시계탑마다 8시 반을 엄숙하게 알리는 소리는 그대로 파묻혔다. 그래서 인파가 둥그렇게 에워싼 건물 입구로 다가가서 멈추자, 독신 남성이 머리를 쑥 내밀며 물었다.

"이게 뭔가요? 무슨 일이 있나요?"

"결혼식이오, 선생, 결혼식! 만세!"

몇몇 목소리가 대답하자, 독신 남성은 시끄럽게 에워싸는 인파에 당황하다 마부 한 명이 내미는 손을 잡고 내려서 키트 어머니에게 한 손을 내밀자, 그 광경을 보고 군중이 기뻐 날뛰며 "여기도 결혼한다!"고 소리쳤다.

"세상이 미친 것 같군."

독신 남성이 중얼대며 가짜 신부를 데리고 인파를 헤치며 나아간 다음에 말했다.

"잠깐 기다리시오, 내가 문을 두드릴 테니."

군중은 시끌벅적한 자체를 좋아하니, 독신 남성 대신에 더러운 손 수십 개가 곧장 올라와서 문을 두드려 귀가 먹먹할 정도로 커다란 소리가 일었다. 그리곤 독신 남성 혼자서 결과를 맞이하도록 살짝 물러나서 길을 내주니, 안에서 "무슨 일입니까!" 하는 소리와 함께 단추 구멍에 하얀색 커다란 나비넥타이를 걸친 사내가 현관을 열어서 금욕주의자 같은 표정으로 쳐다보고, 독신 남성은 대뜸 물었다.

"누가 결혼한 겁니까, 친구?"

"나요."

"당신! 누구랑 한 겁니까?"

"무슨 권리로 묻는 거요?"

신랑이 되묻곤 머리끝부터 발끝까지 쳐다보자, 독신 남성은 키트 어머니가 금방이라도 도망칠 것 같아서 그 팔을 단단히 붙잡으며 소리쳤다.

"무슨 권리! 당신이 생각조차 못 할 권리요! 여러분, 모두 잘 들으시오. 행여나 이 사람이 미성년하고 결혼했다면…… 쯧쯧쯧, 그럴 순 없겠지. 여자애는 어디에 있소, 친구. 넬리라는 아이. 지금 어디에 있소?"

독신 남성이 묻고 키트 어머니가 다시 묻자 안쪽에서 날카로운 비명이 일더니, 통통한 여인이 하얀 드레스 차림으로 달려와서 신랑 팔을 잡으며 소리쳤다.

"그 애가 어디에 있냐니! 무슨 소식이라도 있나요? 그 애는 어떻게 됐습니까?"

독신 남성이 깜짝 놀라서 뒤로 주춤하며 걱정과 실망과 불신이 가득한 표정으로 (그날 아침에 철학자 조지랑 결혼해서 시인 슬럼을 영원한 분노와 좌절로 몰아넣은) 예전의 잘리 부인 얼굴을 물끄러미 쳐다보았다. 그러다 더듬더듬 물었다.

"나는 그 애가 어딨느냐고 물었는데? 그게 무슨 말이오?"

"아, 선생님! 그 애를 도우러 올 거라면 일주일 전에 오시지 그랬습니까!"

신부가 한탄하자, 신사는 얼굴색이 창백하게 변하며 다시 물었다.

"그 애가 설마…… 죽은 건 아니지요?"

"아닙니다, 죽은 건."

"아, 하느님 고맙습니다! 안으로 들어갑시다."

독신 남성이 힘없이 말하자, 두 사람은 길을 비켜주고 독신 남성과 키트 어머니가 들어서자 문을 닫았다. 그러자 독신 남성이 대뜸 돌아서며 말했다.

"두 분이 보시다시피 나는 좋은 사람이오, 내가 찾는 두 사람을 내 목숨보다 소중하게 여기는 사람. 두 사람은 나를 모를 거요. 내 모습은 낯설지만, 두 사람이, 아니, 한 사람이라도 여기에 있다면 먼저 이 착한 여인을 데려가서 보여주세요, 두 사람 모두 아는 여인이니까. 행여나 내가 해를 끼칠까 오해하고 두 사람을 숨기는 거라면, 오랫동안 알고 지내던 여인을 먼저 만나서 내 의도를 판단케 하시오."

"내가 늘 말했어요! 평범한 여자애가 아니라는 걸 첫눈에 알았다고요! 아아, 하지만, 선생님! 우리는 선생님을 도울 힘이 없답니다. 지금까지 최선을 다했지만 소용이 없었답니다."

신부가 말했다. 그리곤 신랑과 함께, 넬리와 노인을 처음 만난 순간부터 두 사람이 갑자기 사라질 때까지 숨기거나 속이는 것 하나 없이 모두 이야기한 다음, (실제로) 두 사람을 찾으려고 노력을 다했으나 소용이 없었다고, 처음에는 두 사람 안전이 염려스럽기도 하고, 갑자기 떠났으니 갑자기 나타날 수 있겠다는 생각도 했다고 덧붙였다. 노인은 지능이 떨어졌다고, 옆에 없으면 여자애가 불안해했다고, 노인이 나쁜 사람들과 어울리는 것 같았다고, 그래서 우울증이 여자애 몸과 마음을 갉아먹었다고 말했다. 여자애가 한밤중에 노인이 없는 걸 깨닫고 찾아 나선 건지, 둘이 함께 나간 건지 파악할 방법은 없다고, 이제 자신들이 두 사람 소식을 들을 가능성도, 두 사람이 노인 때문에 떠났든 아이 때문에 떠났든, 돌아올 가능성도 없는 것 같다고도 했다.

독신 남성은 슬픔과 좌절에 깊이 빠져든 표정으로 가만히 들었다. 노인 얘기가 나올 때는 눈물마저 흘렸다.

기나긴 이야기를 짧게 줄이는 차원에서 간단하게 정리하자면, 독신 남성은 모든 게 사실이라는 증거는 충분하다 판단하고, 의지할 곳 없는 아이에게 친절하게 대한 게 고마워서 신부와 신랑에게 사례하려고 애썼으나, 신혼부부는 한사코 거절했다. 결국 행복한 부부는 지방을 유람하며 신혼을 즐기려고 포장마차에 올라타서 덜컹덜컹 흔들리며 떠나고, 독신 남성과 키트 어머니는 쓸쓸한 표정으로 마차 문 앞에 섰다.

"어디로 모실까요, 나리?"

마부가 묻자, 독신 남성이 "마차를 몰고……"라 말했다. 여인숙으로 가란 말까지 하고 싶진 않았지만 키트 어머니를 생각해서 덧붙이고, 마차는 여인숙으로 달렸다.

마을 전역에는 밀랍 인형 전시장에서 안내하던 여자애가 명문 가문 출신으로 갓난아기 때 부모 품에서 납치당했다, 인제야 그 행적을 찾았다는 소문이 널리 돌았다. 아버지가 왕자인지 백작인지 공작인지 자작인지 남작인지는 의견이 갈려도 기본 사실엔, 그리고 독신 남성이 바로 그 아버지란 사실엔 모두 일치했다. 그래서 모두 열심히 쳐다보는데, 독신 남성이 낙담한 표정으로 사두마차에 타고 휭 떠나는 바람에 고귀한 코끝을 본 게 전부였다.

바로 그 순간에 여자애와 할아버지가 낡은 교회 계단에 앉아서 교장 선생이 돌아오기만 열심히 기다린다는 사실을 알았더라면, 독신 남성은 그 슬픔이 얼마나 많이 가라앉았을까!

48장

유명한 소문은 구르는 돌에 대한 속담과 달리 이리저리 구르는 사이에 이끼가 엄청나게 달라붙기 일쑤니, 독신 남성과 그 용무를 둘러싼 소문은 입에서 입으로 넘어가는 사이에 놀랍도록 불어나, 여인숙 입구에서 마차를 내릴 즈음엔 감동할 정도까진 아니어도 흥미진진한 광경을 구경하려고, 최근에 밀랍 인형 전시장을 닫고 결혼식까지 끝나는 바람에 할 일 없이 시간만 넉넉한 사람들이 엄청 모여들어, 신의 섭리라도 기다리듯 소문의 주인공이 오기만 기다리다 커다랗게 환호하며 시끌벅적하게 맞이했다.

하지만 독신 남성은 잔뜩 지치고 우울한 나머지, 깊이 좌절한 소식을 조용히 따져보고 싶을 뿐 떠들썩한 분위기에 가담할 순 없어, 울적하지만 정중한 자세로 마차에 내려서 키트 어머니에게 손을 내밀어, 구경꾼에게 크나큰 인상을 주었다. 독신 남성은 키트 어머니가 내려오자 팔을 내줘서 팔짱을 끼게 하고 안으로 에스코트하더니, 웨이터 여러 명이 서로 밀치며 달려와서 묵을 방으로 안내하려 경쟁하자, 이렇게 말했다.

"어느 방이든 괜찮소. 가까운 곳이면 충분하오."

"여깁니다, 나리, 이쪽으로 오시면 됩니다."

웨이터가 대답하는 순간에 계단 초입에서 이상한 방문 하나가 활짝 열리더니, 머리 하나가 불쑥 나오며 말했다.

"웨이터, 신사분께서 이 방을 좋아하지 않겠소? 이 방을 쓰라고 하시오. 오월에 피는 꽃처럼, 크리스마스에 타오르는 석탄처럼 환영하겠소. 이 방이 어떤가요, 나리? 부디 들어오시는 영광을 베푸세요. 부탁입니다."

"하느님 맙소사! 어떻게 이런 일이!"

키트 어머니가 깜짝 놀라며 뒤로 주춤 물러났다. 놀랄 이유는 충분했다. 우아하게 초대한 인물은 다니엘 퀼프였다. 퀼프가 머리를 내민 조그만 문은 여인숙 식품 저장실 바로 옆이라, 그 더러운 육신은 안에 가득한 양다리 고기나 차가운 닭고기를 당장에라도 썩어 문드러지게 할 것 같고 섬뜩하고도 정중하게 고개를 숙이는 모습은 지옥에서 악마가 식품 창고를 지키다 나쁜 짓을 저지르려고 나온 모습 그대로였다.

"부탁을 들어주시겠습니까?"

퀼프가 묻자, 독신 남성이 거절했다.

"나는 혼자 있는 편이 좋소."

"아!"

퀼프가 한탄하더니, 몸을 한 차례 움직이며 홱 들어가서 조그만 문을 쾅 닫는 게, 시계에서 시간을 알리고 들어가는 뻐꾸기 같았다.

"바로 전날 밤에 떠날 때 저 사람이 '조그만 베델'에서 예배를 보았어요."

키트 어머니가 속삭이자, 독신 남성이 말했다.

"정말요! 저 사람이 여기에 온 건 언제인가, 웨이터?"

"야간 역마차를 타고 오늘 아침에 왔습니다, 나리."

"으으흠! 그래서 언제 간다고 하던가?"

"그런 말은 안 했습니다, 나리. 객실 하녀가 침구류를 가져와야 하느냐고 묻자, 저 손님이 얼굴을 찌푸리더니, 뽀뽀를 하려고 했답니다."

"그분을 모셔오게. 몇 마디 대화를 나누고 싶다고 전하게. 당장 건너오시라고 해, 알겠나?"

웨이터는 독신 남성이 말하는 동안 멀뚱멀뚱 쳐다보았다. 조금 전에 난쟁이 앞에서 키트 어머니처럼 놀라거나 두려운 기색 없이 당당한 건 물론이고 반감과 혐오감을 굳이 숨기려는 노력조차 안 했기 때문이다. 하지만 결국엔 심부름하러 떠나더니 난쟁이를 데리고 곧바로 돌아왔다.

"부름을 받고 왔습니다, 선생. 도중에 전갈을 받았습니다. 제가 인사차 찾아뵙는 걸 선생께서 좋아하실 것 같았거든요. 선생께서 편안하시면 좋겠습니다. 정말 편안하시길 바랍니다."

난쟁이가 말하곤 잠시 침묵이 흐르는 사이에 잔뜩 찡그린 얼굴로 눈을 살짝 감고 가만히 서서 대답을 기다렸다. 그런데 아무 대답도 없자, 훨씬 잘 아는 사람을 쳐다보며 말했다.

“키트 어머니! 훌륭한 숙녀며 참 존경스러운 여인, 정직한 효자까지 있는! 잘 지냈나요, 아주머니? 공기랑 풍경이 바뀌니까 좋던가요? 얼마 안 되는 가족도, 키트도? 모두 잘 지내나요? 무럭무럭 자라나요? 모두 소중한 시민으로 자라나요, 네?”

퀼프는 질문할 때마다 목소리를 키우다 날카롭게 재촉하는 소리로 끝내고, 숨을 헐떡이는 특유의 표정을 떠올리더니, 일부러 그런 건지 자기도 모르게 그런 건지 실질적으로 모든 표정을 지워 속마음이나 감정이 얼굴에서 사라졌다.

“퀼프 선생.”

독신 남성이 부르자, 난쟁이는 커다란 귀에 한 손을 대서 자세히 듣는 척했다.

“우리가 전에 만난 적이……”

독신 남성 말에 퀼프가 고개를 끄덕이며 소리쳤다.

“당연하죠, 선생. 그렇게 대단한 영광과 기쁨은 – 우리 둘 다, 아주머니, 우리 둘 다 – 쉽게 잊을 수 없지요. 절대로!”

“나는 런던에 들어서자마자 마차로 달려간 집이 아무도 없이 황폐한 걸 발견하고 이웃 사람한테 물어, 선생을 곧바로 찾아갔지요?”

독신 남성이 묻자, 퀼프가 브라스 변호사처럼 깊이 생각하는 어투로 대답했다.

“정말 갑작스러우면서도 참으로 솔직하고 정열적이었지요!”

“최근까지 다른 분이 소유한 재산이 이해할 수 없는 이유로 선생한테 넘어가고, 그분은 원래 풍족하게 살았는데 선생이 다가간 다음에 갑자기 모든 걸 빼앗기고 거지 신세로 전락했더군요.”

“그건 계약에 따른 겁니다, 선생. 계약했다고요. 한쪽만 편들지 마세요. 영감 스스로 떠난 거니까요…… 한밤중에, 선생.”

"노인이 떠난 건 문제가 안 됩니다."

독신 남성이 화난 어조로 말하자, 퀼프는 여전히 침착한 어조로 상대를 자극하며 대답했다.

"네, 영감이 떠났어요. 영감이 떠난 건 확실합니다. 문제는 딱 하나, 어디로 갔느냐는 겁니다. 지금도 문제는 그겁니다."

독신 남성이 무섭게 노려보며 말했다.

"당시에 선생이 아무런 사실도 안 알려주고, 아니, 구체적인 사실을 숨기고 교활한 속임수로 얼버무리더니…… 이번엔 내 뒤를 밟는다는 생각이 드는군요."

"뒤를 밟아요!"

퀼프가 한탄하자, 독신 남성이 잔뜩 화난 표정으로 물었다.

"맙소사, 아닙니까? 착하디착한 여인이 예배를 보는 교회에, 100km나 떨어진 곳에, 불과 몇 시간 전에 당신도 있었잖소!"

하지만 퀼프는 여전히 꿈쩍 않고 대답했다.

"이 여인도 거기에 있었나요? 그렇다면, 내가 무례하게 군다면, 선생이 내 뒤를 밟았다고 말할 수도 있겠군요. 그래요, 교회에 있었습니다. 그게 어때서요? 순례자는 먼 길을 떠나기 전에 교회에 가서 무사히 돌아오길 기원한다는 내용을 책에서 읽었습니다. 정말 지혜로워요! 먼 길을 떠나는 건 위험하거든요…… 마차 지붕에 올라타면 더더욱. 바퀴는 깨지고 말은 날뛰고 마부는 너무 빨리 몰고 마차는 뒤집히니까요. 그래서 먼 길을 나서기 전에는 교회에 간답니다. 무슨 일이 있더라도, 꼭."

퀼프는 순교자가 지조를 지키고 진실에 매달리는 것처럼 얼굴이나 목소리나 표정을 꾸미려 최선을 다하지만, 철저하게 거짓말한다는 건 누구나 알 수 있었다. 그래서 독신 남성이 다시 묻는 어투는 더없이 씁쓸했다.

“선생한테 어떤 이유가 있어서 한 인간을 미치게 만들려고 뒤를 밟은 게 아니란 말이오? 내가 여기에 무슨 목적으로 왔는지 모른단 말이오? 행여나 안다면, 나한테 알려줄 게 하나도 없단 말이오?”

퀼프가 어깨를 으쓱하며 대답했다.

“선생은 나를 마술사로 여기시는군요. 그렇다면 내 운세나 점치겠소……그래서 떼돈이나 벌겠소.”

“아! 할 말을 다 한 것 같구려. 그만 나가시오.”

독신 남성이 말하곤 소파로 몸을 던졌다.

“기꺼이 나가겠소. 키트 어머니, 좋은 친구, 잘 있으시오. 즐겁게 돌아가시길, 선생. 에헴!”

퀼프는 얼굴을 한 점으로 끌어모으며 웃어서 인간이나 원숭이가 떠올릴 수 있는 가장 끔찍한 표정으로 천천히 물러나다 문을 쾅 닫았다. 그리고 자기 방으로 돌아와서 의자에 털썩 앉아 두 팔을 걸치며 중얼거렸다.

“아하! 그랬단 말이지, 친구? 저엉말?”

퀼프는 지금까지 표정을 억누른 보상으로 엄청 재미나고 신나게 웃어서 잔뜩 찡그린 얼굴에 인간이 떠올릴 수 있는 추악한 표정을 모두 떠올린 채 왼발을 껴안곤 몸을 앞뒤로 흔들며, 이번 사태가 의미하는 바를 곰곰이 따져보았다.

제일 먼저, 자신이 여기까지 오게 된 과정을 떠올리는데, 이런 내용이었다. 전날 초저녁에 브라스 변호사 사무실에 들렀지만 변호사도 많이 공부한 여동생도 없고, 스위블러 혼자 진에 물을 타고 따듯하게 데워서 입에 뿌려, 성서에서 말한 진흙을 넉넉하게 적시는 중이었다. 하지만 비유로 말한 진흙은 너무 많이 적시면 느슨하게 풀려서 일관성을 잃다,

그 특성과 힘이 모두 사라지는 순간에 그대로 무너져서 희미한 느낌만 남는 법이라, 스위블러란 진흙 역시 습한 기운을 너무 많이 빨아들여 느슨하게 풀리다 흐느적대니, 그동안 깊은 인상을 주던 모습 역시 또렷한 특징을 잃은 채 흐느적대기 시작했다. 인간이란 진흙은 이런 상태에 빠져들면 자신을 가장 세심하고 총명한 존재로 여기기 일쑤며, 스위블러는 누구보다 그런 터라, 위층에 사는 독신 남성이 이상하게 행동하는 모습을 우연히 보았다고, 자신은 그걸 가슴에 꼭 담아두겠다고, 아무리 고문하고 유혹해도 절대 누설하지 않겠다고 다짐했다. 퀼프는 다짐을 높이 평가하면서 똑같은 목소리로 자세히 말하도록 자극해, 독신 남성이 키트와 만나는 광경을 보았다는 말을, 결코 드러내지 말아야 할 비밀이라는 말을 금방 끄집어냈다.

퀼프는 이 정보를 듣자마자 위층에 사는 독신 남성은 자신을 찾아온 신사가 분명하다 추측하고, 더 깊이 생각해서 추측이 옳다 확신하니, 그 사람이 키트를 만난 건 영감과 여자애를 찾으려는 거란 결론에 어렵지 않게 도달했다. 그래서 상황이 어떻게 흘러가는지 알고픈 호기심이 발동해, 제일 쉽게 넘어가서 모든 내용을 순식간에 털어놓을 인물로 키트 어머니를 고르고, 스위블러 곁을 떠나서 그 집을 찾아갔다. 하지만 착한 여인은 집에 없어, 나중에 키트가 그런 것처럼, 이웃에게 물은 다음에 예배가 끝나자마자 습격할 생각으로 교회까지 찾아간 것이다.

그래서 예배당에 앉아, 자신이 거기까지 왔다는 사실에 속으로 깔깔대며 십오 분 정도 천장만 경건하게 바라보는데, 키트가 나타났다. 난쟁이는 살쾡이처럼 훔쳐보다, 키트가 일 때문에 왔다는 걸 한눈에 파악했다. 그리곤 우리가 앞에서 본 것처럼 깊은 생각에 빠진 척하면서 일일이 살피다, 키트가 가족을 데리고 나갈 때 재빨리 쫓아 나왔다.

공증 사무실까지 쫓아가서 사두마차 마부에게 목적지를 캐묻고, 근처에서 급행 야간 역마차가 같은 방향으로 곧바로 떠난다는 사실을 파악하고, 그다음부터는 하나도 어려울 것 없이, 역마차 사무실로 단번에 달려가서 역마차 지붕에 자리를 잡았다. 역마차와 사두마차는 중간에 멈추는 시간이 긴가 짧은가 혹은 빨리 달리는가 천천히 달리는가에 따라 밤새도록 앞서거니 뒤서거니 하다가 마을에 거의 동시에 들어섰다. 퀼프는 인파에 뒤섞여서 사두마차를 살피며 독신 남성이 온 목적과 그 결과 등, 자신이 알아야 할 내용을 모두 파악하고 여인숙으로 먼저 들어가, 앞에서 묘사한 대화를 나누고 조그만 방으로 물러나서 문을 꼭 닫은 채 지금까지 일어난 일을 황급히 되짚어보다 손톱을 열심히 깨물며 중얼거렸다.

"정말 그랬단 말이지, 친구? 나를 의심하고 밀쳤단 말이지, 키트를 은밀한 심복으로 삼고? 키트를 처리해야겠어."

난쟁이는 잠시 생각하다 다시 중얼거렸다.

"오늘 아침에 두 사람을 찾았다면 나도 권리를 충분히 행사했을 거야. 그래서 이익을 챙겼겠지. 하지만 교활한 위선자 덕분에, 키트랑 그 어머니 덕분에, 성질이 불같은 신사를 영감만큼이나 - 양쪽이 다 아는 영감은 물론 통통하고 어여쁜 넬리만큼이나 - 느긋하게 그물망에 얽을 수 있겠어, 하! 하! 하! 황금 같은 기회야, 절대로 놓칠 수 없는. 우선 두 사람부터 찾는 거야. 그런 다음에 당신 친구인지 친척인지 모를 영감을 감옥 쇠창살에 안전하게 가둬서 자물쇠를 꼭꼭 질러놓고, 당신한테 불필요한 돈을 쪽쪽 빨아먹으리다, 선생. 나는 당신처럼 고결한 놈이 싫거든!"

난쟁이는 브랜디를 쭉 들이켜고 입맛을 다시며 중얼거렸다.

"캬! 나는 그런 놈이 정말 싫어!"

단순한 허풍이 아니라 속마음을 날것 그대로 드러낸 맹세였다. 퀼프는 아무도 사랑하지 않는 데다, 완전히 망가진 고객하고 조금이라도 가깝거나 관계가 있는 사람을 누구든 증오하게 되었으니, 완전히 망가진 노인 자신은 감시망을 교묘하게 피해서 도망쳤기 때문이고, 여자애는 퀼프 부인이 끊임없이 동정하며 자책하는 대상이기 때문이고, 독신 남성은 자신을 노골적으로 혐오하기 때문이고, 키트와 그 어머니는, 가장 치명적으로, 지금까지 드러난 이유 때문이다. 이들에게 일반적으로 느끼는 반감, 즉, 새로운 상황을 활용해서 돈을 벌자는 탐욕에 꼭 필요한 반감 말고도 다니엘 퀼프는 그들이 하나같이 싫었다.

이렇게 사랑스러운 마음으로 브랜드를 계속 들이켜서 기운도 돋우고 증오심도 돋운 다음엔 구석진 맥줏집으로 가서 노인과 여자애를 찾을만한 단서를 은밀하게 알아보았으나, 하나같이 헛수고였다. 사소한 흔적이나 단서조차 구할 수 없었다. 두 사람은 깜깜한 밤에 도망쳐서 누구도 못 보았으며, 도로에서 마주친 사람도 없고, 마차나 짐마차나 승합마차 마부 누구도 퀼프가 설명하는 사람이 지나는 광경을 못 보고, 우연히 마주치거나 소식을 들은 사람도 없었다. 그래서 당장은 아무런 방법이 없다는 사실을 깨닫고 두세 사람을 정보원으로 지명해서 확실한 정보를 알려주면 큰 상금을 주겠다 약속하고, 다음 날 역마차를 타고 런던으로 돌아갔다.

그나마 다행스러운 건 지붕에 올라탄 퀼프가 마차 안에 키트 어머니 혼자만 있다는 걸 발견하고, 마차를 타고 오는 동안 마차 한쪽에 목숨 걸고 매달려서 통방울 같은 눈으로 빤히 들여다보아, 키트 어머니가 거꾸로 매달린 얼굴을 보고 깜짝 놀라며 다른 쪽 창문으로 피하게 하거나, 말을 교체할 때마다 재빨리 내려서 창문에 머리를 쑥 집어넣고 사팔눈으로 무섭게 쳐다보며 천재적으로 고문하는 등, 공포 분위기를 독특하게 조성해 키트 어머니로 하여금 '조그만 베델'에서 공격하던 악마가, 웨슬리 극장도 가고 굴까지 먹어서 타락했다는 이유로 미쳐 날뛰던 악마가 퀼프로 나타난 거라고 믿을 정도로 마음껏 괴롭히며 즐겼다는 사실이다.

키트는 어머니가 돌아온다는 쪽지를 받은 터라 역마차 사무실에서 기다리다, 마부 어깨너머로 쳐다보는, 오로지 자기 눈에만 보이는, 낯익은 악마가 바로 퀼프라는 사실을 발견하고 깜짝 놀랐다.

"잘 지냈나, 키트? 좋아, 키트. 어머니는 안에 있네."

퀼프가 마차 지붕에서 쉰 목소리로 말하자, 키트가 속삭였다.

"아니, 어머니, 저 사람이 어떻게 같은 마차를 타고 왔나요?"

"나도 어떻게 저랬는지 모르지만 마차를 타고 오는 내내 나를 넋이 나갈 정도로 놀라게 했단다."

키트 어머니가 대답하며 아들 손을 잡고 내려오자, 키트가 다시 물었다.

"저 사람이요?"

"너는 절대로 못 믿을 거야. 하지만 저 사람한테 한마디도 하지 마. 인간이 아니야. 쉿! 돌아보지 말렴, 내가 저 사람 얘길 하는 것 같으니까. 역마차 불빛을 정면으로 받으면서 곁눈질하던 모습이 아직도 끔찍해!"

어머니가 만류하는데도 키트가 재빨리 돌아서서 쳐다보니, 퀼프는 별을 바라보며 천상의 명상에 빠져들고, 어머니는 조그맣게 속삭였다.

"아, 정말 교활한 작자야! 어서 가자꾸나. 저 사람한테 절대로 말하지 마."

"네, 어머니. 정말 별꼴이야. 여보쇼, 아저씨……"

키트가 부르자, 퀼프가 깜짝 놀라는 척하더니 환하게 웃는 얼굴로 쳐다보았다.

“우리 어머니를 건들지 마세요, 아시겠어요? 우리 어머니는 아저씨가 아니어도 힘들고 우울하다고요. 그런데 감히 어떻게 우리 어머니처럼 불쌍하고 외로운 여인을 괴롭힐 수 있냐고요. 창피하지도 않으세요, 난쟁이 괴물 아저씨?”

키트가 말하자, 퀼프는 빙그레 웃으며 속으로 중얼거렸다.

‘괴물! 1페니만 주면 어디서든 볼 수 있는 추악한 난쟁이…… 괴물…… 아아!’

하지만 키트는 모자를 넣은 판지 상자를 어깨에 올리며 다시 말했다.

“우리 어머니한테 무례하게 굴면, 장담하는데, 나도 더는 안 참아요. 아저씨는 그럴 권리가 없다고요. 우리가 아저씨한테 해를 끼친 적은 없으니까요. 이번이 처음도 아니니, 우리 어머니를 두 번 다시 겁주거나 놀라게 한다면, (아저씨처럼 조그만 사람을 때리는 건 미안하지만) 나로선 아저씨를 때릴 수밖에 없어요.”

퀼프는 한 마디도 대답하지 않고 키트에게 다가가서 두 눈을 바싹 들이밀고 뚫어지게 쳐다보더니, 그대로 바라보며 뒤로 살짝 물러나다 다시 다가가고, 다시 물러나는 식으로 환등기가 비추는 머리처럼 대여섯 번 움직였다. 키트는 상대가 갑자기 공격할 거로 예상하고 대비하다, 그럴 징후가 안 보여서 손가락 마디를 뚝뚝 꺾으며 물러나고, 어머니는 아들을 최대한 빠르게 잡아당긴 다음에 어린 제이콥과 아기 근황을 물으면서도 행여나 퀼프가 따라오진 않는지 불안한 표정으로 돌아보았다.

49장

키트 어머니는 그렇게 뒤돌아볼 필요가 없었다. 퀼프는 그 뒤를 쫓아갈 마음도 말싸움을 새롭게 시작할 생각도 없어, 느긋하고 편안한 얼굴로 휘파람을 불며 집으로 발길을 돌렸기 때문이다. 이틀 밤 삼일 낮 동안 남편 소식을 못 듣고 멀리 갔다 온다는 통보조차 없었으니, 부인이 걱정스럽고 슬퍼서 넋이 나가 툭하면 기절할 거란 생각이 기분 좋게 떠오를 뿐이었다.

흥미로운 상황이 펼쳐질 거란 생각에 난쟁이는 기분이 좋고 상쾌해서 눈물이 뺨을 타고 줄줄 흐를 정도로 웃어댈 뿐 아니라, 한번은 골목길에서 날카로운 비명까지 내질러 아무런 생각 없이 다가오던 사람이 공포에 질린 표정까지 보니, 재미는 한층 늘어나고 마음은 놀라울 정도로 상쾌하고 통쾌했다.

퀼프는 활달하고 유쾌한 마음으로 '타워 힐'에 이르러서 거실 창문을 올려다봤다. 슬픔에 잠긴 집인데 불빛은 평소보다 밝다는 느낌이 들었다. 가까이 다가가서 가만히 들으니, 여러 목소리가 진지하게 대화하는데 부인과 장모는 물론 사내 목소리까지 들렸다.

"하! 이건 뭐야! 내가 없는 사이에 손님을 초대한 거야!"

난쟁이가 화나서 투덜대는 소리에 위에서 대답한 건 조그만 기침소리가 전부였다. 퀼프는 주머니를 뒤졌으나 열쇠가 없었다. 대문을 두드릴 수밖에 없었다. 그래서 열쇠 구멍을 들여다보며 중얼거렸다.

"복도에 불빛이 있어. 살짝 두드리는 거야. 그래서, 미안하지만, 부인 몰래 살금살금 들어가자고. 제기랄!"

조그맣고 부드럽게 두드리자, 안에서 아무런 반응이 없었다. 하지만 다시 조그맣게 두드리자, 문이 가만히 열리며 선창에서 일하는 소년이 나타나, 퀼프는 한 손으로 그 입을 재빨리 틀어막고 다른 손으로 잡아끌었다.

"숨 막혀요, 나리. 어서 풀어주세요."

소년이 조그맣게 속삭이자, 퀼프 역시 똑같은 어투로 물었다.

"위층에 누가 있어, 개자식아? 어서 말해. 목소리는 높이지 말고, 안 그러면 숨통을 진짜 끊어버릴 테니까."

소년이 너무나 재밌어 도저히 못 참겠다는 듯 창문을 가리키면서 킥킥대기만 하자, 퀼프는 그 목을 움켜잡는 게 목을 진짜 조르거나 한 번 더 강력하게 협박하려는 것 같은데, 소년은 그 손아귀에서 재빨리 벗어나 기둥 뒤로 피신하니, 퀼프는 머리끄덩이를 잡으려고 여러 차례 애쓰다 결국엔 포기할 수밖에 없었다.

"그럼 대답이라도 할래? 무슨 일이야, 위층에?"

퀼프가 묻자, 소년이 대답했다.

"어이없는 일이요. 위층에선……하, 하, 하!……지금 나리가……나리가 죽은 줄 알아요. 하, 하, 하!"

"죽어! 설마. 정말? 정말이야, 개자식?"

퀼프가 다시 물으며 험상궂게 웃자, 사악한 주인을 꼭 빼닮은 소년이 웃으면서 대답했다.

"위층에선 나리가……나리가 강에 빠져서 죽은 줄 알아요. 선창 모서리에 있는 걸 마지막으로 본 터라 그 밑으로 떨어진 게 분명하다는 거예요. 하, 하, 하!"

너무나 즐거운 상황에, 가만히 숨어있다 뚜벅뚜벅 들어가서 모든 사람을 좌절시킬 생각을 하니 퀼프는 엄청난 행운이 몰려든 이상으로 즐거웠다. 그래서 앞날이 유망한 소년만큼이나 킥킥대니, 기둥을 사이에 둔 채 서로에게 고개를 끄덕이고 숨을 헐떡이며 웃는 모습이 정말 독특한 중국 인형 한 쌍 같았다.

퀼프는 문으로 살금살금 걸으며 속삭였다.

"한마디도 하지 마. 판자가 삐걱대거나 거미줄에 걸리는 소리 이상 내지 마. 강물에 빠져서 죽다니, 퀼프 부인! 강물에 빠져서!"

그러다 입으로 불어서 촛불을 끄고 신발을 벗어서 내차고 손으로 더듬으며 계단을 오르자, 소년은 더없이 기뻐하며 물구나무서는 재미에 푹 빠져들었다.

층계참에 있는 침실 문이 안 잠겨, 퀼프는 살그머니 들어가서 거실 쪽으로 난 문 뒤에 바싹 달라붙었다. 바람이 잘 통하도록 살짝 열어둔 데다 (예전에 툭하면 염탐할 목적으로 퀼프가 주머니칼로 벌려놓은) 틈새도 있어서 제대로 엿듣는 건 물론 동작까지 또렷하게 보이는 곳이었다.

퀼프가 그 틈새에 한쪽 눈을 대니, 브라스 변호사는 펜, 잉크, 종이, 나무틀에 넣은 술병은 – 자신이 특히 좋아하는 자메이카 럼주 술병은 – 물론, 뜨거운 물과 향긋한 레몬과 하얀 각설탕 등 필요한 물품 전부를 바로 앞에 놓고서, 퀼프가 지켜본다는 사실조차 모른 채, 커다란 유리잔으로 펀치 술을 만들어 하얀 김이 올라오는 가운데 찻숟갈로 휘저으며 깊은 생각에 잠기는데, 안타까운 마음과 기쁜 마음이 느긋하게 뒤섞인 표정이었다. 맞은편에서 탁자에 양쪽 팔꿈치를 올린 건 지니윈 부인으로, 다른 사람 펀치를 찻숟갈로 슬금슬금 훔쳐먹는 대신 커다란 잔으로 꿀꺽꿀꺽 들이켜고, 부인 딸은 – 머리에 재를 뿌리거나 등에 굵은 삼베를 걸치진 않았을지언정 꽤 점잖게 슬퍼하는 표정인데 – 안락의자에 기댄 채 펀치를 홀짝이며 슬픔을 달래는 중이었다. 뱃사람도 두 명이고 그 사이에 '견인기'라는 기계마저 있는데, 이들 역시 술잔을 하나씩 들고서 독주를 신나게 들이켜느라 당연히 코는 빨갛고 얼굴은

불그레하고 표정은 신날 대로 신나, 파티 특유의 분위기가 줄기는커녕 늘기만 했다.

"친애하는 장모 술에 독약을 탈 수만 있다면 당장 죽어도 여한이 없겠군."

퀼프가 중얼거리는데, 브라스 변호사가 고개를 들어서 천장을 바라보고 한숨을 내쉬며 침묵을 깨뜨렸다.

"아! 이 순간에 고인이 우리를 내려다보고 있을지 누가 알겠습니까! 어디선가 우리 한 명 한 명을 매서운 눈으로 살피고 있을지 누가 알겠습니까! 아, 아!"

그러더니 펀치 술을 절반이나 들이켜고, 힘없는 미소를 머금은 채 다른 사람들을 바라보다 머리를 저으며 다시 말했다.

"이 술 밑바닥에서 고인이 눈빛을 번뜩인다는 느낌마저 듭니다. 그 눈빛을 언제 다시 볼 수 있을까요? 영원히, 영원히 불가능하겠지요! 우리도 지금은 여기에 있지만……"

브라스가 술잔을 들어서 공중을 가리키고, "다음 순간에 저쪽으로……" 하고 말하면서 술을 쭉 들이켜고 가슴 바로 밑을 힘껏 때리며 마무리했다.

"침묵만 가득한 무덤으로 들어가겠지요. 고인이 그렇게 아끼던 럼주를 마신다고 생각해 보세요! 정말 꿈만 같습니다."

그리곤 자신의 위치를 시험하려는 의도로 술잔을 다시 채우도록 지니윈 부인 앞으로 쭉 밀더니, 뱃사람 두 명을 쳐다보며 물었다.

"수색 작업은 효과가 없습니까?"

"네, 나리. 하지만 고인이 어디서든 나타난다면 내일 썰물 때 그리니지 해안 어딘가로 밀려올 겁니다, 그치, 친구?"

그러자 동료 뱃사람도 공감한 다음, 일꾼을 여럿 고용했으니 고인이 밀려오면 곧바로 수거해서 병원으로 운송할 거라고 덧붙이자, 브라스가 말했다.

"그렇다면 우리로선 체념하는 수밖에, 체념하고 기다리는 수밖에 없겠군요. 시신을 찾아야 마음이 놓일 텐데요, 그래야 마음이 놓여."

지니원 부인이 서둘러 공감했다.

"맞아, 시신을 찾으면 확실하겠지요, 의심할 여지 없이."

그러자 브라스가 펜을 들면서 말했다.

"지면 광고에 실을 고인의 특징을 떠올리려니까 우울하면서도 기쁘네요. 고인은 다리 모양이……?"

"당연히 굽었지요."

지니원 부인이 대답하자, 브라스가 알랑대는 어투로 물었다.

"굽었다고 생각하세요? 제 눈에는 혁대조차 없이 살짝 쪼그라든 무명바지를 입고 다리를 짝 벌린 채 걸어오는 모습이 지금도 보이는 것 같아요. 아! 세상이 정말 슬프네요. 그럼 다리가 굽었다고 할까요?"

"살짝 굽었다고 하세요."

퀼프 부인이 흐느끼며 말하자, 브라스는 종이에 쓰면서 중얼거렸다.

"다리가 굽었다. 머리는 크고 몸통은 짧고 다리는 굽고……"

"많이 굽었다고 하세요."

지니원 부인이 제안하자, 브라스가 경건하게 말했다.

"많이 굽었다는 말은 안 하겠어요. 고인의 약점을 심하게 지적하진 맙시다. 굽은 다리는 문제가 안 되는 곳으로 떠났으니까요, 부인. 그러니 굽었다는 정도로 만족합시다, 지니원 부인."

"정확히 표현하려는 줄 알았어요. 그게 전부에요."

지니원 부인이 말하자, 퀼프가 중얼거렸다.

"노인네 두 눈이 아름다워. 또 시작이군. 펀치 술, 또 펀치 술!"

변호사가 펜을 내려놓고 술잔을 들이켜며 말했다.

"특징을 적다 보니 고인이 햄릿 아버지 유령처럼 제 눈앞에 나타나는 것 같아요, 평소에 입던 옷차림 그대로. 외투, 조끼, 신발과 스타킹, 바지, 모자, 재치와 유머, 연민을 자아내던 모습과 우산마저 젊은 시절 제 모습처럼 생생하게 떠오르네요. 내복까지! 내복이 늘 똑같은 색이었어요, 변덕과 환상이 대단한 만큼…… 내복이 지금도 또렷하게 보여요!"

"하던 일이나 계속하세요, 선생."

지니윈 부인이 초조하게 말하자, 브라스 변호사가 감탄했다.

"맞아요, 부인, 맞아요. 우리 변호사는 슬픔에 빠져들지 말아야 해요. 그럼 조금만 더 귀찮게 하겠습니다, 부인. 이번 문제는 코에 관한 겁니다."

"납작코."

지니윈 부인이 말하자, 퀼프가 머리를 쑥 내밀고 자기 코를 주먹으로 치며 소리쳤다.

"매부리코! 매부리코라고, 마녀 할망구야. 이거 보여? 이게 납작코야? 납작코냐고, 엉?"

브라스가 습관적으로 감탄했다.

"아, 대단해요, 대단해! 훌륭해요! 고인이 정말 훌륭해요! 정말 놀라운 분이세요……변덕이 대단한! 사람을 놀라게 하는 힘이 놀라워요!"

이런 칭찬에도, 변호사 얼굴에 조금씩 깃드는 공포와 의심에도, 부인과 장모가 내지르는 비명에도, 장모는 재빨리 도망치고 부인은 기절해도, 퀼프는 관심이 없었다. 브라스 변호사만 쳐다보며 탁자로 다가가서 그 술잔부터 시작해 내용물을 쭉 들이켜고 한 바퀴 돌아서 다른 두 잔까지 다 마시곤 네모 틀 술병을 움켜잡아 팔꿈치에 끼우더니, 짓궂은 눈으로 변호사를 살폈다. 그러다 말했다.

"아직은 아니야, 브라스. 아직은 아니라고!"

브라스가 정신을 살짝 되찾으며 감탄했다.

"아, 훌륭하십니다! 하, 하, 하! 아, 대단히 훌륭하십니다! 살아있는 사람치고 이렇게 멋지게 해낼 사람은 어디에도 없어요. 이럴 순 없거든요. 하지만 고인께선 유머가 정말 대단하십니다, 정말 대단해요!"

"그만 나가게."

난쟁이가 말하며 고개를 끄덕이자, 변호사가 문 쪽으로 뒷걸음질 치며 대답했다.

"안녕히 계세요, 선생님, 안녕히 계세요. 정말 재밌습니다, 정말 재밌어요. 하, 하, 하! 대단하십니다, 대단해요, 놀라울 정도로!"

브라스가 계단을 내려가는 내내 끊임없이 떠들어대는 바람에 퀼프는 그 소리가 멀리 사라질 때까지 기다리다, 깜짝 놀라서 어리벙벙한 표정으로 남아있는 두 뱃사람에게 다가가더니, 문을 정중하게 열어주며 "강바닥을 온종일 훑었다고요, 두 신사분?" 하고 물었다.

"어제도요, 나리."

"맙소사, 고생하셨군. 그렇다면 시신에서 나온 건 모두 가지도록 하시고, 그만 나가시죠!"

두 뱃사람은 서로를 물끄러미 쳐다보는데 반박할 말이 없어서 발을 질질 끌며 나갔다. 상황을 깨끗하게 정리하자, 퀼프는 문이란 문은 모두 걸어 잠그고, 어깨를 올리고 팔짱을 껴서 네모 틀 술병을 다시 껴안아 악몽에서 튀어나온 괴물처럼 가만히 서서, 기절한 부인을 바라보았다.

50장

부부 사이에 의견이 다르면 대화로 풀고, 부인도 최소한 발언권 절반이 있는 게 보통이다. 그런데 퀼프 부부는 아니었다. 퀼프 혼자서 떠들어대면 부인은 순종하며 덜덜 떠는 어투로 잘못했다고 조심스럽게 한마디 하는 게 전부였다. 이번에도 퀼프 부인은 기절 상태에서 깨어나자, 남편이자 주인이 나무라는 말을 들으며 오랫동안 아무 말도 못 한 채 눈물만 흘렸다.

퀼프는 잔뜩 흥분해서 빠르게 말하며 팔다리와 얼굴을 수없이 비틀고, 부인은 이런 점에서 남편에게 압도당하는 게 익숙한데도 너무 겁나서 어쩔 줄 몰랐다. 하지만 자메이카 럼주가 있는 데다 사람들을 크게 좌절시켰다는 사실이 즐거워서 분노가 조금씩 줄어들다, 잔인한 열기 역시 킥킥 웃으며 조롱하는 수준으로 천천히 가라앉더니, 결국엔 차분하게 변하며 물었다.

"내가 죽은 줄 알았단 말이지? 그래서 과부가 된 줄 알았단 말이지, 엉? 하, 하, 하, 약아빠진 년."

"맞아요, 여보. 정말 안타깝게도……"

"당연하지! 정말 안타깝겠지! 정말 안타까운 게 당연하겠지!"

"당신이 무사히 돌아와서 안타깝다는 게 아니라 제가 그렇게 믿어서 안타깝다는 뜻이에요. 당신이 돌아와서 기뻐요, 여보. 정말이에요."

실제로 퀼프 부인은 주인이 돌아온 게 더없이 기쁜 것 같았다. 이렇게 난장판이 되었는데도, 남편이 이해할 수 없는 과정을 거쳐서 무사히 돌아왔다는 사실에 상당한 관심도 드러냈다. 하지만 퀼프는 조롱하는 미소를 의기양양하게 머금은 채 부인 얼굴에 대고 손가락을 뚝뚝 꺾을 뿐 감동하는 느낌은 없었다.

"어떻게 이리도 오랫동안 한마디 말도 없고 아무런 소식도 없이 집을 비울 수 있나요? 어떻게 이리도 잔인할 수 있나요, 퀼프?"

가련한 여인이 흐느끼자, 난쟁이가 소리쳤다.

"어떻게 이리도 잔인할 수 있느냐! 그러고 싶어서. 지금도 그러고 싶고. 앞으로도 마음이 내킬 때마다 그럴 테고. 다시 나갈 거거든."

"안 돼요!"

"돼. 지금 나가겠어. 곧바로 떠나겠어. 어디든 마음이 내키는 곳으로 – 선창으로, 돈놀이 사무실로 – 가서 독신으로 재밌게 살겠어. 당신도 과부 생활을 미리 겪었잖아. 제기랄. 앞으로 진짜 독신으로 살겠어."

퀼프가 소리치자, 부인이 흐느꼈다.

"진담은 아니겠지요, 여보."

하지만 난쟁이는 새로운 계획에 잔뜩 흥분하며 소리쳤다.

"분명하게 말하는데, 이제부터 독신으로 살겠어, 앞일을 걱정하지 않는 독신으로. 돈놀이 사무실을 독신자 숙소로 만들 테니까 용기가 있으면 한번 찾아와 보라고. 내가 불시에 나타날 테니 조심하고. 두더지나 쥐새끼처럼 수시로 오가며 당신을 몰래 살필 테니까. 탐 스콧……어딨어, 탐 스콧?"

"여기요, 나리."

소년 목소리가 들리자, 퀼프는 창문을 올려서 소리쳤다.

"거기에서 기다려, 개자식아, 독신용 대형 가방을 운반해야 하니까. 짐을 싸, 퀼프 부인. 사랑스러운 노인네를 깨워서 도와달라 해. 내가 깨워야겠군. 여봐요! 여봐!"

퀼프는 소리치면서 부지깽이를 움켜잡고 장모 침실로 가서 문을 마구 때리자, 장모는 사랑스러운 사위가 다리를 흉본 복수로 자신을 죽이려는 것 같아서 말할 수 없는 공포에 시달리며 잠에서 깼다. 그래서 비명을 마구 내지르는 게, 당장에라도 창문을 빠져나가 이웃집 채광창으로 도망칠 것 같은데, 딸이 도와달라고 간청해서 엉뚱한 생각을 막았다. 그래서 자신에게 바라는 걸 깨닫고 마음을 달랜 다음에 순면 잠옷 차림으로 나타나니, 어머니와 딸은 - 밤이 깊은 터라 - 추위와 공포에 떨면서 퀼프가 시키는 대로 말없이 움직였다. 괴팍한 퀼프는 준비 과정을 늘려서 최대한 즐기려고 옷가지 싸는 걸 감독도 하고 접시, 나이프와 포크, 숟갈, 찻잔과 받침 접시 등, 소소한 생필품을 직접 챙겨서 커다란 가방에 넣고 밧줄로 꽁꽁 묶어서 어깨에 걸쳐 메고 (내려놓은 적이 한 번도 없는) 네모 틀 술병을 팔꿈치에 끼운 채 한마디도 없이 뚜벅뚜벅 나갔다. 그리고 밑으로 내려가자마자 큰 가방을 탐 스콧에게 맡긴 채 술병을 입에 대고 쭉 들이켜서 기운을 북돋고 재미 삼아 소년 머리를 술병으로 툭 때린 다음, 앞에서 느긋하게 걷기 시작해, 새벽 서너 시 사이에 선창에 도착했다. 그래서 손으로 더듬으며 돈놀이 사무실로 다가가 늘 지니고 다니던 열쇠로 문을 열고서 말했다.

"아늑해! 참 아늑해! 여덟 시에 깨워, 개자식아."

그리곤 잘 자라는 말이나 설명조차 없이 커다란 가방을 낚아챈 채 문을 쾅 닫고 책상에 올라서 고슴도치처럼 몸을 구부려서는 낡은 망토로 덮고 깊은 잠에 빠져들었다.

소년이 지시받은 대로 깨우자, 퀼프는 늦게 잔 만큼이나 힘겹게 일어나, 못 쓰는 나뭇조각으로 마당에 불을 피워서 아침으로 먹을 커피를 준비하라 말하고, 돈을 약간 주어서 따듯한 롤빵과 버터, 설탕, 훈제 청어 등을 사다 아침 식사를 그럴싸하게 준비하라고 시키니, 잠시 뒤에는 판자에서 먹음직스러운 냄새가 풍겼다. 그래서 맛나게 마음껏 먹었다. 결혼이라는 속박에서 벗어나 자유롭게 살면서 부인과 장모를 늘 불안하고 초조하게 만들고 싶은 마음을 계속 품었는데, 이제 비로소 집시처럼 자유로운 생활이 만족스러워, 은신처에 충분한 시설을 갖춰서 편하게 살자는 생각마저 떠올렸다.

뱃일과 관련된 물품을 파는 상점에서 중고 해먹을 사다, 뱃사람이 선실에 그러듯 돈놀이 사무실 천장에 매달았다. 그런 다음에는 배에서 지붕으로 연통을 빼내는 난로까지 구해서 곰팡내 나는 선실에 설치하고, 작업이 끝나자 더없이 즐거운 눈으로 살피다 윙크까지 하면서 중얼거렸다.

"로빈슨 크루소처럼 나한테도 멋진 집이 생겼어. 무인도처럼 외져서 아무도 안 사니까 할 일이 생기면 혼자 조용히 처리할 수 있어, 첩자도 엿듣는 사람도 없이. 생쥐 말고 아무도 없는데, 생쥐는 어차피 은밀하게 다니잖아. 점잖은 친구들을 불러서 재밌게 지내는 거야. 키트 같은 놈도 독살하고 - 하, 하, 하! 하지만 할 일 - 할 일 - 아무리 재밌어도 할 일을 잊으면 안 되는데, 아침 시간이 벌써 다 날아갔어."

난쟁이는 탐 스콧에게 자신이 돌아올 때까지 기다리라고, 물구나무서서 손바닥으로 걸어 다니면 혼날 줄 알라고 엄포를 놓고는 배에 몸을 싣고 강을 건넌 다음에 빠르게 걸어서 스위블러가 자주 가는 법조인 거리 식당으로 갔다. 스위블러는 혼자 어스레한 공간에 앉아서 한참 식사하는 중이었다.

"딕 스위블러, 우리 귀염둥이, 누구보다 소중한 제자여, 잘 있었나!"

난쟁이가 문으로 머리를 불쑥 집어넣으며 말하자, 스위블러가 대답했다.

"아, 당신이군요! 잘 지냈나요?"

"딕 스위블러는? 누구보다 훌륭한 사무원께서도 잘 지냈나?"

"별로요. 따분해서 못 살겠어요."

딕 스위블러가 대답하니, 난쟁이가 다가가며 물었다.

"무슨 일인가? 샐리가 다정하게 나오지 않나? '세상에 멋진 여자는 많지만 그런 여자는 어디에도……'[12] 응, 딕 스위블러!"

그러자 딕 스위블러는 무거운 표정으로 열심히 먹으며 대답했다.

"네, 어디에도 없지요, 그런 여자는. 속을 알 수 없는 암사자거든요, 샐리 브라스는."

"안 좋은 일이 있나 보군. 무슨 일인가?"

퀼프가 물으며 의자를 당기자, 딕 스위블러가 대답했다.

"법은 나랑 안 맞아요. 제약이 너무 많아서 딱딱해요. 도망칠 궁리를 하는 중이에요."

"맙소사! 어디로 도망치려고, 딕 스위블러?"

"나도 모르겠어요. 하이게이트도 좋겠지요. '런던 시장 딕 스위블러여, 돌아오라'며 종이 울릴 수도 있으니까요. 휘팅턴도 이름이 '딕'이었거든요. 고양이가 적었어야 하는 건데요."[13]

퀼프는 두 눈을 잔뜩 추켜올려 호기심 가득한 표정을 우스꽝스럽게 떠올리며 상대가 계속 말하길 기다리는데, 스위블러는 그럴 마음이 없는 듯 입을 꾹 다문 채 음식만 먹다가 접시를 물리고 의자에 등을 기댄 채 팔짱 끼고 벽난로 불길만 슬프게 바라보니, 거기에선 담배 꽁다리가 향긋한 맛을 뿜으며 타고 있었다. 그러다 마침내 난쟁이에게 고개를 돌리며 말했다.

"케이크 조각을 좋아하겠죠? 마음껏 드세요. 그럴 자격이 충분해요, 당신 작품이니."

---

12) 유행가 가사.

13) 딕 휘팅턴이 좌절하고 런던을 떠날 때 '런던으로 돌아가라'는 소리가 하늘에서 울렸다는 전설이 있다. 그래서 나중에 런던 시장을 세 번이나 하면서 복지사업을 시행한 거로 유명하다. 가난한 집안 출신으로 13세 때 쥐 떼로 고생하는 지방에 고양이를 팔아서 큰돈을 벌었다는 소문이 있고 나중에 동화로도 나왔으나, 실제는 중산층 출신이며 직물장사로 큰돈을 벌었다.

"무슨 뜻인가?"

퀼프가 묻자, 스위블러는 주머니에서 조그만 꾸러미를 꺼내고 기름으로 범벅이 된 종이를 벗겨, 하얀 설탕 반죽을 손가락 길이로 둘러친, 역겹게 생긴 자두 케이크를 보여주며 물었다.

"뭐 같으세요?"

"결혼식 케이크처럼 보이는군."

난쟁이가 대답하며 빙그레 웃자, 스위블러는 설탕 반죽을 코에 무서울 정도로 침착하게 문지르며 되물었다.

"누구 결혼식 케이크 같으세요? 누구 결혼식 케이크?"

"설마……"

"네, 맞아요. 여자 이름까지 말할 필욘 없어요, 이제 그 이름은 없으니까. 그 이름은 체그스, 소피 체그스가 되었으니까. 그래도 끝없이 사랑하니, 지금 나는 소피 체그스에 대한 사랑으로 마음이, 마음이 찢어집니다."

스위블러는 유행가 가사를 대뜸 응용해서 크나큰 고통을 설명하고 꾸러미를 원래대로 접어서 손바닥 사이에 놓고 납작하게 때리더니, 그걸 가슴에 넣고 외투 단추를 채워서 두 팔로 감싸며 말했다.

"이제 만족하길 바랍니다, 선생. 프레드도 만족하길 바라고요. 두 사람이 힘을 합쳐서 내 꿈을 망가뜨렸으니, 이제 만족하길 바랍니다. 이게 성공한 건가요? 신사 두 명이 숙녀 한 명과 춤추다, 한 명은 숙녀를 차지하고 다른 한 명은 쩔뚝거리며 물러나는 민속춤 같아요. 하지만 이것도 운명이니, 이제 내 운명은 완전히 끝났습니다."

다니엘 퀼프는 스위블러가 좌절한 걸 속으로 기뻐하면서도 겉으로 달래줄 방법을 확실하게 동원하니, 종을 울려서 (스위블러가 툭하면 노래하던) 새빨간 포도주를 주문해, 조심스럽게 건네며 행복한 독신 생활을 찬미하는 축배를 들어서 체그스를 놀리자고 제안했다. 스위블러도 딱 그러고 싶은 마음이라 자신의 운명을 방해할 사람은 누구도 있을 수 없다고 생각하니, 순식간에 기분이 놀라울 정도로 좋아져 케이크를 받게 된 과정마저 설명하는데, 여전히 처녀로 살아남은 두 자매가 법조인 거리 사무실 입구까지 직접 찾아와서 전달하며 한껏 좋아 킥킥댔다는 거다.

"하! 이제 우리가 킥킥대며 웃을 차례가 올 거야. 그건 그렇고, 말이 나왔으니 말인데, 프레드는 어디에 있나?"

퀼프가 묻는 말에, 스위블러는 존경스러운 친구가 최근에 힘차게 굴러가는 도박장에서 자리를 확실히 꿰찼다고, 이 순간에도 모험정신이 가득한 대영제국 신사들 사이를 오가며 열심히 일하는 중이라고 설명했다.

"유감이로군, 좋은 생각이 불쑥 떠올라서 자네한테 그 사람에 관해 물으려고 찾아왔거든, 스위블러. 저쪽에 있는 자네 친구가……"

"어떤 친구요?"

"2층 친구."

"네?"

"2층에 사는 자네 친구가 프레드를 알 수도 있거든, 스위블러."

"아니에요, 몰라요."

스위블러가 대답하며 머리를 젓자, 퀼프가 다시 말했다.

"모른다니! 우리가 두 사람을 불러서 제대로 소개한다면 프레드 역시 어린 넬리나 영감처럼 큰돈이 생길지…… 그래서 운이 펼지, 덕분에 자네까지 운이 펼지 누가 알겠는가, 엉?"

"선생도 알겠지만, 사실 두 사람은 이미 만났어요."

스위블러가 말하자, 난쟁이가 의심스러운 표정으로 소리쳤다.

"만났다니! 누굴 통해서?"

그러자 스위블러가 살짝 당황하며 말했다.

"나를 통해서요. 지난번에 만날 때 내가 말하지 않았나요?"

"안 한 건 자네가 잘 알잖아."

난쟁이가 반박하자, 스위블러가 대답했다.

"그 말이 맞는 것 같아요. 그래요, 다시 생각하니 안 했네요. 바로 그날 내가 두 사람을 만나게 했어요. 프레드가 그러자고 했거든요."

"그래서 어떻게 됐나?"

"2층 친구는 프레드가 누군지 아는 순간에 눈물을 터트리고 따듯하게 껴안으며 자신이 (우리가 예상한 것처럼) 변장한 프레드 할아버지거나 할머니라고 말하는 대신에 엄청나게 화내며 욕설을 퍼부어대고, 어린 넬리랑 영감이 가난하게 된 건 프레드 탓이라고 나무랄 뿐, 마실 것조차 안 주고 단번에 쫓아내더군요."

"이상한 일이로군."

난쟁이는 중얼대며 깊은 생각에 빠지고, 스위블러는 시원하게 대답했다.

"당시에 우리도 그렇게 말했지만, 사실이에요."

퀼프는 이 말을 듣고 또렷하게 흔들리더니, 우울한 표정으로 입을 꾹 닫은 채 곰곰이 생각하다 툭하면 눈을 들어서 스위블러 얼굴을 매섭게 살폈다. 하지만 거짓말한다는 느낌은 없고 더할 말도 없다는 사실을 깨닫는 가운데, 스위블러가 생각에 빠져들어 한숨을 크게 내쉬는 걸 보면 체그스 부인을 떠올리며 슬퍼하는 게 분명해, 난쟁이는 애인을 빼앗기고 우울증에 빠져든 친구를 놔둔 채 그 자리에서 벗어났다. 그래서 거리를 홀로 거닐며 중얼거렸다.

"두 사람이 만났다고, 엉? 친구가 선수를 쳤어. 그래도 소득이 없었다니 문제 될 것도 없고 관심을 기울일 것도 없어. 저놈이 애인을 빼앗겨서 쌤통이야. 하, 하! 하지만 저 돌대가리가 변호사 사무실을 당장 관두면 안 돼. 저놈을 붙잡아두고 필요할 때마다 이용해야 한다고. 저놈은 사무실에서 자신도 모르게 염탐하다 술만 들어가면 보고 들은 내용을 모조리 털어놓잖아. 네놈은 여전히 쓸모가 많아, 스위블러, 가끔 술 사주면 충분할 정도로 비용도 싸게 먹히고. 자네가 넬리에게 품은 계략을 낯선 친구한테 조만간에 폭로하는 게 어떨지 모르겠군, 스위블러. 당장은 가까운 친구로 남아서 나를 도와야겠지만."

퀼프는 이런 생각에 빠져든 채 독특한 모습으로 숨을 헐떡이며 걷다 템스 강을 다시 건너서 독신용 숙소로 들어서는데, 막 세운 굴뚝이 연기를 밖으로 못 빼내서 실내에 자욱했다. 평범한 사람이라면 조금도 못 견딜 정도였다. 하지만 난쟁이는 싫기는커녕 마음에 쏙 들었다. 선술집에서 저녁 식사를 마음껏 즐기고 돌아와서 파이프에 불을 붙이고 굴뚝 쪽으로 연기를 뿜어대니, 연기가 자욱한 나머지, 보이는 거라곤 빨갛게 충혈된 눈빛에다 (심하게 기침할 때마다 연기가 묵직하게 소용돌이치며) 희미하게 드러나는 머리와 얼굴이 전부였다. 다른 사람이라면 숨 막혀 죽을 정도로 연기가 자욱한 곳에서 퀼프는 초저녁을 신나게 보내며 파이프와 네모 틀 술병을 마음껏 즐기고, 노래도 가끔 부르는데 시끄럽게 짖어대는 소리가 전부라, 사람이 부르는 노래라고 여길 근거는 딱히 없었다. 그런데도 난쟁이는 신나게 즐기다 자정으로 치달을 즈음에 극히 만족스러운 기분으로 해먹에 올라서 누웠다.

아침에 처음 들린 소리는 - 눈을 반쯤 뜨다 천장이 너무나 가까운 걸 보고 잠자는 사이에 자신이 파리로 변한 게 분명하단 생각을 비몽사몽 간에 하다 - 곁에서 숨죽이며 흐느끼는 소리였다. 해먹 너머를 조심스레 살피니, 퀼프 부인이 보여서 한동안 가만히 살피다 갑자기 소리치며 아는 척했다.

"여봐!"

"맙소사, 여보! 깜짝 놀랐잖아요!"

가련한 부인이 소리치며 쳐다보자, 난쟁이가 대답했다.

"그러라고 그런 거야, 앙큼한 여자야. 여기서 뭘 하는 거야? 나는 죽은 사람 아니던가?"

"아, 제발 집으로 돌아오세요, 제발 돌아오세요. 앞으로 절대로 안 그럴게요, 퀼프. 너무 걱정스러워서 착각한 것뿐이에요."

퀼프 부인이 흐느끼며 말하자, 난쟁이가 빙그레 웃었다.

"너무 걱정스러워서 착각했다. 그래, 나도 알아…… 내가 안 죽을까 걱정한 거. 분명히 말하는데, 집에는 마음이 내킬 때 갈 거야. 마음이 내킬 때 가서 마음이 내킬 때 나올 거라고. 여기저기 도깨비불처럼 신출귀몰하며 당신 주변에서 춤추다 예상치 못할 때 들이닥쳐서 불안하고 초조하게 할 거라고. 그만 떠나주겠소?"

이 말에 퀼프 부인이 간청하는 몸짓만 하자, 난쟁이가 소리쳤다.

"싫다고, 싫어. 내가 부르지도 않았는데 또 찾아오면 개를 풀어서 물어뜯게 하겠소…… 함정도 설치하고, 여자만 낚아채도록 정교하게 개조해서…… 용수철 대포도 설치해서 선을 밟는 순간에 발사해, 당신 몸뚱이를 갈기갈기 날려버리겠소. 그러니 그만 떠나주겠소?"

"제발 용서하세요. 제발 돌아오세요."

부인이 진심으로 간청하자, 퀼프가 고함을 내질렀다.

"시-이-이-일-어! 마음이 내킬 때까지 안 가. 마음이 내킬 때마다 돌아가고. 내가 오가는 걸 누구한테도 말하지 않을 거야. 문은 저쪽이니 그만 나가주겠소?"

힘이 가득 들어간 목소리로 소리치고 해먹에서 당장에라도 뛰쳐나올

것처럼 움직이며 술까지 한 모금 들이키는 순간, 부인은 집까지 질질 끌려갈까 두려워서 쏜살처럼 도망치니, 소중한 주군은 부인이 마당을 완전히 벗어날 때까지 목과 눈을 길게 빼고 바라보다, 누구도 침범할 수 없는 성역을 강조하며 의지를 확실히 보여준 걸 조금도 후회하지 않고 마구 웃어대곤 다시 누워서 잠을 청했다.

51장

난쟁이는 독신용 숙소에서 빗물과 진흙과 먼지와 습기와 안개와 쥐떼가 가득한 가운데 쾌적하고 느긋하고 편안하게 늦도록 잠자다, 심부름꾼 탐 스콧을 불러 해먹에서 일어나도록 돕고 아침을 준비하도록 지시한 다음, 잠자리에서 내려와 몸을 단장했다. 그런 다음에 식사를 마치고는 법조인 거리로 다시 떠났다.

이번에 찾아가는 목적은 스위블러가 아니라 친구며 고용인인 브라스 변호사를 만나는 거였다. 그런데 스위블러나 브라스는 물론 헌법을 수호하는 샐리까지 자리에 없었다. 세 사람 모두 자리를 비웠다는 사실을 알리는 건 스위블러가 손으로 종이에 갈겨서 초인종 손잡이에 걸어놓아 찾아오는 사람은 누구나 보도록 하면서, 자리를 비우는 게 언제라는 말은 없고 '한 시간 뒤에 돌아온다'고 애매하게 적은 게 전부였다. 난쟁이는 대문을 두드리며 중얼거렸다.

"하녀는 있을 테니 문을 열어주겠지."

오랜 시간이 지난 다음에 비로소 대문이 열리더니, 조그만 목소리가 "부탁이니, 명함이나 전갈을 남겨주시겠어요?" 하고 말했다.

난쟁이는 조그만 하녀를 내려다보는 색다른 경험을 하며 "엉?" 하고 물었다.

그러자 조그만 하녀는 스위블러를 처음 볼 때 그런 것처럼 재차 말했다.

"부탁이니, 명함이나 전갈을 남겨주시겠어요?"

"전갈을 남길 테니 주인이 돌아오는 즉시 전달하도록."

난쟁이는 이렇게 대답하고 조그만 하녀를 밀치며 사무실로 들어갔다. 그래서 높은 걸상에 올라가 쪽지를 쓰고, 조그만 하녀는 행여나 상대가 수상한 짓이라도 하면 당장 도망쳐서 경찰에 신고하려고 마음먹은 채 눈을 크게 뜨고 지켜보았다.

퀼프는 (몇 줄 안 되는 글이라 단숨에 쓴) 쪽지를 접다가 조그만 하녀와 시선이 마주쳤다. 그래서 열심히 바라보다 얼굴을 험상궂게 찡그리며 물었다.

"잘 지내?"

조그만 하녀는 겁에 질렸는지 너무 조그맣게 대답해서 말을 알아들을 수 없는데, 입술 모양으로 볼 때 명함이나 전갈을 남기라는 소릴 되풀이하는 것 같았다.

"이곳 사람이 널 학대하니? 여주인이 잔인하게 굴어?"

퀼프가 묻고서 낄낄대며 웃자, 조그만 하녀는 두려운 표정에 교활한 느낌이 뒤섞인 표정으로 입술을 동그랗게 오므려서 단단히 비틀며 고개를 힘껏 끄덕여서 마지막 질문에 대답했다. 그 모습이 너무나 독특하고 교활해서 관심이 끌린 건지, 다른 이유가 있어서 비참한 용모와 표정에 관심이 끌린 건지, 그냥 물끄러미 쳐다보아서 조그만 하녀를 당황하게 하려는 건지 모르겠지만, 난쟁이가 팔꿈치를 쭉 펴서 책상에 단단히 대고 두 손으로 자기 뺨을 양쪽 모두 꼬집으며 여자애만 쳐다본 건 확실하다. 그렇게 한참을 침묵하다 턱을 톡톡 치며 물었다.

"고향이 어디지?"

"몰라요."

"이름이 뭐지?"

"없어요."

"말도 안 돼! 그럼 여주인이 뭐라고 부르지?"

"꼬마 악마요."

조그만 하녀는 더 물을까 두려운 듯 곧바로 덧붙였다.

"부탁이니, 명함이나 전갈을 남겨주시겠어요?"

너무나 독특한 대답은 당연히 새로운 질문으로 이어지는 법이다. 하지만 퀼프는 더 말하지 않고 눈길을 거둔 채 턱을 톡톡 치며 더 깊은 생각에 빠져들다, 조금도 안 틀리게 정확히 쓰려는 듯 쪽지로 상체를 숙인 채 덥수룩한 눈썹 밑으로 은밀하고도 정교하게 조그만 하녀를 살폈다. 그러다 두 손으로 얼굴을 가리고 심줄이 터질 정도로 부풀어 오를 때까지 숨을 죽인 채 교활하게 웃었다. 이어서 모자를 당기고 이마를 가려서 자신이 심하게 웃어대는 걸 숨긴 채 쪽지를 건네고 황급히 빠져나왔다.

퀼프는 거리로 나오자 은밀한 충동에 이끌려 진이 빠질 때까지 옆구리를 움켜잡으며 다시 웃고, 행여나 조그만 하녀가 보이지 않을까 하는 마음으로 먼지 가득한 난간 너머를 힐끗힐끗 살폈다. 그러다 독신용 숙소에서 총 쏘면 닿을 거리에 지은 목재 별장 술집 '황무지'로 가서 오후에 세 사람이 마실 차를 주문했다. 샐리 오누이를 그곳으로 초대하는 게 퀼프가 법조인 거리까지 가서 쪽지를 남긴 목적이었던 거다.

사람들이 별장에서 차를 마시기에 좋은 날씨는 아닌데, 금방이라도 무너질 것처럼 허술한 데다 진흙탕 강물이 밑으로 무섭게 내달리는 별장에선 더더욱 아니었다. 그런데도 퀼프는 일부러 그곳에서 차와 간식을 주문하더니, 금이 쩍쩍 가서 빗물이 새는 지붕 밑으로 브라스 변호사와 샐리를 안내했다. 그리고 씩 웃으며 말했다.

"자네는 아름다운 자연을 좋아하니, 여긴 정말 매혹적이지 않은가, 브라스? 독특하고 순수하고 원시적이지?"

"네, 멋지네요."

"추운가?"

퀼프가 묻는 말에 브라스는 속으로 이를 덜덜 떨며 대답했다.

"그-그렇진 않은 것 같습니다."

"그래도 약간 눅눅하고 떨리긴 하지?"

"딱 상쾌할 정도로 눅눅할 뿐, 그 이상은 아닙니다, 그 이상은 아니에요."

브라스가 대답하자, 난쟁이가 좋아하며 다시 물었다.

"샐리는? 샐리도 좋아할까?"

그러자 샐리가 브라스를 거치는 대신에 강한 성격을 그대로 드러내며 직접 대답했다.

"차와 간식만 나온다면 샐리도 좋아할 테니 귀찮게 굴지 말고 주문이나 하세요."

그러자 퀼프는 당장에라도 껴안을 듯 샐리에게 두 팔을 벌리며 감탄했다.

"사랑스러운 샐리! 더없이 다정하고 매혹적이고 압도적이야."

"저분은 정말 놀라워! 대단한 음유시인이야, 대단한 음유시인!"

브라스가 혼자 중얼거리며 찬양하는데, 표정이 멍청하고 산만했다. 불행하게도 감기가 심해서 머리가 아픈 데다 여기까지 오느라 축축하게 젖어, 이렇게 추운 곳에서 따듯한 방으로 옮겨 활활 타오르는 불에 축축

한 몸을 말릴 수만 있다면 아무리 큰돈이라도 기꺼이 포기할 것 같은 마음뿐이었다. 하지만 퀼프는 변덕스럽고 사악한 쾌감이 더없이 즐거운 데다, 자신이 죽은 걸 애도하는 자리에서 브라스가 한 짓까지 본 터라, 상대가 힘들어하는 모습을 속으로 마음껏 즐기니, 돈을 턱없이 들인 잔치라도 그렇게 즐거울 순 없을 것 같았다.

샐리가 어떤 성격인지 살짝 들여다보는 차원에서, '황무지'가 너무나 불편해서 차와 간식이 나오기 전에 밖으로 그냥 튀어나가고픈 마음이 굴뚝 같은데도, 오빠가 힘들어하는 모습을 보는 순간에 통쾌한 느낌이 모질게 일어, 자신만의 독특한 방식으로 마음껏 즐기기 시작했다는 사실을 밝히는 게 좋겠다. 그러니 지붕 틈새에서 빗물이 머리로 똑똑 떨어지는데도 샐리는 투덜대기는커녕 조금도 흔들리지 않고 다과를 느긋하게 즐겼다. 퀼프는 텅 빈 맥주 통에 앉아 세 왕국[14] 전체에서 가장 아름답고 편안한 곳이라 자랑하며 시끌벅적하게 떠들다 유리잔을 들어, 다음에도 여기에서 즐겁게 지내자며 쭉 들이켜고, 브라스는 빗물이 찻잔으로 뚝뚝 떨어지는 음울한 분위기에서 편안하게 보이도록 기분을 끌어올리려 애쓰고, 탐 스콧은 문가에서 낡은 우산을 쓰고 기다리다 브라스 변호사가 힘들어하는 모습을 보고서 허리가 끊어지도록 웃고, 샐리는 여성인데도 빗방울이 몸과 옷으로 뚝뚝 떨어지는 걸 신경조차 안 쓰고 그대로 맞으면서 허리를 쭉 펴고 앉아, 오빠는 욕심이 많고 성격이 비굴한 나머지 아무리 힘들고 괴로워도 박차고 나가는 대신 밤새도록 앉아서 버틸 거라 생각하니 그보다 만족스럽고 즐거울 수 없었다. 하지만 샐리는 사업적인 관점에서 오빠와 생각이 완전히 같아도, 오빠가 고객을 어떤 식으로든 외면하면 크게 화내는 성격 역시 이렇게 황당한 풍경을 만드는 데 크게 이바지했다는 사실도 밝히는 게 좋겠다.

---

14) 대영제국. 즉, 잉글랜드, 스코틀랜드, 아일랜드를 말한다.

퀼프는 한참 떠들며 좋아하다 도깨비 같은 광기를 순간적으로 달래고 평소 모습을 되찾더니, 맥주 통에서 내려와 브라스 소매에 한 손을 올리며 말했다.

"잔치를 계속하기 전에 한 마디만. 샐리도 듣고."

샐리는 고객이랑 업무를 상담할 때는 바싹 달라붙는 게 좋다는 듯 가까이 다가가고, 난쟁이는 오빠와 동생을 번갈아 바라보며 말했다.

"할 일이 있어. 극히 사적인 일. 두 사람만 있을 때 머리를 모아보도록."

"알겠습니다. 괜찮다면 주요 내용을 적겠습니다, 나리."

브라스가 대답하며 주머니에서 수첩과 연필을 꺼내더니, 천장을 바라보며 혼자 중얼거렸다.

"놀라운 자료, 정말 놀라운 자료야. 저분은 요점을 정확하게 말씀하셔서 받아적는 게 즐거워! 의회에서 제정한 법령도 저분만큼 또렷할 순 없어."

"적지 말게. 수첩을 넣어. 기록을 남기고 싶진 않으니까. 그래. 키트라는 아이가 있는데……"

샐리는 누군지 안다는 뜻으로 고개를 끄덕이고, 브라스는 이렇게 말했다.

"키트! 키트! 하! 예전에 들었는데 기억이 정확히 안 나네요, 기억이 정확히……"

"자네는 거북이처럼 느리고 코뿔소보다 둔하구먼."

퀼프가 짜증스러운 표정으로 나무라자, 브라스가 아부했다.

"저분은 정말 대단하셔! 자연사에 관한 지식도 놀라울 정도로 풍부해. 버푼[15]처럼 대단해, 버푼처럼!"

---

15) Buffoon, 버푼, 어릿광대.

브라스는 '뷔퐁'[16]이라는 말로 아부하려다 모음 하나를 쓸데없이 덧붙인 게 분명했다. 그런데도 퀼프는 교정할 시간을 안 주고, 브라스는 우산 손잡이로 자기 머리를 톡톡 치는 이상으로 자책하자, 샐리가 그 손을 잡으며 말했다.

"쓸데없는 말 그만해. 내가 안다고 했으니 그걸로 충분해."

그러자 퀼프가 나무라는 표정으로 브라스를 쳐다보고 샐리 등을 툭툭 치며 감탄했다.

"샐리는 참 대단해! 나는 키트가 싫어, 샐리."

"나도 싫어요."

샐리가 대답하고, 브라스도 동조했다.

"저도 싫어요."

"그럼 됐어! 그렇다면 절반은 끝난 거야. 키트라는 놈은 정직하고 착한 척하면서 여기저기 엿보다 짖어대는 개새끼, 위선자, 겉과 속이 다르고 겁이 많고 비열한 염탐꾼, 먹을 걸 주는 놈한테는 꼬리를 흔들고 안 그런 사람한테는 열심히 짖어대는 개자식이야."

"표현력이 대단하십니다! 소름이 돋아요!"

브라스는 재채기하며 감탄하고, 샐리는 핀잔을 주었다.

"요점만 말해요, 빙빙 돌지 말고."

그러자 퀼프는 나무라는 표정으로 브라스를 다시 쳐다보면서 감탄했다.

"그래, 맞아! 참 대단해! 분명히 말하는데, 샐리, 그 자식은 다른 사람한테 거들먹대며 짖어대는 개자식인데, 나한테 특히 더해. 한 마디로, 나는 그놈한테 원한이 있다고."

"그거면 충분합니다, 나리."

---

16) Buffon, 뷔퐁, 프랑스 박물관 관장으로, 자연사에 대한 권위자로 유명하다.

브라스가 말하자, 퀼프가 빈정댔다.

"아니, 충분하지 않으니까 끝까지 들어보시겠습니까, 나리? 그런 점에서 그놈한테 원한이 있는 것 말고도, 지금 이 순간에 그놈은 우리가 큰돈을 벌 사업을 방해한다고. 그것 말고도, 다시 말하지만, 그놈은 내 기분을 망가뜨리고, 나는 그놈을 증오해. 그런데 자네들도 그놈을 아니까 나머지는 알아서 하도록. 그놈이 방해를 못 하도록 깨끗하게 제거할 방법을 찾아보라고. 할 수 있겠나?"

"네, 나리."

브라스가 대답하고, 퀼프는 다시 말했다.

"자네 손을 주게, 샐리, 네 손. 나는 오빠보다 자네를 더 믿어. 탐스콧이 등불, 파이프, 럼주를 가지고 오니, 오늘 밤은 신나게 놀자고!"

말은 그걸로 끝나고 주고받는 시선도 끝났다. 오늘 밤에 모인 진짜 이유는 속마음을 살짝 드러내는 게 전부였다. 세 사람은 함께 일하는 게 익숙하고 이해관계는 서로를 단단히 묶어주니, 그 이상 말할 필요는 없었다. 그래서 퀼프는 속마음을 털어놓자마자 시끌벅적한 태도를 느긋하게 되살리더니, 조금 전만큼이나 잔인하고 무모하고 시끄럽게 떠들어댔다. 사랑스러운 샐리가 사랑하는 오빠를 부축하고 '황무지'를 나온 건 밤 10시고, 브라스는 여동생이 연약한 몸으로 부축하는 힘에 최대한 의지하는데, 걸음은 이해할 수 없을 정도로 흔들리고 다리는 아무 데나 주저앉았다.

난쟁이는 며칠 동안 피로가 쌓인 터라 잠을 많이 잤는데도 힘이 하나도 없어, 네발로 기어서 고상한 숙소로 들어가자마자 해먹에 올라서 꿈나라로 빠져들었다. 그러니 퀼프가 꿈속에서 헤매는 동안, 우리는 낡은 교회 계단에 앉아서 가만히 기다리는 인물로 돌아가도록 하자.

52장

교장 선생은 한참 뒤에 교회 공동묘지 쪽문으로 들어와서 녹슨 열쇠 꾸러미를 짤랑대며 다가왔다. 계단에 도착할 즈음엔 서둘기도 하고 기쁘기도 해서 숨을 헐떡이느라 처음엔 여자애가 조금 전까지 열심히 바라보던 바로 그 낡은 주택만 가리키다, 마침내 입을 열었다.

"저기 낡은 집 두 채가 보이지?"

"네, 선생님. 선생님께서 떠나신 동안에 줄곧 쳐다보았답니다."

넬리가 대답하자, 교장 선생이 다시 말했다.

"그렇다면 더욱 궁금한 눈으로 쳐다보겠구나, 내가 할 말을 추측한다면. 저 집 가운데 한 채는 내가 살 집이니까."

교장 선생은 넬리가 말할 틈도 대답할 여유도 안 주고 그 손을 잡아서 자신이 말한 주택으로 데려가는데, 정직한 얼굴에 기쁜 표정이 가득했다.

그들은 아치가 나지막한 현관 앞에 멈추고, 교장 선생은 커다란 꾸러미에서 맞는 열쇠를 찾으려 애썼다. 마침내 자물쇠는 풀리고 문은 삐걱대며 열려서 일행을 받아들였다.

그들이 들어간 거실은 천장이 둥근 공간으로 처음에 솜씨 좋은 건축가가 고상하게 장식해서 십자형 아름다운 원형 천장과 돌 장식에 과거의 화려한 모습이 엿보였다. 돌에 새긴 잎사귀는 자연이 열심히 빚은 것과 경쟁해, 건물 바깥에서 잎사귀가 수없이 피어나고 떨어지는 동안에 조금도 안 변하고 살아남았다고 자랑하는 것 같았다. 벽난로 선반을 묵직하게 받치는 조각은 일부 깨져나갔지만, 먼지가 가득한 데도 예전 모습 그대로, 황량한 벽난로 때문에 더더욱 애처롭게 살아남아, 너무나 천천히 썩어가는 걸 슬퍼하는 생명체 같았다.

오랜 옛날에 - 오래된 집에서는 변화조차 오래되었으니 - 거실 한쪽에 나무 칸막이를 설치해서 침실을 꾸몄는데, 오랜 세월 동안 창문 틈새로 햇살이 파고들어 단단한 벽을 갈랐다. 칸막이는, 그리고 널찍한 굴뚝 안[17] 의자 두 개는, 오래전에 잊힌 교회나 수도원의 일부가 분명했다. 새로운 용도로 급하게 바꾸긴 했지만, 참나무 문양이 여전히 남아서 예전 분위기를 드러냈기 때문이다.

열린 문 안쪽에는 조그만 방이 있어, 햇살이 담쟁이덩굴 사이로 들어와서 어스레하긴 해도 내부는 완벽했다. 가구도 거의 안 망가졌다. 이상한 의자 서너 개는 팔걸이와 다리가 오랜 세월에 깎여나간 것 같고, 탁자는 섬뜩하고, 예전에 교회 서류를 넣어두던 크고 낡은 상자와 이상하게 생긴 가정용품과 겨울에 쓰려고 쌓아둔 장작은 사방에 흩어져, 불과 얼마 전까지 사람이 살았다는 걸 확실하게 알려주었다.

여자애는 주변을 둘러보는데, 조그만 물방울이 거대한 바다로 모이는 영원한 세월을 바라보듯 엄숙한 표정이었다. 노인은 뒤에서 쫓아다니는데, 세 사람 모두 분위기에 압도돼서 숨소리조차 죽였다. 조그만 소리에도 침묵이 깨질까 두려울 정도였다.

"아름다운 집이에요!"

여자애가 나직이 말하자, 교장 선생이 대답했다.

"나는 네 생각이 다른 줄 알았어. 들어올 때 와들와들 떨어서…… 춥거나 암담한 것처럼."

그러자 넬리는 여전히 떨리는 몸으로 주변을 둘러보며 대답했다.

"아니에요. 뭐라고 또렷하게 말할 순 없지만, 바깥에서, 교회 계단에서 볼 때도 똑같은 느낌이었어요. 건물에 오랜 세월이 녹아들어서 그런 것 같아요."

---

17) 당시에는 굴뚝을 넓게 만들어, 추운 겨울에 사람이 안에 들어가서 열기를 즐겼다.

"평화롭게 살기에 좋은 집 같지 않니?"

교장이 묻자, 여자애는 간절한 마음으로 두 손을 모으며 대답했다.

"네. 조용하고 행복한 집…… 하루하루 살면서 죽는 법을 배울 수 있는 집!"

계속 말하고 싶으나 너무나 엄청난 생각에 입술만 바르르 떨자, 교장 선생이 말했다.

"하루하루 살면서 사는 법을 배우고 몸과 마음을 건강하게 가꾸렴. 이제 이 집은 너희 집이니까."

"우리 집!"

여자애가 감탄하자, 교장 선생이 상쾌하게 대답했다.

"그래, 앞으로 오랫동안 행복하게 살길 바란다. 나는 가까운 이웃이야, 바로 옆집. 이 집은 너희 집이고."

교장 선생은 놀라운 사실을 알리곤 의자에 앉아서 넬리를 옆자리에 앉힌 다음, 어떤 노파가, 백 살이 다 된 노파가 여기에 살면서 교회 열쇠꾸러미를 관리하다 미사 때마다 교회 문을 여닫고 손님이 찾아오면 교회 내부를 안내했다고, 그러다 오래전에 사망했지만 그 일을 이어받을 사람을 여전히 못 구했다고, 묘지기 노인을 만나서 들었다고, 묘지기 노인은 관절염이 심해 침대에서 꼼짝을 못한다고, 그래서 함께 온 사람이 있다는 말을 자신이 용감하게 한 다음, 묘지기 노인이 크게 좋아하며 제안한 말에 용기를 얻어, 성직자에게 그 문제까지 말했다고 하나씩 설명했다. 한 마디로, 교장 선생이 애쓴 결과, 넬리와 할아버지는 다음 날 성직자를 만나는 형식적인 절차는 남았지만, 그 자리는 이미 두 사람에게 떨어진 거나 마찬가지라는 거였다. 그러면서 말했다.

"임금은 조금이야. 많은 돈은 아니지만 한적하게 살기엔 충분해. 우리가 돈을 모으면 충분하니 걱정하지 말렴."

"하늘이 교장 선생님께 복을 내리실 거예요!"

여자애가 흐느끼자, 교장 선생이 쾌활하게 대답했다.

"아멘! 우리 모두 여기서 조용히 살며 슬픔과 고통을 말끔히 씻어내는 거야. 하지만 지금 당장은 내가 살 집을 보러 가자꾸나. 이리 오렴!"

세 사람은 옆집으로 가서 녹슨 열쇠꾸러미를 조금 전처럼 끼우며 애쓰다가 마침내 제 열쇠를 찾아서 벌레 먹은 문을 열었다. 거실로 들어서자, 조금 전에 구경한 집과 마찬가지로 천장이 둥글지만 널찍하진 않고, 딸린 방 역시 조그만 방 하나가 전부였다. 원래 묵을 집은 옆집이었으나, 교장 선생이 여자애와 노인을 아끼는 마음으로 작은 집을 선택한 게 분명했다. 그 집 역시 옆집과 마찬가지로 낡은 가구와 생필품은 물론 장작더미까지 있었다.

세 사람은 두 집을 편하게 살 집으로 만드는 작업에 신나게 몰두했다. 조금 지나자 두 집 벽난로에서 불길이 타올라 낡고 창백한 벽을 환하고 건강하게 물들였다. 넬리는 열심히 바느질해서 창문에 걸린 누더기 커튼을 꿰매고 오랜 세월에 갈라진 카펫까지 말끔하게 꿰맸다. 교장 선생은 앞마당을 빗자루로 깨끗하게 쓸고 기다란 풀을 자르고 오랫동안 마구잡이로 뻗다 축 늘어진 담쟁이덩굴을 다듬어, 건물 바깥쪽 벽을 사람 사는 집처럼 만들었다. 노인은 즐거운 표정으로 이리저리 오가며 교장 선생도 거들고 손녀딸도 거들었다. 이웃 사람들 역시 일터에서 돌아오자마자 힘껏 돕거나 이제 막 들어온 사람에게 꼭 필요한 물건을 아이들 편으로 보내서 선물하거나 빌려주었다. 그렇게 바쁘게 일하는 가운데 황혼이 깔리니, 할 일은 많아도 곧 몰려들 어둠에 양보할 수밖에 없었다.

세 사람은 이제부터 넬리네 집이라고 부를 집에서 저녁을 들었다. 식사를 마친 다음에는 벽난로 앞에 모여앉아 – 커다랗게 말하기에는 마음이 너무나 차분하고 즐거워 - 조그맣게 속삭이며 앞으로 살아갈 계획을 세웠다. 헤어지기 직전에는 교장 선생이 훌륭한 기도문을 커다랗게 읽고, 세 사람은 고맙고도 행복한 표정으로 잠시 작별했다.

할아버지가 침대에서 편히 잠들어 모든 소리가 조용히 가라앉은 시간에 여자애는 죽어가는 깜부기불 앞에 머무르며 오랫동안 꿈꾸다 마침내 찾아온 행운을 가만히 떠올렸다. 불꽃이 가라앉는 불빛에 어스름한 지붕을 배경으로 참나무 판자 윗부분이 희미하게 보이고, 낡디낡은 벽은 불꽃이 펄럭일 때마다 이상한 그림자로 오가고, 엄숙한 존재는 가장 오래 버티는 무생물 내부로 썩어들고, 외부에선 죽음이 사방을 에워싼다는 생각이 가슴속 깊이 파고들지만, 무섭거나 불안한 느낌은 없었다. 여자애는 더없이 외롭고 슬픈 시기부터 몸이 이미 조금씩 변했다. 체력이 떨어지는 가운데 마음만 단호하게 다지다 보니 순수한 마음이 솟구치며 축복받은 생각과 희망으로 조그만 가슴을 가득 채우나, 몸뚱이는 그만큼 더 갉아 먹힐 뿐이었다. 힘없이 죽어갈 운명의 주인공은 보는 사람이 하나도 없는 가운데 불가에서 벗어나 열린 여닫이 창문에 힘없이 기대니, 위로 젖힌 얼굴을 보고서 그 역사를 읽는 건 별밖에 없었다. 낡은 교회 종은 시간을 구슬프게 알리는데 죽은 자하고는 소통이 잘 돼도 산 자하고는 말이 안 통해서 많이 슬픈 것 같고, 낙엽은 부스럭대고 잔디는 무덤에서 흔들려도, 사람은 깊은 잠에 모두 빠져들었다.

꿈 없이 잠자는 자 가운데 일부는 교회 그늘 안쪽에 숨어들어 벽에 바싹 달라붙어야 안전하다고 여기는 것 같고, 다른 일부는 나무 그늘이 바뀌는 밑에 눕는 쪽을 선택하고, 다른 일부는 발소리가 옆에서 일어나길 바라는 듯 바로 길옆에 묻히고, 다른 일부는 아이들 무덤 사이에 묻혔다. 일부는 살아생전에 자신이 매일 밟고 다니던 땅 밑에서 영면하길 바라고, 일부는 황혼빛이 비치는 자리를, 일부는 동트는 빛이 비추는 자리를 선택했다. 무덤에 갇힌 영혼 누구도 살아있는 지인의 머릿속에서 지워지는 걸 바라지 않는 것 같았다. 죄수가 오랫동안 갇힌 감방에 정이 붙어, 거기서 벗어난 다음에도 애정을 느끼는 것처럼, 그들의 사랑을 갈망하는 것 같았다.

많은 시간이 지난 뒤, 여자애는 창문을 닫고 침대로 다가갔다. 예전과 똑같은 느낌이, 자신도 모르게 오싹한 느낌이, 공포 비슷한 느낌이 순간적으로 일어나다, 불안감이 하나도 안 남고 깨끗하게 사라졌다. 어린 남학생도 꿈에 다시 나타났다. 지붕이 열리더니, 예전에 오래된 성서 그림에서 본 것처럼 하늘 높은 곳에서 수많은 얼굴이 환한 빛을 받으며 자신이 잠자는 모습을 내려다보는 꿈도 꾸었다. 달콤하고 행복한 꿈이었다. 고요한 바깥은 그대로인 것 같은데, 공중에서 선율이 들리다 천사들 날갯소리가 일어났다. 천사들이 손에 손을 잡고 내려와서 무덤 사이에 섰다. 그리고 흐릿하게 변하다 사라졌다.

즐겁고 환한 아침과 함께 어제 하던 일도 찾아오고, 유쾌한 생각도 살아나고, 힘도 희망도 상쾌한 느낌도 돌아왔다. 세 사람은 집을 고치고 청소하며 흥겹게 일하다, 정오에 사제를 만나러 갔다.

사제는 순박하고 인정 많은 노신사로, 속세와 관계를 끊고 오래전에 그곳으로 물러나서 조용히 사는 인물이었다. 부인은 지금 사는 집에서 예전에 사망하고, 그때부터 세속적인 관심과 희망도 모두 깨끗하게 사라졌다.

사제는 세 사람을 다정하게 맞이하더니, 넬리에게 곧바로 관심을 보이며 이름과 나이와 고향과 이곳까지 오게 된 사정 등을 물었다. 교장 선생은 두 사람이 친구도 없고 찾아갈 집도 없어서 행운을 함께 나누러 왔다는 식으로 넬리 이야기를 이미 충분히 한 상태였다. 그래서 사제는 넬리를 친딸처럼 사랑하는 마음으로 말했다.

"그래요, 그래. 그러세요. 넬리가 많이 어리네요."

"고난과 역경은 충분히 겪었답니다, 신부님."

교장 선생이 대답하자, 늙은 신부가 말했다.

"하느님, 저 애를 도우소서. 우리 모두 저 아이가 다 잊고 편히 쉬게 합시다. 하지만 얘야, 교회가 낡아서 너처럼 어린애가 지내기에는 따분하고 우중충하단다."

"아닙니다, 신부님. 저는 그렇게 생각하지 않습니다, 전혀요."

넬리가 대답하자, 늙은 신부가 넬리 머리에 한 손을 올리고 슬프게 웃으며 말했다.

"썩어가는 지붕 그늘에 앉아있는 것보다는 풀밭에서 춤추는 모습을 보고 싶군요. 아이가 장엄한 폐허에서 침울하게 지내는 일이 없도록 조심해야 합니다. 요청을 수락하겠습니다, 친구."

세 사람은 다정한 말을 더 듣다 물러나서 여자애 집으로 돌아가 행복한 미래를 즐겁게 얘기하는데, 다른 친구가 나타났다. 조그만 노신사로 사제관에 사는데, (나중에 들은 바에 따르면) 사제 부인이 사망한 15년 전부터 거기에서 묵었다. 사제와 대학 친구로 늘 가까이 지내던 터에 사제가 극심한 슬픔을 겪을 때 곧장 찾아와서 위로하더니, 그때부터 지금까지 단 한 번도 안 떨어졌다. 조그만 노신사는 활달한 성격으로 마을에서 분쟁을 조정하고 분위기를 쾌활하게 이끌며, 사제가 내놓은 돈은 물론 자기 돈까지 적지 않게 내놓아서 주변 사람을 돕는, 모두가 인정하는 중재자며 위안자며 친구였다. 순박한 마을 사람은 그 이름에 누구도 신경을 안 쓰고, 설사 알더라도 금방 잊어버렸다. 조그만 노신사가 마을에 처음 왔을 때 학사 학위를 지녔다는 소문이 막연하게 돌아다니기도 하고 결혼조차 안 한 총각이기도 해서, 사람들이 '학사님'[18]이라

18) 원문은 'bachelor'로 학사라는 뜻과 총각이란 뜻이 있다. 여기에선 두 가지 의미를

고 부른 것 같았다. 노신사는 뭐라고 부르든 좋아할 성격이라 이 호칭도 좋아하고, 그때부터 학사라는 이름이 따라다녔다. 굳이 덧붙이자면 방랑자 세 사람이 처음 둘러볼 때 양쪽 집에서 발견한 장작더미도 노신사가 직접 갖다 놓은 거였다.

(평소에 불리던 호칭대로) 학사는 빗장을 들어서 문틈으로 조그맣고 동그랗고 온화한 얼굴을 가만히 들이밀더니, 낯선 사람이 아닌 것처럼 들어와서 넬리의 다정한 친구에게 인사하며 물었다.

"새로 오신 교장 선생님인가요?"

"그렇습니다, 선생님."

"잘 오셨습니다. 만나서 기쁩니다. 어제 저도 여기에서 교장 선생님을 맞이하려 했는데, 아픈 어머니가 멀리서 일하는 따님한테 쓴 편지를 전달하러 멀리 떠났다 이제 막 돌아왔습니다. 이쪽은 우리 교회를 관리할 여자앤가요? 여자애도 노인분도 환영합니다. 인정이 많은 분치고 나쁜 선생님은 없으니까요."

조그만 노신사가 말하곤 여자애 뺨에 뽀뽀하고 나서 쳐다보는 표정에, 교장 선생이 대답했다.

"매우 아팠답니다, 선생님, 최근에."

"네, 네. 알고 있습니다. 몸과 마음이 매우 아팠다지요?"

"그렇습니다, 선생님."

교장 선생이 대답하자, 조그만 노신사는 할아버지를 쳐다보고 여자애를 다시 쳐다보더니, 그 손을 다정하게 움켜잡으며 말했다.

"여기서 행복하게 살려무나. 우리가 도와줄게. 집이 벌써 많이 좋아졌구나. 세 사람이 한 거니?"

"네, 선생님."

모두 포함한다.

"다른 것도 필요하겠어. 집 자체를 고칠 순 없지만 물건을 갖출 순 있단다. 한번 둘러보자꾸나, 둘러봐."

넬리는 노신사와 함께 두 집을 둘러보고, 노신사는 부족한 물건이 많다는 걸 깨닫고 사제관에서 가져오겠다고 약속하는데, 정말 잡다한 물건이 필요했다. 하지만 필요한 물건은 곧바로 나타났다. 조그만 노신사가 바로 나가더니 5~10분 사이에 낡은 시렁과 양탄자와 담요를 비롯한 생필품을 잔뜩 가져오고, 한 소년도 짐을 잔뜩 지고 따라왔기 때문이다. 바닥에 아무렇게나 쌓아놓아서 정리하고 세우고 분류하는데 많은 시간이 들고, 노신사는 작업 감독을 크게 즐기다 결국엔 직접 달려들어서 열심히 일했다. 모든 작업을 끝내자, 노신사는 교장 선생님 앞에 쭉 늘어서서 검사받아야 하니 빨리 뛰어가서 학교 친구를 전부 데려오라고 소년에게 지시했다. 그래서 소년이 사라지자, 교장 선생을 쳐다보며 말했다.

"직접 보시면 알겠지만 아이들이 착하답니다, 교장 선생님. 하지만 저는 제가 그렇게 생각한다는 걸 아이들한테 안 알린답니다. 그러면 안 되거든요."

소년이 무리를 이끌고 금방 돌아오니, 현관에서 학사와 마주하는 순간에 크고 작은 장난꾸러기들이 모자를 움켜잡고 몸을 이리저리 꼬고 인사하며 하나같이 공손하게 보이려 애썼다. 조그만 노신사는 만족스러운 표정으로 바라보다 환하게 웃는 얼굴로 고개를 수없이 끄덕이며 인사를 받았다. 그런데 노신사는 아이들 칭찬하는 말을 조금도 숨길 수 없었다. 은밀한 내용을 교장 선생에게 커다랗게 속삭여서 아이들 귀에 또렷하게 들렸기 때문이다.

"제일 앞에 있는 아이는 존 오언입니다. 착하고 정직하고 솔직하지요. 하지만 생각 없이 노는 것만 좋아해서 성적이 떨어진답니다. 놀다가

목이라도 부러지는 건 아닐까 부모님이 항상 걱정하는데, 토끼 사냥할 때 저 아이가 도로 표지판 옆 울타리와 웅덩이를 망가뜨리고 조그만 자갈밭에서 거꾸로 미끄럼타는 걸 본다면 그 모습을 영원히 못 잊을 겁니다. 대단하거든요!"

존 오언은 이렇게 비판받고도 한마디 못하고, 학사는 다른 소년으로 넘어갔다.

"저 아이를 보세요, 선생님. 저 아이가 보이시죠? 리처드 에번스라고 한답니다, 선생님. 기억력이 좋고 이해력이 빨라서 공부를 잘하고 목소리와 음감이 좋아서 성가를 부를 때 최고로 돋보인답니다. 하지만 선생님, 저 아이는 끝이 안 좋을 거예요. 자기 침대에서 못 죽을 테니까요. 강론시간에 늘 자거든요. 그런데 사실대로 말해서, 선생님, 저 역시 저 나이에 늘 그랬으니, 꾸벅꾸벅 조는 게 당연하다는 생각도 든답니다."

칭찬을 듣고 좋아하던 아이는 곧바로 꾸짖는 소리에 기가 꺾이고, 학사는 다른 아이로 넘어갔다.

"꼭 피해야 할 사례를 보고 싶다면, 친구한테 하면 안 될 것만 보여주는 아이를 보고 싶다면, 바로 저 아이니 앞으로 많이 혼내시길 바랍니다. 눈이 파랗고 머리칼이 담색인 저 아이요. 저 아이는 헤엄치는 실력이 대단하답니다. 다이빙 선수지요…… 하느님, 우리를 보호하소서! 시각장애인 안내견이 목줄과 쇠줄 무게에 눌려서 강물에 빠져들어, 강둑에서 주인이 사랑하는 안내견이자 친구가 죽어간다고 울부짖으며 손을 맞잡고 비비 꼴 때, 옷을 입은 채 열 길 물속으로 풍덩 뛰어들어서 안내견을 구한 게 바로 저 아이니까요."

학사가 독특하게 속삭이더니, 다시 속삭이며 덧붙였다.

"저는 그 소식을 듣는 즉시 저 아이한테 금화 두 냥을 익명으로 보냈답니다, 하지만 누구한테도 말하지 마세요, 선생님, 제가 보냈다는 사실을 저 아이는 모르니까요."

그런 다음에 학사는 다른 아이로, 또 다른 아이로 넘어가서 앞에 쭉 늘어선 아이를 애정이 가득한 눈으로 바라보며 각각의 성격을 설명하고 문제점을 강조하는 식으로 한 명도 안 남기고 소개했다. 그러다 자신이 너무 심하게 나무란 걸 깨닫고 조그만 선물을 나눠주더니, 집으로 조용히 걸어가라고, 펄쩍 뛰지도 발을 질질 끌지도 옆으로 새지도 말라고 충고한 다음에 아이들을 해산시켰다. 그리곤 자신도 어릴 적에 어른들 말을 죽기 살기로 안 들은 것 같다고 고백하는데, 이번에도 또렷하게 들리는 건 똑같았다.

교장 선생은 모든 과정을 학사가 환영한다는 증표로 받아들이고 즐겁고 유쾌한 마음으로 헤어지곤, 자신을 세상에서 가장 행복한 사람으로 여겼다. 그날 밤에도 낡은 두 집은 벽난로에서 불길이 환하게 타올라 창문을 빨갛게 물들이고, 학사와 사제는 초저녁 산책에서 돌아오다 멈춰서 여자애가 참 아름답다고 속삭이곤, 공동묘지를 둘러보며 한숨을 쉬었다.

53장

넬리는 이른 새벽에 일어나서 집안일을 해치우고 착하디착한 교장 선생 집으로 가서 (힘들면 안 된다며 교장 선생이 심하게 만류하는데도) 깨끗하게 정돈하고, 벽난로 옆에 박힌 못에서 학사가 전날에 공식적으로 건네준 조그만 열쇠꾸러미를 꺼내, 혼자 밖으로 나와서 낡은 교회 쪽으로 걸었다.

하늘은 푸르고 화창하며 공기는 맑아서 새로 떨어진 잎사귀마다 향이 신선해, 모든 감각이 새롭게 살아났다. 옆에서 개울은 졸졸졸 흐르며 아름답게 번뜩이고, 무덤 잔디에서 반짝이는 이슬은 하늘이 죽은 자를 슬퍼하며 흘린 눈물 같았다. 무덤 사이에서 어린애 몇 명이 환한 얼굴로 숨바꼭질하며 뛰놀았다. 갓난아기도 데려와, 어린애 무덤 위 낙엽 더미에 누워서 곤하게 잠잤다. 새로 만든 무덤으로, 질병에 시달리던 어린애가 앉아서 동무들이 뛰노는 걸 지켜보던 자리 그대로 영면에 들어가, 동무들이 여전히 못 잊는 것 같았다.

넬리는 가까이 다가가서 한 아이에게 누구 무덤이냐고 물었다. 아이는 무덤이 아니라고, 형이 잠든 정원이라고 대답했다. 다른 정원보다 푸르르다고, 자신이 먹이를 주어서 새들도 제일 좋아하는 곳이라고 말했다. 이어서 환하게 웃는 얼굴로 넬리를 쳐다보더니, 무릎을 꿇고서 잔디에 뺨을 댄 다음에 흥겹게 뛰어갔다.

넬리는 낡은 탑을 올려다보며 교회를 지나고 쪽문을 나서서 마을로 들어섰다. 묘지기 노인이 목발에 의지한 채 오두막 입구에서 공기를 마시다 다정하게 인사하자, 여자애가 다가가서 물었다.

"이제 괜찮으세요?"

"그래, 다행히도 훨씬 좋아진 것 같구나."

"많이 좋아지실 거예요."

"하늘이 허락한다면, 그래서 조금만 참는다면. 어쨌든 들어오렴, 들어와!"

노인이 초대하고 앞에서 절뚝절뚝 걷더니, 움푹 꺼지는 계단을 조심하라 말하곤 정작 자신은 가볍게 넘으며 조그만 오두막 안으로 인도했다.

"방이 하나밖에 없어. 위층에 하나 더 있는데 작년부터 계단을 못 올라서 사용하질 않아. 하지만 다시 올라갈 생각이야, 내년 여름엔."

여자애는 연약한 백발노인이 어떻게 이리도 편하게 말하는지 궁금했다. 벽에 걸린 연장을 바라볼 때는 노인이 빙그레 웃으면서 물었다.

"무덤을 만들 때 저걸 사용한다고 생각하는 것 같구나."

"네, 맞아요. 저렇게 많은 연장을 쓴다는 게 신기해요."

"그래, 그럴 수도 있겠지. 하지만 나는 밭일도 한단다. 땅을 파서 식물을 기르지. 땅이 썩어드는 일만 하는 건 아니야. 가운데 삽 보이지?"

"많이 써서 닳은 거요? 네."

"바로 저게 묘지기 삽인데 오랫동안 잘도 썼지. 우리는 아직도 건강한데 저 삽은 힘을 다 썼어. 저 삽이 말할 수 있다면 나와 함께 뜻밖의 작업도 많이 했다고 알려주겠지만, 나는 다 잊었단다, 기억력이 안 좋거든."

노인은 황급히 덧붙였다.

"새로울 것도 없지. 언제나 그랬으니까."

"꽃과 관목도 다른 일을 했다고 알려주네요."

"그래. 커다란 나무들도. 하지만 저것들 역시 묘지기 일과 동떨어진 건 아니란다."

"설마요!"

"내 마음속에선, 기억도 그렇고. 실제로 도움이 많이 되거든. 가령 어떤 사람을 기억하며 나무 한 그루를 심었다 하자. 나무는 우뚝 서서 어떤 사람이 죽었을 때를 알려줘. 나무가 널찍하게 드리운 그늘을 보면 그 사람이 죽은 게 언제인지, 그래서 내가 다른 일을 한 게 몇 살 때인지 기억할 수 있단다. 그래서 그 사람 무덤을 만든 게 언제인지 거의 정확하게 떠올리지."

"그러면 아직 살아있는 유족도 떠올릴 수 있겠네요."

"부인, 남편, 부모, 형제, 자매, 자녀, 친구 등 죽은 사람과 관련돼서 아직 살아있는 사람을 최소한 스무 명은. 그래서 묘지기 삽이 찌그러지고 닳는 거야. 삽을 새로 구해야 하겠어…… 내년 여름엔."

여자애는 노인이 나이 들어 쇠약한 걸 가지고 농담한다는 생각이 들어서 재빨리 쳐다보았다. 하지만 묘지기 노인은 더없이 진지하기만 했다. 그러더니 잠시 침묵하다 말했다.

"아! 사람들은 못 깨달아. 전혀 못 깨달아. 땅에 묻으면 썩기만 하고 안 자라는 건 사람밖에 없다는 걸. 그걸 누가 생각하겠어…… 누가 제대로 생각하겠냐고. 교회로 가는 거니?"

"네, 가던 중이었어요."

"종탑 밑 오른쪽에 오래된 우물이 있단다. 깊고 어두워서 메아리만 이는 우물. 40년 전에는 도르래에서 밧줄 첫 눈금까지 내리면 두레박이 시원한 물에 첨벙대는 소리가 들렸어. 그런데 물이 조금씩 줄어서 10년 뒤에는 두 번째 눈금까지 밧줄을 내려야 했지. 또 10년이 지나니, 물이 더 내려가서 세 번째 눈금까지 밧줄을 풀어야 했고 10년이 또 지나니, 우물이 말라서 이제는 두 팔이 지치도록 밧줄을 풀어서 두레박을 내리면 까마득한 바닥에서 쨍그랑 우당탕 소리가 갑자기 들리는 바람에 내가 밑으로 떨어진 것 같아서 간이 콩알만 하게 줄어들며 화들짝 물러나게 되더군."

여자애는 노인 표정을 쳐다보며 가만히 듣다, 자신이 절벽 끄트머리에 선 것 같아서 깜짝 놀라며 소리쳤다.

"어두울 때 가면 무섭겠어요!"

"바로 그게 무덤이 아니고 뭐겠니! 그런데 우리 같은 늙은이 가운데서 물이 줄어드는 걸 보고 자기네 체력이 그렇게 떨어지고 앞으로 살아갈 날도 줄어든다는 걸 깨달을 사람은 또 얼마나 되겠니? 한 명도 없어!"

묘지기 노인이 하는 말에 여자애는 자기도 모르게 물었다.

"할아버지도 연세가 많으세요?"

"이제 일흔아홉 살이야…… 다음 여름엔."

"건강한 동안엔 계속 일하시나요?"

"일이라! 당연하지. 내가 가꾼 정원을 보려무나. 저 창문을 내다봐. 내 손으로 만들고 가꾼 거야. 내년 이맘때면 나뭇가지가 무성하게 자라서 하늘이 안 보이겠지. 기나긴 겨울밤에 하는 일은 따로 있단다."

묘지기 노인이 앉은 곳 바로 옆 찬장을 열어서 조그만 상자를 여러 개 꺼내는데, 오래된 나무를 어설프게 조각해서 만든 거였다.

"옛날을, 그래서 옛날 물건을 좋아하는 상류층 일부는 우리 교회와 폐허에서 나온 기념품을 찾곤 한단다. 그래서 여기저기 나뒹구는 참나무 조각으로 만들기도 하고, 지하 무덤에 오랫동안 보관한 관 조각으로 만들기도 하지. 여길 보렴. 이건 옛날에 쓰던 상자 모형인데, 모서리에 놋쇠를 단단히 댔어. 원래는 놋쇠에 글씨를 새겼는데 지금은 안 보이는구나. 당장은 분량이 적지만 나중엔 선반을 가득 채울 거야…… 내년 여름엔."

여자애는 노인이 만든 작품에 감탄하고 높이 평가한 다음에 그곳을 떠났다. 노인은 모든 일에서, 그리고 주변 모든 것에서 교훈을 끌어내지만 자신에게 적용하진 않는 게, 세상살이가 불확실하다는 걸 알지만, 말과 행동으로 볼 때 자신은 영원히 안 죽는다고 생각하는 것 같은 게 정말 이상했다. 이게 전부가 아니었다. 그런 모습 역시 인간의 본성이라는, 묘지기 노인이 내년 여름을 얘기하는 모습 역시 인류의 전형적인 특징 가운데 하나라는 것까지 지혜롭게 깨달았다.

넬리는 이렇게 명상하다 교회에 도착했다. 바깥문 열쇠를 찾는 건 쉬웠다. 열쇠마다 노란 양피지 조각으로 표시한 것이다. 구멍에 넣고 열쇠를 돌리자 우묵한 소리가 일고, 떨리는 걸음을 내딛는 순간엔 메아리가 일어서 깜짝 놀랐다.

세상 만물은, 좋은 쪽이든 나쁜 쪽이든, 우리 눈에 또렷하게 대비된다. 어둡고 힘겨운 길을 너무나 어렵게 지나온 터라 소박한 마을이 더없이 평화롭게 보였다면, 엄숙한 건물에 홀로 들어선 느낌은, 햇살마저 움푹 들어간 창문마다 회색으로 고풍스럽게 들이치는 것 같고, 공기엔 흙과 곰팡내로 가득한 게 내부가 잔뜩 썩어들어도 그보다 강력한 입자가 끊임없이 정화하는 것 같고, 높은 천장과 복도 사이에서, 가득한 기둥 사이에서 탄식하는 소리는 지나간 세월이 내쉬는 숨결처럼 들리는 곳에 홀로 들어선 느낌이 어떻겠는가! 바닥에 깐 돌덩이는 사람들이 경건하게 내딛는 발에 오랫동안 시달리다 깨지니, 세월은 순례자 발걸음에 살그머니 다가가며 그 흔적을 지워서 돌가루만 남기고, 썩어 문드러진 대들보, 내려앉은 천장, 힘을 잃고 가라앉는 벽, 나지막하게 눌린 흙, 장엄한 무덤에 사라진 묘비명이……모두……대리석, 돌, 쇠, 나무, 먼지까지……하나같이 폐허를 상징했다. 가장 훌륭한 사람과 가장 못난 사람, 가장 가난한 사람과 가장 부유한 사람, 가장 위풍당당한 사람과 가장 볼품없는 사람 모두……하늘이 낳은 사람과 인간이 낳은 사람 모두……평등하게 묻혀서 하나같이 똑같은 이야기를 늘어놓았다.

건물 한쪽에 남작 무덤이 있어, 전사 조각상 여럿이 돌침대에 누워서 두 손과 두 다리를 겹쳐,[19] 십자군 전쟁에서 싸운 모습으로 갑옷 차림에 칼까지 찼다. 이런 기사 가운데 일부는 무기와 투구와 쇠사슬 갑옷까지 착용한 채 녹슨 고리에 걸려서 벽에 달라붙었다. 망가져서 초라하지만 대체로 예전 형태를 지니고, 일부는 예전 모습을 그대로 보여주었다. 당사자가 죽어서 땅에 묻혀도 폭력적인 행동은 여전하고, 전쟁을 일으

19) 두 팔과 두 다리를 겹쳐서 십자가 모양으로 만드는 건 십자군 전쟁에 참여했다는 징표다.

켜서 사람을 죽인 당사자가 흙으로 돌아가도 학살 흔적은 애처로운 형상으로 오래도록 남았다.

세월이 고요하게 깃든 공간에서 여자애는 무덤마다 들어찬 빽빽한 조각상 사이에 앉아, 가득한 조각상 때문에 다른 어디보다 고요한 것 같다고 느끼며 경외하는 표정으로 둘러보다, 마음이 차분하게 가라앉는 걸, 이제 행복하게 쉴 수 있다는 걸 느꼈다. 선반에서 성서를 들어 내용을 읽었다. 그러나 내려놓고, 앞으로 다가올 화창한 봄날과 여름날을, 잠자는 형상을 비스듬히 내리쬘 햇살을, 창가에서 펄럭이고 길가에 그늘을 화려하게 흩뿌릴 나뭇잎을, 바깥에서 노래할 새들과 환하게 피어날 꽃봉오리를, 달콤한 공기가 살그머니 들어와서 머리 위로 너덜너덜한 깃발을 부드럽게 흔드는 광경을 떠올렸다. 죽음이란 생각을 일깨운다 해서 뭐가 문젠가! 죽더라도 예전 모습이 그대로 남는다면, 그 광경과 소리가 영원히 행복하게 이어진다면, 이들 사이에 잠들어도 전혀 고통스럽지 않다면.

여자애는 남작 무덤을 떠나, 뒤를 돌아보며 천천히 걸어서 나지막한 문으로 다가가, 탑으로 이어지는 문을 열고, 어둠에 잠긴 나선형 계단을 오르며 좁디좁은 총구멍 사이로 내려다보니, 자신이 지나온 곳도 녹슨 종도 희미하게 보였다. 그러다 끝이 나타났다. 탑 꼭대기였다.

아! 햇빛은 갑자기 찬란하게 쏟아지고, 들판과 숲은 사방으로 내달리다 새파란 하늘과 맞닿는 풍경이 더없이 상쾌하고, 소 떼는 목초지에서 풀을 뜯고, 나무 사이로 피어오르는 연기는 푸르른 땅이 내뿜는 것 같고, 아이들은 아직도 아래에서 뛰노니, 모든 게 평화롭고 아름다웠다! 죽었다 되살아난 것 같았다. 하늘에 그만큼 더 다가선 것 같았다.

아이들이 사라진 다음에 여자애는 현관으로 나가서 문을 잠갔다. 학교를 지나는데 아이들 목소리가 시끌벅적하게 들렸다. 착하디착한 친구

LANDELLS

가 첫 수업을 시작한 것이다. 왁자지껄하는 소리가 더 커져서 고개를 돌리니, 아이들이 우르르 몰려나와서 장난치고 떠들며 흩어지는 게 보였다. 여자애는 '아이들이 교회를 지나가서 다행'이라고 생각했다. 그러다 멈춰서 교회 안에서는 아이들 소리가 어떻게 들릴까, 얼마나 부드럽게 사그라지는 느낌으로 다가올까 상상했다.

여자애는 그날 또다시, 그리고 또다시, 낡은 교회로 살그머니 들어가, 처음 앉은 자리에서 똑같은 책을 꺼내 읽거나 똑같은 생각에 빠져들었다. 땅거미가 깔리고 까맣게 다가오는 밤이 주변을 한층 더 엄숙하고 고요하게 만들 때조차 두려움도 없고 일어날 생각도 없는 모습이 그 자리에 못 박힌 사람 같았다.

마침내 사람들이 여자애를 찾아 집으로 옮겼다. 여자애는 얼굴이 창백해도 행복한 표정이니, 사람들이 돌아갈 때, 불쌍한 교장 선생은 허리를 숙여서 창백한 뺨에 뽀뽀하다, 얼굴에 닿는 눈물을 느꼈다.

54장

학사는 역할이 다양했다. 낡은 교회에서 관심과 흥미가 끊임없이 이는 원천을 찾기도 했다. 사람들이 자신만의 조그만 세계에서 놀라운 걸 찾아낼 때 자부심을 느끼듯, 학사는 교회 역사를 연구 대상으로 삼아, 여름날에는 교회에서 겨울밤에는 사제관 벽난로 옆에서 수많은 시간을 보내며 전설과 이야기가 넘쳐흐르는 보물창고에 끊임없이 빠져들다 새로운 내용을 더했다.

학사는 영혼이 순박하니, 넘치는 환상과 세월이 살며시 덧붙인 의상을 벗겨내서 진실을 드러내는 대신, 대부분 그 자체로 바람직해, 우물에 가득한 물처럼, 반은 숨기고 반은 넌지시 드러내서 기존의 매력에 우아한 모습을 덧붙여, 우울한 무관심보다는 흥미진진한 관심을 일깨웠다. 엄격하고 냉정한 부류와 달리, 야생화 화관을 오랫동안 다정하게 쓴 모습 그대로, 신선하고 수수한 모습 그대로 진실의 여신을 맞이해, 수백 년 쌓인 먼지를 가벼운 발로 밟고 가벼운 손으로 어루만져, 그 위로 섬세하게 일어선 무덤을 보존하려 애썼다. 오랜 세월에 걸쳐서 인간이 따사로운 관심과 애정을 보인 거라면. 오래된 관에 남작 유골이 있는데, 외국 땅 여러 곳에서 칼로 베고 찌르고 약탈하며 파괴하다 슬픈 마음으로 참회하며 조국 땅에 죽으러 온 남작이라고 수많은 세대가 여겼으나, 최근에 고고학자들은 문제의 남작이 전쟁터에서 이를 부드득 갈고 마지막까지 저주하며 사악하게 죽었다는 사실을 밝혀냈다고 주장하는데, 학사는 원래 이야기가 진짜라는 입장을, 남작은 자신이 저지른 죄악을 회개하고 자선활동에 열중하다 죽음을 순순히 맞이했다고, 남작이 하늘나라에서 평화롭게 지낼 거라는 입장을 유지했다. 앞에서 말한 고고학자들이 비슷한 방식으로, 지하 묘지에 있는 은밀한 무덤은 파문당한 사제가 목마르고 배고파서 자기네 문 앞에 쓰러진 걸 보고서 도와주었다는 이유로 영광스러운 엘리자베스 1세 여왕이 목매달고 내장을 빼내서 갈기갈기 찢어 죽인 백발 노파 무덤이 아니라고 주장했으나, 학사는 교회를 찾아오는 사람에게 교회는 가련한 노파의 유골이 있어서 그만큼 더 성스럽다고, 도시 성문 네 곳에 내걸린 노파의 시신을 야밤에 은밀하게 모아서 교회에 매장한 거라고 엄숙하게 주장하며, 엘리자베스 1세의 영광을 (잔뜩 흥분하며) 부정하고 그 시기에 가장 비천하게 살면서도 마음이 따듯하고 자비로운 노파를 훨씬 더 영광스럽게 여겼다. 하지만 지하 묘지 입구에 있는 편편한 돌무덤은 막대한 재산을 하나밖에 없는 아들에게 물려주는 대신 교회에 기부해서 웅장하게 늘어선 종 세트를 설치하게 한 수전노 무덤이 아니라는 주장에, 학사는 그 말대로라고, 그런 사람이 묻힌 무덤이 아니라고 순순히 인정했다. 한 마디로, 기억을 살려야 할 돌무덤과 놋쇠명판과 비석을 떠올리려 애쓸 뿐, 다른 모든 건 기꺼이 망각했다. 신성한 공간일지언정, 학사는 이들 모두를 깊숙이 묻힌 채 놔둘 뿐, 두 번 다시 드러내려 하지 않았다.

여자애는 바로 이 스승님 입술을 통해서 많은 걸 배웠다. 고요한 건물과 평화롭고 아름다운 공간에, 젊음이 영원히 둘러싼 장엄한 세월에 이미 충분히 감동했지만, 이런 이야기까지 들으니 모든 선행과 미덕이 그곳에 가득한 것 같았다. 교회는 죄악과 슬픔이 절대로 접근할 수 없는 또 다른 세상, 사악한 건 들어올 수 없는 평화로운 안식처였다.

학사는 무덤과 편편한 돌무덤에 담긴 역사를 알려준 다음, 지금은 둥근 천장이 우중충하기만 한 지하실로 데려가서 수도원 시절에 어떻게 환히 빛났는지, 천장에 등잔이 어떻게 달리고 향로가 어떻게 흔들리며 향내를 풍겼는지, 제의에서 황금과 은이 어떻게 반짝이고 귀중한 제기와 성화와 보석이 나지막한 천장 곳곳에서 환한 빛을 어떻게 내뿜고, 두건을 쓴 수사들이 무릎 꿇고 묵주를 돌리며 기도해서 자정이면 웅장하게 찬송하는 소리가 어떻게 울려 퍼졌는지 알려주었다. 지상으로 올라와서는 낡은 담이 높이 둘러싼 공간을 보여주며, 수녀들이 까만 옷을 희미하게 드러내며 조용히 걷거나 까만 그림자처럼 멈춰서 기도하는 소리가 그곳에서 어떻게 일었는지 알려주었다. 무덤에 잠든 전사들이 위에 세워놓은 채 썩어 문드러진 갑옷과 여기에 있는 투구와 저기에 있는 방패와 요기에 있는 쇠사슬 손 가리개를 어떻게 걸치고 커다란 칼을 양손으로 잡고 어떻게 휘둘렀는지, 저쪽에 있는 철퇴로 사람을 어떻게 쓰러뜨렸는지도 알려주었다. 여자애는 학사에게 들은 내용을 가슴에 소중하게 간직했다. 그래서 오랜 옛날을 꿈꾸다 한밤중에 침대에서 일어나 어둠에 잠긴 교회를 내다보면, 창문에서 환한 빛이 흘러나오고 웅장한 오르간 소리와 사람들 목소리가 바람에 실려 오는 느낌마저 들었다.

묘지기 노인은 금방 좋아져서 이리저리 걸어 다녔다. 여자애는 그런 묘지기 노인에게도 많은 이야기를 들었지만 유형은 완전히 달랐다. 묘지기 노인은 직접 일할 순 없는 상태라, 하루는 무덤을 새로 파는 사람을 감독하러 갔다. 묘지기 노인은 입이 근질근질하고, 여자애는 처음에 그 옆에 서다 나중에 발치 잔디에 앉아서 깊이 생각하는 얼굴로 올려다보며 대화했다.

그 일을 대신하는 노인은 묘지기 노인보다 나이가 조금 더 많으나 동작은 훨씬 활달했다. 하지만 귀가 안 들려, 묘지기 노인이 (1km를 여섯 시간에 걸쳐서 힘겹게 걷는 식으로) 열심히 감독하며 자신은 훨씬 건강하고 튼튼한 것처럼 귀가 안 들리는 걸 많이 불쌍하게 여기는 모습에 여자애는 주목하지 않을 수 없었다.

“무덤을 새로 판다는 게 안타까워요. 누가 돌아가셨다는 말을 못 들었거든요.”

여자애가 옆으로 다가가며 말하니, 묘지기 노인이 대답했다.

“조그만 마을에서 살던 여자야. 5km 떨어진 마을.”

“젊은 분이신가요?”

“으음, 그래. 예순네 살은 안 넘은 것 같아. 데이비드, 여자가 예순네 살은 안 넘었지?”

데이비드 노인은 땅만 열심히 팔 뿐 아무것도 못 들었다. 그러자 묘지기 노인은 목발이 상대까지 안 닿는 데다 부축을 안 받고 일어날 수도 없어, 흙을 조금 집어서 빨간 작업 모자로 던졌다.

"또 왜 그래?"

데이비드 노인이 쳐다보며 묻자, 묘지기 노인이 물었다.

"베키 모건 할머니가 몇 살이었지?"

"베키 모건 할머니?"

"응."

묘지기 노인은 상대가 제대로 못 듣는다는 사실에 불쌍한 어투 절반 짜증스러운 어투 절반으로 덧붙였다.

"귀가 어두워졌구먼, 데이비드, 확실히 어두워졌어!"

노인이 작업을 멈추곤 일부러 가져온 석판 조각에 삽을 문질러서 흙을 털어내고 – 베키 모건 할머니란 사람이 얼마나 많은지는 하늘도 모른다는 사실까지 털어낸 다음 – 곰곰이 생각하며 말했다.

"가만있자. 사람들이 관에 적는 나이를 간밤에 보았는데…… 그게 일흔아홉이었나?"

"말도 안 돼."

묘지기 노인이 놀라자, 데이비드 노인이 한숨을 내쉬며 대답했다.

"아니야, 맞아. 우리 나이랑 비슷하다고 생각한 기억이 나거든. 맞아, 일흔아홉이었어."

"숫자를 잘못 보지 않은 게 확실한가, 데이비드?"

묘지기 노인이 심하게 반발하는 표정으로 묻자, 데이비드 노인이 되물었다.

"뭐라고? 다시 말해."

"귀가 먹었군, 완전히 먹었어. 숫자를 제대로 본 게 확실한가?"

묘지기 노인이 벌컥 화내며 소리치자, 데이비드 노인이 대답했다.

"그럼, 당연하지."

"귀가 먹더니, 머리까지 멍청하게 변한 것 같군."

묘지기 노인이 혼자 중얼댔다.

여자애는 묘지기 노인이 그렇게 생각하는 이유가 궁금했다. 사실대로 말하자면 데이비드 노인은 정신이 묘지기 노인만큼은 또렷하고 체력은 훨씬 좋기 때문이다. 하지만 묘지기 노인이 더는 말하지 않아서 여자애는 당장은 그걸 잊고 이렇게 물었다.

"예전에 정원을 가꾼다고 하셨잖아요. 여기에 무얼 심었나요?"

"공동묘지에? 나는 아니다."

"꽃이랑 관목을 곳곳에서 보았어요. 저기에도 있잖아요. 저는 할아버지가 심었다고 생각했어요, 빈약하게 자라는 건 확실하지만."

"저건 하늘의 의지대로 자라는 거야. 여기는 식물이 화려하게 자라면 안 되는 곳이거든."

"왜요?"

여자애가 묻자, 묘지기 노인이 대답했다.

"당연히 그래야 하니까. 사람들이 오랫동안 사랑하던 친지를 묻었다는 표시라서."

"저도 그럴 거로 생각했어요. 정말 그런다니 다행이에요."

"그래, 하지만 그게 전부야. 저것들을 보렴. 고개를 숙이고 축 늘어져서 시들잖아. 이유를 알겠니?"

"아니요."

"저 밑에 누운 사람을 금방 잊어버리기 때문이야. 처음에는 아침에도 정오에도 밤중에도 다정하게 떠올리지만 횟수가 점차 줄어들지. 하루에 한 번이 일주일에 한 번으로, 일주일에 한 번이 한 달에 한 번으로, 결국엔 드물게 떠올리다 완전히 잊으니, 저런 상징물 역시 건강하게 자라는 경우가 드물지. 여름에 짧게 피는 꽃이 저들보다 오래가는 경우도 많이 보았으니까."

"슬프네요."

여자애가 말하자, 묘지기 노인이 머리를 절레절레 흔들며 대답했다.

"아! 여기에 와서 둘러보는 사람은 누구나 그렇게 말하는데, 내 생각은 달라. 사람들이 '여기에 와서 무덤에 식물을 심는 건 좋은 전통이지만, 식물이 시들거나 죽는 걸 보니까 마음이 울적하네요'라고 말하곤 하거든. 그러면 나는 먼저 용서를 구하고 '저건 산 사람들이 행복하다는 걸 나타내는 징표랍니다'라고 대답해. 저럴 수밖에 없거든. 자연스러운 현상이지."

"그렇지만 애도객이 낮에는 파란 하늘을 보고 밤에는 별을 보면서 죽은 사람이 무덤이 아니라 하늘에 있다고 생각할 수도 있잖아요."

여자애가 진지한 목소리로 말하자, 묘지기 노인이 의혹을 품은 어투로 대답했다.

"그럴 수도 있겠지."

그래서 여자애는 속으로 다짐했다.

'내 생각이 맞든 틀리든, 여기를 정원으로 만들겠어. 여기에 매일 나와서 일하는 게 해롭진 않을 테고, 그러다 보면 즐거운 생각도 떠오를 게 분명해.'

그러다 보니 눈가가 촉촉하게 젖고 뺨이 반짝였다. 하지만 묘지기 노인은 눈치를 못 채고 데이비드 노인을 바라보며 소리쳤다. 베키 모건 할머니 나이가 여전히 신경 쓰이는 게 분명한데, 여자애는 그 이유를 도무지 이해할 수 없었다.

이름을 두세 차례 부르자, 노인이 관심을 보이다 작업을 멈추고 삽에 기댄 채 둔한 귀에 한 손을 대며 물었다.

"나를 불렀어?"

"이 여자가 자네나 나보다 훨씬 늙은 게 분명하단 생각이 들어서,

데이비드."

묘지기 노인이 무덤을 가리키며 말하자, 노인이 머리를 절레절레 저으며 대답했다.

"일흔아홉. 내 눈으로 직접 봤다잖아."

"직접 보았다고? 그건 그렇지만, 데이비드, 여자들은 나이를 늘 속이잖아."

묘지기 노인 말에, 데이비드 노인이 갑자기 한쪽 눈을 반짝이며 대답했다.

"그 말은 맞아. 이 여자도 나이가 훨씬 많을 수 있겠어."

"분명해. 여자 얼굴이 얼마나 늙어 보였는지 생각해 보라고. 그에 비하면 자네랑 나는 청년이지."

"그래, 여자가 늙어 보이기는 했어. 자네 말이 맞아. 여자가 늙어 보였어."

"이 여자가 일흔아홉밖에 안 됐다고, 우리 나이에 불과하다고 하는데, 몇 해 전에 이 여자가 얼마나 늙어 보였는지 생각해 보라고."

"최소한 다섯 살은 더 들어 보였어!"

데이비드 노인이 소리치자, 묘지기 노인이 반박했다.

"다섯 살? 열 살이야. 여든아홉은 충분히 됐다고. 이 여자 딸이 죽었을 때가 떠올라. 당시에 여든아홉이었는데 십 년 전이었다고. 아! 산다는 게 허무해!"

데이비드 노인은 바람직한 주제를 도덕적으로 바라보는 일에 밀리지 않으니, 두 노인 모두 고인이 처음 말한 나이가 아니라 백 살은 다 됐다는 증거를 다양하게 제시하며 의심을 몰아냈다. 그래서 두 노인은 만족스러운 결론을 내리고, 묘지기 노인은 친구 부축을 받으며 일어나서 쩔뚝대며 떠나려다 말했다.

"여기에 앉아있으니 으슬으슬 떨리는데, 나는 조심해야 한다네…… 내년 여름까진."

"뭐라고?"

데이비드 노인이 묻자, 묘지기 노인이 소리쳤다.

"불쌍한 친구, 귀가 먹었어! 수고하게!"

그러자 데이비드 노인이 묘지기 노인을 바라보며 한탄했다.

"아! 저 친구 몸이 빠르게 나빠지는군. 하루하루가 달라."

그래서 두 노인은 자신이 상대보다는 오래 살 거라고, 베키 모건 할머니가 죽은 건 자신들과 아무런 상관이 없다고, 자신들은 앞으로 최소한 십 년 동안 걱정할 필요가 없다고 확신하며 헤어졌다.

여자애는 가만히 앉아서 귀먹은 노인이 삽으로 흙을 밖으로 파내다 멈춰서 기침하며 숨을 달래더니 묘지기 노인 몸이 빠르게 나빠진다고 중얼거리며 차분하게 웃는 광경을 지켜보았다. 그러다 일어나서 깊은 생각에 잠긴 채 공동묘지를 지나는데, 햇살이 환한 무덤 위 잔디에 앉아서 책을 읽는 교장 선생하고 우연히 마주쳤다.

교장 선생이 책을 덮으며 쾌활하게 말했다.

"넬리니? 맑은 공기와 햇볕을 쬐는 모습을 보니 반갑구나. 자주 그런 것처럼 행여나 지금도 교회에 있는 건 아닐까 걱정했거든."

"걱정하다니요! 교회는 좋은 곳 아닌가요?"

여자애가 되물으며 옆에 앉자, 교장 선생이 대답했다.

"그래, 그래. 하지만 즐겁게 지내는 시간도 필요하잖아. 맙소사, 슬프게 웃으면서 머리를 젓지 말려무나."

"슬픈 게 아니에요, 교장 선생님이 제 마음을 아신다면. 제가 슬퍼한다는 표정으로 저를 보지 마세요. 이 순간에 저보다 행복한 사람은 어디에도 없으니까요."

여자애는 더없이 고마운 마음으로 교장 선생 손을 다정하게 잡아서 두 손을 포개더니, 한동안 침묵하다 말했다.

"하느님 뜻이에요!"

"뭐가?"

"모든 게, 우리 주변 모든 게. 그런데 우리 가운데 누가 슬퍼하나요? 제가 웃는 게 보이시잖아요."

"나도 마찬가지야, 같은 공간에서 우리가 툭하면 웃을 수 있다고 생각하니 미소가 절로 떠올라. 저쪽에서 얘기했니?"

"네."

"무슨 얘기가 그렇게 슬펐는데?"

교장 선생이 물었다.

오랜 침묵이 흘렀다.

"그게 뭐니? 뭔지 말해주렴."

교장 선생이 다정하게 되묻자, 여자애는 갑자기 눈물을 터트리며 털어놓았다.

"죽은 사람이 너무 빨리 잊힌다고 생각하니 마음이 아파요."

그러자 교장 선생이 여자애 시선을 좇아가며 되물었다.

"무덤을 아무도 안 찾고 나무는 마르고 꽃 한두 송이가 시드는 걸 차갑게 외면하거나 잊어버린 증거로 여기니? 여기에 안 오는 건 죽은 사람을 추모하지 않는 거라고 여기니? 넬리, 넬리, 사람들은 세상에서 지금 이 순간에도 착하게 생각하고 착하게 행동하려고 애쓰는데, 그 이유는 우리 눈에 외면한 것처럼 보이는 바로 이 무덤들 때문이야."

"더 말하지 마세요. 저도 아는 것 같으니까요. 제가 어떻게 모르겠어요, 교장 선생님을 생각하면?"

여자애가 재빨리 말하자, 친구가 덧붙였다.

"죽는 건, 그래서 잊히는 건 하나도 없어. 그냥 그렇게 믿자꾸나, 아무 생각 말고. 갓난아기가, 옹알이하던 아기가 요람에서 죽으면 아기를 사랑하던 사람들 마음속에 되살아나, 그 사람들을 통해서 세상을 구하는 행동에 뛰어드는 거야, 비록 그 몸뚱이는 재로 변하거나 깊은 바다에 가라앉아도. 아기는 천사들 품에 안기는 게 아니라 지상에서 자신을 사랑하던 사람들을 통해 은혜로운 일을 하는 거야. 잊히다니! 아, 인간이 착하게 행동하는 근원을 쫓아간다면 죽음조차 아름답게 보일 거야. 수많은 자선과 자비와 애정이 바로 이 흙무덤에서 생겨난다는 걸 깨달을 테니까!"

"네, 맞는 말씀이에요. 저도 알아요. 그 힘을 저보다 많이 느낄 사람이 누구겠어요, 선생님 어린 학생이 제 마음속에서 살아났는데! 사랑하고, 사랑하고, 사랑하는 선생님, 저는 선생님 덕분에 마음이 더없이 편안하답니다!"

가련한 교장 선생은 아무 대답도 못 하고 여자애한테 머리를 가만히 기댔다. 가슴이 벅찼다.

둘이 한 자리에 있을 때 할아버지가 다가왔다. 그래서 이런저런 말을 주고받는데, 교회 시계가 수업시간을 알려서 교장 선생은 떠나고, 할아버지는 그 뒷모습을 바라보며 말했다.

"좋은 사람이야, 다정하고. 우리를 해칠 사람은 아닌 게 분명해, 넬리. 최소한 여기는 안전해, 그치? 또 떠나진 않는 거지?"

여자애가 머리를 끄덕이며 웃자, 할아버지는 손녀딸 뺨을 어루만지며 중얼거렸다.

"애가 쉬어야 하겠어. 너무 창백해…… 너무 창백해. 예전 모습이 아니야."

"언제 모습이요?"

"하! 그래, 언제지? 얼마나 많은 날 전이지? 내가 손가락으로 날짜를 셀 수 있을까? 하지만 묻어두자꾸나. 그러는 편이 좋아."

"네, 그래요, 할아버지. 깨끗이 잊어요. 다시 떠올리는 건 완전히 지나간 꿈을 불안하게 되살릴 뿐이니까요."

여자애가 말하자, 노인이 황급하게 손짓하며 뒤를 돌아보다 말했다.

"쉿! 꿈 얘기는 하지 말렴. 그 꿈 때문에 온갖 고통을 겪었으니까. 여기엔 꿈이 없어. 조용한 곳이라서 다가오질 않아. 이제 꿈 같은 건 절대로 떠올리지 말자꾸나, 두 번 다시 우리를 쫓아다니지 않도록. 두 눈은 퀭하고 뺨은 홀쭉하고…… 비에 젖고 춥고 배고프고…… 온갖 공포에 시달리고…… 아니, 그 이상이었어…… 여기에서 평화롭게 지내려면 모두 잊어야 해."

'하느님 고맙습니다! 무엇보다 행복한 변화를 저희에게 허락하셔서요!'

여자애는 속으로 감동하고, 노인은 계속 말했다.

"네가 곁에 머문다면 나는 성실하고 겸허하고 고마운 마음으로 네 말에 따를 거야. 그러니 나를 두고 몰래 사라지지 말렴. 혼자 떠나지 마. 내가 곁에 늘 머물게 하렴. 정말이지, 앞으로는 진실하고 성실하게 살 테니까, 넬리."

그러자 여자애가 재밌는 척하면서 대답했다.

"저 혼자 몰래 떠나다니요! 재밌는 농담이네요. 여길 보세요, 사랑하는 할아버지, 여기를 우리 정원으로 만드는 거예요. 안 될 것도 없잖아요! 좋은 곳이니…… 내일 당장 시작해요. 함께 일하는 거예요, 나란히."

"멋진 생각이로구나! 그래, 얘야, 내일 당장 시작하자꾸나!"

다음 날에 노동을 시작할 때 누가 노인만큼 기뻐할 수 있겠는가! 공동묘지란 사실에 누가 노인만큼 신경을 안 쓸 수 있겠는가! 두 사람은 무덤에서 기다란 풀과 쐐기풀을 뜯어내고 말라비틀어진 나무를 솎아주고 뗏장을 손질하고 낙엽과 잡초를 쓸어냈다. 열심히 일하다 여자애가 허리를 펴고 고개를 드니, 바로 옆 계단에 앉아서 말없이 지켜보는 학사가 보였다. 그래서 무릎을 구부리며 인사하니, 조그만 신사가 고개를 끄덕이며 말했다.

"훌륭해. 저걸 다 한 거니, 오늘 아침에?"

여자애는 눈길을 내리깔며 대답했다.

"애초에 마음먹은 것에 비하면 아주 조금이에요, 학사님."

"잘했어, 잘했어. 그런데 아이들 무덤만 다듬는 거니?"

넬리는 고개를 옆으로 돌리며 조그맣게 대답했다.

"나중에 다른 무덤도 다듬을 거예요, 학사님."

사소한 차이였다. 일부러 그런 걸 수도 우연히 그런 걸 수도, 혹은 여자애가 아이들 무덤을 특히 불쌍히 여긴 걸 수도 있다. 하지만 할아버지는 그 사실을 미처 모르다, 커다란 충격을 받는 것 같았다. 그래서 무덤을 급히 둘러보고 손녀딸을 불안하게 바라보더니, 꼭 껴안고선 이제 쉬라고 말했다. 오래전에 잊은 것이 마음속에 어렴풋이 떠올랐다. 그래서 더 묵직하게 누르는데, 사라지질 않았다. 다시 떠오르고 또다시 떠올랐다. 그날도 수없이 떠오르고 나중에도 툭하면 떠올랐다. 한번은 두 사람이 열심히 일할 때 손녀딸은 할아버지가 가슴에 가득한 의혹을 떨쳐내거나 흩어진 생각을 모으려는 표정으로 툭하면 고개를 돌려서 불안하게 쳐다보는 걸 느끼고, 왜 그러는지 이유를 말하라고 부탁했다. 하지만 할아버지는 아무것도 아니라면서 손녀딸 머리를 자기 팔에 누이고 부드러운 뺨을 쓰다듬더니, 하루가 다르게 튼튼해지겠다고, 곧 다 큰 여인으로 자라겠다고 중얼거렸다.

·HKB·
ÆTAT
C. GRAY

55장

그날부터, 노인 마음엔 손녀딸에 대한 근심이 일어나서 가라앉지도 사라지지도 않았다. 인간은 심장에 심금이 – 다양한 현(絃)이 – 있어서 이상하게 울리곤 하니, 평소에는 가장 뜨겁고 진지한 호소에도 아무 소리 없이 침묵하다, 가벼운 마음으로 살짝 건드는 손길에 반응할 때가 있다. 무감각하거나 앳된 마음에도 독특한 사고방식이 있어, 예술로도 끌어낼 수 없고 능숙한 솜씨로도 어쩔 수 없지만, 위대한 진실이 그러듯 우연히 스스로 드러나니, 그걸 본 사람은 모든 걸 확연히 깨닫는다. 노인 역시 그날부터 손녀딸이 약한 몸으로 헌신한다는 사실을 한순간도 안 잊었다. 손녀딸이 온갖 시련과 난관을 힘겹게 헤쳐나가며 고생하는 모습을 오랫동안 보고서도 자신도 힘든 건 마찬가지라고, 손녀딸도 그렇지만 자신도 힘들다고 한탄할 뿐이었으나, 사소한 차이를 목격한 다음에 비로소 노인은 자신이 손녀딸에게 몹쓸 짓을 했다는, 자신이 손녀딸을 더없이 비참하게 만들었다는 사실을 깨달았다. 그날부터 마지막까지 노인은 단 한 순간도, 방심한 찰나조차, 더없이 사랑하는 손녀딸을 외면하고 자기만 편하면 된다는 생각에, 이기적인 생각에 빠져들지 않았다.

노인은 어디든 따라다니다 손녀딸이 지치면 자기 팔에 기대게 하고, 따듯하고 안락한 벽난로 앞에 마주 앉아서 바라보다 마침내 손녀딸이 머리를 들어서 예전처럼 환하게 웃는 걸 더없이 반기고, 손녀딸이 힘들게 할 수밖에 없는 집안일을 몰래 해치우고, 춥고 어두운 밤이면 가만히 일어나서 손녀딸이 잠자는 숨소리를 듣다, 침대 옆 소파에 앉아서 그 손을 몇 시간씩 잡기도 했다. 뒤엉킨 머릿속에 어떤 바람과 두려움과 애정 어린 생각을 품었는지는, 가련한 노인에게 어떤 변화가 일어났는지는 아무도 모른다.

몇 주가 흐르고, 여자애는 조금만 힘들어도 축 늘어져 벽난로 옆 소파에서 초저녁 시간을 보낼 때가 잦았다. 그럴 때면 교장 선생이 책을 가져와서 커다랗게 읽어주고, 학사도 매일 찾아와서 교대로 읽어주었다. 노인은 – 내용은 이해할 수 없어도 두 눈을 손녀딸에게 고정한 채 – 가만히 앉아서 듣다가 이야기 내용에 손녀딸 표정이 밝아지거나 웃으면 정말 좋은 내용이라 칭찬하고 그 책에 관심을 보였다. 초저녁에 학사가 하는 이야기를 (좋아할 수밖에 없는 이야기를) 손녀딸이 반기면, 노인은 그 내용을 마음속에 열심히 담아두려 애쓰나, 제대로 안 돼, 학사가 떠날 때 살그머니 쫓아나가서 자신도 손녀딸이 웃게 하고 싶으니 이야기를 다시 해달라고 겸손하게 간청했다.

하지만 다행히도 이런 경우는 드물었다. 여자애가 밖으로 나가서 엄숙한 정원을 거니는 걸 갈망했기 때문이다. 사람들도 교회를 구경하러 오니, 여자애 얘기가 널리 퍼지면서 많은 사람이 찾아왔다. 평소에 뜸한 계절조차 사람들이 거의 매일 나타났다. 노인은 교회에서 약간 거리를 두고 방문객 무리를 따라다니며 너무나 사랑하는 목소리를 듣고, 사람들이 넬리와 헤어져서 떠날 때는 그 사이에 섞여서 사람들이 나누는 대화를 엿듣거나 입구에서 백발을 드러낸 채 기다리다 사람들이 지나면서 하는 얘기를 엿들었다.

사람들은 감각도 뛰어나고 아름답다며 여자애를 칭찬하고, 노인은 그런 소리를 듣는 게 너무나 자랑스러웠다! 하지만 가슴을 쥐어짜는 느낌이 일어서 슬프게 흐느낄 때도 잦았다, 우중충한 모서리에서! 아아! 관심이 없는 방문객조차……여자애에게 아무것도 못 느낀 사람조차 그 순간에는 관심이 치솟다……그곳을 떠나서 몇 주면 그런 사람이 산다는 걸 잊어버렸다……그 모습을 보고서도……여자애를 안타깝게 여기면서도……안타까운 마음으로 노인에게 잘 계시라 다정하게 말하고도.

마을에도 가련한 넬리를 좋아하는 사람이 늘어나니, 그들 사이에도 똑같은 마음이, 여자애를 다정하게 여기는 마음이 생기고, 동정심 역시 하루가 다르게 늘었다. 걱정도 없고 생각도 없는 학교 아이들조차 관심을 보였다. 제일 거친 아이도 학교로 가는 길에 평소처럼 여자애가 안 보이면 옆길로 벗어나서 격자창 사이로 안부를 물었다. 여자애가 교회에 앉으면 아이들은 열린 문에서 바라볼 뿐 여자애가 일부러 다가와서 말 걸지 않는 한 결코 먼저 말하지 않았다. 묘한 느낌이 퍼져나가서 여자애를 가장 높은 자리에 올려놓았다.

그러다 보면 일요일이 왔다. 교회에 오는 사람은 모두 가난한 시골 사람으로, 웅장한 성은 노부부가 죽으면서 폐허로 변했으니, 반경 11km 안에는 하나같이 가난한 가족이었다. 이들 역시 다른 사람처럼 넬리에게 관심을 보이니, 미사 전후로 입구에서 넬리 주변에 모여들어 어린애들은 넬리 치맛자락에 매달리고 어른들은 수다 떠는 걸 포기한 채 다정하게 인사했다. 이들 누구도, 남녀노소를 불문하고, 여자애에게 다정한 말 한마디 없이 지나칠 생각을 못 했다. 5~6km 거리에서 온 사람들은 조그만 선물을 가져오고, 찢어지게 가난한 사람들은 행운을 빌어주었다.

넬리는 묘지에서 놀던 아이들도 찾아냈다. 그 가운데 한 명은, 자기 형 얘기를 한 소년은, 넬리를 누구보다 좋아하며 가까이 지냈다. 교회에서 옆자리에 앉기도 하고 종탑 끝까지 함께 오르기도 했다. 소년은 넬리를 돕는 걸, 자신이 도왔다는 느낌이 드는 걸 너무나 좋아해, 두 사람은 순식간에 제일 가까운 동무가 되었다.

하루는 넬리가 혼자 자주 가는 곳에서 책을 읽는데, 소년이 눈물을 펑펑 흘리면서 달려와 두 손으로 넬리를 잡고 바라보다가 가녀린 팔로 넬리 목을 꼭 껴안았다.

"왜 그래? 무슨 일이니?"

넬리가 물으며 달래자, 소년은 더 꼭 껴안으며 울부짖었다.

"아직은 안 돼! 안 돼, 안 돼. 아직은 안 돼."

넬리는 의아한 표정으로 쳐다보다 얼굴로 흘러내린 머리칼을 올려주고 소년 뺨에 뽀뽀하며 그런 말을 왜 하는지 물었다.

"거기에 끼면 안 돼, 누나. 우리는 못 보잖아. 그들은 우리랑 놀아준 적도 없고 말을 건 적도 없어. 지금 이대로 지내. 그게 좋아."

"이해가 안 돼. 무슨 말인지 구체적으로 하렴."

넬리가 타이르자, 소년이 넬리 얼굴을 올려다보며 대답했다.

"사람들 말이 누나가 천사가 될 거래, 새들이 다시 노래하기 전에. 하지만 안 그럴 거지, 그치? 우리를 떠나지 마, 누나, 하늘이 환해도. 우리 곁을 떠나지 마!"

넬리는 두 손으로 얼굴을 감싸며 고개를 숙이고, 소년은 계속 울며 소리쳤다.

"사람들 말이 틀린 거야! 누나는 안 떠나. 우리가 얼마나 슬퍼할지 알잖아. 누나, 우리 곁에 머문다고 말해줘. 아! 제발, 제발, 그러겠다고 말해줘."

어린애가 두 손을 모아 넬리 발치에 무릎을 꿇고서 빌었다.

"나를 쳐다보고, 누나, 그러겠다고 말해줘. 그러면 나도 사람들 말이 틀렸다는 걸 알고 그만 울게. 우리 곁에 머물 거지, 누나?"

넬리는 고개를 푹 숙이고 얼굴을 가린 채 아무 소리도 안 냈다……흐느끼는 소리 말고는.

소년이 넬리 손을 떼어내려 애쓰며 계속 말했다.

"그러다 보면 다정한 천사들도 누나가 자기네랑 안 어울린다는 걸,

여기에서 우리 곁에 머문다는 걸 깨닫고 좋아할 거야. 우리 형은 천사 곁으로 갔어. 하지만 함께 잠자던 침대에서 내가 밤마다 그리워한다는 걸 알았다면 내 곁을 절대로 안 떠났을 거야, 분명히."

넬리는 아무 대답도 할 수 없어, 가슴이 찢어지는 듯 흐느낄 뿐이었다.

"왜 떠나려는 거야, 누나? 누나가 떠나서 우리가 우는 소리를 들으면 누나도 마음이 아프잖아. 사람들은 우리 형이 하늘나라에 있다고, 그곳에서 행복하게 지낸다고 하는데, 내가 우리 형 정원에 누운 걸 볼 때마다, 그런데도 내 뺨에 뽀뽀할 수 없을 때마다 마음이 얼마나 아프겠어."

소년이 넬리를 껴안아 얼굴을 맞대며 계속 말했다.

"그래도 가야 한다면, 누나, 나 대신 우리 형한테 잘해줘. 내가 아직도 얼마나 사랑하는지, 내가 누나를 얼마나 사랑했는지 말해줘. 두 사람이 함께 행복하게 지낸다는 생각이 들면 나도 참아내도록 애쓸게. 나쁜 짓을 해서 형과 누나를 힘들게 안 할게…… 절대로!"

넬리는 두 손을 풀어서 소년 목을 감았다. 눈물 어린 침묵이 감돌다, 얼마 뒤에는 웃는 얼굴로 소년을 쳐다보고, 하늘이 허락하는 동안 곁에 머물며 동무로 지내겠다고 차분한 목소리로 다정하게 약속했다. 소년은 좋아서 손뼉 치며 고맙다고 수없이 말하더니, 이 말을 누구에게도 하지 말라는 당부를 듣고, 절대로 안 하겠다고 진심으로 약속했다.

실제로 소년은 넬리가 아는 한 그 말을 안 하고, 넬리가 깊이 명상하며 산책할 때마다 조용히 함께할 뿐, 자신이 알 수 없는 이유로 넬리가 힘들어한다는 걸 느끼고 그 문제를 두 번 다시 안 꺼냈다. 그래도 왠지 불안할 때마다 찾아와, 어두운 초저녁조차 현관 앞에서 겁에 질린 목소리로 누나는 잘 있느냐고 물어, 그렇다는 대답을 듣고 안으로 들어오라는 말을 들으면, 넬리 발치 나지막한 걸상으로 가서 부모가 데리러 올 때까지 끈기있게 앉아있었다. 그리고 아침이 찾아오면 집 앞에 서성이

다 누나가 괜찮은지 묻기 일쑤고, 아침이든 낮이든 밤이든 동무들과 노는 건 포기한 채 넬리가 가는 곳마다 쫓아다녔다.

한번은 묘지기 노인이 넬리에게 말했다.

"저 애는 착한 꼬마야. 나이 많은 형이 – 일곱 살에 불과한 아이한테 나이가 많다니까 이상한데 – 죽었을 때 저 아이가 가슴이 찢어지듯 울던 게 기억나."

넬리는 교장 선생이 한 말을 떠올렸다. 일곱 살짜리 꼬마도 그대로 적용된다는 생각이 들었다.

"아이가 가끔은 즐겁게 지내기도 하지만, 그때 이후로 성격이 조용하게 변한 것 같아. 지금쯤이면 저 아이랑 오래된 우물도 가봤겠구나."

묘지기 노인이 하는 말에 넬리는 대답했다.

"사실 아직 안 갔어요. 가까이 가는 게 겁나서요. 그쪽으로 안 내려가서 잘 모르기도 하고요."

"그럼 나랑 가보자꾸나. 어릴 적부터 잘 알거든. 이리 오렴!"

두 사람은 좁은 계단을 지나서 지하로 내려가, 어두운 아치문 사이에서 어둑하고 음산한 지점에 멈췄다.

"여기란다. 안으로 떨어지면 안 되니 한 손으로 내 손을 잡고 덮개를 벗기렴. 나는 너무 늙어서 관절염 때문에 허리를 못 숙이거든."

묘지기 노인이 말하고, 여자애는 커다랗게 소리쳤다.

"새까매서 무서워요!"

"안을 들여다보렴."

묘지기 노인이 손가락으로 아래를 가리키며 말하자, 여자애는 순순히 응해서 까만 우물 속을 내려다보고, 노인은 다시 말했다.

"무덤처럼 보이지?"

"그러네요."

"애초에 속이 안 보이도록 우물을 깊이 판 건 수도자들 신앙심을 그만큼 깊게 하려는 거라는 생각을 자주 했단다. 그런데 여기를 메우고 다른 걸 세운다는구나."

여자애는 가만히 서서 우물 속을 내려다보며 깊이 생각하는 표정을 떠올리고 묘지기 노인은 이렇게 말했다.

"여기에서 빛을 차단하면 지구 반대편에서 어떤 놈 머리가 안 보일지 보자꾸나. 하느님은 아시겠지! 사람들이 여길 메우거든, 내년 봄에."

집에서 여자애는 여닫이창에 기댄 채 떨어지는 태양을 바라보며 생각했다.

"봄이 되면 새들이 다시 노래하겠지. 봄! 아름답고 상쾌한 계절!"

56장

퀼프가 '황무지'에서 다과모임을 열고 하루나 이틀이 지난 뒤, 스위블러는 평소와 같은 시각에 브라스 변호사 사무실로 들어서더니, '정직한 전당'에 아무도 없자 모자를 책상에 내려놓고 주머니에서 까만 천 조각을 꺼내, 모자에 상장처럼 둘러서 핀으로 고정했다. 완성한 다음엔 만족스러운 표정으로 바라보다 머리에 다시 썼다…… 한쪽 눈을 가려서 애도하는 효과를 높이는 식으로. 그 모양조차 만족스럽자 두 손을 주머니에 찌르고 사무실을 또박또박 거닐며 중얼거렸다.

"나는 늘 이런 식이야, 늘. 언제나 그랬다고, 어릴 적부터 간절한 소망이 늘 깨져나가, 제일 먼저 시드는 꽃이나 나무를 절대로 안 좋아했

LANDELLS.

어. 까만 눈이 부드럽고 사랑스러운 여인한테 관심을 보인 적도 없는데 그 여인은 나를 충분히 알고서 사랑하다, 채소농장 주인하고 결혼하고 말았다고."

스위블러는 가만히 회상하다 무력감에 빠져들어, 고객용 의자 앞에 풀썩 주저앉으며 조롱하는 어투로 중얼거렸다.

"그래, 이게 인생이야, 인생이라고. 그럼, 그렇고말고! 나는 아주 만족해."

스위블러가 모자를 벗더니, 당장 걷어차고 싶지만 돈이 아까워서 참는다는 표정으로 열심히 바라보며 다시 중얼거렸다.

"그래, 여자가 배신한 상징물로 이걸 쓰는 거야, 그 여자랑 꾸불꾸불한 미로를 다시는 헤쳐가지도 않고 장밋빛 감정에 빠져들지도 않는다는 기념으로, 나란 존재를 조금이라도 느끼는 순간에 얼간이를 살해할 여자를 기념하며. 하, 하, 하!"

쾌활하고 명랑하게 웃으면서 마무리하는 건 엄숙한 회상과 안 어울릴 게 분명한 터라, 어떤 모순점도 안 드러나도록, 스위블러가 혼잣말을 마무리한 걸, 커다랗게 웃는 대신 통속극에서 '악마처럼 웃도록' 지정한 배역을 연기하는 느낌으로 마무리한 걸 주목하라. 악마는 언제나 음절 단위로, 더도 덜도 아니고 늘 세 음절로 웃는다는 건 신사가 배우면 좋을 품성으로 기억할 가치가 있으니 말이다.

비참한 탄식이 사라지기도 전에, 그래서 스위블러가 고객용 의자에 여전히 굳세게 앉아있을 때 사무실 초인종에서 소리가, 아니, 조종이라고 하는 게 더 적합한 소리가 일었다. 전속력으로 달려가서 문을 여니까 표정이 풍부한 척스터 얼굴이 나타나, 두 사람은 형제애 넘치는 인사를 주고받았다.

"낡고 역겨운 도살장에 너무 일찍 나왔군."

척스터가 한쪽 다리에 체중을 싣고 다른 쪽 다리를 까닥까닥 흔들며 말하자, 스위블러가 대답했다.

"그렇게 됐네."

"그렇게 됐네! 말도 안 돼. 여보게, 친구, 지금 아홉 시 반밖에 안 됐다는 사실을 아나?"

척스터가 반박했다. 우아하게 농담하는 어투였다.

"안으로 들어오겠나? 나밖에 없어. 스위블러 혼자. '지금은 마녀들이……'"

"'활동하는 한밤중이다!'"

"'공동묘지가 기지개를 켜면……'"

"'무덤에서 죽은 자들이 나온다.'"[20]

마지막 대사에서 두 신사는 멋진 자세를 취하더니, 곧바로 평범하게 걸어서 사무실로 들어섰다. 이런 식으로 가볍게 드러내는 열정은 '화려한 미남자들' 사이에서 통과의례고, 서로를 하나로 묶은 연결고리며, 따분하고 냉혹한 세상을 벗어나는 탈출구였다.

"그래, 잘 지내나, 친구? 개인적인 일로 시내에 왔다가 들여다보지도 않고 지나칠 수 없어서 찾아오긴 했다만, 자네가 있으리란 예상은 못 했네. 너무 이른 시각이라서."

척스터가 말하며 걸상에 앉자, 스위블러는 고맙다 말한 다음, 자신은 잘 지낸다, 척스터도 마찬가지로 잘 지낸다는 대화까지 거치고, '화려한 미남자들' 전통에 따라 그 유명한 이중창 '다 좋다'[21] 한 소절을 부르다 목소리를 길게 떠는 식으로 마무리했다.

"새로운 소식은 없나?"

---

20) 셰익스피어 희극 '햄릿'과 '줄리어스 시저'에 나오는 대사 일부다.
21) 셰익스피어 희극 'All's Well That Ends Well, 끝이 좋으면 다 좋다'에 나오는 유명한 이중창이다.

스위블러가 묻자, 척스터가 대답했다.

"시내 전체가 네덜란드 오븐 표면마냥 단조로워, 친구. 특별한 소식이 없어. 그런데 자네 하숙인은 참 괴팍하더군. 아무리 애써도 도무지 이해할 수가 없어. 그런 친구는 처음 봐!"

"이번에는 왜 그러는데?"

스위블러가 묻자, 척스터는 여우 머리 놋쇠 조각으로 뚜껑을 신기하게 장식한 직사각형 코담배 갑을 꺼내며 대답했다.

"도무지 속을 모르겠어. 우리 수습직원이랑 친하게 지내. 수습직원이 나쁜 건 아니지만 놀라울 정도로 굼뜨고 물러터졌거든. 친구를 사귀고 싶다면 세상 물정을 아는 사람이랑, 이런저런 방식으로 도움을 줄만한 사람이랑 친하게 지내야 하는 거 아니냐고. 물론 나한테도 결점은 있지만."

"아니야, 아니야."

스위블러가 재빨리 반박해도 척스터는 계속 말했다.

"아니야, 결점이 있어. 다른 사람은 자기 결점을 몰라도 나는 내 결점을 알아. 온순하지 않거든. 하지만 사이가 아무리 나쁜 적이라도 - 인간은 누구나 적이 있듯이 나도 적이 있으니 - 나한테 온순하지 않다고 비난한 적은 없어. 내가 분명히 말하는데, 바람직한 기질이란 측면에서 행여나 내가 우리 수습직원한테 밀린다면, 차라리 체셔 치즈를 훔쳐서 목에 동그랗게 묶고 강물에 빠져 죽고 말겠어. 살았을 때만큼이나 굴욕스럽게 죽겠다고. 명예를 걸고 장담해."

척스터가 말을 잠시 멈추고 집게손가락으로 여우 머리에 있는 코를 정확하게 톡톡 치다 코담배 한 줌을 빨아들이더니, 스위블러를 가만히 바라보는 게, 자신이 재채기라도 할 거로 생각했다면 실수한 거라고 말하는 것 같았다.

"아벨과 가깝게 지내려는 목적이 아니라 아벨 아버지랑 어머니하고 친분을 쌓으려는 게 분명해. 아무리 쫓아다녀도 소용이 없으니까 방법을 바꾼 거지. 정말이야. 꼬마 속물한테 돈까지 주거든. 그래서 꼬마 놈이 여기를 끊임없이 오갈 게 분명해. 나한테는 예의상 하는 말 말고는 한마디도 않고서 말이야."

척스터는 일이 제대로 안 풀릴 때마다 사람들이 그러듯이 고개를 무겁게 저으면서 계속 말했다.

"내가 영혼을 걸고 말하는데, 돈 많은 부자가 나 없이 아무것도 할 수 없는 게 뻔한데도 내가 안타까운 마음을 못 느낀다면 그건 정말 비열한 짓이라 아니할 수 없으니, 차라리 나로선 관계를 과감하게 끊는 게 좋을 것 같아. 다른 방법이 없어."

스위블러는 맞은편 걸상에 앉아서 충분히 공감하며 불길을 지필 뿐 아무 말 않고, 척스터는 예언자 같은 표정으로 계속 말했다.

"꼬맹이 속물은 나중에 나쁜 놈이라는 게 드러날 거야. 우리 같은 일을 하다 보면 인간 본성을 깨닫거든. 내가 장담하는데, 그놈은 돈 때문에 돌아왔으니, 조만간에 본색을 드러낼 거야. 비열한 도둑놈이거든. 틀림없어."

잔뜩 흥분해서 훨씬 강한 어조로 계속 얘기할 것 같은데, 문을 두드리는 소리가 일어나서 누가 볼일을 보러 찾아왔다고 알리니, 척스터는 조금 전에 선언한 이상으로 온순한 모습을 갖췄다. 그리고 스위블러는 그 소리를 듣는 순간에 한쪽 다리로 바닥을 열심히 긁어서 걸상을 질질 끌며 책상 앞으로 황급히 가더니, 너무 서두느라 부지깽이를 내려놓는 걸 잊어서 재빨리 숨기며 소리쳤다.

"들어오세요!"

나타난 사람은 바로 키트 자신, 척스터가 그렇게 분개하던 꼬마였다!

척스터는 상대를 보자마자 재빨리 용기를 끌어모아 매섭게 쳐다보고, 스위블러는 가만히 쳐다보다 숨겨놓은 부지깽이를 집어 들며 벌떡 일어나, 완벽하게 찌르고 방어하는 검술 동작을 미친 듯이 해댔다. 너무나 이상한 분위기에 키트가 살짝 놀라며 물었다.

"신사분께서 집에 계신가요?"

이 말에 스위블러가 대답하기도 전에 척스터는 문제의 당사자에게 분노할 기회를 안 놓치니, 눈앞에 있는 두 신사를 보면서 다른 신사를 묻는 건, 다른 신사를 찾으면서 (진짜 신사가 아닐 수도 있는데) 진짜 신사가 맞는지 제대로 판단할 여유조차 안 주는 건 무례한 속물근성이라고 주장했다. 그렇게 묻는 건 자신을 모욕하려는 의도가 확실한데, 자신은 얕잡아보면 안 되는 사람이라는, 그러다간 속물이 (누굴 말하는지 구체적으로 언급하진 않겠지만) 큰코다칠 거라는 말까지 했다.

하지만 키트는 스위블러에게 고개를 돌리며 말했다.

"위층 신사분을 찾는 거예요. 집에 계신가요?"

"왜?"

스위블러가 물었다.

"그분한테 전달할 편지가 있거든요."

"누가 보냈는데?"

스위블러가 다시 물었다.

"우리 주인님이요."

키트 대답에 스위블러는 극도로 정중하게 말했다.

"아! 나한테 주세요, 선생. 답신을 받아야 한다면 복도에서 기다려도 좋습니다, 선생, 널찍해서 환기가 잘 되니까요, 선생."

"고맙습니다. 하지만 제 손으로 직접 전달해야 합니다."

척스터는 너무나 무례한 대답에 분노가 치솟은 데다 친구의 명예마저 땅에 떨어졌다는 생각이 들어, 자신이 사회적인 신분을 고려해서 안 참았다면 그 자리에서 키트를 죽였을 거라고, 이런 상황에서 모욕적인 행위에 반응하는 건 영국 법정에서 정당방위는 물론 도덕적으로 극히 고상한 행위로 인정하지 않을 수 없다고 선언했다. 하지만 스위블러는 열 내기는커녕 (키트가 차분하고 바람직하게 행동하는 가운데) 친구가 흥분하는 게 너무나 창피해서 어찌해야 좋을지 모를 때, 독신 남성이 아래층에 대고 커다랗게 외치는 소리가 들렸다.

"누가 나를 찾아왔소?"

"네, 선생님. 맞습니다."

스위블러가 대답하자, 독신 남성이 소리쳤다.

"어디에 있소?"

"여기에 있습니다, 선생님. 젊은이, 위층으로 올라오라는 소리가 안 들리나? 귀가 먹었나?"

스위블러 말에 키트는 대꾸할 가치조차 못 느끼는 표정으로 급히 나가고, '화려한 미남자들'은 서로를 물끄러미 쳐다보았다. 그러다 척스터가 입을 열었다.

"내가 이런다고 했지? 직접 보니까 느낌이 어때?"

스위블러는 바탕이 착한 데다 키트 행동이 사악하거나 무례하다는 생각도 안 들어서 뭐라고 대답해야 좋을지 몰랐다. 바로 그때 브라스 변호사와 샐리가 들어와서 스위블러는 난국에서 벗어나고 척스터는 한순간에 사라졌다.

브라스와 사랑스러운 여동생은 함께 아침 식사를 가볍게 들면서 꽤 중요하고 흥미로운 문제를 상의한 표정이었다. 이런 대화를 나눌 때면 대체로 평소보다 30분 늦게 사무실에 나오는데, 이제 막 꾸민 음모와 계획이 마음에 쏙 들어서 힘겨운 길에 서광이라도 비추듯 환하게 웃기 일쑤였다. 그런데 이번에는 유난히 유쾌한 것 같았다. 샐리는 기분이 더없이 좋고, 브라스는 기분이 들떠서 두 손을 더없이 우스꽝스럽게 비벼댔다. 그러다 말했다.

"그래, 스위블러, 오늘 아침은 어떤가? 우리가 정말 생기발랄하고 쾌활하지, 선생……아니, 스위블러?"

"그러네요."

"마음에 들어. 하하하! 오늘은 기분이 상쾌하군, 스위블러. 살기 좋은 세상이야, 살기 좋은 세상. 나쁜 사람도 있지만, 스위블러, 나쁜 사람이 없으면 좋은 변호사도 없거든. 하하하! 오늘 아침엔 편지 온 게 없나, 스위블러?"

스위블러가 없다고 대답하자, 브라스가 다시 말했다.

"하하! 괜찮아. 오늘 할 일이 없으면 내일은 많겠지. 사람은 만족할 줄 알아야 해. 그래야 즐겁게 사니까. 찾아온 사람은 없었나, 선생?"

"제 친구밖에 없었어요. '우리가 친구를 바라지 않게……'"

스위블러가 노래하자, 브라스가 재빨리 끼어들었다.

"하거나 술병을 주소서. 하하하! 이렇게 부르는 노래지, 그치? 좋은 노래야, 스위블러, 좋은 노래. 분위기가 마음에 들어. 하하하! 자네 친구라면 위써던 공증 사무실에서 일하는 젊은이겠군…… 맞아…… 우리가 친구를 바라지 않게…… 다른 사람은 없었나, 스위블러?"

"하숙인을 찾아온 사람도 있었습니다."

스위블러가 대답하자, 브라스가 감탄했다.

"아, 정말! 하숙인을 찾아온 사람이 있었다……하하하! 우리가 친구를 바라지 않게 하거나 술병을…… 그래, 하숙인을 찾아온 사람이 있었다!"

스위블러는 변호사 기분이 너무 붕 뜬 게 약간 당혹스러운 표정으로 대답했다.

"네. 지금 함께 있습니다."

"지금 함께 있다! 하하하! 그러라고 해, 흥겹고 자유롭게, 룰루랄라. 응, 스위블러? 하하하!"

"당연하죠."

스위블러 대답에 브라스는 서류를 뒤적이다 다시 물었다.

"그런데 하숙인을 찾아온 사람이 누군가……여자는 아니겠지, 엉, 스위블러? 지저분하면 안 되거든, 선생……'사랑스러운 여자들이 허리를 이상하게 숙이고'……그런 것들……엉, 스위블러?"

"위써던에서 일하는, 아니 절반만 일하는 청년입니다. 키트라고 하더군요."

"아하, 키트! 이름이 이상하군…… 춤 선생 바이올린 이름 같아, 그치, 스위블러? 하하하! 키트가 위층에 있다고? 그렇군!"

스위블러는 브라스 변호사가 공중에 붕 뜬 모습을 억누르지 않는 이유가 궁금한 표정으로 샐리를 쳐다보는데, 샐리는 그럴 마음이 없는 정도가 아니라 충분히 공감한다는 표정, 누군가를 속여서 돈을 지금 막 받아낸 게 분명한 표정이고, 브라스는 자기 책상에서 편지를 집어 들며 말했다.

"괜찮다면 이 편지를 들고 '페컴 라이'[22]에 다녀오겠나, 스위블러? 답장이 필요한 건 아니네만 특별한 내용이라서 직접 전달해야 하거든. 마차 삯은 사무실에 청구하게. 넉넉하게 쓰고 최대한 많이 받아내는 게 직원들 좌우명 아닌가, 스위블러? 하하하!"

스위블러는 작업복을 엄숙하게 벗고 외투를 입은 다음, 걸이에서 모자를 집어 들고 편지를 주머니에 넣고서 밖으로 나갔다. 스위블러가 떠나자마자 샐리도 벌떡 일어나서 오빠에게 다정한 미소를 보내며 (오

---

22) Peckham Rye: 런던 동남쪽 전원주택 지역으로, 법조인 거리에서 7~8km 거리다.

빠는 고개를 끄덕이다 코방아를 찧고) 똑같이 물러났다.

브라스는 혼자 남자마자 사무실 문을 활짝 열고 맞은편 본인 책상에 앉아서 누가 아래로 내려와서 지나가도 확실히 보이게 한 다음, 마냥 일하고픈 표정으로 글을 쓰기 시작했다. 콧노래도 흥얼대는데 선율은 엉망이고, '저녁 찬가'라는 성가와 왕을 보호하라는 '국가'를 뒤섞은 어투는 교회와 국가를 합친다는 선언문이라도 읽는 것 같았다.

법조인 거리 변호사는 글도 쓰고 콧노래도 흥얼대다 툭하면 동작을 멈추고 교활한 표정으로 귀를 기울이고, 아무것도 안 들릴 때마다 흥얼대는 소리는 키우고 글 쓰는 속도는 줄였다. 그렇게 엿듣는 순간, 마침내 하숙인 방문이 열리고 닫히는 소리가 나더니 발소리가 계단을 내려왔다. 그와 동시에 브라스는 글 쓰는 걸 멈추고 펜을 한 손에 든 채 커다랗게 흥얼대며 음악에 푹 빠져든 사람처럼 거룩하게 웃는 얼굴로 머리를 열심히 흔들어댔다.

흥얼대는 소리와 계단은 놀라운 광경으로 이끄니, 키트가 문 앞에 도착하는 순간에 브라스는 노래는 멈추어도 웃는 얼굴은 안 멈춘 채 다정하게 고개를 끄덕이고 펜을 흔들어서 들어오라는 신호를 보냈다. 그리고 인간이 상상할 수 있는 가장 기쁜 표정을 떠올리며 아는 척했다.

"잘 지냈니, 키트?"

키트는 브라스 변호사를 피하려고 적당히 대답하고 재빨리 지나쳐서 바깥문 손잡이를 잡는데, 브라스가 다정하게 부르더니 사무적이면서도 의심쩍은 어투로 권했다.

"괜찮다면 잠시 들렀다 가렴, 키트. 괜찮다면 이리 들어와."

그리곤 걸상에서 내려와 벽난로 앞에서 등에 불을 쬐며 덧붙였다.

"그래, 그래! 너를 보니 세상에서 제일 예쁜 얼굴이 떠오르는구나. 우리가 그곳에 있을 때 네가 두세 차례 찾아온 기억이 나. 아, 친애하는 친구 키트, 변호사란 직업은 고통스러운 일도 할 수밖에 없을 때가 있으니 부러워할 건 조금도 없어…… 조금도!"

"부러워하진 않지만 저 같은 게 판단할 문제는 아닌 것 같아요."

키트가 대답하자, 변호사는 안타까운 표정으로 쳐다보며 말했다.

"그나마 다행스러운 건, 키트, 우리가 바람을 되돌릴 순 없지만 부드럽게 할 순 있다는 거야. 말하자면 털을 다 깎은 양한테 바람이 조금 가게 할 순 있다는 거지."

키트는 '털을 다 깎긴 했지요! 아주 바싹!'이라는 생각이 절로 났지만 입 밖으로 뱉어내진 않았다.

"지금 막 암시한 경우에도, 키트, 나는 그 사람들한테 조금이라도 도움을 주고자 (너무나 냉정한) 퀼프랑 자주 싸웠단다. 하마터면 고객을 잃을 뻔했으니까. 하지만 두 사람이 고통받는 걸 보고서 도저히 견딜 수 없었단다."

변호사가 입술을 꽉 깨물고 슬픔을 달래려 애쓰는 표정으로 쳐다보자, 순진한 키트는 '완전히 나쁜 사람은 아니'라 생각하고, 브라스는 슬픈 어조로 계속 말했다.

"나는 너를 존경해, 키트. 신분도 낮고 돈도 없는 네가 당시에 존경스럽게 행동하는 모습을 많이 보았거든. 내가 보는 건 화려한 조끼가 아니야. 마음이지. 조끼에 새긴 줄무늬는 새장에 둘러친 철삿줄에 불과해. 하지만 마음은 새야. 아아! 얼마나 많은 새가 새장 속에서 털이 뽑히고, 철삿줄 사이로 부리를 내밀어서 사람을 쪼려고 할까!"

시적인 표현에 키트는 자신이 입은 줄무늬 조끼를 봐야 할 것 같은 느낌마저 들 정도로 압도당하는데, 브라스 목소리와 표정도 적지 않은 영향을 미쳤다. 고통을 감내하는 수행자처럼 말하는 게, 녹색 외투 허리춤에 밧줄을 두르고 벽난로 선반에 해골만 있다면 완벽한 수행자로 보일 것 같았다.

브라스는 좋은 사람이 자기 약점이나 다른 사람 약점을 불쌍히 여길 때 웃는 듯한 표정으로 말했다.

"그래, 그래, 내가 말하려는 건 이게 아니야. 저걸 가져가렴, 괜찮다면."

브라스가 책상에 있는 반 크라운 금화 두 개를 가리키자, 키트는 금화를 쳐다보고 브라스를 쳐다보며 망설였다.

"네 거야."

"누가……"

"누가 주었는지는 중요하지 않아. 가지고 싶으면 말만 해. 우리 머리 위에 괴팍한 친구가 있으니, 키트, 너무 많이 말하거나 묻지 않는 게 좋아. 이해하지? 그냥 가져가면 되는 거야. 그게 전부야. 너와 나 사이니까 하는 말인데, 네가 여기에서 받는 돈은 저게 마지막이 아닐 것 같아. 그럼, 당연히 그래야지. 잘 가게, 키트. 잘 가!"

키트는 한 번만 얘기해도 겉보기와 완벽하게 다른 사람을 제대로 모르고 의심한 걸 수없이 자책하고 수없이 고맙다면서 돈을 집어 들고 집으로 급히 돌아갔다. 브라스는 여전히 불을 쬐고 노래를 다시 흥얼대며 천사처럼 거룩하게 웃었다.

"들어가도 돼?"

샐리가 들여다보며 묻자, 오빠가 대답했다.

"그럼, 당연하지. 어서 들어와."

"에헴!"

샐리가 궁금한 표정으로 기침하자, 브라스가 대답했다.

"그래, 그래. 완전히 넘어왔어."

57장

척스터가 잔뜩 화내며 걱정한 데는 근거가 없지 않았다. 독신 남성과 노신사는 냉각기도 없이 급속히 가까워지며 우정을 꽃피웠다. 그러다 끊임없이 대화하고 편지를 보내는 습관까지 생기니, 최근에 크게 흥분하다 실망한 결과 독신 남성이 살짝 병든 건 두 사람이 편지를 훨씬 자주 주고받는 이유가 되었을 뿐이다. 그래서 핀칠리 아벨네 집에 사는 일꾼이 법조인 거리를 거의 매일 오갔다.

당나귀는 괜히 점잔을 빼거나 변죽을 울리는 대신 모든 가면을 벗어 던지고 키트를 제외한 그 누구도 고삐 잡는 걸 완강하게 거부하니, 가는 사람이 노신사든 아벨이든 고삐는 키트가 잡아야 했다. 전갈이든 질문이든 상대에게 전달할 일꾼 역시 하나같이 키트였다. 그래서 독신 남성이 꼼짝을 못하는 동안에 키트는 아침마다 우체부만큼이나 정확하게 법조인 거리로 들어서야 했다.

브라스는 키트를 예리하게 탐색할 이유가 충분하다 보니 법조인 거리 모서리를 당나귀가 달려오고 조그만 마차가 달그락대는 소리까지 단번에 파악했다. 그 소리가 귓속을 파고들 때마다 더할 수 없이 기뻐서 펜을 내려놓고 두 손을 열심히 문지르며 소리치기 일쑤였다.

"하하하! 당나귀가 또 오는군! 대단한 당나귀야, 말을 저렇게 잘 듣다니, 그치, 스위블러, 그치, 선생?"

스위블러는 그렇다며 가볍게 대답하고, 브라스는 걸상에 올라서 창문 블라인드 너머로 거리를 내다보며 감탄하곤 했다.

"또 노신사야! 호감이 많이 가는 노신사, 스위블러, 얼굴은 매력적이고 성격은 차분하고 모든 점에서 관대해, 선생. 노신사를 보면 왕국을 다스리던 리어 왕이 떠올라, 스위블러, 언제나 상쾌한 얼굴, 대머리가 언제나 살짝 드러난 백발, 언제나 가득한 책임감. 아! 연구 대상으로 완벽해, 선생, 완벽해!"

노신사가 마차에서 내려 위층으로 올라가면, 브라스는 창문에서 키트에게 웃으며 고개를 끄덕이다 거리로 곧바로 나가서 아는 척한 다음엔 이런 대화가 오간다.

"당나귀 손질을 잘했군, 키트. 대단해. 윤기가 반지르르하잖아. 몸 전체에 광택제를 바른 것 같아."

브라스가 칭찬하며 당나귀를 쓰다듬으면 키트는 모자를 만지작대며 웃다가 똑같이 쓰다듬고, "이런 당나귀는 어디서도 못 볼 거"라는 자신감을 드러낸다.

"그래, 아름다운 당나귀야. 똑똑하지?"

브라스가 감탄하며 묻고 키트는 대답한다.

"당연하지요! 사람이 하는 말을 다 알아들어요."

브라스는 똑같은 장소에서 똑같은 사람에게 똑같은 표현으로 똑같은 말을 열 번째 듣는데도 똑같이 감탄한다.

"대단하군! 대단해!"

키트는 자신이 제일 좋아하는 당나귀에 변호사가 큰 관심을 보이는 걸 기뻐하며 말한다.

"처음 볼 때만 해도 이 아이랑 이렇게 가까워질 거란 생각을 못 했답니다."

브라스는 감동과 사랑이 철철 넘치는 표정으로 감탄한다.

"아! 대단해. 자네를 충분히 알 것 같아. 이 정도면 축하를 받고 자부심을 느낄 만해, 키트. 정직한 게 무엇보다 중요하다. 이 말이 옳다는 걸 나는 늘 깨달아. 오늘 아침에도 정직하게 행동해서 47파운드 10실링을 놓쳤거든. 하지만 그게 버는 거야, 그게 버는 거!"

브라스는 펜으로 코를 살그머니 간질여서 눈물이 그렁그렁한 눈으로 바라보고, 키트는 겉보기와 다르게 착한 사람이 있다면 그건 바로 브라스 변호사라 생각하고, 브라스 입에선 이런 말이 나온다.

"정직함 때문에 하루아침에 47파운드 10실링을 놓치는 이는 부러워해도 되는 사람이야. 그게 80파운드였다면 기쁜 마음은 그만큼 늘어나겠지. 1파운드를 놓칠 때마다 100파운드만 한 행복이 생기거든."

브라스가 웃는 얼굴로 자기 가슴을 툭툭 치며 장담한다.

"차분하고 조그만 목소리[23)]가 이 가슴에 끊임없이 일어나서 너무나 즐겁고 행복해!"

키트가 대화에 푹 빠져들다 감격한 나머지 무슨 말이든 해야 한다고 느낄 때 노신사가 나타난다. 그러면 브라스는 엄청나게 아부하며 노신사가 마차에 오르도록 부축하고, 당나귀는 머리를 여러 차례 흔들다 다리 네 개를 땅바닥에 단단히 댄 채 3~4분은 꼼짝을 않는 게, 마치 그 자리를 절대로 안 떠나겠다고, 그 자리에서 살다가 죽겠다고 마음을 굳힌 것 같다, 아무런 예고도 없이 갑자기 뛰쳐나가 시속 20km로 달린다. 그러면 브라스 변호사는 (문가로 이제 막 나온) 샐리와 조금도 유쾌하지 않은 표정으로 이상한 미소를 주고받곤 사무실로 돌아가고, 스위블러는 두 사람이 없는 동안 혼자서 다양한 팬터마임을 즐기다 자기 자리로 재빨리 돌아가 빨갛게 달아오른 얼굴로 주머니칼을 꺼내서 책상을 박박 긁는다.

키트가 마차 없이 혼자 올 때면 브라스는 어떤 역할이든 떠올려서 '페컴 라이'는 아닐지언정 스위블러가 두세 시간 안에 돌아올 수 없는 곳으로 멀찌감치 심부름 보내는데, 사실대로 말하자면, 스위블러는 위대한 탐험 정신이 조금도 없으니 이럴 때마다 시간이 끝없이 지루하게

23) 성서에 나오는 표현으로 '양심의 소리'란 뜻이다.

늘어나는 걸 느껴야 했다. 어쨌든 스위블러가 사라지면 샐리도 사라지고, 그러면 브라스는 사무실 문을 활짝 열고 노랫가락을 흥얼대며 예전처럼 거룩하게 웃는다. 그러다 키트가 계단을 내려오면 불러들여 도덕적으로 바람직한 말을 하다, 잠시 나갔다 올 테니 사무실을 잠깐만 지켜달라 부탁하고, 나중에 들어오면 반 크라운 금화 한두 개를 꼭 내놓는다. 매번 이러다 보니 키트는 어머니에게 넉넉하게 사례한 독신 신사가 이번에도 그러는 게 분명하다 여기고, 넉넉한 인심을 그렇게 고마워할 수 없었다. 그래서 돈을 조금 떼어내 어머니에게 줄 선물도 사고 제이콥과 갓난아기는 물론 바버라에게 줄 선물까지 사니, 이들 가운데 한두 명은 조그만 선물을 매일 받았다.

이런 일이 브라스 변호사 사무실 안팎에서 일어나는 동안, 거기에서 쫓겨난 스위블러는 심심해서 죽어났다. 그래서 기분도 살리고 실력이 녹스는 것도 막는 차원에서 카드 한 벌과 득점 기록판을 갖다 놓고 가짜 상대와 카드놀이를 하는데, 내깃돈으로 2~3만 파운드는 물론 5만 파운드까지 거는 식으로 위험한 도박에 깊숙이 빠져들었다.

이렇게 놀면서 상당한 재미를 즐기는데 이런 날 초저녁이면 브라스 오누이가 나가고 없는데도 문 쪽에서 거칠게 이는 숨소리가 들리는 것 같아, 곰곰이 생각하니, 눅눅한 지하에 사느라 감기를 달고 다니는 조그만 하녀 같았다. 그래서 하룻밤엔 그쪽을 열심히 바라보다 열쇠 구멍에서 반짝이는 눈빛을 또렷하게 발견하고, 자신이 올바로 판단했다 확신한 다음, 상대가 모르도록 살그머니 다가가서 문을 활짝 열며 단숨에 붙잡으니, 조그만 하녀는 몸집이 커다란 사람처럼 몸부림치며 하소연했다.

"아! 해를 끼치려는 건 아니었어요, 정말 아니었어요. 지하가 너무 따분해서 그랬으니 누구한테 까발리지 마세요, 제발."

"누구한테 까발리다니! 심심해서 열쇠 구멍으로 훔쳐본 거야?"

"네, 맞아요, 그랬어요."

"언제부터 훔쳐본 거니?"

"나리가 카드놀이를 처음 시작할 때부터, 아니, 그 전부터……"

스위블러는 지루함을 달래던 기상천외한 동작이 막연하게 떠오르는데 조그만 하녀가 모두 지켜보았다니 순간적으로 당혹스러웠지만, 그런 문제에 민감한 성격이 아니라서 금방 안정을 되찾곤 가만히 생각하다 말했다.

"으음……들어와……여기……앉아, 카드놀이 하는 방법을 가르쳐 줄게."

"맙소사! 그럴 순 없어요, 올라온 걸 알면 샐리 아씨가 나를 죽이려 들 거예요."

"밑에 불은 폈니?"

"아주 조금요."

"지하에 내려간 걸 안다 해서 샐리 아씨가 나를 죽이려 들진 않을 테니까 내가 내려가지."

그래서 스위블러는 카드를 주머니에 넣다 불쑥 물었다.

"맙소사, 몸이 깡말랐구나! 왜 그렇게 말랐니?"

"제 잘못은 아니에요."

조그만 하녀 말에 스위블러는 모자를 눌러쓰며 다시 물었다.

"빵이랑 고기를 먹을 순 있니? 먹을 수 있어? 아! 그럴 줄 알았어. 맥주는 마셔봤니?"

"예전에 딱 한 모금 마셨어요."

조그만 하녀가 대답하자, 스위블러는 고개를 들어서 천장을 바라보며 한탄했다.

"말도 안 돼! 맥주 맛조차 모르다니…… 그 맛을 한 모금으로 어떻게 알겠어! 몇 살이니?"

"몰라요."

스위블러는 눈을 동그랗게 뜨고는 잠시 생각하는 표정을 떠올리다, 자신이 돌아올 때까지 사무실을 지켜달라 말하고 곧장 사라졌다.

곧이어 돌아오자, 선술집에서 일하는 소년이 한 손엔 빵과 쇠고기 접시를, 다른 손엔 커다란 냄비를 들고서 따라오는데, 냄비에선 김이 모락모락 오르면서 맛난 냄새를 풍겼다. 쑥을 넣고서 끓인 맥주로, 스위블러가 책에 깊이 빠져들던 시기에 잡담이나 나눌 생각으로 선술집 주인에게 알려준 비법이었다. 스위블러는 문가에서 소년이 든 냄비를 받아, 안 흘리도록 단단히 잡으라며 조그만 하녀에게 건네고, 그 뒤를 따라서 지하주방으로 내려갔다. 이어서 접시를 하녀 앞에 내려놓으며 말했다.

"자! 이것부터 깨끗이 비우고, 맥주 맛은 어떤지 보자고."

조그만 하녀는 다시 말할 필요도 없이 접시를 순식간에 깨끗이 비우니, 스위블러는 맥주를 건네며 다시 말했다.

"이번엔 이걸 쭉 들이켜. 익숙하지 않으니까 처음엔 천천히. 어때, 좋지?"

"아! 대단해요!"

조그만 하녀가 감탄하자, 스위블러는 더없이 기쁜 표정으로 상대를 바라보며 맥주를 쭉 들이켰다. 그렇게 준비를 마치자마자 카드놀이를 알려주고, 조그만 하녀는 눈썰미가 매섭고 똑똑해서 금방 배웠다. 스위블러는 카드를 돌리고 받침 접시에 6페니 동전 두 개를 놓더니, 탄 심지를 잘라내서 촛불을 환하게 키우며 말했다.

"자, 이게 판돈이야. 네가 이기면 네가 갖는 거고, 내가 이기면 내가 갖는 거야. 진짜처럼 재밌어야 하니 앞으로 너를 후작 부인이라 부르겠

LANDELLS.
HKB

어, 알겠지?"

조그만 하녀는 고개를 끄덕이고, 스위블러는 다시 말했다.

"그럼, 후작 부인, 먼저 시작하시지요!"

후작 부인은 카드를 두 손에 움켜쥐고 무얼 내놓을까 고민하고, 스위블러는 이런 자리에 어울리게 세련된 표정으로 맥주를 다시 쭉 상쾌하게 들이켜며 상대가 시작하길 기다렸다.

58장

스위블러는 후작 부인과 3판 승부를 여러 번 해서 이기기도 하고 지기도 하다, 6페니 동전 세 개를 잃고 맥주는 점차 줄고 시계는 열 시를 알리자, 시간이 화살처럼 날아간다는 생각과 브라스와 샐리가 돌아오기 전에 끝내야 한다는 생각을 떠올리고 진지하게 말했다.

"후작 부인, 맥주를 다 마시면 눈에 보이는 물건과 함께 점수판을 주머니에 넣고 이 자리에서 물러나는 걸 허락하시기 바랍니다. 인생은 흐르는 강물과 같으나, 강둑에서 맥주가 샘솟고 강물에서 그대 눈빛이 반짝이는 한, 후작 부인, 시간이 얼마나 빠르게 흐르든 저는 상관없다는 것만 알아주십시오. 그럼 건강히 지내십시오, 후작 부인. 제가 모자까지 쓴 걸 용서하십시오. 하지만 궁전은 눅눅하고 대리석 바닥은 - 이렇게 말해도 될지 모르겠으나 - 질퍽하네요."

스위블러는 지금껏 두 발을 시렁에 올린 채 앉을 수밖에 없던 이유를 설명하고 사과하더니, 마지막 남은 맥주를 천천히 음미했다. 그러다 연극에 나오는 악당처럼 왼팔을 탁자에 묵직하게 올리고 오른발을 흔들며 목소리를 키웠다.

"샘소노 브라소[24] 남작은 여동생과 연극을 보러 간 게 진짜입니까?"

후작 부인이 고개를 끄덕이자, 스위블러는 인상을 잔뜩 찡그리며 한탄했다.

"하! 그렇군요, 후작 부인! 하지만 문제 될 거 없습니다. 어이, 그쪽, 포도주를 더 가져와!"

그러더니 맥주를 자신에게 정중하게 건네고 오만하게 받아서 단숨에 들이키고 입맛을 쩝쩝 다시는 통속적인 연기를 조금 선보였다.

조그만 하녀는 스위블러와 달리 (사실, 스위블러 자신도 연극을 제대로 구경하거나 대사를 제대로 들은 건 한 번도 없어, 문틈이나 금지 장소에서 우연히 본 게 전부지만) 연극 대사가 너무나 낯선 데다 너무나 고상한 모습에 깜짝 놀라다 못해 자신이 초라하다는 걱정까지 비치니, 스위블러는 악당 연기를 평범한 연기로 바꾸는 게 좋겠다 느끼고 이렇게 물었다.

"두 사람은 영광스러운 곳에 자주 가나요, 그대만 놔두고?"

"네, 그런 것 같아요. 주인 나리가 주인 아씨한테 증말 꿈쩍을 못하거든요."

"증말 꿈쩍?"

"증말 꿈쩍."

후작 부인이 다시 말하자, 스위블러는 잠시 생각하다, 표현을 똑바로 고쳐줄 의무를 외면하고 상대가 계속 말하게 하기로 했다. 맥주를 마셔서 혀가 풀린 게 분명하고 굳이 고쳐야 할 정도로 대화할 기회가 많은 것도 아니기 때문이다.

"두 사람은 퀼프 나리도 자주 만나러 간답니다. 여기저기 싸돌아다니

24) 샘슨 브라스를 이탈리아어로 부른 것.

거든요!"

조그만 하녀가 날카로운 표정으로 말하자, 스위블러가 물었다.

"브라스 변호사가 증말 꼼짝을 못하나요?"

스위블러 말에 조그만 하녀는 머리를 절레절레 흔들며 대답했다.

"주인 아씨 절반도 못 쫓아가요. 주인 나리는 아씨가 없으면 아무것도 못 해요."

"맙소사! 정말요?"

"주인 아씨가 전부 시켜요. 주인 나리는 어떻게 하면 좋을지 아씨한테 늘 묻고요. 그래서 시키는 대로 해요. 안 믿길 정도로요."

"두 사람이 그렇게 협의할 때 다른 사람 얘기도 하나요, 가령, 내 얘기 같은 걸, 후작 부인?"

후작 부인은 고개를 열심히 끄덕이고, 스위블러는 다시 물었다.

"칭찬인가요?"

후작 부인은 열심히 끄덕이던 머리를 방향만 바꿔서 목이 부러질까 두려울 정도로 힘차게 흔들었다.

"으으흠! 처음에는 별 볼 일 없던 사람이 이제는 훌륭하단 말을 은근히 비추진 않던가요, 후작 부인?"

"주인 아씨가 나리한테 재밌는 자식이래요."

"으음, 후작 부인, 그건 칭찬이 아닌 게 아니에요. 재밌다는 건, 후작 부인, 나쁘다는 게 아니거든요. '늙은 콜 왕'[25]도 재밌는 사람이었으니까요, 우리가 역사의 한 페이지를 믿는다면."

스위블러가 말해도 후작 부인은 물러서지 않았다.

"하지만 나리를 못 믿을 작자라고 했어요."

그러자 스위블러가 깊이 생각하는 표정으로 말했다.

---

25) Old King Cole; 스코틀랜드·잉글랜드 전승 동요 주인공. 음악을 좋아하고 쾌활하다.

"맙소사, 정말이지, 후작 부인, 신사 숙녀 가운데 일부는…… 전문직 종사자가 아니라 장사하는 사람은, 부인…… 늘 그렇게 말한답니다. 맞은편에서 여인숙을 경영하는 시민은 제가 오늘 밤에 연회를 준비하라 지시하면 당연히 못 믿겠다는 표정으로 바라보겠지요. 사람들한텐 편견이 있거든요, 후작 부인. 하지만 저는 지금까지 수많은 신뢰를 받았으니, 이유를 모를 수밖에요. 확실하게 말할 수 있는 건, 절대로 제가 먼저 배신하지 않는다는 거예요, 절대로. 브라스 변호사도 의견이 똑같던가요?"

후작 부인은 그 문제에 관한 한 주인 나리가 아씨보다 훨씬 심하다고 암시하는 표정으로 고개를 열심히 끄덕이더니, 갑자기 정신이 돌아온 듯 애원하며 말했다.

"하지만 제 얘기는 절대 하지 마세요, 맞아 죽으니까요."

그러자 스위블러가 일어서며 대답했다.

"후작 부인, 신사가 한 말은 보증수표만큼이나 확실하답니다. 지금 같은 경우에는 더더욱 확실하고요, 보증수표는 휴지로 돌변할 수 있으나, 저는 그대 친구니까요. 앞으로 여기 특별 응접실에서 카드놀이를 자주 하면 좋겠습니다."

그러더니 문가에서 걸음을 멈추고 몸을 천천히 돌려, 조그만 하녀가 촛불을 들고 따라오는 모습을 바라보며 물었다.

"그런 내용까지 아는 걸 보니 그대는 열쇠 구멍을 툭하면 들여다보는 습관이 있는 게 분명하단 생각이 드는구려."

"금고 열쇠 숨긴 곳을 알고 싶을 뿐이에요. 그게 전부에요. 열쇠를 찾는다 해도 많은 돈을 꺼내진 않을 거예요. 배고픈 걸 달랠 정도면 충분해요."

후작 부인이 덜덜 떨며 대답하자, 스위블러가 대뜸 물었다.

"아직 못 찾았소? 하기야 당연히 못 찾았겠지요. 아니면 살이 통통하게 올랐을 테니까. 잘 있어요, 후작 부인. 편히 지내요. 이게 마지막이라면, 영원히 편히 지내요…… 안 좋은 일이 일어나면 목걸이를 걸치세요, 후작 부인."

스위블러는 이렇게 말하며 건물을 나와, 이 정도면 자기 몸에 좋을 정도로 충분히 마셨다 생각하고, 하숙집으로 곧장 가서 잠자리에 들자고 슬기롭게 마음먹었다. 그래서 집으로 가는데, (방이 여러 개라고 여기는 단칸방에 여전히 머무는 터라) 하숙집이 사무실에서 멀지 않아, 얼마 뒤엔 자기 침실에 앉아 신발 한 짝은 벗고 다른 쪽은 잊어버린 채 깊은 명상에 빠져들다, 팔짱을 끼며 중얼거렸다.

"후작 부인은 독특해. 미스터리에 쌓인 데다 맥주 맛도 모르고 (대단한 건 아니지만) 자기 이름도 모르고 열쇠 구멍으로 사람들을 구경하잖아. 이 모든 게 운명일까, 아니면 누군가가 숙명을 거스르는 걸까? 하나도 모르겠어!"

명상이 만족스러운 결론에 이르자, 안 벗은 신발을 알아채고 한숨을 깊이 내쉬더니 고개를 더없이 근엄하게 흔들면서 엄숙하게 벗었다. 그리곤 평소에 모자를 쓰던 방식대로 수면 모자를 눌러쓰며 중얼거렸다.

"신발을 보니 벽난로 앞에 있을 신혼부부가 떠오르는군. 체그스 부인은 카드놀이를 하지, 네 사람이 하는 거. 지금쯤 동그랗게 둘러앉아서 카드를 돌리겠군. 후회하는 마음을 식히려고 카드에 푹 빠져드는 거야. 그러다 웃으면 사람들은 체그스 부인이 깨끗하게 잊었다고 여기겠지."

스위블러는 얼굴을 돌려서 거울에 비친 가느다란 구레나룻을 만족스럽게 바라보다 덧붙였다.

"하지만 아니야. 마음속은 더없이 허전할 게 분명해. 그럼, 당연히 그럴 수밖에!"

스위블러는 가혹하고 엄격한 분위기에서 안타깝고 애처로운 분위기로 녹아들며 한숨을 내쉬곤, 이리저리 거닐다 머리칼을 쥐어뜯으려 하더니, 마음을 바꿔서 수면 모자에 달린 술을 대신 쥐어뜯었다. 그러다 마음을 억지로 달래며 옷을 벗고 잠자리에 들었다.

마음이 울적한 사람은 대체로 술을 마시지만, 스위블러는 소피 와클스가 자기 곁을 영원히 떠난다는 소식을 듣고서 이미 충분히 마신 터라 플룻이나 불자고 마음먹었다. 자신은 물론 자신만큼이나 허전하고 쓸쓸해서 잠 못 이루는 이웃까지 마음을 달래주고 싶었다. 그래서 조그만 탁자를 침대 곁으로 당겨서 조그만 악보를 잘 보이게 놓고 불빛을 조정한 다음, 상자에서 플룻을 꺼내 더없이 구슬프게 불어 재꼈다.

'우울한 마음이 사라지길'이라는 곡조로, 침대에 누워서 너무 천천히 연주하는 데다 실력이 많이 떨어진다는 약점까지 있어서 한 소절을 수없이 반복한 다음에 비로소 다음 소절로 넘어가니 도대체 감정이 살아나질 않았다. 그런데도 깊은 밤까지, 아니 그 이상, 침대에 누워서 천장을 바라보다 악보를 보려고 몸을 반쯤 일으키기도 하며 구슬픈 선율을 연주하고 또 연주했다. 멈출 기미는 없었다. 후작 부인에 대해 독백도 하고 숨도 쉬느라 잠깐씩 쉬다, 다시 힘차게 연주했다. 악보를 닫고 촛불을 끄고 한결 가볍고 후련한 마음으로 엎드려서 잠든 건 이런저런 생각에 완전히 지친 데다 맥주 기운을 마지막 한 방울까지 플룻에 쏟아부어서 그 건물은 물론 양쪽 옆 건물과 도로 맞은편 건물에 사는 사람까지 머리가 돌아버리게 만든 다음이었다.

스위블러는 아침에 깨어나니 기분이 훨씬 상쾌해서 플룻을 삼십 분 정도 불다가 새벽부터 방문 앞에서 기다리던 집주인 아주머니에게 방을 비우라는 통보를 받은 다음에 비로소 법조인 거리에 가서 사무실로 들어서고, 아름다운 샐리는 벌써 자리에 앉아 얼굴에서 보름달 같은 광채를 내뿜었다.

스위블러는 고개를 끄덕여서 아는 척한 다음에 작업복으로 갈아입는데, 소매가 꽉 껴서 힘겹게 입느라 평소처럼 시간이 걸렸다. 그래서 어려움을 이겨내고 자리에 앉자, 갑자기 샐리가 침묵을 깨뜨리며 물었다.

"오늘 아침에 은제 연필 통 못 봤어?"

"거리에서 많이는 못 봤어. 통통한 모습이 그럴싸한 연필 통은 하나 봤는데, 늙수그레한 접이칼이랑 젊은 이쑤시개랑 심각하게 얘기하는 걸 보니, 말을 걸기가 뭐하더군."

스위블러 말에 샐리가 대뜸 말했다.

"진짜 못 봤어? 농담이 아니라고."

"막 들어온 사람한테 그런 걸 묻는 게 농담이 아니라니, 정말 멍청한 똥개로군."

"아아, 내가 아는 건 연필 통이 안 보인다는 거, 며칠 사이에 사라졌다는 거, 그런데 나는 책상에 놓았다는 게 전부야."

스위블러는 '맙소사! 후작 부인 짓이 아니면 좋겠다'는 생각이 절로 들고, 샐리는 계속 말했다.

"바로 옆에 칼도 있었어. 우리 아버지가 오래전에 선물한 건데 함께 사라졌어. 당신은 잃어버린 거 없어?"

샐리가 묻는 말에 스위블러는 두 손을 작업복으로 가져가서 기다란 외투가 아니라 작업복이 맞다는 걸 확인하더니, 사무실에서 입는 하나밖에 없는 작업복이 무사한 것에 만족하며 없다고 대답했다.

그러자 샐리는 양철통을 꺼내서 코담배를 살짝 빨아들이며 말했다.

"정말 안 좋은 일이 일어났지만, 우리 사이니, 친구 사이니 하는 말인데, 오빠가 알면 잔소리를 끝없이 늘어놓겠지만, 사무실에 둔 돈도 똑같이 사라졌어. 세 차례에 걸쳐서 반 크라운 금화 세 개가 사라졌다고."

"말도 안 돼! 그건 정말 심각한 문제니까 깊이 생각해서 말해, 친구. 확실한 거야? 착각한 거 아니야?"

"확실해, 착각한 거 아니야."

샐리가 강하게 대답하자, 스위블러는 펜을 내려놓으며 생각했다.

'맙소사, 후작 부인이 그런 것 같아!'

생각하면 할수록 불쌍한 하녀가 범인일 가능성은 늘어만 나는 것 같았다. 쥐꼬리만 한 음식으로 살아간다는 걸, 방치된 채 학대받는다는 걸, 궁지에 몰리면 머리는 한쪽으로 발전할 수밖에 없다는 걸 생각할 때 의심할 여지가 없었다. 그런데 스위블러는 조그만 하녀가 불쌍했다. 이런 일 때문에 독특한 친분을 망가뜨리고 싶지도 않았다. 후작 부인을 지켜주는 건 금화 50냥 가치 이상이라는 생각이 들었다.

스위블러는 이 문제를 진지하게 떠올리고, 샐리는 자리에 앉아서 이해할 수 없다는 표정으로 머리를 절레절레 흔드는데, 브라스가 복도에서 노래를 흥얼대며 다가오다 고결한 미소를 머금으며 나타났다.

"스위블러, 반가워! 깊은 잠과 아침 식사로 기운을 되찾고 정신을 새롭고 힘차게 다듬어, 우리 모두 하루를 새롭게 시작하는군. 태양과 함께 일어나서 일과를, 하루를 새롭게 시작하는 거야, 스위블러. 오늘도 할 일을 멋지게 해치워서 태양이 그러듯 인류를 복되게 하자고. 좋은 생각 아닌가, 스위블러, 정말 좋은 생각!"

브라스는 이렇게 말하면서 손에 들고 있던 5파운드 은행권을 자랑하려는 듯 햇빛에 비추며 이리저리 꼼꼼하게 살폈다.

그런데 스위블러가 별다른 반응을 안 보이자, 브라스는 부하직원을 쳐다보다 얼굴에 걱정스러운 표정이 깃든 걸 알아챘다.

"기운이 없어 보이는군, 스위블러. 우리 똥 씹은 표정을 떨쳐내고 쾌활하게 일하자고. 그래야, 스위블러……"

여기서 순결한 샐리가 한숨을 크게 내쉬자, 브라스가 다시 말했다.

"맙소사! 너까지! 무슨 문제라도 있어? 스위블러……"

스위블러는 힐끗 쳐다보아, 샐리가 지금까지 나누던 대화를 오빠에게 눈짓으로 알리는 걸 느꼈다. 자신은 이번 문제가 어떤 식으로든 해결되기 전까지 가시방석에 앉은 기분일 수밖에 없어서 힐끗 쳐다본 건데, 샐리는 코담배를 급하게 빨아들이는 모습으로 그 생각을 확인시켜 주었다.

브라스 얼굴이 핼쑥하게 변하더니 불안한 기색이 퍼져나갔다. 하지만 샐리 예상과 달리, 돈이 사라졌다며 구슬프게 흐느끼는 대신에 살금살금 걸어가서 문을 열어 바깥을 살핀 다음, 조용히 닫고 살금살금 돌아와서 속삭였다.

"이상하고도 고통스러운 상황이군, 스위블러, 고통스러운 상황. 말이 났으니 말인데, 나도 최근에 책상에서 돈이 조금씩 없어지는데, 범인이 우연히 눈에 띄길 바라는 마음으로 입을 꾹 다물었지만, 지금까지 아무런 소용이 없더군…… 아무런 소용이 없어. 샐리, 스위블러, 너무 괴로운 사태야!"

브라스는 이렇게 말하다 방심한 듯 책상 서류 사이에 5파운드 은행권을 놓고서 두 손을 주머니에 찔렀다. 스위블러가 그걸 가리키며 어서 집어넣으라 충고하자, 브라스가 감격하며 말했다.

"아니야, 스위블러, 집어넣지 않겠어. 이대로 두겠어. 이걸 집어넣는 건, 스위블러, 자네를 의심한다는 건데 나는 자네를 무한정 신뢰하거든. 그래, 자네만 괜찮다면 그대로 두겠어, 절대로 집어넣지 않겠어."

그러더니 스위블러 어깨를 두세 차례 더없이 다정하게 도닥이고, 자신은 스위블러 역시 자신처럼 정직하다는 믿음이 있다는 걸 알아달라고 부탁했다.

다른 때라면 칭찬하는 말을 의심스러운 눈치로 바라보겠지만 지금은 상황이 상황인 만치, 자신을 엉뚱하게 의심하지 않는다는 사실이 스위블러는 더없이 다행스럽기만 하고, 브라스는 한 손을 이마에 댄 채 깊은 생각에 빠져들고 샐리도 그랬다. 깊은 생각에 빠져든 건 스위블러 역시 똑같았다. 후작 부인이 범인이라는 확신을 억누를 수 없는 데다 그 말이 금방이라도 귓속을 파고들 것 같아서 두려웠다.

세 사람은 각자 이런 분위기에 빠져드는데, 샐리가 갑자기 "내가 때려 맞히겠어!"라고 소리치며 주먹으로 책상을 힘껏 내려치니, 실제로 책상 일부가 떨어져 나가는데, 물론 샐리가 말한 건 그게 아니었다.

"그래, 계속 말해, 샐리!"

브라스가 초조하게 말하자, 샐리는 의기양양하게 대답했다.

"최근 서너 주 사이에 우리 사무실을 들락거린 사람이 있잖아. 오빠 덕분에 사무실에 혼자 있기도 하고. 그런데도 그자가 도적이라고 말하지 않을 수 있어?"

"누구?"

브라스가 대뜸 물었다.

"맙소사, 이름이 뭐더라…… 키트?"

"갈랜드 선생네 하인?"

"맞아."

샐리 말에 브라스는 거미줄 수만 개라도 치우듯 두 손을 마구 흔들고 머리를 저으며 대답했다.

"절대 아니야, 절대! 그런 말은 안 듣겠어. 하지도 마. 절대로 안 믿으니까, 절대로!"

"나는 그 애가 도적이라고 생각해."

샐리가 코담배를 다시 살짝 집어서 빨아들이며 말하자, 브라스는 강하게 반발했다.

"나는 그 애가 아니라고 생각해. 감히 그런 말을 어떻게 하지? 인격이 그 정도밖에 안 되는 거야? 세상에서 가장 정직하고 믿음직한 아이라는 걸, 모든 사람이 그리 생각한다는 걸 몰라? 들어와, 들어오라고!"

마지막 말은 잔뜩 화난 어투가 묻어나왔으나 샐리에게 한 말은 아니었다. 사무실 문을 두드린 사람에게 한 말이 브라스 입을 벗어나자마자, 논쟁 주인공 키트가 얼굴을 들이밀며 물은 것이다.

"신사분께서 위층에 계신가요?"

브라스는 여동생에게 이맛살을 잔뜩 찌푸린 채 여전히 화난 어투로 대답했다.

"그래, 키트, 위층에 있어. 너를 보니 반갑구나, 키트, 너를 만나서 기뻐. 이따 내려오다 들르렴, 키트."

브라스는 키트가 사라진 다음에 다시 소리쳤다.

"저렇게 솔직하고 순박한 아이가 도적이라니! 전 재산을 걸고라도 저 애를 믿겠어. 스위블러, 괜찮다면 브로드 거리 '래스프 회사'로 당장 가서 '카켐 페인트'에 전달할 지시사항이 있는지 물어보겠나?"

그러더니 잔뜩 화나서 빨갛게 달아오른 얼굴로 분노를 터트렸다.

"저런 애가 도적이라니. 나는 보는 눈도 듣는 귀도 없는 멍청이란 말이야? 내가 사람을 앞에 두고도 제대로 판단할 수 없단 말이야? 키트가 도적이라니! 맙소사!"

브라스는 헤아릴 수 없이 얕보고 경멸하는 어투로 샐리에게 마지막 말을 날리곤, 세상 전체를 안 보겠다는 듯 머리를 책상에 처박더니,

반쯤 감은 눈꺼풀 너머로 모멸감을 뿜어댔다.

59장

키트가 심부름하러 와서 독신 남성 방에 15분 정도 머물다 내려올 때, 사무실에는 브라스 변호사 혼자였다. 평소처럼 노래를 흥얼대지도 자기 책상에 앉지도 않았다. 열린 문 너머로 가만히 서서 벽난로 불길에 등을 쬐는데, 키트는 그 모습이 너무나 이상하게 보였다. 갑자기 병든 게 분명하다는 생각마저 들 정도였다.

"무슨 문제가 있나요, 나리?"

"문제! 아니다. 왜 그리 생각하니?"

"얼굴이 너무 창백해서 다른 사람처럼 보일 정도거든요."

키트가 대답하자, 브라스는 재를 꺼내려고 허리를 숙이며 말했다.

"허허! 착각이다, 착각. 이렇게 좋을 수 없거든, 이렇게. 기분도 좋고. 하하하! 우리 위층 친구는 어떠신가, 엉?"

"많이 좋아지셨어요."

"다행이구나, 훌륭한 신사야 - 고마울 정도로. 존경스럽고 관대하고 자비롭고 문제도 안 일으키는 - 존경스러운 하숙인. 하하하! 갈랜드 선생님도 잘 지내시고, 키트, 특별한 우리 친구도, 당나귀도 잘 지내길 바란다. 하하하!"

키트는 아벨 주택에서 지내는 가족 안부를 일일이 설명하는데, 브라스는 초조하고 산만한 표정으로 걸상에 올라앉아서 가까이 오라고 손짓하더니, 옆에 붙잡아놓고 말했다.

"자네 어머니한테 돈벌이 자리를 줄 수도 있겠다는 생각을 하는 중이란다. 어머니가 계시지? 내 기억이 맞는다면 예전에 말하길……"

"네, 나리, 맞습니다."

"홀어미지? 열심히 일하는 홀어미?"

"세상에서 제일 열심히 일하는 여인, 제일 훌륭한 어머니랍니다, 나리."

"아! 애처롭군, 애처로워. 가난한 홀어미가 열심히 일해서 아비 없는 아이들을 안 굶기고 근사하게 키운다는 건 인간이 착하다는 걸 보여주는 확실한 증거거든…… 모자를 내려놓으렴, 키트."

"고맙습니다, 나리. 하지만 곧장 가봐야 한답니다."

"그래도 있는 동안엔 내려놔."

브라스는 모자를 직접 벗겨서 책상 서류 사이에 아무렇게나 내려놓으며 덧붙였다.

"내가 생각하는 건, 키트, 우리는 고객 대신 집을 관리할 때가 많다는 거야. 그럴 때마다 사람을 고용해서 맡겨야 하는데, 믿고 맡길 사람이 드물다는 거, 너도 잘 알지? 그렇다면 우리가 충분히 믿는 사람한테 그 일을 맡기면 서로 좋지 않겠어? 자네 어머니처럼 훌륭한 여인을 우리가 고용하면 안 된다는 법도 없잖아, 그치? 일자리는 물론 묵을 집까지, 일 년 내내 월세 없이 좋은 집에 살면서 봉급까지 매주 받는다면, 자네 어머니가 지금보다 편하지 않겠어? 자네 생각은 어때? 그러면 안 될 이유가 있을까? 내가 바라는 건 자네를 돕는 거야, 키트. 그러니 자유롭게 털어놓게."

브라스가 말하며 모자를 서류랑 두세 차례 섞는 게, 뭔가 찾는 것 같았다.

"그렇게 다정한 제안을 거절할 이유가 어디에 있겠습니까, 나리? 고마운 마음을 어떻게 말씀드려야 좋을지 모르겠습니다, 정말로."

키트가 진심으로 말하자, 브라스는 역겹게 웃는 얼굴을 갑자기 돌리며 바싹 들이밀어, 고마운 마음이 가득하던 키트마저 깜짝 놀라서 물러나게 하며 말했다.

"좋아, 그렇다면, 다 됐어."

키트는 얼떨떨한 눈으로 쳐다보고, 브라스는 착한 가면을 다시 쓰고 손을 비비며 말했다.

"다 됐어. 하하하! 이제 알게 될 거야, 키트, 이제 알게 돼. 그런데 맙소사, 스위블러는 돌아올 생각을 안 하는군! 빈둥거리는 게 분명해! 위층에 다녀올 테니까 사무실을 잠시 지켜주겠나? 딱 1분만. 그 이상 안 붙잡겠네, 무슨 일이 있어도, 키트."

브라스는 그러면서 재빨리 나가더니 곧바로 돌아왔다. 스위블러도 거의 동시에 돌아오고, 키트는 잃어버린 시간을 벌충하려고 급히 나가다 문가에서 샐리랑 마주쳤다.

샐리가 안으로 들어서서 급히 떠나는 뒷모습을 쳐다보며 빈정댔다.

"아! 오빠가 제일 좋아하는 아이가 떠나는군, 그치?"

"그래, 떠나. 내가 제일 좋아하는 아이도 맞고, 정직한 친구도 맞고, 스위블러, 누구보다 정직한 친구!"

"흥!"

샐리가 콧방귀를 날리자, 브라스가 벌컥 화냈다.

"계속 화만 돋우는 악당한테 분명히 말하는데, 나는 저 애가 정직하다는 점에 목숨이라도 걸겠으니, 잔소리 좀 그만할래? 네가 의심하는 말에 내가 마냥 시달려야 하겠니? 진정한 장점이 너한테는 하나도 안 중요한 거야, 사악한 동생? 그런 식으로 나온다면 나로선 저 아이보다 너를 의심할 수밖에 없어."

샐리는 양철통을 꺼내서 코담배를 오랫동안 빨아들이며 강렬한 눈으로 바라보고, 브라스는 다시 말했다.

"샐리 때문에 머리가 돌겠어, 스위블러. 도저히 못 견딜 정도로 약을 올리잖아. 그래, 지금 나는 머리가 돌 정도로 화났다는 거 알아. 변호사다운 자세도 아니고 변호사다운 표정도 아니지만, 샐리 때문에 머리가 돌 것 같아."

"그만해, 샐리."

스위블러가 충고하자, 브라스가 반박했다.

"저 애는 그럴 수 없는 애야. 나를 놀리고 괴롭히는 게 저 애 본성이라 저 애도 어쩔 수 없는 거야. 그러지 않고선 도저히 못 견디니까. 하지만 걱정하지 마. 내가 옳다는 걸 증명했으니까. 키트한테 충분한 믿음을 보여 주였으니까. 키트한테 사무실을 다시 맡겼거든. 하하하! 웩, 살모사 같은 년!"

아름다운 처녀는 코담배를 한 줌 집고 양철통을 주머니에 넣은 다음에 오빠를 태연자약하게 쳐다보고, 브라스는 의기양양하게 말했다.

"키트한테 사무실을 다시 맡겼다고, 지금까지도 완벽하게 믿고, 앞으로도 그럴 거라고. 키트는…… 맙소사, 도대체 어디……"

"뭐가 없어졌나요?"

스위블러가 묻자, 브라스는 주머니를 하나씩 뒤지더니, 서류를 마구 내던지며 책상 안을 살피고 밑을 살피고 위를 살피며 중얼댔다.

"지폐, 스위블러, 5파운드 은행권…… 어디로 갔지? 여기에 놓았는데…… 맙소사!"

샐리가 벌떡 일어나서 손뼉 치다, 바닥에 흩어진 서류를 뒤지며 소리쳤다.

"뭐야! 사라졌어! 이제 누구 말이 맞는 거야? 누가 가져갔느냐고?

5파운드는 잊어버려…… 뭐가 대단해? 그 애는 정직한데, 아주 정직한데. 그 애를 의심하는 건 잔인한 짓이야. 당장 쫓아가서 잡지도 마. 그러면 절대로, 절대로 안 되니까!"

"정말 사라졌나요?"

스위블러가 자기 얼굴만큼이나 창백한 브라스 얼굴을 쳐다보며 묻자, 브라스는 잔뜩 흥분한 표정으로 자기 주머니를 다시 모조리 더듬으며 대답했다.

"분명해, 스위블러. 도적이 든 것 같아. 확실히 사라졌어. 어떻게 하지?"

샐리가 코담배를 또 들이켜며 조롱했다.

"당장 쫓아가서 잡지 마. 어떤 이유로도 저 아이를 잡지 마. 돈을 숨길 시간은 주어야 하잖아. 아이한테서 돈을 찾아내는 건 너무 잔인하다고!"

스위블러와 브라스는 어리둥절한 표정으로 샐리를 바라보고 서로를 쳐다보다 갑자기 정신을 차리고 모자를 집으며 밖으로 뛰쳐나가, 목숨이라도 달린 듯이 장애물을 피하며 거리 한복판을 정신없이 달렸다.

공교롭게도 키트 역시 빠르진 않아도 열심히 달린 데다 몇 분 앞선 터라 거리가 상당히 벌어졌다. 하지만 두 사람은 키트가 가는 길을 정확히 알아서 열심히 달려, 키트가 숨을 돌리다 이제 막 다시 달리려는 순간에 따라잡았다.

"멈춰! 달리지 마. 급한가 보지?"

브라스가 소리치며 그 어깨에 한 손을 올리고, 스위블러는 다른 쪽 어깨에 올렸다.

"네, 급해요."

키트는 대답하며 깜짝 놀란 표정으로 두 사람을 번갈아 쳐다보고,

브라스는 숨을 헐떡였다.

“도……도……저히 믿을 수 없지만, 사무실에서 중요한 물건이 사라졌어. 자네가 모르는 일이면 좋겠어.”

“모르는 일이요? 맙소사, 브라스 변호사님! 설마 제가……”

키트가 소리치며 머리끝부터 발끝까지 덜덜 떨자, 브라스가 재빨리 말했다.

“아니야, 아니야, 너를 의심하지 않아. 네가 그랬다는 게 아니잖아. 우리랑 조용히 돌아갈 수 있겠어?”

“당연하죠. 못 그럴 이유가 뭐겠어요?”

“맞아! 못 그럴 이유가 뭐겠어? 나도 못 그럴 이유가 없는 거로 드러나면 좋겠어. 오늘 아침에 내가 자네를 편드느라 애먹은 걸 안다면, 키트, 미안한 마음이 굴뚝처럼 솟구칠 테니 말이야.”

“분명히 말씀드리지만, 저를 의심해서 변호사님 역시 미안한 마음이 굴뚝처럼 솟구칠 거예요. 가요. 빨리 돌아가자고요.”

“그래, 빠를수록 좋아. 스위블러…… 괜찮다면 그 팔을 잡게. 나는 이 팔을 잡겠네. 셋이 나란히 걷는 게 쉽진 않겠지만 현 상황에선 어쩔 수 없어. 다른 방법이 없거든.”

두 사람이 양쪽 팔을 잡는 순간, 키트는 하얗게 질린 얼굴이 빨갛게 변하다, 빨간 얼굴이 하얗게 변하는 게 순간적으로 저항할 것 같았다. 하지만 정신을 재빨리 가다듬어, 행여나 자신이 반항한다면 사람이 가득한 거리에서 목덜미를 잡힌 채 질질 끌려갈 수도 있겠다는 생각을 떠올리고 눈물을 글썽이며, 나중에 크게 후회할 거라는 말만 되풀이하며 두 사람에게 잡혀가는 굴욕을 감수했다. 그렇게 돌아가는 동안, 스위블러는 이런 일까지 한다는 게 싫어서 틈날 때마다 아이 귀에 대고 잘못을 인정한다면, 고개라도 끄덕인다면, 두 번 다시 안 그러겠다고 약속한다면, 브라스 정강이를 냅다 걷어차고 도망치더라도 자신은 모른 척하겠다고 속삭였다. 하지만 키트는 그럴 때마다 분개하며 거절하니, 스위블러로서도 단단히 붙잡은 채 법조인 거리로 들어서서 사무실로 데려갈 수밖에 없고, 매혹적인 샐리는 문을 재빨리 잠가서 도망을 못 가게 하고, 브라스는 이렇게 말했다.

"그래, 아무런 잘못도 안 했다면, 정말이라면, 키트, 전부 다 자세히 살펴보는 게 모두한테 바람직할 거야. 그러니 검사하는 데 동의한다면 모두가 만족할 거야."

브라스는 자기 외투 소매를 뒤집어서 무슨 검사를 말하는지 보여주고, 키트는 두 팔을 자신만만하게 내밀며 대답했다.

"좋아요, 뒤지세요. 하지만 명심하세요, 나리…… 나중에 후회할 수밖에 없다는 걸, 목숨을 다하는 날까지."

그러자 브라스가 키트 주머니에 손을 넣어서 잡동사니를 꺼내다 한숨을 내쉬며 말했다.

"못 할 짓이로구나, 못 할 짓이야. 다행히도 여기엔 없어, 스위블러. 여기에도 없고. 조끼에도 없고, 스위블러, 외투 뒷자락에도 없어. 지금까지는 다행스러워."

스위블러는 키트 모자를 한 손에 들고서 모든 동작을 흥미진진하게 지켜보다, 브라스가 망원경이라도 되는 듯 한쪽 눈을 감고서 다른 쪽 눈으로 불쌍한 아이 소매를 들여다볼 때 얼굴에 미소 같은 게 살며시 어린다는 느낌을 받는 순간…… 브라스가 갑자기 쳐다보며 모자를 뒤지라고 지시했다.

"손수건이 있네요."

스위블러가 말하자, 브라스는 한쪽 눈으로 다른 소매를 들여다보며 그럴 줄 알았다는 어투로 대답했다.

"그건 문제가 안 돼. 손수건은 괜찮아. 의사는 모자에 손수건 넣는 걸 바람직한 습관으로 여기진 않겠지만 말이야. 머리를 너무 따듯하게 한다는 말을 들었거든. 하지만 다른 각도에서 본다면, 거기에 손수건을 두는 거야 문제 될 게 없겠지, 전혀."

스위블러와 샐리와 키트 입에서 깜짝 놀라는 소리가 동시에 터져 나오며 브라스 말을 틀어막은 건 바로 그때였다. 고개를 돌리니, 스위블러가 우두커니 서서 문제의 은행권을 한 손에 들고 있었다.

"모자에서 나왔나?"

브라스가 비명처럼 내지르자, 스위블러는 기가 막힌다는 어투로 대답했다.

"손수건 아래, 안감 밑에서요."

브라스가 키트를 제외한 모든 걸 - 스위블러와 여동생과 벽과 천장과 바닥을 - 쳐다보다, 키트는 넋이 사라진 표정으로 꼼짝을 않는 가운데, 두 손을 꽉 맞잡으며 한탄했다.

"세상이 이렇구나, 지축을 중심으로 돌고 달에 영향을 받고 천체를 맴도는 지구에서 정말 많은 사건이 일어나는구나! 이게 인간 본성이란 말인가, 이게! 아, 본성, 본성! 사악하구나, 나는 있는 힘껏 도우려 했는데, 이 순간에도 그냥 보내고 싶은 마음이 굴뚝 같은데!"

그러다 갑자기 단호한 목소리로 덧붙였다.

"하지만 나는 변호사야, 우리나라를 행복하게 하는 헌법에 따를 수밖에 없어. 사랑하는 샐리, 나를 용서하렴. 이쪽에서 아이를 꽉 잡아. 스위블러, 괜찮다면 어서 가서 경관을 불러오게. 우유부단한 자세를 지우니 강한 정신력이 돌아오는구나. 어서 경관을 데려오라고, 스위블러!"

60장

키트는 넋을 잃은 채 황당한 눈으로 바닥만 내려다보고, 브라스는 덜덜 떠는 손으로 키트 목도리 한쪽을 잡고 샐리는 다른 쪽을 단단히 움켜쥐니, 매혹적인 여인이 그렇게 붙잡은 자체도 불편하기 그지없지만 툭하면 두 손으로 목을 움켜쥐는데 처음에는 그 힘이 너무나 강해, 키트는 넋이 나가서 아무것도 생각할 수 없는 와중에도 숨 막혀 죽겠다는 느낌을 지울 수 없었다. 그런데도 저항하지 않고 오누이 사이에 가만히 있으니 마침내 스위블러가 경관을 꼬리에 달고 돌아왔다.

경관은 경범죄부터 가택침입과 고속도로 강도까지 다루는 게 일상적인 업무라, 형사법 도매점과 소매점을 찾아오는 다양한 고객을 계산대 뒤에서 맞이하듯 범법자를 바라보니, 이런 장면 역시 당연히 익숙해, 장의사가 소식을 듣고 찾아가서 곧 임종할 거라는 설명을 들을 때 그럴 것처럼 브라스가 설명하는 내용을 흥미도 가고 놀랍기도 하다는 표정으로 듣고 키트를 가볍게 체포하면서 말했다.

"치안판사가 자리에 있을 때 잡아가는 게 좋습니다. 우리랑 함께 가셔야 합니다, 브라스 변호사, 그리고……"

경관이 샐리를 바라보다 전설에 나오는 괴물은 아닌가 의심스러운 표정으로 입을 다물자, 브라스가 물었다.

"이 숙녀분도요?"

"아! 네…… 숙녀분도. 지폐를 찾은 젊은이도 그렇고요."

경관이 대답하자, 브라스가 구슬픈 어조로 말했다.

"스위블러. 안타깝지만 어쩔 수 없군. 하지만 우리나라 제단에……"

"전세 마차를 부를 거죠?"

경관이 불쑥 묻더니, (다른 사람은 손을 모두 놓은 터라) 키트 팔을,

팔꿈치 바로 위를 아무렇게나 잡으며 재촉했다.

"사람을 보내서 마차를 잡아 오겠습니까?"

그러자 키트가 고개를 들어서 애원하는 눈빛으로 쳐다보며 간청했다.

"하지만, 제 말을 들어보세요. 한마디만 들어보세요. 저는 나쁜 짓을 안 했습니다. 영혼을 걸겠습니다, 저는 아닙니다. 제가 도적이라니요! 아, 브라스 변호사님, 저를 알잖아요. 변호사님이 저한테 이럴 순 없잖아요, 정말로."

"내가 말하겠소, 경관……"

브라스가 말하니, 경관은 "말은 사라진다"는 수사 원칙을 제시하며, 말은 갓난아기나 유아에게 떠주는 이유식에 불과하고 어른이 먹는 음식은 증언이라 설명하고, 브라스는 여전히 구슬픈 어투로 공감했다.

"맞습니다, 경관. 정확히 맞아요. 그렇다면 치명적인 사실이 드러나기 전까지만 해도, 불과 몇 분 전까지만 해도, 나는 이 아이를 믿었다고, 아니, 믿으려 애썼다고 증언하겠소…… 전세 마차, 스위블러. 동작이 너무 굼뜨군, 스위블러."

브라스가 말하자, 키트가 다시 울부짖었다.

"아는 사람은 저를 누구나 믿어요…… 그렇지 않나요? 누구한테든 물어보세요, 저를 안 믿는 사람이 있는지, 제가 단돈 한 푼이라도 훔친 적이 있는지. 가난하고 배고플 때도 나쁜 짓을 안 했는데 인제 와서 이런 짓을 하겠습니까! 지금 하는 짓이 옳은지 생각해 보세요. 누구보다도 다정한 분들을 제가 어떻게 만나겠습니까, 이렇게 끔찍한 죄를 뒤집어쓴다면!"

브라스는 그 사실을 자신이 예전에 알았더라면 죄수에게 오히려 좋았을 거라 대답하고서 슬픈 얘기를 하나 더 하려고 할 때, 위층에서 독신 남성 목소리가 커다랗게 일며 무슨 문제가 있냐고, 시끄러운 이유가 뭐냐고 물었다. 키트는 직접 대답하려고 문으로 자신도 모르게 걸어가려다 경관에게 순식간에 붙잡힌 채, 브라스가 자기식으로 설명하려고 혼자 달려가는 광경을 쳐다만 보는 고통에 시달리고, 브라스는 잠시 뒤에 돌아왔다.

"저분도 도저히 못 믿겠다던데, 누구나 똑같을 거야. 내 눈으로 보고도 못 믿겠으니까. 하지만 증거가 확실해. 내 눈을 반대 심문해도 소용없어."

브라스가 자기 눈을 끔벅대다 문지르며 계속 말했다.

"직접 본 건 어쩔 수 없으니까. 자, 샐리, 마차 소리가 들리니 보닛 모자를 써, 출발해야지. 아아, 슬프도다, 도덕을 장례 치르다니!"

"브라스 변호사님, 부탁 하나만 들어주세요. 저를 데리고 위써던 공증 사무실부터 가세요."

키트가 하소연하자, 브라스는 애매하게 고개를 젓고, 키트는 다시 하소연했다.

"제발. 우리 주인님이 계세요. 제발 부탁이니, 저를 데리고 그곳부터 가요."

"아아, 모르겠구나."

브라스가 말을 더듬는 게, 공증인 눈에 최대한 공정하게 보이길 바랄 이유라도 있는 것 같더니, 이렇게 물었다.

"시간이 어떤가요, 경관?"

경관은 위대한 철학자 분위기로 지푸라기를 씹다, 당장 떠난다면 시간이 충분할 거라고, 하지만 이렇게 우물쭈물한다면 시장 관저로 곧장 가야 한다고 대답하더니, 그곳에 들어가면 다 끝난다는 말까지 덧붙였다.

스위블러는 마차에 이미 올라타서 말이 보이는 제일 편한 자리를 차지한 채 꼼짝을 않고, 브라스는 경관에게 죄수를 데려가라 지시하고 자신은 준비가 끝났다고 선언했다. 경관은 키트를 잡은 자세 그대로 (전문가답게) 살짝 밀어서 팔 길이 3/4 거리를 유지하며 앞세우다 마차에 태우고 잇따라 올라탔다. 샐리가 그다음에 올라타니 네 좌석이 꽉 차, 브라스는 마부석 옆에 올라타고, 마부는 출발했다.

키트는 너무나 갑작스럽고 끔찍한 사태에 어리벙벙한 기분으로 마차 창문을 열심히 내다보는 게, 거리에서 어처구니없는 일이라도 일어나 이건 꿈일 수밖에 없다는 걸 증명하길 바라는 것 같았다. 하지만 아아, 슬프도다! 모든 게 눈에 익은 또렷한 현실이었다. 가는 길은 똑같이 이어지고, 건물은 똑같이 늘어서고, 사람들은 다른 방향으로 엇갈리며 걸음을 똑같이 재촉하고, 마차와 짐마차는 똑같이 북적대고, 상점 진열창에 눈에 익은 상품도 똑같았다. 시끌벅적한 소음마저 평소와 똑같았다. 꿈이 끼어들 여지는 조금도 없었다. 사건 자체는 꿈같지만, 실재였다. 생각도 행동도 결백하지만, 절도죄를 뒤집어썼으며 은행권 지폐는 자기 몸에서 나왔다. 그래서 죄수로 끌려간다.

고통스러운 현실을 떠올리니, 어머니와 어린 제이콥 마음이 무너질 거란 생각과 함께, 아무리 결백하더라도 고마운 사람들이 유죄로 믿으면 자신은 어쩔 도리가 없겠다는 느낌마저 떠올라서 희망과 용기는 계속 가라앉는 가운데 공증 사무실이 가까이 다가와, 불쌍한 키트가 창문 밖을 열심히 내다봐도 아무것도 안 보이다, 갑자기 퀼프 얼굴이 마법처럼 나타났다.

그런데 얼굴에 짓궂은 표정이 가득했다! 퀼프 얼굴이 내다보는 건 선술집 열린 창문으로, 난쟁이가 바싹 달라붙어서 양쪽 팔꿈치를 창턱에 대고 머리를 두 손에 기대니, 자세도 그런 데다 터져 나오는 웃음까지 참느라 얼굴이 평소보다 두 배는 크게 보였다. 브라스는 퀼프를 알아보고 마차를 즉시 세워서 마차가 퀼프 바로 앞에 멈추는 순간, 난쟁이는 모자를 벗어서 괴팍하고도 섬뜩한 모습으로 정중하게 인사하며 물었다.

"아하! 어딜 가는가, 브라스? 지금 어딜 가? 샐리도 함께 가나? 어여쁜 샐리! 스위블러도? 유쾌한 스위블러! 키트도! 정직한 키트!"

그러자 브라스가 마부에게 말했다.

"저분은 유쾌한 분이라오! 엄청나게! 아, 나리…… 슬픈 일이에요! 정직한 모습은 앞으로 절대로 믿지 마세요, 나리."

"왜? 왜, 변호사 악당? 왜 믿지 말라는 거야?"

퀼프가 묻자, 브라스는 고개를 절레절레 저으며 대답했다.

"사무실에서 은행권 지폐가 사라졌답니다, 나리. 그런데 이 아이 모자에서 나온 거예요…… 사무실에 혼자 있었거든요…… 확실해요, 나리…… 증거가 완벽하게 이어져요…… 빠진 연결고리가 하나도 없어요."

난쟁이가 상체 절반을 창문으로 빼내며 소리쳤다.

"뭐라고! 키트가 도적놈! 키트가 도적놈! 하하하! 땡전 한 닢 주고 구경하는 도적놈보다 못생긴 도적놈이군. 그치, 키트? 하하하! 키트가 나를 때릴 기회를 잡기도 전에 도적놈으로 잡힌 거야! 그치, 키트?"

그러다 폭소를 터트려서 마부가 공포에 질리게 하더니, 근처에 있는 염색 집 장대를 가리키는데, 그곳에서 대롱대는 옷들이 교수대에 매달린 사형수처럼 보이고, 난쟁이는 두 손을 마구 비비며 소리쳤다.

"너도 저렇게 되는 거야, 키트! 하하하하! 어린 제이콥도 사랑하는 어머니도 얼마나 실망할까! 베델 목사한테 데려가서 위로받도록 하게, 브라스. 그치, 키트? 어서 가게, 어서 가. 잘 가게, 키트. 좋은 일이 가득할 테니 기운 내고, 갈랜드 노부부한테도 안부를 전해줘. 노부인과 노신사가 사랑스럽거든. 내가 안부를 묻더라고 전해, 알겠지? 노부부한테, 너한테, 모두한테 은총이 가득하길, 키트. 온 세상에 은총이 가득하길!"

퀼프는 말을 마구 퍼부어서 행운과 은총을 빌어주며 작별하는 고통을 강요하더니, 마차가 안 보일 때 비로소 머리를 숙이다, 너무 좋아서 어쩔 줄 모른 채 바닥을 데굴데굴 굴렀다.

애초에 난쟁이를 마주친 곳이 멀지 않아서 얼마 뒤에 공증 사무실에 도착하고, 브라스는 먼저 내려서 우울한 표정으로 마차 문을 열어, 여동생에게 같이 들어가서 좋은 사람들에게 구슬픈 소식을 전하자고 부탁했다. 샐리가 순순히 응하자, 스위블러도 같이 가자고 요청했다. 그래서 세 사람이 사무실로 들어가는데, 브라스와 여동생은 서로 팔짱 끼고 스위블러는 뒤에서 혼자 따라갔다.

공증인은 바깥 사무실 벽난로 앞에서 아벨과 노신사 갈랜드와 대화하고 척스터는 대화에 끼어들 기회만 노리며 책상에 앉아서 글 쓰고 있었다. 이 풍경을 브라스는 유리문 사이로 보면서 손잡이를 돌리다, 문을 열기도 전에 공증인이 자신을 알아보고 머리를 절레절레 저으며 깊이 한숨 쉬는 모습을 보았다.

브라스는 모자를 벗고 비버 가죽 장갑을 낀 오른손 손가락 두 개에 키스하며 말했다.

"선생님, 제 이름은 브라스입니다…… 법조인 거리에서 일하는 브라스, 선생님. 사소한 유언 분야에서 선생님과 경쟁하는 영광과 기쁨을 누린답니다. 안녕하셨습니까, 선생님?"

"볼일이 있으면 직원한테 가서 처리하세요, 브라스 선생."

공증인이 대답하며 돌아서자, 브라스가 다시 말했다.

"고맙습니다, 선생님. 고맙습니다. 제 여동생을 소개하고 싶습니다,

선생님. 여성이지만 같은 분야에서 일하는데, 능력이 대단하답니다, 선생님. 스위블러, 괜찮다면 이쪽으로 오겠나…… 아니야, 괜찮아."

브라스가 (전용 사무실로 물러나려는) 공증인 앞을 막으며 상처받은 어투로 덧붙였다.

"정말이지, 선생님과 한두 마디 나누는 영광을 부탁드리겠습니다."

하지만 상대편은 단호한 어투로 거절했다.

"브라스 선생, 나는 바쁘오. 두 신사분과 얘기하는 게 보이잖소. 저쪽에 가서 볼일을 말하면 척스터가 처리할 거요."

하지만 브라스는 조끼에 오른손을 걸치고 부드럽게 웃는 얼굴로 아버지와 아들을 쳐다보며 말했다.

"두 신사분께 호소합니다…… 정말입니다, 두 신사분. 저는 법률을 다루는 사람이라는 점을 고려하시길 간청드립니다. 저는 법령으로 규정한 '신사'입니다. 자격을 유지하려고 매년 12파운드 금화를 낸답니다. 곡을 연주하거나 무대에서 연기하거나 책을 쓰거나 그림을 그리는 등, 그 지위를 나랏법에서 인정하지 않는 부류가 아닙니다. 거지도 깡패도 아닙니다. 행여나 저를 고소할 사람이 있다면, 그 사람은 저를 신사라고 칭해야 합니다. 그렇지 않으면 고소장은 효과가 없습니다. 여러분에게 호소합니다…… 정말 예의 바르지 않습니까? 정말이지, 신사 여러분……"

"으음, 그럼 무슨 볼일인지 나한테 말씀하시겠소, 브라스 선생?"

공증인이 말하자, 브라스가 대답했다.

"네, 알겠습니다. 아, 위써던 선생님! 선생님은 모르시는데…… 아니, 본론에서 벗어나지 않겠습니다, 선생님. 두 신사분 가운데 한 분은 갈랜드라는 이름을 쓰시리라 믿습니다."

"두 분 모두요."

공증인 말에 브라스가 비굴하게 대답했다.

"저엉말요! 너무나 똑같게 생긴 걸 보고서 그런 줄 알아야 마땅했네요. 지극히 고통스러운 상황이긴 하지만 두 신사분께 인사하는 영광을 누려서 행복합니다. 두 신사분 가운데 한 분께 키트라는 하인이 있죠?"

"두 분 모두요."

공증인이 대답하자, 브라스가 빙그레 웃었다.

"키트가 둘이요? 맙소사!"

"키트는 한 명인데 두 신사분께서 고용한 거요. 그 아이가 왜요?"

위써던 공증인이 불끈 화내며 묻자, 브라스는 목소리를 의미심장하게 낮추며 대답했다.

"바로 그 아이가, 선생님, 제가 무한하게 신뢰하던, 언제나 동등하게 대하려 애쓰던 젊은이가…… 바로 그 젊은이가 오늘 아침에 우리 사무실에서 도적질해, 거의 현장에서 체포되었습니다."

"거짓말 마시오!"

공증인이 주장했다.

"말도 안 돼요!"

아벨이 한탄했다.

"한 마디도 못 믿겠소!"

노신사가 소리쳤다.

브라스는 세 사람을 온화하게 바라보다 말했다.

"위써던 선생님, 선생님 말씀은 기소대상이니, 행여나 제가 천박하고 야비한 신분이었다면, 그래서 중상모략을 감내할 수 없다면 명예훼손으로 당장 고소했을 겁니다. 하지만 선생님, 저는 그럴 신분이 아니니 그 지적을 가볍게 무시하겠습니다. 다른 신사 두 분께서 정직하고 따듯하게 하신 말씀은 충분히 존중하는 터라 불쾌한 소식을 전하게 돼서 정말 안타깝습니다. 저 역시 이렇게 고통스러운 처지가 반갑지 않았지만, 아이가 먼저 여기부터 데려가 달라고 사정사정해서 그 기도를 들어준 겁니다. 척스터 선생, 괜찮다면 마차에 대고 유리창을 두드려서 경관을 불러주겠소?"

이 말이 나오는 순간에 신사 세 명은 멍한 표정으로 서로를 쳐다보고, 척스터는 자신의 예상이 맞아떨어진 예언가처럼 좋아하며 걸상에서 펄쩍 뛰어내려 시키는 대로 한 다음에 키트가 경관에게 비참하게 붙잡힌 상태로 들어오도록 문을 잡아주었다.

그런 분위기에서 키트는 들어오자마자 하소연하며, 그 돈이 몸에서 왜 나왔는지 모르겠지만 진실은 결국 드러날 거라고, 자신이 결백하다는 걸 하늘이 증언할 거라고 주장했다! 상황을 자세히 설명하지도 않고 말을 마구 쏟아내는 식으론 결백을 증명할 수 없다! 그래서 키트가 말하는 동안에 신사 세 명은 입을 꾹 다문 채 어이없고 놀랍기만 하다는 표정을 주고받았다!

"은행권 지폐가 모자로 우연히 들어갈 수도 있는 것 아니오, 책상에서 서류가 사라지듯?"

위써던 공증인이 침묵을 깨뜨렸다. 하지만 그럴 수 없다는 게 완벽하게 드러났다. 스위블러는 증언하고 싶은 마음이 없지만, 그걸 찾은 게 자신인지라, 일부러 은밀하게 숨긴 게 분명하다고 증언할 수밖에 없었다. 그러자 브라스가 이어받았다.

"비참한 일, 엄청나게 비참한 일이에요. 아이가 재판정에 서면 저 역시 아이가 원래는 착했으니 자비를 베풀라고 기꺼이 청원하겠습니다. 물론 예전에도 돈을 여러 번 잊어버린 건 맞지만, 저 아이가 가져갔다고 말하진 않겠습니다. 추정은 할 수 있지만, 우리는 예수를 믿는 사람들이니까요. 그죠?"

경관이 주변을 둘러보며 끼어들었다.

"이 아이가 최근에 돈을 넉넉하게 썼다고 증언할 신사가 없을까요? 혹시 모르십니까, 선생님?"

갈랜드 노신사가 경관에게 질문받고 대답했다.

"때때로 그러긴 했지요. 하지만 브라스 변호사가 주었다더군요."

키트가 열심히 말했다.

"네, 맞아요. 변호사님이 잘 아시잖아요, 그죠, 변호사님?"

"뭐?"

브라스가 깜짝 놀라며 어이없다는 표정으로 사람들을 쳐다보았다.

"변호사님이 저한테 주신 반 크라운 금화요, 하숙인이 주셨다면서."

키트가 말하자, 브라스는 이맛살을 잔뜩 찌푸리고 머리를 절레절레 저으며 한탄했다.

"맙소사! 암담하군, 암담해."

"뭐라고요? 다른 사람을 대신해서 돈을 준 게 아니란 말이오, 선생?"

갈랜드 노신사가 걱정스러운 표정으로 묻자, 브라스가 대답했다.

"제가 저 아이한테 돈을 주다니요, 선생님! 아, 정말이지 너무나 뻔뻔하군요. 경관, 이제 가는 게 좋겠소."

"뭐예요! 저분이 안 그랬다는 거예요? 누구든 저분한테 물어보세요, 제발. 그랬는지 안 그랬는지 대답하라고 하세요!"

키트가 소리치자, 공증인이 물었다.

"그랬소, 선생?"

그러자 브라스가 엄숙한 어투로 대답했다.

"분명히 말씀드리건대, 신사 여러분, 저런 자세는 재판에 도움이 안 되니 행여나 저 아이한테 관심이 있다면 다른 방법을 쓰라고 충고하는 게 좋을 겁니다. 제가 그랬느냐고요, 선생님? 당연히 아닙니다."

청천벽력같은 소리에 키트가 울부짖었다.

"신사 여러분, 주인님, 아벨 나리, 위써던 공증인님, 모든 분께 확실히 말씀드리는데, 저분이 돈을 주었습니다! 제가 저분한테 무슨 잘못을 했는지 모르겠지만 이건 저를 얽어매려는 음모입니다. 음모가 확실합니다, 신사 여러분. 이래서 어떤 이득이 있는지 모르겠지만, 저는 제 모자에 지폐를 넣은 게 바로 저분이라고 죽을 힘을 다해서 주장하겠습니다! 저분을 보십시오, 신사 여러분! 얼굴색이 변하는 걸 보세요. 죄를 지은 사람이 누구 같습니까…… 저분입니까, 접니까?"

브라스가 빙그레 웃었다.

"저 말을 들었지요, 신사 여러분? 그래, 이 사건이 음모처럼 보이십니까, 아닙니까? 여러분 보시기에 도저히 못 믿을 사건입니까, 단순하고 평범한 범죄입니까? 저 아이가 여러분 앞에서 저렇게 말하지 않고 제가 대신 설명했다면, 신사 여러분, 말도 안 되는 사건이라고 생각하셨겠지요?"

브라스는 자신을 비방하는 말에 느긋하게 조롱하는 어투로 대항하지만, 정숙한 샐리는 가문의 명예를 지켜야 한다고 생각했는지, 오빠 옆에 가만히 있다 아무런 전조도 없이 갑자기 분노를 터트리며 죄수에게 무섭게 달려들었다. 키트 얼굴을 공격하려는 게 분명했지만 용의주도한 경관이 사전에 알아채고 결정적인 순간에 키트를 옆으로 당겨, 샐리가 분노하던 대상 바로 옆에 우연히 있던 척스터가 그대로 당할 수밖에 없으니, 사랑과 행운처럼 분노도 눈이 먼 건 똑같아, 단숨에 붙잡혀서 목깃이 뽑혀나가고 머리칼이 마구 헝클어지는데, 주변에서 애쓴 덕분에 비로소 샐리는 상대를 착각했다는 걸 깨달았다.

경관은 필사적인 공격을 위험하게 받아들여서 죄수를 비롯해 모든 사람을 치안판사 앞으로 데려가는 게 법정신에 합당하다 여기니, 새로운 난투극 없이 죄수를 잡아 전세 마차로 데려가서 샐리를 바깥에 앉도록 고집하고, 매혹적인 여인은 잔뜩 화내며 반발하다 양보해, 브라스가 앉던 마부석 옆자리에 앉고, 브라스는 안에 앉는 걸 마지못해 받아들였다. 자리 배치를 끝내자 마차는 치안판사실을 향해 전속력으로 달리고, 공증인과 두 신사는 다른 마차로 좇아가고, 척스터는 홀로 남아서 엄청나게 분노했다. 키트가 은화 1실링을 받고서 또다시 받으려고 찾아온 사례를 알려서 극히 위선적이고 음흉한 인물이란 사실을 구체적으로 증언해야 한다고, 안 그러는 건 중범죄를 저지르는 것과 다를 바 없다고 여겼기 때문이다.

치안판사실에서 사람들은 독신 남성을 만났는데, 그는 그곳으로 곧장 달려와서 초조하게 기다리던 참이었다. 하지만 독신 남성 50명이 오더라도 특별히 도울 건 없으니 불쌍한 키트는 30분 뒤에 판결받아 감옥으로 끌려가고, 친절한 교도관은 낙담할 필요 없다고, 개정 기간[26)]이 얼마 안 남았으니 가벼운 범죄로 판결받고 풀려날 가능성이 크다며, 앞으로 보름이면 풀려날 거라며 달래주었다.

61장

사람들이 철학이나 윤리를 빗대며 끝없이 훈계한다 해서 그날 밤에 결백한 키트가 느꼈을 고통을 절반이라도 느낀 죄인이 과연 있을까 의심스럽다. 세상엔 부당한 일이 수없이 일어나니 사악한 음모에 넘어가더

26) 당시 영국은 일 년 내내 상시로 재판하는 게 아니라 1월, 4월, 5월, 11월에 정식 재판을 열었다. 기간은 약 서너 주였다.

라도 양심만 똑바르면 재판도 충분히 견딜 수 있고, 결국에는 어떻게든 좋아질 거라는 논리로 위로하려는 경향이 있다. 그러면 음모를 꾸민 사람은 "그렇게 된다면 – 절대로 그럴 수 없다고 생각하면서도 – 누구보다 기쁠 거"라고 말한다. 하지만 부당한 행위는 그 자체로 합리적이고 관대한 마음에 더없이 힘겹고, 더없이 고통스럽고, 더없이 견딜 수 없는 상처라는 걸, 그것 때문에 맑은 영혼이 수없이 사라지고, 건강한 마음이 수없이 깨져나간다는 걸, 버림받았다는 걸 깨닫는 자체로 고통은 늘고 견딜 힘은 준다는 걸 세상은 알아야 한다.

그러나 키트 사례는 세상이 잘못한 게 아니다. 키트는 결백하다. 하지만 가까운 사람이 자신에게 죄가 있다고 여길 거라는, 주인 노부부가 배은망덕한 괴물로 여길 거라는, 바버라가 사악한 범죄자로 여길 거라는, 당나귀가 버림받았다고 여길 거라는, 기른 어머니조차 옴짝달싹 못 하게 덧씌운 음모에 넘어가서 비열한 자식으로 여길 거라는 느낌이 온몸으로 밀려들어, 처음에는 말할 수 없이 고통스럽고 슬퍼서 넋까지 잃은 채 조그만 감방 안을 끝없이 거닐었다.

속에서 들끓던 감정마저 웬만큼 가라앉고 차분한 느낌이 돌아오는 순간엔 새로운 생각이 떠오르는데, 그 고통도 만만치 않았다. 넬리 아씨가……소박한 삶에 환하게 반짝이는 별……아름다운 꿈처럼 다가오던 넬리……세상에서 가장 초라한 자신을 가장 행복하고 멋지게 만들어준 넬리……늘 다정하고 사려 깊고 친절한 넬리……넬리 아씨가 이 소식을 들으면 어떻게 생각할까! 이 생각이 떠오르는 순간, 감옥 벽이 녹아내리고 그 자리에 낡은 골동품 상점이, 겨울밤 풍경이 – 벽난로와 조그만 저녁 식탁과 주인 노인의 모자와 외투와 지팡이가 – 조그만 넬리 방으로 들어가는, 반쯤 열린 방문이 그대로 나타났다. 넬리 아씨와 자신이 늘 그런 것처럼 신나게 웃는데…… 그 순간, 키트는 더 견딜 수 없어서 초라한 침상으로 몸을 던진 채 흐느꼈다.

밤이 길었다. 끝나지 않을 것 같았다. 하지만 잠도 들고 꿈도 꾸었다. 평소처럼 자유롭게 돌아다니며 이 사람도 만나고 저 사람도 만나는데, 감옥으로 끌려간다는 공포가 늘 막연하게 깃들었다. 진짜 감옥이 아니라 애매한 생각 속에 틀어박힌 감옥 – 구체적인 공간이 아니라 애매한 걱정과 슬픔이었다. 가슴속에 깃들어 끊임없이 억누르는데도 그게 무언지 도저히 알 수 없었다. 마침내 동녘이 터오고 감옥도 나타났다……춥고 깜깜하고 음산하게, 그리고 또렷하게.

혼자였다. 하지만 오히려 편안했다. 판석이 깔린 조그만 마당에서 특정 시간 동안 걸어 다닐 자유도 누리고, 감방문을 열고서 세수할 곳을 보여준 교도관에게는 면회시간이 매일 있다는, 누가 면회하러 오면 교도관이 격자창 앞으로 데려간다는 얘기도 들었다. 교도관은 이런 것을 알려주고 아침 식사가 담긴 양철 사발을 건네더니 문을 다시 잠그고, 돌바닥 복도를 덜거덕덜거덕 나아가며 문을 여닫고 또 여닫아, 수많은 메아리가 커다랗게 일어나며 오랫동안 맴도는 게, 메아리조차 감옥에 갇혀서 못 빠져나가는 것 같았다.

키트에게 감옥에 갇힌 걸 잠시 하숙하는 정도로 여기라고, 완전히 망가져서 교정할 수 없는 상태도 아니고, 예전에 커다란 저택에 틀어박힌 전력도 없으니, 다른 대다수 죄수처럼 심한 처벌을 받진 않을 거라고 말한 것도 바로 이 교도관이었다. 키트는 너무나 고마워, 가만히 앉아서 (어릴 적부터 외우고 또 외우다 가슴에 담아둔) 성공회 교리문답을 열심히 읽는데, 자물쇠를 따는 소리와 문을 여는 소리가 다시 들렸다.

"자, 가자!"

교도관 말에 키트가 물었다.

"어디로요, 선생님?"

교도관은 짧게 "면회"라 대답하고, 하루 전에 경관이 그런 것처럼 팔을 움켜잡은 채 굽이치는 길과 튼튼한 문을 여럿 지나서 복도로 들어서곤 격자창 앞에 놓고 돌아섰다. 격자창 너머에, 약 1m 50cm 거리에, 똑같은 격자창이 또 있었다. 그 사이에 교도관 한 명이 앉아서 신문을 읽고, 그 너머 쇠창살에서 어머니는 아기를 품에 안고, 바버라 어머니는 변함없이 우산을 들고, 불쌍한 꼬마 제이콥은 열심히 들여다보는 게 새나 맹수를 찾을 뿐 쇠창살 안에 사람이 있으리란 생각은 못 하는 것 같았다.

하지만 어린 제이콥은 형을 보고 쇠창살로 두 팔을 찔러서 형을 안으려 하다 더 가까이 다가갈 수 없다는 걸 깨닫고, 까마득한 거리에 물끄러미 서서 쇠창살을 움켜쥔 팔에 머리를 기댄 채 비참하게 흐느끼기 시작했다. 그러자 키트 어머니와 바버라 어머니도 최선을 다해서 꾹 참던 눈물을 터트리며 구슬프게 흐느꼈다. 불쌍한 키트도 함께 울 수밖에 없으니, 누구도 말 한마디 할 수 없었다. 이렇게 우는 동안에 교도관은 (재미난 구절이 나오는지) 우스꽝스러운 표정으로 신문을 보다, 유난히 심오한 웃음거리를 가만히 되새기려는 듯, 잠시 눈을 떼어낸 다음에 비로소 누가 우는 소리를 처음 듣고 깜짝 놀라서 둘러보며 말했다.

"아주머니들, 아주머니들. 그런 식으로 시간을 낭비하지 않는 게 좋습니다. 면회시간이 적으니까요. 저 아이도 안 울게 하세요. 규칙 위반입니다."

그러자 누블스 부인이 무릎을 구부려서 겸손하게 인사하며 흐느꼈다.

"저는 가련한 어미고 이 아이는 동생이랍니다, 선생님. 아, 하느님, 아, 하느님!"

교도관은 다음 칼럼 첫 부분이 편하게 보이도록 신문을 접어서 무릎에 올려놓으며 대답했다.

"아아! 그래도 어쩔 수 없습니다. 여기에 저 아이 혼자 있는 건 아니니까요. 시끄럽게 하면 안 됩니다!"

그리곤 신문을 다시 읽었다. 특별히 잔인하거나 매정한 성격이라서 그런 건 아니었다. 죄수를 일종의 성홍열이나 괴저병 같은 병으로, 일부는 걸리고 일부는 안 걸리는 병으로 바라볼 뿐이었다.

바바라 어머니가 아기를 대신 안아주는 자비를 베푼 다음에 키트 어머니가 말했다.

"아! 사랑하는 키트, 우리 불쌍한 아들이 갇힌 모습을 봐야 한다니!"

"사람들이 비난하는 말을 믿는 건 아니겠지요, 사랑하는 어머니?"

키트가 목멘 소리로 묻자, 가련한 여인이 소리쳤다.

"그 말을 믿어! 갓난아기 때부터 거짓말도 나쁜 짓도 안 한 걸 잘 아는 내가 - 부족한 음식을 신나고 맛나게 먹는 모습을 볼 때 말고는 너 때문에 단 한 번도 슬퍼하지 않은 내가 - 어릴 때부터 생각이 깊고 다정해서 도대체 언제부터 그랬는지조차 잊어버린 내가! 이 어미는 세상에 처음 태어나서 지금껏 어미를 기쁘게 한 아들만, 밤에 화난 채 잠자리에 들도록 한 적이 한 번도 없는 아들만 믿는단다! 나는 우리 아들 키트만 믿어!"

키트는 너무나 감동해서 철창이 흔들릴 정도로 간절하게 움켜잡았다.

"아아, 하느님 감사합니다! 그럼 이제 저도 견딜 수 있어요, 어머니! 무슨 일을 겪더라도 어머니가 하신 말씀을 떠올리면 행복한 마음이 깃들 거예요."

이 말에 가련한 여인은 다시 울고 바바라 어머니도 울었다. 그러자 어린 제이콥도 애매한 머릿속이 하나로 모이다, 형이 마음대로 나올 수 없다는 걸, 철창 안에는 새도, 사자도, 호랑이도, 어떤 신기한 동물도 없다는 걸, 갇힌 형만 있다는 걸 확실하게 깨닫고 가느다랗게 흘러나오는 울음소리를 더했다.

키트 어머니는 눈물을 닦으며 (하지만 가련하게도 눈물을 더 많이 흘리며) 바닥에서 조그만 바구니를 들더니, 교도관에게 굽실대며, 괜찮다면 자기 얘기를 조금만 들어주겠느냐고 간청했다. 재밌는 이야기가 절정으로 치닫던 터라 교도관은 손을 들어서 조금만 조용히 하라는, 정말 중요하다는 신호를 보냈다. 그리곤 손을 원래대로 내리지도 않더니 '편집자가 우스꽝스럽다…… 정말 웃기는 똥개다'고 말하듯 얼굴에 미소를 머금다 무슨 일이냐 묻고, 착한 여인은 대답했다.

"저 아이가 먹을 걸 조금 가져왔습니다. 괜찮다면, 나리, 저 애가 먹어도 될까요?"

"좋소…… 먹어도 됩니다. 안 된다는 규칙은 없으니까. 떠날 때 건네면 내가 전달하겠소."

"아니요, 그게 아니라, 나리…… 화내지 마십시오, 나리…… 저는 저 아이 어미며, 나리도 예전에 어머니가 계셨을 테니…… 저 아이가 조금이나마 먹는 모습이라도 본다면 아이가 잘 있다고 여기는 마음으로 떠날 것 같습니다."

키트 어머니는 말하다 눈물을 다시 터트리고, 바버라 어머니와 어린 제이콥도 다시 터트렸다. 하지만 갓난아기는 자신을 재밌게 하려고 그러는 거라 여긴 듯 까르륵대며 신나게 웃었다.

교도관은 괴팍한 부탁이라 여기듯 쳐다만 보다, 신문을 내려놓고 키트 어머니가 있는 곳으로 오더니 바구니를 받아들고 내용물을 살펴본 뒤 키트에게 건네고 원래 자리로 돌아갔다. 옥에 갇히면 식욕이 없을 거라 여기기 십상이나, 키트는 바닥에 앉아서 최대한 열심히 먹고, 어머니는 아들이 한 입 먹을 때마다 흐느끼긴 해도 많이 가라앉는 걸 보면 그 모습을 보고서 근심을 덜어낸 게 분명했다.

키트는 열심히 먹으면서도 자신을 고용한 주인집 소식을, 그분들이 어떻게 생각하는지를 초조하게 물으나, 아벨이 전날 늦은 시각에 직접 찾아와서 소식을 전하는 친절과 자비를 베풀었다는, 하지만 무죄지 유죄지 여부에 대한 의견은 없었다는 답만 들었다. 이번에는 용기를 긁어모아서 바버라 어머니에게 바버라 생각을 물으려는 판에, 자신을 데려온 교도관이 나타나고, 두 번째 교도관은 면회객 뒤에 나타나고, 신문을 읽던 세 번째 교도관은 "시간 끝!"이라 소리치더니 곧바로 "다음 차례!"라고 덧붙인 다음, 신문에 다시 빠져들었다. 키트는 그 즉시 끌려가, 어머니는 은총을 빌고 어린 제이콥이 울부짖는 소리는 귀청을 울렸다. 똑같은 교도관에게 붙잡힌 채 바구니를 들고 두 번째 마당을 가로지를 때, 또 다른 교도관이 멈추라고 소리치곤 맥주 0.5ℓ 주전자를 들고 곧장 다가오며 물었다.

"이 자가 간밤에 절도죄로 들어온 키트인가?"

동료 교도관이 그 병아리가 맞다고 대답하자, 교도관이 키트에게 말했다.

"자, 너한테 온 맥주다. 무얼 쳐다보나? 한 모금도 안 마셨어."

"죄송합니다만, 누가 보냈는지요?"

"당연히 아는 사람이겠지. 앞으로 매일 보내겠다더군. 그러니 매일 받을 거야, 그자가 돈을 낸다면."

"아는 사람이요!"

"짐작을 못 하는 것 같군. 쪽지도 있어. 자, 받아!"

키트는 주전자를 받고, 감방에 다시 갇힌 뒤에 쪽지를 읽었다.

'잔을 들어라, 한 방울 한 방울마다 죽을병을 막아주는 기운이 있으니. 헬렌[27]을 위해 진심으로 건배하라![28] 그 잔은 허구나, 이 잔은 (바클

레이 맥주회사에서 만든) 진짜로다. 맥주에서 김이 쭉 빠졌다면 교도소장에게 항의하길. 당신의 벗, R. S.'

키트는 한동안 곰곰이 생각하다 소리쳤다.

"R. S.! 리처드 스위블러 나리가 분명해. 아아, 친절하신 분, 더없이 고마우신 분이야."

62장

브라스 변호사는 밤안개 사이로 퀼프 선창 돈놀이 사무실 창문에서 희미하게 반짝이는 빨간 불빛이 빨갛게 충혈된 눈동자처럼 보인다고 여기며 목조건물로 조심스럽게 다가갔다. 훌륭한 건물주며 존경스러운 고객이 안에서 특유의 인내심과 자비심을 발휘하며 임무 완료 보고를 기다릴 터였다. 브라스는 나뒹구는 목재에 걸려서 스무 번째 쓰러지고 아파서 쩔뚝거리며 투덜댔다.

"한 발짝 떼기도 무서워, 깜깜한 밤에는. 꼬마 일꾼이 바닥 여기저기에 매일같이 깔아놓는 거야, 사람이 다쳐서 불구가 되도록. 하지만 꼬마 일꾼 주인이 자기 손으로 이럴 수도 있어. 가능성도 훨씬 크고. 샐리 없이 여기에 혼자 오는 건 끔찍해. 정말이지 샐리는 사내 열 명보다 든든하거든."

브라스는 곁에 없는 미인을 칭찬하다 걸음을 멈추고 고개를 쭉 뺀 채 수상쩍은 눈초리로 불빛을 바라보았다. 그러다 까치발로 일어나서

---

27) 그리스신화에 나오는 '헬렌'. 스파르타 왕의 절세 미녀 아내로, 트로이 왕자 파리스가 납치해, 트로이 전쟁이 일어난다.
28) 토머스 모어가 쓴 '이 잔을 마셔라'의 일부. 아일랜드 민요.

안을 살피려는데, 그 거리에선 아무것도 안 보였다.

"이 자가 무얼 하는지 궁금하군. 술을 퍼마시고 성질을 돋우면서 사악한 장난기를 부글부글 끓어오르도록 달구겠지. 제일 중요한 고객이긴 해도 여기에 혼자 오는 건 늘 무서워. 이 자라면 나를 목 졸라 죽여서 물살이 제일 빠를 때 강물에 살그머니 던지는 걸 생쥐 한 마리 죽이는 정도로 가볍게 여길 거야. 그러고 나서 재미난 장난 한번 쳤다고 여기지 않으리란 보장이 없어. 아니! 노래를 부르잖아!"

퀼프가 발성 연습에 열중하는 건 맞지만, 노래보다는 구호에 가까웠다. 한 문장을 단조로운 목소리로 빠르게 읊조리고, 마지막 말에 힘을 주며 질질 끌다, 폭소를 무섭게 터트렸다. 게다가 노래 소재로 흔히 등장하는 사랑이나 전쟁이나 포도주나 우정 같은 단어는 없고 음악에서도 유행가에서도 안 다루는 단어만 가득했다. 이런 식이었다.

"훌륭한 치안판사는 죄수가 자기주장을 배심원에게 설득하는 게 어려울 거라 말한 다음, 다가오는 회기에 재판하겠다 결정하고, 당장 구속해서 나중에 법정 출두토록 하라고 지-시-했-다."

말이 끝날 때마다 최대한 강조하며 뱉어내다, 날카로운 폭소를 터트리고 다시 시작했다. 그래서 브라스는 두세 차례 되풀이하는 구호를 듣고서 중얼거렸다.

"경솔하군. 끔찍하게 경솔해. 저자가 벙어리라면 좋겠어. 저자 귀가 안 들리면 좋겠어. 저자 눈이 안 보이면 좋겠어. 저자 목이 매달리면 좋겠어."

구호는 다시 일어나고, 브라스는 다시 중얼거렸다.

"저자가 죽으면 좋겠어!"

고객이 그렇게 되기를 다정하게 열망한 다음, 얼굴에 평소처럼 부드러운 표정을 담은 채 기다리다가 폭소가 날카롭게 일다 가라앉는 순간에 목조건물로 다가가서 문을 두드렸다.

"들어와!"

난쟁이가 소리치고, 브라스는 안을 훔쳐보며 인사했다.

"오늘 밤도 편안하세요, 나리? 하하하! 잘 지내셨지요, 나리? 정말 독특하세요! 정말이지 놀라울 정도로 독특하세요!"

"들어와, 멍청아! 입 벌린 채 머리만 흔들지 말고. 들어와, 엉터리 목격자 놈아, 위증하는 놈아, 증거를 조작한 놈아, 들어오라고!"

퀼프가 소리치자, 브라스는 문을 닫으며 감탄했다.

"저분은 유머가 대단해! 놀라운 재치가 넘쳐흘러! 하지만 분별이 없는 거 아닌가요, 나리……?"

"뭐가? 뭐가, 가룟 유다?"

"가룟 유다! 저분은 활력이 대단해! 유머는 더없이 재밌고! 가룟 유다! 아, 네…… 재밌네요! 하하하!"

이러는 내내 브라스는 낡은 배 앞머리에서 떼어내 벽난로 모서리에 세워놓은, 난쟁이가 숭배하는 끔찍한 신상이나 괴물처럼 보이는, 눈은 퉁방울 같고 코는 뭉툭하고 얼굴은 거대한 조각상을 당혹스러운 표정으로 바라보며 두 손을 비볐다. 머리통이 거대한 통나무로, 삼각모 비스름한 모양으로 깎고, 왼쪽 가슴엔 별 비스름한 모양에다 양쪽 어깨엔 견장 비스름한 모양까지 새겨서 유명한 해군 제독을 나타내려 했으나, 삼각모와 별과 견장 비스름한 조각만 없다면 멋진 남자 인어나 거대한 바다 괴물 조각처럼 보일 것 같았다. 조그만 공간에 놓기에 조각상이 너무 커서 허리 아랫부분을 톱으로 잘라냈다. 그런데도 바닥에서 천장까지 꽉 찼다. 선박 앞머리 조각상이 흔히 그러듯, 정신이 바짝 든 얼굴을 정중한 분위기로 주제넘게 들이미니, 다른 모든 건 하나같이 조그맣게 줄어든 것 같았다.

"저게 뭔지 알아? 뭘 닮은 것 같아?"

난쟁이가 똑바로 쳐다보며 묻자, 브라스는 예술품 전문가가 흔히 그러듯, 머리를 뒤로 살짝 젖혀서 한쪽으로 기울이며 대답했다.

"네? 다시 보니, 제 눈에는…… 네, 웃는 모습이 뭔가 비슷하긴 한데…… 제가 장담하건대……"

사실대로 말하자면 브라스는 거대한 유령 같은 형상 비스름한 걸 한 번도 본 적이 없어, 퀼프가 자신이랑 비슷하다 여기고 초상화 대신 갖다 놓은 건지, 아니면 혐오스러운 원수와 비슷하다 여기고 갖다 놓은 건지 확신할 수 없었다. 하지만 고민은 얼마 안 가서 풀렸다. 초상화를 처음 보고서 누군지 알아맞히려는 사람이 흔히 그러듯, 브라스 역시 누군지 알겠다는 표정으로 가만히 살피는데, 난쟁이가 기사를 보면서 구호를 외치던 신문을 내던지고 부지깽이 대신 사용하는 녹슨 쇠꼬챙이를 움켜잡고 조각상이 흔들릴 정도로 콧등을 힘껏 내리치더니, 아무것도 못 느끼는 얼굴을 마구 때려서 깊이 파인 자국을 여기저기 만들며 소리쳤기 때문이다.

"키트랑 비슷하지, 얼굴도 표정도 쏙 빼닮았지? 개자식이랑 똑같이 생겼지, 그렇지 않아, 그렇지 않아, 그렇지 않아?"

난쟁이는 물을 때마다 거대한 조각상을 한 번씩, 자기 얼굴에서 김이 모락모락 피어오를 때까지 마구 때렸다.

투우도 안전한 관중석에서 구경해야 재밌고, 불난 집도 근처에 안 살아야 재밌게 구경하듯, 그 장면도 멀찌감치 안전한 자리에서 구경하면 재밌을 것 같긴 한데, 퀼프가 쇠꼬챙이를 마구 휘두르는 광경을 재밌게 구경하기에는 돈놀이 사무실이 약간 비좁은 데다, 주변에 자기네 두 사람밖에 없다는 것도 브라스는 불안했다. 따라서 난쟁이가 그러는 동안 최대한 멀리 떨어진 채 울먹이는 소리로 힘없이 칭찬하다, 퀼프가

C.GRAY.

완전히 지쳐서 의자에 앉을 때 비로소 다가가며 여느 때보다 비굴하게 아첨했다.

"훌륭하십니다! 헤헤헤! 대단하십니다, 나리."

그러더니 잔뜩 맞은 괴물에게 호소하듯 돌아보며 말했다.

"저분은 대단한 분이셔…… 진짜로!"

"자리에 앉아. 저 개자식을 어제 샀어. 송곳을 온몸에 박고 포크를 눈알에 하나씩 찔러넣고 내 이름까지 새겨넣었어. 마지막에 불태울 작정이야."

"하하하! 재밌겠습니다, 진짜로!"

브라스가 아부하자, 퀼프는 가까이 오라고 손짓하며 말했다.

"이리 와. 뭐가 분별이 없다는 거지, 응?"

"아닙니다, 나리, 아닙니다. 입에 담을 가치도 없습니다, 나리. 하지만 노래가…… 놀라울 정도로 재밌긴 한데…… 살짝……"

"그래, 살짝 뭐?"

"멀찌감치 벗어난 사람이 보기에 경계선에 살짝 걸친 모습이 경솔하게 보일 수도……"

브라스가 대답하며 겁에 질린 눈으로 살피고, 난쟁이는 불길을 교활하게 바라보는 눈에 빨간 불빛을 그대로 담아냈다.

"왜?"

퀼프는 고개조차 안 돌리며 묻고, 브라스는 용기 내서 조금 가까운 척하며 대답했다.

"나리도 알잖아요. 사실대로 말하자면, 나리, 친구 사이에서 살짝 협력한 걸 암시하는 거야 지극히 바람직하지만, 법에서는 그걸 공모로 보는지라……무슨 말인지 아시겠습니까, 나리?……친구 사이조차 비밀로 하는 게 제일 좋다는 겁니다."

"맙소사! 대체 무슨 말인가?"

퀼프가 하나도 모르겠다는 표정으로 쳐다보자, 브라스가 고개를 끄덕이며 대답했다.

"조심하는 게, 극도로 조심하는 게 제일 좋다! 여기서도 입을 꾹 다물자…… 이런 말입니다, 나리."

"뻔뻔한 허수아비가 되자는 말이군…… 무슨 뜻으로 하는 말인가? 협력했다는 말을 나한테 왜 하는 건가? 내가 협력했나? 아니면 자네가 협력한 일을 내가 조금이라도 아나?"

"아닙니다, 나리, 아닙니다…… 당연히 아닙니다. 조금도 아닙니다."

브라스가 대답하자, 난쟁이는 부지깽이를 찾는 표정으로 둘러보며 협박했다.

"행여나 나한테 눈이라도 찡긋하고 고개라도 끄덕이다간 원숭이 같은 얼굴을 짓뭉개버리고 말겠어, 무슨 수를 써서라도."

브라스는 자세를 재빨리 가다듬으며 대답했다.

"굳이 신경 쓰실 필요는 없습니다, 나리. 나리 말씀이 백번 맞습니다, 나리, 완벽하게 맞습니다. 제가 애초에 말을 꺼내는 게 아니었습니다, 나리. 그게 좋았습니다. 나리 말씀이 백번 옳습니다. 화제를 바꿉시다, 나리만 괜찮다면. 샐리 말이 나리께서 우리 하숙인 근황을 물었다더군요. 하숙인은 아직 안 돌아왔습니다, 나리."

"아직도? 왜 안 돌아오지?"

퀼프가 물었다. 그리고 조그만 냄비에 럼주를 붓고서 불에 올려놓고 안 넘치도록 지켜보았다.

"하숙인이 안 돌아오는 이유는, 나리…… 맙소사, 나리……"

난쟁이가 냄비를 잡고 입으로 가져가다 멈추며 물었다.

"왜 그러나?"

"물 넣는 걸 잊으셨습니다, 나리. 게다가…… 실례지만, 나리…… 너무 뜨겁습니다."

브라스 말에 퀼프는 뜨거운 냄비를 입술에 대서 럼주를 천천히 쭉 들이켜는 거로 대답을 대신했다. 적은 양이 아닌 데다, 퀼프가 불길에서 들어낼 때만 해도 쉿 쉿 대며 부글부글 끓어오르던 럼주였다. 난쟁이는 그걸 단숨에 들이켜더니 제독에게 주먹을 흔들다 브라스에게 계속 말하도록 지시했다. 그리곤 낯익은 미소를 머금으며 권했다.

"하지만 먼저 한 모금 쭉 들이켜게, 달콤하고 따듯하고 화끈하게."

"맙소사, 나리, 저는 물처럼 어렵지 않게 마실 거나……"

브라스 말에 난쟁이가 소리쳤다.

"그런 건 없어. 변호사가 물이라니! 변호사라면 납을 녹인 물과 유황, 맛나고 뜨겁게 끓어오르는 콜타르 찌기, 타르 같은 걸 마셔야지…… 안 그런가, 브라스, 엉?"

"하하하! 너무 통렬해서 따끔한 느낌마저 드네요! 재미도 있고요, 나리!"

난쟁이는 어느새 럼주를 새로 부어 펄펄 끓여서 재촉했다.

"마셔. 단숨에 들이켜, 한 방울도 남기지 말고. 목젖이 타는 느낌을 마음껏 즐겨!"

결국 브라스는 비참한 마음으로 뜨거운 럼주를 조금씩 몇 차례 들이켜자, 럼주가 불타는 눈물로 곧바로 나오더니 양 볼을 타고 또르르 내려오다 냄비로 떨어지며 얼굴과 눈꺼풀을 새빨갛게 물들이고 기침은 정신없이 터져 나오는 가운데도 "정말 훌륭하지!"라는 말이 귓속을 끊임없이 파고들었다.

"하숙인이 어쨌다고?"

난쟁이는 다시 묻고, 브라스는 말할 수 없는 고통에 시달리며 기침하는 사이사이로 대답했다.

"아직도 갈랜드 집에 머무는 중입니다. 범인을 잡은 날 이후로 하숙방에 딱 한 번 나타난 게 전붑니다, 나리. 그런 일까지 겪고 나니 그 집에 도저히 못 있겠다고, 비참한 느낌이라고, 그렇게 된 책임이 자신한테도 있다고 스위블러한테 말했답니다. 훌륭한 하숙인이에요, 나리. 저로선 그 사람을 잃지 않기를 바랄 뿐입니다."

"어이! 네놈은 네놈만 생각하지…… 그러니까 비용을 줄이라고…… 박박 긁어서 쌓아놓고 아껴 쓰라고, 엉?"

"맙소사, 나리, 맹세하건대 저는 샐리야말로 절약 정신이 누구보다 뛰어나다고 생각합니다. 정말입니다, 퀼프 나리."

"한 잔 들어, 다른 눈도 적셔야지, 마셔, 친구! 나 때문에 직원을 썼잖아."

"장담하건대 언제든 환영합니다, 나리. 네, 나리, 정말입니다."

"그렇다면 이제 해고해. 그럼 단번에 절약할 수 있잖아."

"스위블러를 해고하라고요, 나리?"

"앵무새처럼 묻는 걸 보면 직원이 또 있나 보지?"

"맹세하는데, 나리, 저는 아직 마음의 준비가 안 돼……"

브라스가 말하자, 난쟁이가 비꼬았다.

"당연한 거 아니야? 나도 마음의 준비가 안 됐는데? 내가 그놈을 자네한테 데려간 건 그놈이 무슨 짓을 하는지 감시하려는 거라고, 내가 아주 재밌고 은밀한 음모를, 계획을 꾸미는데, 무엇보다 중요한 건 (땅속으로 꺼진 것 같은) 노인과 손녀딸이 실제론 얼어 죽은 생쥐만큼이나 가난해도 그놈과 그놈의 소중한 친구는 엄청난 부자로 여기게 하는 거라고 내가 몇 번이나 말했나?"

"저도 충분히 이해합니다, 나리. 철저하게."

"그렇다면 선생, 자네 하숙인처럼 온 나라를 싸돌아다니며 찾으려는 사람이 있는 한, 두 사람은 가난한 게 절대 아니란 사실도, 도저히 가난할 수 없다는 사실도 이해하겠나?"

"물론입니다, 나리."

브라스가 대답하자, 난쟁이가 심술궂게 받아치며 반박했다.

"물론이다. 그렇다면 이제 스위블러가 어떻게 되든 상관없다는 사실도 당연히 이해하겠나? 자네 말을 들을 놈도, 내 말을 들을 놈도 아니란 사실을 당연히 이해하겠느냐고?"

"저는 샐리한테 그놈은 쓸데가 없는 놈이라고 툭하면 말했답니다, 나리. 그놈을 믿으면 안 된다고요, 나리. 제가 사소한 일을 맡기면서 조심하라는 말을 굳이 하는데도 그놈은 여기저기서 나불댄다는 사실을 충분히 확인했습니다. 그놈 때문에 상상할 수 없을 정도로 짜증이 나니까요, 정말로요. 저는 나리를 존경하면서 순종하는데……"

적당한 순간에 가로막지 않으면 브라스가 아부를 마냥 늘어놓을 게 뻔하자, 퀼프는 조그만 냄비로 그 정수리를 우아하게 내려치곤, 입 좀 다물면 고맙겠다고 말하자, 브라스는 정수리를 문지르다 웃으며 대답했다.

"실용적이네요, 나리, 실용적. 그래도 기분은 엄청 좋아요…… 끝없이!"

"내 말 좀 들어. 아니면 기분을 더 좋게 만들어 줄 테니까. 그놈 동료며 친구가 돌아올 가능성은 없어. 내가 들은 바에 따르면 사기 치다 걸려서 외국으로 도망쳤거든. 만리타향에서 썩어 문드러지려고."

난쟁이 말에 브라스는 대화 상대라도 되는 듯 해군 제독을 다시 힐끗 쳐다보며 소리쳤다.

"물론입니다, 나리, 매우 적절합니다…… 빼도 박도 못하겠네요! 빼도

박도 못하겠어요!"

그러자 퀼프가 이를 부드득 갈며 말했다.

"나는 그놈이 싫어. 처음부터 싫었어, 집사람 문제로. 다루기도 힘들고. 아니면 제대로 써먹을 텐데. 그놈은 새가슴에다 경솔해. 그런 놈은 필요 없어. 교수형 당하든 물에 빠져 죽든 굶어 죽든 지옥에나 가라지."

"훌륭하십니다, 나리. 그렇다면, 나리 - 하하하! - 그놈을 언제 내보내는 게 좋을까요?"

"재판이 끝날 때. 재판이 끝나는 즉시."

"네, 그러겠습니다, 나리. 샐리가 서운하겠지만 감정을 잘 누른답니다. 아, 나리, 저는 하느님이 나리랑 샐리를 조금 일찍 만나서 함께 살도록 했으면 얼마나 좋았을까 자주 생각한답니다! 저희 아버지를 본 적이 없지요, 나리? 매력이 대단한 신사분이었답니다. 우리 아버지한테 샐리는 자랑이자 기쁨이었지요. 샐리한테 나리 같은 동반자를 찾아주셨다면 행복한 마음으로 눈을 감으셨을 거예요. 나리도 샐리를 높이 평가하죠?"

"나는 샐리를 사랑해."

난쟁이가 음침하게 말하자, 브라스가 대답했다.

"훌륭하십니다, 나리. 정말입니다. 수첩에 적을 지시사항이 또 있나요, 나리, 스위블러 문제 말고?"

브라스가 묻는 말에 난쟁이는 냄비를 잡으며 대답했다.

"없어. 사랑스러운 샐리를 위해 건배하자고."

난쟁이가 말하자, 브라스가 겸손하게 제안했다.

"펄펄 끓지 않는 술로 건배하는 게 좋겠습니다. 샐리도 바람직하게 받아들일 테고요, 나리가 건배하는 영광을 내가 전달할 때, 조금 전보다 차가운 술이라면, 나리."

하지만 점잖은 항의를 퀼프는 들은 척도 않고, 지금까지 정신이 멀쩡

하던 브라스는 펄펄 끓는 술을 들이켤 수밖에 없으니 기운을 되찾기는커녕 '돈놀이 사무실'은 정신없이 빙글빙글 돌아가고 바닥은 벌떡 일어서고 천장은 물컹 내려오는 놀라운 현상만 가득했다. 브라스는 순간적으로 정신을 잃다, 몸뚱이 일부는 탁자 밑에 일부는 쇠창살 밑에 있는 걸 알아챘다. 이런 자세는 인간이 스스로 편하게 선택한 자세일 수 없는 터라, 브라스는 비틀거리면서도 억지로 일어나서 해군 제독을 붙잡고 건물주인을 찾으려고 이리저리 둘러보았다.

제일 먼저 받은 인상은 건물주인이 혼자 떠나고 자기만 남겨두었다는 거…… 자기만 밤새도록 가두어놓았다는 거다. 하지만 강하게 이는 담배 냄새가 새로운 생각을 일으켜서 위를 쳐다보니, 해먹에서 담배를 태우는 난쟁이가 보였다. 그래서 가느다랗게 소리쳤다.

"안녕히 계세요, 나리. 안녕히 계세요, 나리."

"밤새도록 머물지 않겠나? 그냥 여기에 머물라고!"

난쟁이가 내려다보며 말하자, 브라스는 실내가 갑갑한 데다 구역질나서 죽을 것 같은 기분으로 대답했다.

"그럴 순 없습니다, 나리. 불빛을 비추는 친절을 베푸신다면, 제가 마당을 지나가도록 도와주신다면, 나리……"

퀼프는 해먹을 곧바로 빠져나왔다. 두 다리부터도 아니고, 머리부터도 아니고, 두 팔부터도 아니고, 온몸이 동시에 빠져나왔다. 그리곤 등불을 들며 말했다. 하나밖에 없는 불빛이었다.

"당연하지. 조심해서 가게, 친구. 나무가 있는 곳은 발을 신중하게 내딛도록, 녹슨 못이 박혔거든. 개새끼도 있어. 어젯밤엔 사내를 물고 그제 밤엔 여자를 물고 지난 화요일엔 사내아이를 물어 죽였어…… 장난삼아서. 너무 가까이 가지 말게."

"그쪽이 어느 쪽인가요, 나리?"

브라스가 잔뜩 겁내며 묻자, 퀼프가 대답했다.

"오른쪽인데 왼쪽에 숨어서 달려들 때도 있으니 누구도 예측할 수 없어. 안 다치도록 조심하게. 안 그러면 내가 절대로 용서하지 않을 테니. 자, 불빛을 비추니까…… 괜찮아…… 자네는 길을 알잖아…… 곧장 가게!"

퀼프는 등불을 가슴에 대서 불빛을 교묘하게 가리더니, 변호사가 마당에서 비틀대다 이따금 쓰러지는 소리가 쿵쿵! 들릴 때마다 머리끝에서 발끝까지 흔들며 열심히 웃어댔다. 하지만 결국에는 소리가 안 들리는 거리로 완전히 벗어나고, 난쟁이는 안으로 들어가서 해먹 안으로 펄쩍 뛰어올랐다.

63장

애초에 교도관은 중앙형사재판소에서 다루는 사건에 비하면 지극히 사소한 범죄니 금방 재판할 가능성이 크다며 키트를 위로했는데, 그 예측은 꽤 정확하다는 게 밝혀졌다. 8일 뒤에 정식 재판 기간이 시작된 것이다. 하루가 지나자 대배심은 키트가 절도죄를 저질렀다는 공소장을 발견하고, 이틀 뒤에는 전술한 키트가 샘슨 브라스 신사 사무실에서 잉글랜드 은행 총재가 발행한 5파운드 은행권 한 장을 의도적으로 훔쳤다는, 그래서 국왕 폐하의 존엄한 왕권과 동시에 그걸 보장하는 법령까지 침해했다는 고발에 대해 피고가 유죄인지 무죄인지 변론하는 자리를 만들었다.

고발 사항에 대해 키트는 떨리는 목소리로 나지막하게 무죄라고 주장했다. 내가 겉모습만 보고 성급하게 판단하는 사람들에게, 그래서 결백하다면 크고 힘차게 주장하라고 키트에게 말하는 사람들에게 여기에서 말하고 싶은 건, 감옥에 갇혀서 불안감에 시달리다 보면 아무리 단단한 마음도 억눌릴 수밖에 없다는 것, 열흘에서 열하루에 불과할지언정 감옥에 갇혀서 돌을 쌓아 올린 벽과 돌같이 딱딱한 얼굴만 보다, 사람들로 가득한 법정에 갑자기 들어서면 깜짝 놀라서 당황할 수밖에 없다는 것이다. 내가 여기에 덧붙이고 싶은 건, 가발을 쓴 사람은 자기 머리칼밖에 없는 사람에게 강한 인상과 공포의 대상일 수밖에 없다는 사실을, 노신사와 아벨은 물론 조그만 공증인까지 창백한 얼굴로 걱정스럽게 쳐다본다는 사실을 확인하는 순간에 키트 마음이 지극히 착잡할 수밖에 없다는 것, 마음이 조금도 편할 수 없다는 것, 그건 지극히 당연한 현상이라는 것이다.

감옥에 갇힌 이후로 주인 갈랜드 부자와 공증인 위써던을 본 적은 없으나 그들이 변호사를 고용한 건 알고 있었다. 그래서 가발을 쓴 신사 가운데 한 명이 일어나서 "저는 피고 측 변호사입니다, 판사님"이라 말할 때, 키트는 고개를 숙여서 인사했다. 그리고 가발을 쓴 또 다른 신사가 일어나서 "저는 원고 측 변호사입니다"라고 말할 때, 키트는 몸을 덜덜 떨면서도 마찬가지로 고개를 숙여서 인사했다. 하지만 마음속에는 피고 측 변호사가 원고 측 변호사와 붙어서 그 주장을 순식간에 깨부수길 바라는 희망이 가득하지 않았을까!

원고 측 변호사가 먼저 말하는데, (이제 막 끝난 재판에서 친아버지를 살해한 불행한 젊은 신사를 변호해서 무죄를 간신히 따낸 터라) 당연히 기고만장한 어투로, 이 재판에서 피고인에게 무죄를 선고한다면 배심원단은 조금 전 재판에서 다른 배심원단이 피고인에게 유죄를 선언할 때 겪을 수밖에 없는 고통과 번민 이상에 시달릴 거라고 주장했다. 그리고 사건 내용을 모두 설명한 다음, 자신은 이렇게 사악한 사례를 본 적이 없다 하곤 뜸을 약간 들이더니, 끔찍한 내용을 자신에게 전달한 사람도 똑같은 느낌이라고 덧붙이고는, 자신이 여러 사람을 증인석에 부를 터인데 훌륭한 동료는 (여기에서 키트 측 변호인을 힐끗 쳐다보며) 그럴 때마다 흠결 하나 없는 증언에서 흠을 찾아내려 애쓸 거라고, 하지만 훌륭한 동료가 고발인의 인격을 존중하고 존경하길 기대한다고, 같은 업종에 종사하는 동료 가운데 고발인처럼 훌륭한 동료는 지금도 없고 예전에도 없었다는 사실을 훌륭한 동료는 자신만큼이나 잘 알기 때문이라고 주장했다. 그러면서 덧붙였다. 배심원 여러분은 법조인 거리를 아느냐? 법조인 거리를 안다면 (사회적 신분이 있으신 분들이니 당연히 아실 거라 믿는데) 그곳에서 훌륭한 협회가 옛날부터 왕성하게 활동한다는 사실도 아느냐? 여러분은 브라스 선생 같은 사람이 법조인 거리에 살면서 인격을 선량하고 고결하게 쌓아가지 않을 수 있다고 믿느냐? 원고 측 변호사는 이런 말을 엄청나게 늘어놓다가 배심원단이 강하게 느낄 수밖에 없는 말을 당사자 없이 계속 주장하는 건 그 이해력을 모독하는 거라며, 샘슨 브라스를 증인석으로 불렀다.

브라스는 활기차게 나와, 예전에 만나고 헤어진 다음에도 잘 지냈길 바라는 사람처럼 판사에게 허리 숙여 인사하곤 팔짱을 끼고 변호인을 쳐다보는 게, '자, 나왔다, 증거는 넉넉하다, 모두 뽑아내라!' 고 말하는 것 같다. 변호인은 곧바로 신중하게 묻기 시작해, 증거를 조금씩 빼내면서 재판정에 모인 사람 눈에 모두 또렷하고 확실하게 보여준다. 그런 다음에 키트 측 변호인이 질문하는데, 아무것도 못 빼낸다. 기다란 질문이 수없이 나오고 짧은 대답이 이어진 다음에 샘슨 브라스는 영광스럽게 내려간다.

다음에 나온 증인은 샐리로, 원고 측 변호인이 묻는 말에는 똑같은 방식으로 협조하지만 키트 측 변호인에게는 정말 퉁명스럽다. 한 마디로, 샐리는 조금 전에 한 말을 조금 전보다 살짝 강조해서 앵무새처럼 되풀이한 게 전부라, 키트 측 변호인은 아무것도 못 캐내고 얼떨떨한 표정으로 포기한다. 그런 다음에 브라스 측 변호인은 리처드 스위블러까지 부른다.

브라스 측 변호인은 이번 증인이 피고인에게 우호적인 경향이 있다는 귓속말을 듣고, 사실대로 말하자면, 아주 기뻐했다. 자신은 증인을 끊임없이 몰아붙여서 넋이 달아나게 하는 게 장기라고 여기기 때문이다. 그래서 이번 증인은 성서에 입을 확실히 맞추게 하라고 법정 관리에게 특별히 요구하는 것으로 시작해, 투지를 불태우며 본격적으로 달려든다.

마지못해 증언하긴 해도 증언이 효과적이길 바라는 마음으로 자신이 아는 내용을 모두 말하니, 변호인이 묻는다.

"스위블러 선생, 간밤에 저녁을 어디에서 드셨습니까?" - "간밤에 저녁을 어디에서 먹었느냐고요?" - "네, 선생, 간밤에 저녁을 어디에서 드셨습니까……이곳 근처였나요, 선생?" - "네, 맞아요……바로 길 건너요." - "네. 맞아요. 바로 길 건너요." 브라스 측 변호인이 그대로 되풀이하며 법정을 힐끗 둘러보다 다시 묻는다. "혼자였나요, 선생?" - "뭐라고요?" - 스위블러가 무슨 말인지 못 알아듣고 다시 묻는다. - 브라스 측 변호인이 천둥 같은 목소리로 다시 묻는다. "혼자였나요, 선생? 혼자 저녁을 들었나요? 누구를 대접했나요, 선생? 대답하세요!" - "네, 맞습니다……네, 그랬습니다." 스위블러가 빙그레 웃으며 대답한다. - "경솔한 행동은 삼가는 게 좋습니다, 그런 표정은 지금 선 자리에 안 맞으니까요(증인석에 서는 게 고마울 순 있겠지만 말입니다)." 브라스 측 변호인이 말하면서 머리를 끄덕이는 게 법적으로 볼 때 스위블러가 설 곳은 피고석이라고 암시하는 것 같더니 다시 말한다. "내 말 잘 들으세요. 당신은 오늘 재판이 열린다는 사실을 알고 어제 이 근처에서 누군가를 기다렸습니다. 그러다 길 건너편에서 저녁을 들었습니다. 누군가한테 음식까지 사주었지요. 다시 묻습니다, 그 사람은 저기에 있는 피고인 형제가 맞나요?" - 스위블러가 설명하려 한다. - 하지만 브라스 측 변호인이 소리친다. "그런가요, 아닌가요, 선생." - "설명할 기회를 주신다면……" - "그런가요, 아닌가요, 선생." - "네, 맞습니다, 하지만……" - "네, 맞습니다." 변호인이 말을 막으며 소리친 다음에 덧붙인다. "정말 대단한 증인이 올라오셨군요!"

브라스 측 변호인은 자리에 앉는다. 키트 측 변호인은 어떤 상황인지 몰라서 그 문제를 계속 묻는 게 두렵다. 리처드 스위블러는 겸연쩍은 얼굴로 물러난다. 판사와 배심원단과 방청객은 180cm 키에 방탕한 젊은이가 구레나룻을 드러낸 채 사나운 표정으로 어기적거리는 모습을 바라본다. 브라스 측 변호인이 말한 피고인 형제는 사실, 넓적다리까지 드러난 반바지 차림에 숄까지 둘러쓴 어린 제이콥이다. 하지만 진실을 아무도 모른다. 모든 사람이 엉뚱하게 믿는다. 브라스 측 변호인이 교활하게 몰아붙인 결과다.

이번에는 평소 성격을 말할 증인이 나오고, 브라스 측 변호인은 다시 빛난다. 노신사 갈랜드는 키트 성격도 모르고 추천서도 없이 키트 어머니 말만 들었다는 사실이, 그리고 예전 주인에게 알 수 없는 이유로 갑자기 해고되었다는 사실이 드러난다. 그래서 브라스 측 변호인은 말한다.

"실제로 갈랜드 선생님은, 아무리 가볍게 보아도, 지극히 경솔하게 행동할 수밖에 없는 연세라고 저는 생각합니다."

배심원단도 그렇게 생각하고 키트에게 유죄를 선고한다. 키트는 결백하다고 항의하며 초라하게 끌려나간다. 방청객은 새로운 관심을 끌어모으며 자리에 앉는다. 다음 재판에 여성 증인 여러 명이 나오는데, 브라스 측 변호인이 이번에는 피고 측을 변호하며 반대 심문하는 재미가 상당할 거란 소문이 돌았기 때문이다.

가여운 키트 어머니는 바버라 어머니와 (아아, 정직한 영혼이여! 그대는 갓난아기를 꼭 껴안고 눈물을 꾹 참는구나) 함께 아들을 만나려고 아래층 쇠창살에서 기다린다. 신문을 읽던 교도관이 모든 걸 말한다. 그는 종신형까진 안 갈 거라고, 아직은 좋은 성격을 증명할 시간이 있다고, 그러면 형량이 줄어들 거라는 내용이다. 그러면서 도대체 무엇 때문에 절도했는지 묻자, 키트 어머니가 울부짖는다. “우리 애는 절대 안 훔쳤어요!” 그러자 교도관이 중얼댄다. “으음, 반박하지 않겠소. 아이가 그랬든 안 그랬든 어차피 똑같으니까.”

키트 어머니는 쇠창살 사이로 손을 넣어서 아들 손을 잡는다. 아아, 그 고통은 키트가 다정하게 대한 사람과 하느님만이 알리라. 키트는 어머니에게 용기를 잃지 말라 애원하고, 두 동생을 들어서 뽀뽀하는 척하며 바버라 어머니에게 어머니를 집으로 데려가라고 속삭인다. 그리고 소리친다.

“아는 분들이 항소할 거예요, 어머니. 장담해요. 지금이 아니더라도 얼마 안 가서. 제가 결백한 게 드러날 거예요, 어머니, 그래서 다시 나갈 거예요. 저는 분명히 믿어요. 어린 제이콥이랑 갓난아기한테 자세히 알려주세요, 두 아이가 충분히 이해할 나이가 되었을 때 제가 도적질했다고 여긴다면 제 마음이 찢어질 테니까요, 수천 km 떨어진 거리에 있더라도…… 아! 여기에 좋으신 신사분이 안 계시나요, 우리 어머니를 집까지 데려다주실 분이!”

어머니 손이 아들 손에서 미끄러진다, 불쌍한 여인이 정신을 잃고 땅바닥에 쓰러진다. 리처드 스위블러가 구경꾼을 밀치며 다가와서는 무대에서 상대역을 껴안듯 (상당히 고생한 끝에) 한쪽 팔로 쓰러진 여인을 안고, 키트에게 고개를 끄덕인 다음, 바버라 어머니에게 따라오라 말하고, 마차 한 대를 대기시킨 곳으로 가련한 여인을 들고 재빨리 사라진다.

으음, 스위블러는 가련한 여인을 집까지 데려갔다. 그런데 집까지 가는 내내 노래와 시를 끊임없이 인용하며 얼마나 엉뚱하게 굴었는지는 아무도 모른다. 스위블러는 가련한 여인이 정신을 차릴 때까지 머물렀다. 그리곤 마차 삯을 줄 돈이 없어서 법조인 거리까지 그대로 달린 다음, (토요일 밤이니) 자신이 '주급'을 타올 때까지[29] 문에서 조금만 기다리라고 마부에게 말했다.

"스위블러 선생, 좋은 저녁이로군!"

브라스가 쾌활하게 말하는 순간에 스위블러는 키트 말이 너무나 끔찍하게 떠올라, 사근사근한 브라스가 사실은 사악한 놈일 수 있다는 의심을 그날 밤에 처음으로 떠올렸다. 조금 전에 비참한 장면을 목격한 데다 성격마저 경솔해서 그런 의심이 떠오르는 것 같기도 했다. 그렇다 하더라도 느낌이 너무 강해서 자신이 바라는 걸 최대한 간단하게 말했다.

그러자 브라스가 웃으면서 지갑을 꺼냈다.

"돈? 하하하! 맞아, 스위블러, 맞아. 인간은 누구든 살아야 하니까. 5파운드 화폐를 바꿀 잔돈은 없지, 그치, 스위블러?"

"네."

스위블러가 짤막하게 대답하니, 브라스가 다시 말했다.

"아! 자, 여기 있네. 이 정도면 해결할 거야. 언제든 환영하네, 확실하게…… 스위블러 선생……"

---

29) 당시에는 주급을 토요일 밤에 받았다.

스위블러는 문까지 간 다음에 비로소 돌아서고, 브라스는 계속 말했다.

"이제 사무실에 나오는 수고를 안 해도 되네."

"네?"

브라스는 두 손을 주머니에 찌르고 걸상에 앉은 몸을 앞뒤로 흔들며 대답했다.

"자네도 알겠지만, 스위블러, 사실 우리처럼 따분하고 메마른 분야에 자네 같은 능력자는 안 어울려, 조금도. 끔찍하게 단조롭거든…… 소름이 끼칠 정도로. 연극무대나 군대나 주류 공급 허가증을 지닌 술집 같은 곳에 가면 자네는 천재라는 말을 들을 수 있어. 이따금 들르길 바라네. 샐리가 좋아할 테니까. 자네가 나가는 걸 많이 아쉬워하거든, 스위블러. 하지만 사회에 대한 의무감이 있으니 마음을 정리하겠지. 자네는 놀라운 청년이야! 금액은 딱 맞을 거야. 유리창을 깨긴 했지만 계산하지 않았네. 우리는 친구랑 헤어질 때, 스위블러, 꽤 관대하거든. 잘 가게, 스위블러!"

스위블러는 상대가 아무렇게나 뱉어내는 말에 한마디도 대답하지 않았다. 다만 작업복을 가지러 돌아와서 동그랗게 마는 동안 브라스를 꾸준히 바라보는 게 금방이라도 내던질 것 같았다. 하지만 팔꿈치에 끼우고 입을 꾹 다문 채 당당하게 걸어 나왔다. 그래서 문을 닫더니, 다시 열어서 심상치 않은 표정으로 무섭게 바라보다, 머리를 한 번 끄덕이고 유령처럼 사라졌다.

스위블러는 마부에게 삯을 주고 발길을 돌렸다. 가슴에는 키트 어머니를 위로하고 키트를 도울 계획이 가득했다.

하지만 리처드 스위블러처럼 쾌락을 추구하는 사람은 생활이 극도로 불안하다. 지난 보름 사이에 겪은 영적인 쾌감이 알코올로 쾌감을 추구하던 생활에 상당한 영향을 미치긴 했지만, 아직은 살짝 부족하다는 게 드러났다. 바로 그날 밤에 급성 열병에 걸려서 24시간 동안 고열에 시달린 것이다.

64장

온몸이 뜨거워서 이리저리 뒤척였다. 침대가 불편했다. 죽을 것 같은 목마름은 도저히 달랠 수 없고, 자세를 아무리 바꿔도 편안한 느낌은 없고, 생각만 가득한 사막을 수없이 돌아다녀도 쉴 곳은 없고, 물이 흐르는 소리나 쉴만한 곳은커녕 피로만 끝없이 몰려들고, 괴로운 몸뚱이를 끊임없이 뒤척여도 변하는 것 하나 없이 마음만 힘겹게 떠돌며, 사라질 줄 모르는 근심으로, 마무리를 못 했다는 걱정으로, 무시무시한 장애물이 사방을 에워싼다는 공포로, 속상한 마음이 사라지질 않는 느낌으로 꾸준히 빠져들며, 늘 아련하고 희미한 모습으로, 이런 모습 저런 모습으로, 하지만 언제나 똑같은 유령처럼 나타나서 뇌수를 지근지근 괴롭혀, 눈앞에 보이는 모든 게 사악한 양심마냥 어둡고, 무시무시한 혼수상태로 끌려들어 끔찍한 질병에 시달리다, 스위블러는 불행하게도 그대로 누워서 힘을 조금씩 허비해, 마침내 일어나려고 몸부림치는 것 같더니, 악령에 눌리며 쓰러져서 깊은 잠속으로 가라앉아 꿈조차 안 꾸었다.

그러다 깨어났다. 더없이 편히 쉰 느낌이었다. 잠잔 느낌보다 좋았다. 시달리던 기억이 조금씩 떠올랐다. 지난 밤에 정말 힘들었다는, 헛소리를 두세 차례 한 것 같다는 생각도 들었다. 그래서 깊이 생각하다 한 손을 무심코 올리는데, 너무나 묵직한 느낌에, 그런데도 가늘고 엷어 보인다는 사실에 놀랐다. 하지만 아무래도 좋다는 느낌이 편하게 다가왔다. 계속 파고들 호기심도 없어서 정신만 깨어난 채 가만히 누워있는데, 기침 소리가 관심을 끌었다. 간밤에 방문을 잠갔는지 의심스러운 마음도 들고, 한 방에 다른 사람이 있다는 게 약간 놀랍기도 했다. 그런데 생각이 흐르는 대로 따라갈 힘은 없어, 가만히 누운 채 편안한 느낌을 만끽하며 담요에 어린 녹색 줄무늬를 바라보니, 상쾌한 풀밭이 이상하게 떠오르다 그 사이 노란 바탕이 자갈길로 변하면서 잘 가꾼 정원처럼 보였다.

머릿속으로 정원길을 돌아다니다 그곳 풍경에 완전히 빠져드는데, 기침 소리가 다시 들렸다. 그와 동시에 산책길은 줄무늬로 줄어들고, 스위블러는 침대에 누인 몸을 살짝 일으켜서 한 손으로 커튼을 추켜들고 주변을 살폈다.

자기 방이 확실히 맞고 촛불도 여전했다. 그런데 저 많은 물병과 물동이는, 벽난로 불길에 말리는 순면 조각은, 병실 같은 분위기는 – 하나같이 깨끗하고 깔끔한 분위기는 – 잠자리에 들던 풍경과 완전히 다른 분위기는 무어란 말인가! 공중에는 약초와 식초 냄새가 상큼하고, 바닥은 새것처럼 반짝이는데……저게……저게 뭐지? 후작 부인?

맞다, 후작 부인이 탁자에서 혼자 카드놀이를 하고 있었다. 탁자 앞에 앉아서 게임에 열중하다, 잠자는 사람을 깨울까 두려운 듯 억누른 기침을 가끔 뱉어냈다. 카드를 섞고 가르고 돌리고 패를 내놓고 점수를 세고 기록하며 어려운 게임을 하나씩 풀어가는 게 갓난아기 때부터 한 것처럼 능숙했다!

스위블러는 가만히 살피다, 커튼을 놓아서 제자리로 돌아오게 한 다음, 베개에 머리를 다시 누였다.

'꿈을 꾸는 거야. 분명해. 잠자리에 들 때만 해도 내 손은 달걀 껍데기 같지 않았는데 지금은 속이 보일 정도야. 이게 꿈이 아니라면 런던이 아니라 아라비안나이트에서 엉뚱하게 깨어난 거야. 지금 나는 잠자는 거야. 의심할 여지는 없어. 조금도.'

조그만 하녀는 다시 기침하고, 스위블러는 계속 생각했다.

'놀라워! 저토록 진짜 같은 기침을 꿈꾼 적은 없어. 아니, 기침이나 재채기 같은 걸 꿈꾼 적이 한 번도 없는 것 같아. 이런 꿈은 누구도 꾼 적이 없을 거야. 이건 다른 거라고, 완전히 다른 거! 꿈속에 깊이 빠져든 거야!'

스위블러는 곰곰이 생각하다, 꿈인지 생시인지 알아보려고 팔을 꼬집었다.

'이상해! 잠자리에 들 때만 해도 살이 통통했는데, 지금은 붙잡히지도 않잖아. 다른 식으로 알아봐야겠어.'

다시 살펴본 결과, 자신을 둘러싼 물건은 진짜라는, 눈앞에 보이는 건 하나같이 진짜라는 느낌이 들었다.

'여기는 아라비안나이트야. 확실해. 다마스쿠스나 그랜드 카이로에 있는 거야. 후작 부인은 지니야. 세상에서 제일 잘생긴 젊은이가 누군지, 그래서 제일 못생긴 젊은이를 중국 공주랑 결혼시키는 내기를 다른 지니랑 하는 거야. 세상 젊은이를 모두 모아서 비교하려고 나를 방에 있는 그대로 여기까지 데려온 거야. 어쩌면 공주도 있을지 몰라.'

스위블러는 베개에 누인 머리를 힘없이 돌려서 벽 쪽을 살폈다.

'아니군, 사라졌어.'

이렇게 생각해도 만족스러운 느낌은 안 들고, 설사 그 생각이 맞는다 해도 여전히 이해할 수 없는 부분이 남아, 스위블러는 기회가 생기는 대로 후작 부인에게 물어보자 작정하고 커튼을 다시 추켜올렸다. 기회는 곧바로 찾아왔다. 후작 부인이 카드를 돌려서 잭을 까고도 점수 올리는 걸 빼먹는 순간에 최대한 커다랗게 소리친 것이다.

"2점을 올려야지요!"

후작 부인이 벌떡 일어나서 손뼉을 치니, 스위블러는 이런 생각이 다시 떠올랐다.

'아라비안나이트가 확실해. 그곳에선 사람들이 종을 울리는 대신에 손뼉을 친다잖아. 이제 흑인 노예 이천 명이 머리에 보석 단지를 이고 줄줄이 들어오겠군!'

하지만 후작 부인이 손뼉을 친 건 기쁘다는 이유 하나밖에 없는 것처럼 보였다. 손뼉을 치고선 웃다가 울더니, 독특한 아랍어가 아니라 귀에 익은 영어로 "정말 다행이에요, 그동안 어째야 좋을지 몰랐거든요"라고 선언했기 때문이다. 그래서 스위블러는 가만히 생각하다 말했다.

"후작 부인, 가까이 다가오길 부탁하오. 무엇보다 먼저, 내 목소리가 가느다랗게 변한 이유를 알려주고, 둘째, 내 살이 말라붙은 이유를 알려주는 친절을 베푸시겠소?"

후작 부인이 구슬프게 머리만 젓다 다시 울고, 스위블러는 (너무 연약한 상태라) 자기 눈까지 촉촉하게 젖는 걸 느꼈다. 그래서 입을 다물다 떨리는 입술로 미소를 머금으며 말했다.

"주변 풍경과 그대 행동으로 볼 때, 내가 그동안 아팠다는 생각이 드는구려."

"맞아요! 헛소리까지 했어요!"

조그만 하녀가 눈물을 훔치며 대답하자, 스위블러가 물었다.

"아! 제가 매우 아팠나요, 후작 부인?"

"죽는 줄 알았어요. 병이 나을 거란 생각조차 안 들었어요. 깨어난 건 하느님 은총이에요!"

스위블러는 입을 오랫동안 다물었다. 그러다, 입을 열어, 자신이 얼마나 아팠느냐고 물었다.

"내일이면 딱 3주예요."

"3, 뭐요?"

"주요. 길디길고 느리디느린 3주요."

후작 부인이 강조하는 어투로 대답했다.

스위블러는 너무나 놀라운 소리에 말문이 막혀서 다시 깊은 침묵에 빠져들다, 누운 자세 그대로 쭉 뻗었다. 후작 부인은 담요를 훨씬 편안하게 매만지다, 환자의 두 손과 이마에서 열이 떨어졌다는 걸 느끼고 너무나 좋아서 다시 살짝 울더니, 가볍게 먹을 토스트와 차를 준비하는데 몰두했다.

후작 부인이 열심히 준비하는 동안에 스위블러는 고마운 마음으로 바라보다, 집처럼 편하게 여기는 모습에 깜짝 놀라서 샐리까지 떠올리니, 마음속으로 그렇게 고마울 수 없었다. 후작 부인은 토스트를 다 굽자, 깨끗한 천을 깐 쟁반에 얇은 걸 바삭바삭하게 구운 토스트와 커다란 그릇에 연하게 탄 홍차를 담아와서는 깨어나면 이런 걸 먹고서 기운을 차려야 한다는 의사 말을 전했다. 그리곤 일으켜 앉혀서 베개를 여러 개 겹쳐서 등을 받쳐주는데, 그 손길은 전문 간호사만큼 대단하진 않을지라도 더없이 부드럽고, 초라한 음식을, 세상에 가득한 진미도 이보다 맛있을 순 없다는 듯 환자가 - 툭하면 동작을 멈추고 손을 움켜잡아 악수하면서도 - 맛나게 먹는 모습을 말로 형용할 수 없을 정도로 만족스럽게 바라보았다. 그러다 모든 걸 깨끗하게 치우고 환자가 편히 쉬도록 거든 다음에 비로소 탁자에 앉아서 간식을 들었다.

"후작 부인, 샐리는 잘 지내나요?"

스위블러가 묻자, 조그만 하녀는 교활한 모습이 잔뜩 깃든 표정으로 얼굴을 찡그리다, 고개를 저었다.

"아니, 최근까지 안 보았나요?"

"안 보았나요? 맙소사, 거기서 완전히 도망쳤어요!"

조그만 하녀가 소리치는 순간, 스위블러는 다시 그대로 누워서 꼼짝을 안 했다. 그러다 5분 정도 지난 뒤에 앉는 자세로 천천히 일어나며 물었다.

"지금은 어디에 사시나요, 후작 부인?"

"어디에서 사느냐! 여기요!"

"아!"

스위블러는 갑자기 총이라도 맞은 듯, 다시 그대로 쓰러졌다. 그래서 말문을 잃은 채 꼼짝을 않다, 조그만 하녀가 식사를 마치고 깨끗이 정리하고 벽난로를 청소한 다음에 비로소 의자를 침대 곁으로 가져오라 손짓한 다음, 다시 일어나 앉아서 대화를 풀어나갔다.

"완전히 도망쳤다고요?"

"네, 그들이 '광구'까지 했어요."

"광구까지 했다, 미안하지만 그게 무슨 말인가요?"

"나를 광구까지 했다고요, 신문에 광구하는 거요."

"신문 광고요?"

조그만 하녀는 고개를 끄덕이며 눈을 깜빡였다. 잠을 못 잔 데다 눈물까지 흘려서 '비극의 여신'도 울고 갈 정도로 눈이 빨갰다. 스위블러도 똑같은 심정으로 물었다.

"여기로 올 생각을 어떻게 했는지 알려주겠소?"

"나리가 떠나니 친구가 하나도 없었어요. 하숙인까지 안 돌아오고 저는 나리나 하숙인을 어떻게 찾아야 할지 몰랐다고요. 그러던 어느 날 아침에, 내가 문에서……"

“열쇠 구멍 옆이요?”

망설이는 어투에 스위블러가 대뜸 묻자, 조그만 하녀가 고개를 끄덕이며 대답했다.

“나리가 꿰뚫어 본 것처럼 사무실 열쇠 구멍 옆에 있을 때, 어떤 여인이 말하는 소리가, 자신이 여기에 산다고, 자신은 나리가 하숙하는 집주인이라고, 나리가 몹시 아픈데 보살피러 오는 사람이 아무도 없다고 말하는 소리가 들리는 거예요. 브라스 나리는 ‘내 알 바 아니요’라 대답하고, 샐리 아씨는 ‘재밌는 친구긴 하지만 내 알 바 아니’라 하고, 그 여인은 문을 쾅 닫으면서 떠났지요. 그래서 저는 그날 밤에 도망쳐서 제가 나리 동생이라 말하고, 주인집이 믿어주어 그때부터 여기서 지냈답니다.”

“가련하고 조그만 후작 부인이 나 때문에 죽을 뻔했구려!”

스위블러가 감탄하자, 후작 부인이 대답했다.

“아니에요, 그런 거 없어요. 저 때문에 신경 쓰진 마세요. 저는 의자에서 지내는 것도 좋아하고 잠도 의자에서 잤어요. 나리가 저 창문 바깥으로 툭하면 뛰어내리려 하고 툭하면 노래하고 연설하더니, 이제라도 정신을 차려서 다행이에요, 리블러 나리.”

“리블러[30]가 맞아요! 내가 리블러라서 다행이에요. 후작 부인, 당신이 아니면 나는 죽었을 거란 생각이 강하게 드네요.”

스위블러는 깊이 생각하는 표정으로 말하다, 조그만 하녀 손을 움켜잡고 자기 눈을 상대방처럼 새빨갛게 물들이며 더없이 고마운 마음을 알리려 애쓰는데, 조그만 하녀는 침대에 재빨리 눕히는 식으로 화제를 바꾸더니, 말하지 말라고 강조하며 설명했다.

---

30) 스위블러라는 이름을 하녀는 리블러로 듣고서 하는 말인데, 리블러(liverer)란 호칭을 스위블러는 ‘큰 병을 이겨내고 살아난 자’란 의미로 받아들였다.

"의사가 말을 못 하게 하라고, 주변도 시끄러우면 안 된다고 했어요. 편히 쉬세요. 나중에 얘기해요. 내가 옆에 앉아있을게요. 눈을 감으면 잠이 올 거예요. 그러고 나면 몸이 더 좋아지겠지요."

후작 부인은 이렇게 말하며 조그만 탁자를 침대 옆으로 끌어와서 앉더니 시원한 음료수를 만들기 시작했다. 스위블러는 정말 피곤하던 참에 깊은 잠에 빠져들다, 약 삼십 분 뒤에 깨어나서 몇 시냐고 물었다.

"여섯 시 삼십 분이 막 지났어요."

조그만 하녀가 대답하며 환자를 거들어 똑바로 앉히고, 스위블러는 한 손으로 이마를 쓸어넘기다, 중요한 문제가 이제 막 떠오른 듯, 고개를 갑자기 돌리며 물었다.

"후작 부인, 키트는 어떻게 됐나요?"

조그만 하녀는 외국 추방령[31]을 선고받았다 대답하고, 스위블러는 다시 물었다.

"추방됐나요? 키트 어머니는…… 어떤가요…… 어떻게 됐나요?"

간병인은 고개를 절레절레 저으며 자신은 아는 게 하나도 없다더니, 천천히 덧붙였다.

"나리가 입을 꾹 다물 것 같으면, 그래서 열병에 다시 안 시달릴 것 같으면 그때 말할 순 있어도 지금은 아니에요."

"아니에요, 지금 말해요. 그러면 마음이 풀릴 거예요."

스위블러가 부탁하자, 조그만 하녀는 끔찍한 표정으로 바라보며 대답했다.

"맙소사! 말도 안 돼! 저도 그 정도는 안다고요. 기운을 차릴 때까지 기다리세요, 그러면 말할 테니까."

---

31) 당시 영국은 범죄자를 호주나 뉴질랜드로 보내서 땅을 개척하며 자유롭게 살게 했다. 영국 본토로 돌아오지 못하는 게 유일한 형벌이나, 가족을 만나러 돌아오는 죄수가 가끔 있어, 중벌을 받곤 했다.

스위블러는 조그만 친구를 간절하게 쳐다보는데, 오랜 병을 앓느라 두 눈이 퀭해서 간절한 표정을 더하니, 조그만 하녀는 겁에 질린 채 그 생각을 그만하라고 간청했다. 하지만 이미 흘린 말에 호기심이 치솟는 건 물론 불안감까지 솟구쳐 스위블러는 최악의 상황을 당장 말하라 재촉하고, 조그만 하녀는 재빨리 대답했다.

"아니에요, 최악의 상황은 아니에요. 나리랑 아무 상관 없는 일이잖아요."

"아무 상관 없는 일…… 열쇠 구멍이나 틈새로 무슨 소리를 들었나요…… 후작 부인이 들으면 안 되는 내용?"

스위블러가 숨을 헐떡이며 묻자, 조그만 하녀가 대답했다.

"네."

"법조인 거리 사무실에서? 브라스랑 샐리가 하는 얘기?"

"네."

조그만 하녀가 다시 대답하자, 스위블러는 앙상한 팔을 빼내서 후작 부인 팔목을 움켜잡고 바싹 끌어당기며, 당장 말하라고, 안 그러면 자신이 어떻게 될지 모른다고, 너무 궁금하고 흥분한 상태를 도저히 못 견딜 것 같다고 사정했다. 조그만 하녀는 스위블러가 잔뜩 흥분한 걸, 지금 당장 말하지 않으면 몸이 더 나빠질 수 있다는 걸 깨닫고, 환자가 깜짝 놀라거나 흥분하지 않고 차분한 마음을 완벽하게 유지한다는 조건을 지킨다면, 모든 걸 털어놓겠다면서 덧붙였다.

"하지만 그런 증세가 보이면 말을 멈추겠어요. 자, 그럼 말할게요."

"중간에 멈출 순 없어요, 말이 끝날 때까지. 그러니 어서 시작하시죠, 아름다우신 분. 말하세요, 자매여, 말하세요. 귀여운 앵무새여, 말하세요. 아, 시간을 말하고, 장소를 말해요, 제발, 그대에게 간청합니다, 후작 부인!"

이보다 중요하고 엄청난 내용은 없다는 듯 스위블러가 열심히 퍼붓자, 조그만 하녀는 열렬한 간청을 물리칠 수 없어서 말문을 열고 말았다.

"그래요! 도망치기 전에 주방에서 잠자곤 했어요, 우리가 카드놀이를 하던 곳이요. 샐리 아씨는 지하주방 열쇠를 자기 주머니에 보관하다가 밤마다 내려와서 촛불을 끄고 벽난로 불을 긁어내지요. 그런 다음엔 저를 어두운 곳에 놔둔 채 바깥에서 문을 잠그고, 열쇠를 주머니에 다시 넣고, 아침에 - 이른 새벽에 - 내려오고 문을 열어서 저를 꺼내주지요. 저는 갇히는 게 끔찍하게 무서웠어요. 행여나 불이라도 나면 자기네만 도망갈 게 뻔했거든요. 그래서 어디서든 녹슨 열쇠만 보면 주워와서 주방 자물쇠에 맞는지 확인하고, 결국에는 먼지 가득한 다락에서 찾은 열쇠가 딱 맞는다는 걸 알아냈어요."

여기에서 스위블러가 두 다리를 심하게 떨자 조그만 하녀는 말을 즉시 멈추고, 스위블러는 약속을 순간적으로 잊어버렸다면서 떨기를 멈추고 계속 말하길 간청하니, 조그만 하녀는 말을 이어갔다.

"두 사람은 저한테 먹을 걸 정말 조금 주었어요. 아! 얼마나 조금 주었는지 나리는 상상도 못 하세요! 그래서 밤마다 두 사람이 잠자리에 들면 밖으로 나와, 어둠 속에서 손으로 더듬곤 했어요, 나리가 사무실에 남긴 비스킷이나 샌드위치 조각을 찾으려고. 오렌지 껍질이라도 찾으면 냉수에 넣어서 포도주라 생각하며 마시고요. 오렌지 껍질을 냉수에 넣어서 맛본 적 있나요?"

스위블러는 그렇게 강렬한 음료는 한 번도 맛본 적 없다고 대답하고, 친구에게 이야기를 계속 풀어가라고 요청했다.

"포도주라 생각하면 꽤 괜찮지만, 그렇지 않으면 조미료를 살짝 탄 느낌일 거예요. 어쨌든, 저는 두 사람이 잠자리에 든 다음에 나오기도

하고 그 전에 나오기도 했어요. 사무실에서 이상한 소동이 일어나기 – 제 말은, 젊은 사내가 잡혀가기 – 하루 이틀 전날 밤에, 브라스 나리랑 샐리 아씨가 사무실 벽난로 앞에 앉아있을 때 위로 올라갔어요. 사실대로 말하자면, 금고 열쇠 얘기를 들으려고 올라간 거예요."

스위블러는 양쪽 무릎을 모아서 일으켜, 담요를 커다란 원뿔 모양으로 만든 채 관심이 잔뜩 쏠린다는 표정을 떠올렸다. 그러자 조그만 하녀는 입을 다문 채 손가락 하나를 올리고, 원뿔은 가만히 사라졌다. 하지만 관심이 가득한 표정까지 사라진 건 아니었다.

"두 사람이 벽난로 앞에 앉아서 조그맣게 속삭였어요. 브라스 나리가 샐리 아씨한테 말했죠. '장담하는데 너무 위험해, 곤란한 일을 겪을 수도 있어. 마음이 안 내켜.' 그러니까 샐리 아씨가 – 나리도 아는 독특한 어투로 – 반박하더군요. '오빠는 내가 본 사람 가운데 겁이 제일 많고 제일 나약하고 제일 무기력한 사람이야. 차라리 내가 남자로 태어나고 오빠가 여자로 태어나야 했어. 퀼프는 우리한테 제일 중요한 고객 아니야?' '제일 중요한 고객이지.' 브라스 나리가 대답하자, 샐리 아씨가 다시 말했어요. '게다가 우리는 일을 처리할 때 누군가를 끊임없이 망가뜨리지 않나?' '당연히 망가뜨리지.' '그럼 키트란 꼬마를 퀼프가 바라는 대로 망가뜨리는 건 뭐가 문제지?' '아무 문제 없지.' 브라스 나리가 인정하자, 두 사람은 무사히 해치울 방법을 오랫동안 속닥이며 웃더니, 마침내 브라스 나리가 수첩을 꺼내면서 말하는 거예요. '그래, 여깄군 – 퀼프가 준 5파운드 은행권. 그럼 그렇게 하기로 약속한 거야. 키트가 내일 아침에 올 거야. 그놈이 위층에 올라간 사이에 너는 밖으로 나가, 나는 스위블러를 내보낼 테니. 키트밖에 없으면 내가 붙잡고 이야기하다, 이 돈을 그 모자에 넣겠어. 그러면 스위블러가 모자에서 이걸 찾아내고 증인이 되는 거야. 이 방법으로도 퀼프 앞길에 키트를 못 치우고 퀼프의 원한을 못 푼다면, 그건 악마가 장난치는 거야.' 샐리 아씨가 웃으면서 정말 좋은 계획이라고 했어요. 그러면서 두 사람이 나오는 것 같아서 더 엿들을 수 없어, 지하로 재빨리 내려왔어요. 이게 다예요!"

조그만 하녀도 스위블러처럼 조금씩 흥분한 탓에, 스위블러가 벌떡 일어나 앉아서 다른 사람에게 말했느냐고 황급히 묻는데도 막을 생각조차 않고 대답했다.

"어떻게 말하겠어요? 생각만 해도 무서워서 젊은 사내가 안 걸리기만 바랐는데요. 두 사람이 젊은 사내한테 하지도 않은 일로 유죄를 내렸다는 말을 들었을 때, 나리는 떠나고, 하숙인도 마찬가지고 - 하지만 하숙인이 있었다 해도 겁나서 말을 못 했을 거예요. 그리고 여기로 온 다음엔 나리가 정신을 잃었으니, 나리한테 말한다 해서 무슨 소용이 있겠어요?"

스위블러가 수면 모자를 벗어서 구석으로 던지며 말했다.

"후작 부인, 잠시 나갔다 오는 걸 허락하신다면 그만 일어나겠소."

"그런 생각은 하지도 마세요."

간병인이 만류하고, 환자는 주변을 둘러보며 말했다.

"다른 방법이 없소. 내 옷은 어디에 있소?"

"아, 다행이에요…… 하나도 없거든요."

"후작 부인!"

스위블러가 깜짝 놀라며 소리쳤다.

"팔았어요, 한 벌도 안 남기고. 의사도 모셔오고 약도 사야 했거든요. 하지만 저를 나무라진 마세요."

후작 부인이 간청하더니, 스위블러가 베개로 다시 쓰러지자, 이렇게 덧붙였다.

"몸이 약해서 일어날 수도 없잖아요."

"안타깝게도 그대 말이 맞는 것 같소. 어떻게 해야 하나! 무엇을 해야 하나!"

스위블러가 구슬프게 한탄했다. 그래서 잠시 생각하다, 제일 먼저 할 건 갈랜드 부자 가운데 한 명을 당장 만나는 거라고 떠올렸다. 아벨은 아직 사무실에 있을 가능성이 컸다. 편지에 내용을 담기엔 시간이 없어, 연필로 종이쪽지에 주소를 써서 후작 부인에게 건네고, 아버지와 아들을 어렵지 않게 알아볼 정도로 겉모습을 설명하고, 척스터는 키트를 싫어하니 특별히 신경 써서 피해야 한다는 말까지 신신당부했다. 후작 부인은 빈약한 정보로 무장한 채, 갈랜드 노신사나 아벨을 하숙방까지 데려오는 임무를 띠고 급히 나갔다.

그래서 방문을 천천히 닫다가 환자가 잘 있는지 확인하려고 실내를 살필 때, 스위블러가 말했다.

"옷이 하나도 안 남았다는데…… 조끼조차 없는 겁니까?"

"네, 하나도."

"당혹스럽군요. 불이라도 나면 우산 같은 거라도 있어야 하는데…… 하지만 잘했어요, 친애하는 후작 부인. 후작 부인이 아니면 난 죽었을 테니까요!"

65장

다행히도 조그만 하녀는 똑똑하고 예민했다. 그렇지 않으면 혼자 심부름가다 더없이 위험한 동네에서 샐리 브라스에게 잡혀, 극심한 고통에 시달릴 수도 있었다. 이 사실을 잘 아는 후작 부인은 집에서 나오자마자 어두운 골목으로 재빨리 뛰어들어, 자신이 가야 할 목적지를 알아보지도 않고, 법조인 거리에서 3km는 족히 떨어지는 걸 최우선 목표로 삼았다.

목적을 달성하고는 공증인 사무실로 방향을 잡아, 남의 눈에 안 띄도록, 불빛이 환한 상점이나 옷을 잘 차려입은 사람을 피해, 모퉁이에서 사과를 파는 아줌마들과 굴을 파는 장사꾼들에게 물어서 방향을 쉽게 잡아가며 나아갔다. 전서구가 낯선 곳에 처음 가면 주변을 맴돌다 목적지로 재빨리 날아드는 것처럼, 후작 부인도 안전하다는 확신이 들 때까지 빙글빙글 맴돌다, 자신이 가야 할 건물 입구로 재빨리 달려갔다.

보닛 모자는 없고 - 샐리가 예전에 쓰다 버린 스카프로 머리를 묶은 게 전부로, 그 취향이 독특하다는 건 우리도 익히 아는데 - 신발은 달리는 데 도움을 주는 게 아니라 방해만 하니, 너무 큰 데다 미끄러워서 툭하면 멀리 날아가는 터라 인파 사이에서 되찾는 게 쉽지 않았다. 실제로 가련한 하녀는 진흙탕과 도랑에서 신발을 찾느라 고생하며 시간을 보내기도 하고, 길거리에서 찾다가 이리저리 채이고 눌리는 고통까지 겪느라, 공증인이 사는 거리에 도달할 즈음엔 완전히 녹초가 돼서 기진맥진한 채 펑펑 흐르는 눈물을 억누를 수 없었다.

하지만 마침내 목적지에 도달하니 마음이 놓였다. 사무실 창문으로 새어 나오는 불빛이 보일 때는 안 늦었다는 희망까지 솟았다. 그래서 손등으로 눈물을 훔치고, 계단을 살금살금 올라서 유리문 사이로 안을 살폈다.

척스터는 책상 뚜껑 뒤에 서서 소매 끝을 당기고 목깃을 세우고 넥타이를 우아하게 꾸미고 조그만 삼각형 거울을 보며 구레나룻을 살그머니 다듬는 등, 퇴근할 준비에 몰두했다. 재를 긁어낸 벽난로 앞에는 신사

두 명이 있으니, 한 명은 공증인이 확실하고, 다른 한 명은 (외투 단추를 채우는 걸 보면 곧 퇴근할 모양인데) 아벨 갈랜드가 확실했다.

조그만 염탐꾼은 상황을 살피며 생각하다, 아벨이 나올 때까지 거리에서 기다리기로 작정했다. 그러면 척스터랑 마주칠 염려 없이 전갈을 어렵지 않게 전달할 수 있을 것 같았다. 그래서 살그머니 빠져나오고 거리를 건너, 맞은편 건물 현관 계단에 앉았다.

조그만 하녀가 계단에 앉자마자, 당나귀 한 마리가 거리에 나타나서 머리를 사방으로 돌리며 이리 갔다 저리 가는 식으로 춤추며 다가왔다. 뒤에 조그만 마차가 달리고 사내 한 명이 올라탔는데, 당나귀는 사내도 마차도 관심이 없는 듯 뒷다리로 일어서다 멈추고 다시 가다 멈추고 뒤로 가거나 옆으로 가길 되풀이하는 걸 보면, 세상에서 가장 자유로운 동물이라는 환상에 사로잡힌 것 같았다. 그렇게 공증인 사무실 입구로 오자, 사내는 "이제 워어" 하고 정중하게 소리쳐, 여기에서 멈추면 좋겠다는 희망을 은근히 비추었다. 당나귀도 순간적으로 멈추더니, 멈추라는 곳에 멈추면 불편하고 위험한 선례를 남길 수 있다는 생각이 불쑥 떠오른 듯, 거리 모서리로 빠르게 달리다 빙글 돌아서 돌아온 다음에 비로소 스스로 멈췄다.

"아! 너는 훌륭한 당나귀야! 너한테 상을 주고 싶어…… 정말이야."

사내가 말하는데, 인도에 무사하게 완전히 내릴 때까지는 본색을 감히 못 드러내는 것 같고, 아벨은 목에 숄을 두르면서 계단을 내려오며 물었다.

"저 아이가 어떻게 했나요?"

"이놈이 사람 속을 바싹바싹 태우더군요. 정말 버릇없는 악당이에요…… 이제 워어, 알겠니?"

여인숙 말구종이 대답하자, 아벨이 마차에 올라타서 고삐를 잡으며 말했다.

"이 아이가 가만히 있질 않아요, 그렇게 욕하면. 하지만 잘 다루면 말을 잘 듣는답니다. 정든 마부를 잃고서 다른 사람은 손조차 못 대게 하다 오늘 아침에 처음 나온 거예요. 전등 불빛이 방향을 제대로 잡았나요? 좋아요. 내일도 이 아이를 여기로 데려오세요, 괜찮다면. 그럼 안녕히 계시길!"

그러자 당나귀는 한두 차례 급히 가다 멈추더니, 아벨이 가만히 당기는 고삐를 받아들이고 점잖게 달렸다.

이러는 동안 척스터가 문가에 줄곧 있어서, 조그만 하녀는 감히 다가갈 수 없었다. 그래서 마차를 쫓아 힘껏 달리며 아벨에게 멈추라고 소리칠 수밖에 없었다. 하지만 마차에 바싹 달라붙을 즈음엔 숨이 가빠서 소리칠 수도 없었다. 그런 참에 당나귀가 속도까지 높였다. 문제가 심각했다. 후작 부인은 마차 뒷부분을 재빨리 움켜잡고 여기에서 힘이 빠지면 포기할 수밖에 없다는 생각에 젖먹던 힘까지 자아내서 뒷자리로 오르다, 신발 한 짝을 완전히 잃어버렸다.

아벨은 다른 생각에 홀딱 빠져, 당나귀가 제대로 가도록 신경 쓸 뿐, 뒤를 안 돌아보고 꾸준히 나아갔다. 그래서 바로 뒤에 낯선 여자애가 있으리라곤 상상조차 못 하는 판에, 후작 부인은 가쁜 숨도, 신발 한 짝이 사라진 것도 달랜 다음에 비로소 자세를 가다듬고 그 귀에 대고 소리쳤다.

"저기요, 나리……"

아벨은 재빨리 돌아보다 깜짝 놀라서 당나귀를 멈추며 소리쳤다.

"하느님 맙소사, 이게 뭐야!"

심부름꾼은 여전히 숨을 헐떡이며 대답했다.

"놀라지 마세요, 나리. 아, 나리를 정말 힘들게 쫓아왔답니다!"

"무슨 일이야? 어떻게 올라탄 거니?"

"뒤로 올라탔어요. 부탁이니 마차를 계속 모세요, 나리…… 멈추지 말고…… 도심지로 곧장 들어가시겠어요? 부탁이니, 제발 서둘러주세요. 중요한 일이에요. 나리를 기다리는 사람이 있어요. 나리를 모셔오라고 저를 보냈어요. 그분은 키트 문제를 다 알아요. 결백하다는 걸 증명할 수 있다고요."

"얘야, 그게 무슨 말이니?"

"명예를 걸고 말하는데, 정말이에요. 하지만 마차를 제발 계속 모세요…… 빨리요, 제발! 시간을 너무 많이 뺏어 먹어서 그분은 제가 길을 잃은 줄 알 거예요."

아벨은 마지못해서 당나귀를 앞으로 나아가게 했다. 그런데 당나귀는 뭔지 모를 힘에 이끌리거나 색다른 변덕이 이는 듯, 앞으로 곧장 달렸다. 늦장도 안 부리고 이상한 행동도 없이 스위블러 하숙집 입구까지 빠르게 달리다 아벨이 세우는 자리에 곧바로 서고, 후작 부인은 빛이 희미하게 흘러나오는 창문을 가리키며 말했다.

"저기에요! 저 위쪽 방. 어서 따라오세요!"

순진한 건 누구도 못 따라오고 수줍은 건 누구보다 대단한 아벨로서는 당연히 겁먹고 망설일 수밖에 없었다. 사람을 이상한 곳으로 유인해서 물건을 빼앗고 죽인다는 말을 들었는데, 후작 부인처럼 이상한 여자애가 재촉하는 걸 보면 지금이 딱 그런 것 같았다. 하지만 키트를 떠올리고 다른 생각을 이겨냈다. 그래서 일거리를 찾아 기웃대는 사내에게 당나귀를 맡기고, 후작 부인에게 손을 잡혀서 끌리며 어둡고 좁은 계단을 올라갔다. 그러다 불빛이 희미한 병실로 끌려간다는 사실에, 침대에서 사내 한 명이 편히 잠잔다는 사실에 적지 않게 놀랐다.

"곤히 자는 모습이 대단하지 않나요? 아! 이삼일 전에 저분을 보시면 많이 놀랐을 거예요."

안내자가 진지하게 속삭였다.

아벨은 아무 대답도 안 했다. 사실대로 말하자면, 문 바로 옆에서 침대랑 최대한 떨어지려 애쓸 뿐이었다. 안내인은 상대가 망설이는 걸 이해하는 듯, 다 탄 심지를 잘라서 촛불을 키워, 그걸 잡고 침대로 다가갔다. 그러는 사이에 잠자던 사람은 깜짝 놀라며 깨어나고, 아벨은 초췌할 대로 초췌한 스위블러 얼굴을 알아보고 급히 다가가서 다정하게 물었다.

"맙소사, 어떻게 된 겁니까? 심하게 아팠나요?"

스위블러가 대답했다.

"네, 심하게. 죽을 뻔했답니다. 선생을 찾아간 친구가 아니라면 스위블러가 죽었다는 소식이 돌아다닐 수도 있었답니다. 후작 부인, 괜찮다면 한 번 더 악수합니다. 자, 앉으세요, 선생."

아벨은 자신을 데려온 사람의 신분을 듣고 깜짝 놀라면서 의자를 끌어다 침대 곁에 앉고, 스위블러는 물었다.

"여기까지 오는 사이에 후작 부인이 내용을 설명하던가요?"

"네. 저로선 어리둥절할 뿐입니다. 어떻게 받아들이고 어떻게 말해야 좋을지 모르겠습니다."

"그렇겠지요. 후작 부인, 의자를 가져와서 침대 옆에 앉겠소? 이제, 저한테 한 말을 이 신사분께 그대로 하세요, 구체적으로. 듣기만 하세요, 선생."

이야기가 다시 나왔다. 똑같은 내용이었다. 빼거나 더한 내용은 하나도 없었다. 그러는 동안 스위블러는 방문객만 꾸준히 바라보다, 이야기가 끝나는 순간에 그대로 이어받았다.

"얘길 전부 들었으니 까먹지 마세요. 나는 기운이 없고 머리가 어지러워서 아무런 제안도 못 하지만, 선생은 선생 친구들과 함께 무얼 어떻게 해야 하는지 알 겁니다. 시간이 많이 지난 터라 일분일초가 급합니다. 그동안 집으로 빨리 달렸다면, 오늘 밤은 더 빨리 달리세요. 나한테 한마디 하는 시간조차 아끼고 어서 나가세요. 후작 부인이 필요하면 언제든 찾아오세요. 내가 필요해도 언제든 찾아오시고요, 앞으로 일이 주일은 이렇게 있을 테니. 그럴 이유가 몇 가지 있답니다. 후작 부인, 불빛! 나를 보려고 조금이라도 시간을 지체한다면 절대로 용서하지 않겠습니다!"

더 다그치거나 설득할 필요는 없었다. 아벨은 곧바로 사라지고, 후작 부인은 아래층으로 내려가는 계단에 불빛을 비추다 돌아와서, 당나귀가 망설이지도 않고 전속력으로 달려갔다고 알려주었다.

"잘했어요! 믿음이 가요. 이제부터 아벨을 존경하겠어요. 어쨌든 음식과 맥주를 들어요, 많이 힘들었을 테니까. 맥주부터 마셔요. 그대가 마시는 모습을 보면 내가 마시는 만큼이나 기분이 좋아요."

조그만 간병인이 들을 수 있는 최고로 기분 좋은 말이었다. 그래서 스위블러가 충분히 만족하도록 먹고 마신 다음에 환자에게 마실 걸 주고, 모든 걸 말끔하게 정돈했다. 그런 다음엔 낡은 담요로 몸을 감싸서 벽난로 앞 양탄자에 눕고, 스위블러는 어느새 잠들어서 잠꼬대를 중얼댔다.

"깔아라, 깔아라, 잠자리를 깔아라. 아침이 밝아올 때까지 머물지니.[32] 안녕히 주무시오, 후작 부인!"

---

32) 토머스 모어가 쓴 'Oh Lady Fair'에 나오는 구절.

66장

스위블러는 아침에 깨어나는 순간, 여러 목소리가 속삭이는 느낌을 받았다. 침대 커튼 사이로 내다보니 갈랜드 노신사와 아벨과 공증인과 독신 남성이 후작 부인을 에워싸고 진지하게 말하는데, 목소리를 억누르는 게 자신이 깨어날까 두려워하는 것 같았다. 스위블러는 조심할 필요가 없다는 사실을 알리고, 신사 네 명은 침대 곁으로 곧장 다가왔다. 갈랜드 노신사가 제일 먼저 손을 내밀고 몸은 어떠냐고 물었다.

스위블러는 많이 좋아졌다고, 하지만 완전한 건 아니라고 대답하려는데, 조그만 간병인이 시샘하듯 손님들을 옆으로 밀치고 베개 쪽으로 다가와서 아침상을 내려놓고 힘들게 말하거나 대답하기 전에 음식부터 먹으라고 고집부렸다. 스위블러는 배가 무지하게 고픈 데다, 양고기랑 돼지고기 등 맛난 음식을 밤새도록 먹던 꿈이 너무나 생생한 터라 마른 토스트랑 묽은 차라도 도저히 물리칠 수 없어, 알겠다고, 다 먹겠다고, 다만 조건이 하나 있다면서 갈랜드 노신사 손을 맞잡으며 물었다.

"그 조건은, 제가 이걸 먹고 마시기 전에 다음 질문에 사실대로 대답하는 겁니다. 이미 늦었습니까?"

"간밤에 선생이 훌륭하게 시작한 작업을 마무리하는 거요? 아닙니다. 그 점은 마음을 놓으세요. 분명히 말하지만, 아직 안 늦었습니다."

노신사가 대답하자, 환자는 충분히 만족하고 아침을 맛나게 먹어대지만, 음식을 탐하는 열정보다는 간병인을 지켜보는 열정이 훨씬 대단해 보였다. 왼손으로 토스트 조각이나 찻잔을 들고서 한 입 깨물거나 마시는 사이에 오른손은 후작 부인 손바닥에 올려놓다, 음식 삼키는 동작 자체를 멈추어, 그 손을 더없이 진지하고 엄숙하게 움켜잡고 흔드는 건 물론 뽀뽀까지 하는 식이었다. 스위블러가 먹든 마시든 입에 무엇을 넣을 때마다 후작 부인은 얼굴이 형용할 수 없을 정도로 환하게 밝아지다, 스위블러가 고마운 표시를 할 때는 얼굴에 그늘이 깔리면서 흐느꼈다. 환하게 웃으며 좋아할 때도 흐느낄 때도 후작 부인은 하소연하는 눈빛으로 손님들을 돌아보니 '이 사람을 보세요…… 이러니 제가 어쩌겠어요?'라 말하는 것 같고, 손님들은 하나같이 '맞아요. 당연해요'라는 표정으로 대답하는 것 같았다. 무언극은 환자가 아침을 드는 내내 계속되고, 환자 자신도 창백하게 여윈 표정으로 적지 않은 역할을 담당하니, 식사 때마다, 좋은 내용이든 나쁜 내용이든, 처음부터 끝까지 아무 말 않고 가벼운 동작으로 모든 걸 표현해도 될 것 같다는 생각마저 자연스레 떠오를 정도였다.

마침내 – 사실대로 말하자면, 얼마 안 가서 – 스위블러는 회복기에 들어선 사람이 흔히 그러듯 토스트와 차를 충분히 먹어치웠다. 하지만 후작 부인이 보살피는 건 끝나지 않았다. 그 즉시 사라지더니 물이 가득한 대야를 들고 곧바로 돌아와서 손과 얼굴을 씻기고 머리를 빗겨, 그런 상황에 놓인 사람이 꾸밀 수 있는, 최대한 말끔하고 산뜻한 모습으로 가꾸어주는데, 다 큰 간병인이 어린애를 다루듯 동작 하나하나가 자신만만하고 활달했다. 이처럼 다양한 보살핌을 스위블러는 순순히 받아들이면서도 말할 수 없이 놀라고 고마워했다. 하지만 그것도 끝나자 후작 부인은 구석으로 멀찌감치 물러나서 (그동안 다 식은) 초라한 아침을 들고, 스위블러는 그쪽을 바라보며 허공에 대고 열심히 악수하다, 정신을 차리고 고개를 돌리며 말했다.

"신사 여러분, 용서하십시오. 저처럼 죽을 뻔하다 깨어난 사람은 금방 지친답니다. 하지만 이제 충분히 말할 정도로 기운이 납니다. 의자가 부족하니 괜찮다면 침대라도 앉으시어……"

"우리가 어떻게 도우면 좋겠소?"

갈랜드 노신사가 다정하게 묻자, 스위블러가 대답했다.

"저기에 계신 후작 부인을 진짜 후작 부인처럼 정중하고 진지하게 대하신다면 저로선 더할 나위 없이 고맙겠습니다. 하지만 그럴 수 없으시다면, 그리고 저한테 물은 게 저를 돕는 방법이 아니라 여러분에게 관심이 훨씬 많이 가는 사람을 돕는 방법이라면, 여러분이 생각하신 방법부터 저한테 알려주십시오."

"다른 사람이 여기를 금방 찾아올 거라, 우리가 그 전에 찾아온 이유도 바로 그거라네. 앞으로 우리가 취할 행동을 자네가 궁금하게 여길 것 같았거든. 그래서 자네부터 만난 다음에 본격적으로 움직일 생각이라네."

독신 남성이 설명하자, 스위블러가 대답했다.

"신사 여러분, 고맙습니다. 여러분이 보시듯 저처럼 꼼짝할 수 없는 사람은 마음만 급하거든요. 그러니 저한테 방해받지 마시고 계속 말씀하십시오, 선생님."

"그럼, 착한 친구, 자네도 알다시피 이번에 운 좋게 드러난 사실은 우리도 전혀 의심하지 않지만……"

"후작 부인이 한 말이요?"

스위블러가 후작 부인을 가리키며 묻고, 독신 남성은 계속 말했다.

"그래, 물론 후작 부인이 한 말이지. 우리는 그 말도, 그 내용을 제대로 활용하는 즉시 불쌍한 아이가 사면받고 풀려날 거란 사실도 의심하지 않지만, 나쁜 짓을 꾸민 주범을, 퀼프를, 과연 그 내용만 가지고 잡아넣을 수 있을지는 극히 의심스럽다네. 그래서 짧은 시간이나마 끊임없이 토론한 결과, 우리는 어려울 가능성이 크다는 결론에 거의 도달했다는 사실을 자네한테 알려야 하겠네. 설사 우리가 누굴 놓친다 해도 그놈만큼은 절대로 놓치지 말아야 한다는 건 자네도 우리랑 생각이 같을 거야.

설사 누가 빠져나가는 한이 있더라도 그놈만큼은 절대 못 빠져나가게 해야 한다는 건 자네도 우리랑 똑같을 거야."

"당연히 그렇습니다. 누군가 빠져나가야 한다면요. 하지만 분명히 말씀드리는데, 누구도 놓치고 싶지 않습니다. 법이 모두한테 공평하다면 저는 누구든 나쁜 짓을 한 사람은 처벌받아야 하는 거 아닙니까?"

스위블러가 말하자, 독신 남성은 세상이 꼭 그렇게 돌아가는 건 아니라는 표정으로 빙그레 웃으며 자신들이 심사숙고해서 제일 먼저 취하기로 한 전술을, 점잖은 샐리에게 자백부터 받아낸다는 계획을 설명했다.

"우리가 얼마나 많이 파악했는지, 어떻게 파악했는지 알려주는 거야. 그래서 충분한 협조를 받아, 다른 두 사람을 효과적으로 처벌한다면 우리도 그 여자한테 책임을 안 묻겠다고 제안하는 거야."

스위블러는 그 계획에 찬성할 수 없다고, 늙은 수컷은 (샐리는) 퀼프 이상으로 다루기 힘들다고, 아무리 협박하고 구슬리고 양보해도 절대로 항복하거나 굴복하지 않을 거라고, 그 여자는 쉽게 녹여서 다른 모양으로 바꿀 수 있는 놋쇠(brass, 브라스: 역주)가 절대 아니라고, 한 마디로, 여러분은 그 여자 상대가 안 된다고, 확실하게 질 수밖에 없다고, 투박하지만 최대한 온건하게 주장하려 애썼다. 하지만 다른 방법을 촉구하는 건 소용이 없었다. 설명은 독신 남성 혼자 했으나, 모든 신사가 또렷하게 결심한 표정이었다. 행여나 독신 남성이 입을 다물면 다른 신사가 일제히 달려들어서 주장할 것 같았다. 한 마디로, 확신과 열망이 너무나 강한 나머지 아무리 합리적으로 말해도 설득할 수 없는 정도였다. 그 결정을 되돌리게 하느니 매섭게 몰아치는 태풍을 되돌리는 편이 차라리 쉬울 것 같았다. 그래서, 갈랜드 노신사와 공증인과 독신 남성은 그동안 키트 어머니와 아이들을 어떻게 보살폈는지, 당사자 키트도 꾸준히 보살피고 형량도 줄이려고 얼마나 노력했는지, 유죄를 나타내는 증거는 강력하고 무죄라는 희망은 계속 줄어드는 사이에서 얼마나 흔들렸는지, 하지만 오늘 밤 안으로 모든 문제가 바람직하게 풀릴 테니 스위블러는 편히 쉬면서 기다리라는 말과 함께 다정하고 친절한 말을 엄청 덧붙인 다음, 스위블러가 열병으로 다시 쓰러져서 죽기 직전에 떠났다.

아벨은 그대로 남아서 자기 시계와 방문을 툭하면 살피는 가운데, 짐꾼이 커다란 짐을 메고 올라와서 바깥 층계참에 쿵! 내려놓는 소리에 건물 자체가 흔들리는 듯, 얼마 없는 그릇이 선반에서 울리는 바람에 스위블러는 짧은 낮잠에서 깨어났다. 아벨은 소리를 듣자마자 벌떡 일어나고 달려가서 방문을 열었다. 그러자, 보라! 힘센 일꾼 한 명이 거대한 바구니 하나를 들고 방으로 들어와서 꾸러미를 풀어, 차와 커피, 포도주, 살짝 구운 빵, 오렌지, 포도, 바로 끓여 먹도록 손질한 닭고기, 족발 젤리, 칡, 야자 전분, 맛난 강장식품 같은 보물을 하나씩 꺼내니, 조그만 하녀는 상점이 아닌 집에도 그렇게 많은 식품이 있을 수 있다는 생각을 한 번도 한 적이 없어, 신발 한 짝만 신고서 그 자리에 못 박힌 채 할 말을 잊고 입과 눈에 물기가 어렸다. 하지만 아벨은 안 그러고, 힘센 일꾼은 자신만큼 커다란 바구니에서 순식간에 내용물을 모두 꺼내고, 훌륭한 노부인은 (똑같이 커다란) 바구니에서 나오기라도 한 것처럼 갑자기 나타나서 발끝으로 조용히 걸어, 이번엔 여기에, 이번엔 저기에, 그러다 사방에 동시에 출몰하며 찻잔에 젤리를 따르고, 조그만 냄비에 닭고깃국을 삶고, 환자가 먹도록 오렌지 껍질을 까서 조그만 조각으로 자르고, 조그만 하녀에게 포도주잔을 건네서 요리 준비가 끝날 때까지 조금씩 골고루 먹도록 열심히 권했다.

스위블러는 전혀 예상치 못한 광경을 어리둥절한 표정으로 지켜보다가 오렌지 두 조각과 조그만 젤리를 먹고, 힘센 일꾼이 엄청난 음식과 재료를 놔둔 채 텅 비운 바구니를 들고 나가는 모습을 지켜보다, 너무나 놀라운 현실에 가슴이 벅차올라서 다시 쓰러져 깊이 잠잘 수밖에 없었다.

한편 독신 남성과 공증인과 갈랜드 노신사는 카페로 가, 미지의 친구가 만나서 상의할 게 있으니 당장 오길 바란다는 편지를 간략하고 신비로운 어투로 써서 인편으로 샐리에게 보냈다. 심부름꾼은 맡은 일을 제대로 수행하니, 편지를 전달하고 돌아온 지 10분도 안 돼서 샐리가 나타났다. 그래서 독신 남성은 혼자 기다리다 맞이했다.

"어서 오세요, 아가씨, 자리에 앉으시죠."

샐리는 딱딱하고 냉정한 태도로 자리에 앉는데, 미지의 친구라는 사람이 하숙인이란 사실에 안 놀라는 것 같고, 실제로도 그랬다.

"내가 보자고 했으리란 예상은 못 했겠죠?"

독신 남성이 묻자, 미인이 대답했다.

"아무러면 어떻겠습니까. 업무상 문제라고 추측할 뿐입니다. 하숙방 때문이라면 우리 오빠한테 통지하거나 하숙비를 낼 테니까요. 그러면 간단하게 해결되니까요. 선생은 책임 있는 당사자니, 합당한 비용이든 합당한 통지든 법적 효력이 있거든요."

"좋은 의견은 감사히 받겠소. 나도 그 생각에 전적으로 공감하오. 하지만 내가 아가씨와 상의하고 싶은 건 그게 아니오."

"아! 그렇다면 구체적으로 말씀하시겠어요? 우리 업무와 관련이 있나요?"

"네, 법과 관련이 있는 건 확실합니다."

"좋습니다. 오빠든 저든 상관없습니다. 업무 내용 접수나 법적 조언은 제가 할 수 있으니까요."

샐리가 말하자, 독신 남성이 일어나서 내실로 통하는 문을 열며 말했다.

"나 말고도 관계 당사자가 있으니 다 같이 얘기하는 게 좋겠소. 자, 샐리 양이 왔습니다, 신사분들."

갈랜드 노신사와 공증인이 무겁게 쳐다보며 들어와서는 독신 남성 양옆으로 의자를 하나씩 끌어다 점잖은 샐리를 에워싸서 구석으로 몰아붙이는 형상으로 앉았다. 샐리 오빠 브라스라면 이런 상황에서 당황하거나 불안할 게 분명하지만, 샐리는 조금도 안 흔들리고 양철통을 꺼내서 코담배를 손가락으로 차분하게 집었다. 이런 위기 상황에서 공증인이 먼저 입을 열었다.

"샐리 양, 우리 같은 전문직 종사자는 서로를 이해하니 마음만 먹는다면 각자 할 이야기를 몇 마디로 간략하게 표현할 수 있겠지요. 도망간 하녀를 광고하셨나요, 며칠 전에?"

"으음, 그게 어때서요?"

샐리가 대답하는데, 갑자기 얼굴에 빨간 기운이 번졌다.

"하녀를 찾았습니다, 아가씨. 하녀를 찾았어요."

공증인이 주머니에서 손수건을 화려하게 꺼내며 말하자, 샐리가 급히 물었다.

"누가 찾았나요?"

"우리가 찾았소, 우리 셋이, 간밤에. 그 전에 찾았다면 벌써 통보했겠지요."

공증인이 대답하자, 샐리는 죽을 때까지 부정하겠다는 표정으로 팔짱을 끼면서 말했다.

"그렇군요. 하실 말씀이 뭔가요? 하녀한테 들은 내용이겠지요, 당연히. 그렇다면 증명해 보세요. 증명하시라고요. 하녀를 찾았다고 하시는데, 내가 말씀드릴 수 있는 건 (행여나 모르실까 해서 말하는데) 선생님들은 거짓말에 좀도둑질까지 하는, 세상에서 가장 교활하고 사악하기 그지없는 사기꾼을 찾아냈다는 거예요…… 지금 여기에 있나요?"

그러면서 샐리가 주변을 매섭게 둘러보았다.

"아니요, 없소. 안전한 곳에 있소."

공증인이 대답하자, 샐리는 조그만 하녀 코를 힘껏 잡아 비틀기라도 하듯 양철통에서 코담배를 힘껏 꼬집어 비틀며 말했다.

"하! 지금 이 순간부터 하녀가 별 탈 없이 지낼 것을 제가 여러분에게 보장하겠습니다."

"나도 그러길 바라오. 주방 열쇠가 두 개라는 건 하녀가 도망친 다음에 알았나요?"

공증인이 묻자, 샐리는 코담배를 다시 집더니, 머리를 한쪽으로 기울인 채 가만히 쳐다보는데, 얼굴이 묘하게 떨리긴 해도 교활한 표정은 여전하고, 공증인은 다시 말했다.

"열쇠 두 개 가운데 하나를 지닌 덕분에 하녀는 당신네가 단단히 가두었다고 여기던 밤만 되면 밖으로 나와서 곳곳을 돌아다니고, 당신네가 은밀히 상의하는 내용을 엿듣기도 했는데, 그 가운데는 오늘 판사 앞에서 구체적으로 증언할 내용도 있으니, 당신도 그 자리에서 하녀가 하는 말을 똑똑히 듣겠군요, 누구보다 결백한 젊은이가 절도죄로 불행하게 잡혀가기 전에 당신이 브라스 변호사와 꾸민 음모, 당신이 증인 하녀를 비참하게 학대한 만큼이나 끔찍한 흉계, 몇 가지 강력한 증언을."

샐리는 코담배를 다시 집었다. 얼굴은 놀라울 정도로 태연하지만 완벽하게 기습당했다는 건, 하녀 때문에 추궁당하겠다고 예상한 내용이 완전히 어긋났다는 건 또렷하게 드러나고, 공증인은 계속 말했다.

"자, 자, 샐리 양, 태연자약한 척하지만 모진 흉계가 드러날 거란 사실은, 그래서 공모자 두 명이 법정으로 끌려갈 거란 사실은 상상조차 못 했겠지요. 이제 당신도 앞으로 겪을 수밖에 없는 형벌과 고통을 알 테니 내가 자세히 설명할 필요는 없겠지만, 당신한테 제안하겠습니다. 끔찍한 악당 가운데 한 명은 교수형을 안 당하는 영광을 말입니다. 감히 말하자면, 아가씨는 모든 점에서 오빠 못지않은 능력을 지녔으니까요. 하지만 두 사람과 관련해서 제삼자가, 퀼프라는 악당이, 극악무도한 흉계를 주도한 악마가, 두 사람보다 극악한 주범이 있습니다. 당신 오빠를 위해서라도 이번 사건이 일어난 과정을 모두 자백하세요. 그렇게 한다면 우리가 아가씨를 - 지금은 바람직한 위치가 아니니 - 훨씬 유리한 위치에 올려놓고, 아가씨 오빠가 교수형 당하는 사태는 없게 하겠습니다. 아가씨와 오빠에게 불리한 증거는 이미 (들었듯) 우리한테 충분하니까요. 이렇게 제안하는 건 자비를 베풀려는 게 아니라 이렇게 할 수밖에 없기 때문이니, 아가씨가 좋은 쪽으로 판단하길 바랍니다."

위써던 공증인이 시계를 꺼내며 덧붙였다.

"이런 일은 시간이 무엇보다 중요하니까 최대한 빨리 결정해서 알려주세요, 아가씨."

샐리는 얼굴에 미소를 머금고 세 사람을 차례대로 보면서 코담배를 두세 차례 집더니, 남은 게 거의 없자, 엄지와 검지로 양철통 바닥을 긁고 한 차례 더 긁었다. 그래서 손가락으로 집고는 양철통을 주머니에 넣으며 말했다.

"당장 받아들이거나 거절해야 하나요?"

"그렇소."

위써던이 대답하자, 매혹적인 여인이 입을 열려는 순간에 문이 급히 열리더니, 브라스가 머리를 불쑥 들이밀며 다급하게 소리쳤다.

"실례합니다, 잠깐만 기다리세요!"

브라스는 갑작스러운 등장에 사람들이 깜짝 놀라는 건 조금도 신경을 안 쓰고, 안으로 기어들어서 문을 닫고, 손에 든 번지르르한 장갑이 유골이라도 되는 듯 비열하게 입을 맞추곤, 더없이 비굴하게 허리를 숙이며 인사했다. 그리고 말했다.

"샐리, 잠시 입 좀 다물어, 내가 말하게. 신사 여러분, 세 분이 모여서 의견 일치를 보고 단결하신 모습을 보니 기쁘다고 한다면, 아마 여러분은 제 말을 못 믿으실 겁니다. 하지만 비록 제가 불행하긴 해도 – 아니, 신사 여러분, 이 모임에 맞게 거칠게 표현한다면 범죄를 저지르긴 했어도 – 저한테는 다른 사람과 똑같은 감정이 있습니다. 감정은 사람에게 공통된 운명이라고 예전에 시인이 노래했지요. 그 시인이 돼지로 변신했더라면, 신사 여러분, 그래서 그런 노래를 뱉어냈다면, 지금까지 불멸의 시인으로 남았을 겁니다."

"바보가 아니라면 입 다물어."

샐리가 모질게 말하자, 오빠가 대답했다.

"내 사랑, 샐리, 고마워. 나도 내가 무슨 말을 하는지 아니까, 내 사랑, 내 생각을 말하는 자유를 누리겠어. 위써던 선생님, 손수건이 주머니 밖으로 나왔네요…… 괜찮다면 제가……"

브라스가 말하면서 손수건을 넣어주려고 다가가자, 공증인은 경멸스럽다는 표정으로 몸을 피했다. 그러자 브라스는 평소와 달리 얼굴은 까지고, 한쪽 눈은 멍들고, 모자는 심하게 구겨진 모습으로 멈춘 채 고통스러운 미소를 머금고 주변을 둘러보며 중얼거렸다.

"내가 그 머리에 숯불을 쌓으려 하니[33] 그분은 나를 피하는구나. 아아! 나는 무너지는 집이고, (내가 누구보다 존경하고 사랑하는 신사분을 이렇게 표현해도 된다면) 생쥐는 나한테서 도망치는구나! 신사 여러분,

33) 로마서, 12장 20절, '숯불을 그 머리에 쌓아놓으리라'는 '원수를 사랑하라'는 의미다.

누이동생이 여기로 오는 걸 우연히 보고서 도대체 무슨 일인지 궁금하게 여기다 자연스레 의심이 떠올라서 쫓아와, 여러분이 나누는 대화를 들었으니, 감히 한 마디 올려도 되겠습니까?"

"미치지 않았다면 거기서 멈춰, 더 말하지 말고."

샐리가 가로막자, 브라스는 정중한 자세 그대로 대답했다.

"내 사랑, 샐리, 정말 고맙지만 계속 말하겠어. 우리 집 하숙인으로 후한 대접을 받으신 신사분은 말할 것도 없고, 위써던 선생님께선 지금까지 제가 똑같은 분야에서 일하는 영광을 누렸으니 제 제안을 단번에 거절할 수도 있겠다는 생각이 듭니다. 정말입니다."

브라스는 공증인이 말을 막으려는 걸 보고서 재빨리 소리쳤다.

"아니요, 친애하는 선생님, 계속 말하게 해주십시오, 제발."

위써던 공증인은 입을 다물고, 브라스는 얼굴을 내밀어서 까맣게 멍든 눈두덩을 보여주며 계속 말했다.

"부탁이니 여길 보신다면, 제가 왜 이렇게 됐는지 궁금한 생각이 들 겁니다. 얼굴까지 보신다면, 곳곳에 긁힌 자국이 왜 생겼는지 의아할 겁니다. 모자까지 보신다면, 왜 이렇게 찌그러졌는지도요, 신사 여러분."

브라스가 모자를 주먹으로 힘껏 내려치며 덧붙였다.

"모든 의문점에 저는 한 마디로 대답하겠습니다…… 퀼프라고!"

신사 세 명은 서로를 쳐다볼 뿐 아무 말 않고, 브라스는 여동생에게 확실히 알아두라는 듯 힐끗 쳐다보더니 평소와 또렷하게 대비되는, 원한이 가득한 어투로 말했다.

"모든 의문점에 한마디로 대답은 퀼프니…… 그자는 저를 더러운 소굴로 유인해 불에 그을려, 불에 데고 멍들고 상처까지 입는 모습을 재밌게 구경하며 깔깔댄 자 - 수없이 만나는 내내 저를 똥개 이상으로 취급한

적이 한 번도, 단 한 번도 없는 자 – 제가 온 마음을 다해서 언제나 증오했으나 최근처럼 증오한 적은 한 번도 없는 자입니다. 이번 음모를 처음 꾸몄으면서도 자신은 상관이 없는 척하는 자입니다. 저는 그자를 믿을 수 없습니다. 이번 문제가 살인사건이었다 해도, 저한테 겁을 줄 수 있는 한, 으르렁대며 큰소리치고 빤한 거짓말을 늘어놓는 식으로 발뺌할 게 분명합니다."

브라스가 모자를 다시 집고 머리에 써서 멍든 눈을 가리더니, 더없이 비굴하게 몸을 웅크리며 계속 말했다.

"그 결과는 무어란 말입니까? 그래서 제가 어떻게 되었습니까, 신사 여러분? 이 표시를 보면 충분히 짐작하겠지요?"

아무도 말하지 않았다. 브라스는 가만히 서서 능글맞게 웃는 게 멋진 수수께끼라도 낸 것 같았다.

"한마디로 말해서, 결과는 이걸로 나타났습니다. 진실이 누구도 부정할 수 없는 형태로 드러났다면 – 진실은 그 자체로 극히 장엄하고 웅장하나, 신사 여러분, 다른 것도 장엄하고 웅장하며, 천둥 번개 같은 게 좋은 사례고, 그걸 볼 때마다 늘 기뻐할 필요는 없으니 – 그자가 저를 배신하는 것보다는 제가 그자를 배신하는 게 좋습니다. 저는 이제 완전히 끝났습니다. 따라서 누구든 자백해야 한다면 제가 자백해서 이익을 누리겠습니다. 사랑하는 샐리, 굳이 비교하자면 너는 안전하잖아. 나는 자백해서 살길을 찾아야겠어."

이 말과 함께 브라스는 전부 다 급하게 털어놓으며, 사랑스러운 고객은 최대한 무겁게 묘사하고 자신은 성인처럼 고결한 인격체로 묘사하면서도 인간적인 약점은 있다는 걸 인정했다. 그러다 결론처럼 말했다.

"신사 여러분, 저는 무어든 대충하는 성격이 아닙니다. '한번 시작한 일은 끝장을 내라'는 격언처럼 끝장을 보겠습니다. 여러분은 저를 마음껏 활용하시고 어디든 데려가십시오. 모든 내용을 자술서로 작성하길 바라시면 당장 작성하겠습니다. 여러분 역시 그만큼 저를 배려하실 테니까요. 저는 여러분이 저를 배려하실 거라 확신합니다. 여러분은 명예를 존중하는 신사며 인정이 있습니다. 저는 필요성 때문에 퀼프한테 굴복했습니다. 궁핍하면 법도 없다[34]는, 궁핍한 건 그 자체로 해결해야 한다는 말이 있으니까요. 제가 여러분한테 굴복하는 건 궁핍하기도 하고 대책이기도 하며 제 마음속에 오랫동안 깃든 감정이기도 합니다. 퀼프를 처단하세요, 신사 여러분. 퀼프를 내리찍으세요. 가루로 만들어버리세요. 발로 짓밟으세요. 그자가 저한테 그랬으니까요, 오랫동안."

드디어 이야기를 마무리하자, 브라스는 분노를 삭여서 장갑에 다시 키스하고, 비겁자 특유의 기생충 같은 미소를 머금었다.

샐리는 그때까지 가만히 앉아서 두 손에 기대던 머리를 추켜들어, 씁쓸하게 비웃는 표정으로 브라스를 머리끝에서 발끝까지 훑어보며 한탄했다.

"이런 게 오빠라니! 남성다운 기질이 있을 거라 믿고서 그동안 땀 흘려 거들었는데, 이런 자밖에 안 되다니!"

"사랑하는 샐리, 그 말은 우리 친구들을 훼방 놓는 말이야. 너무 실망한 나머지, 샐리, 무슨 말을 하는지도 모르면서 속마음을 드러내는 거라고."

브라스가 두 손을 힘없이 비비며 말하자, 사랑스러운 아가씨가 반박했다.

---

34) 'necessity has no law'는 '사흘 굶어 도적질 안 할 놈 없다'는 뜻이나, necessity란 표현을 살려야 해서 '궁핍'이라 번역했다.

"그래, 비열한 배신자. 나는 너를 알아. 너는 내가 먼저 자백할까 두려웠던 거야. 하지만 내가 단 한 마디라도 털어놓았을 것 같아? 나는 끝까지 거부했을 거야, 저 사람들이 20년을 쫓아다니며 빌어도!"

브라스는 비열한 마음속 깊은 곳에서 자신을 여자로 여기고 동생을 남자로 여기는 듯, 자신에게 조금이라도 남은 남성성을 샐리에게 모두 넘겨주려는 듯, 억지로 웃으며 말했다.

"헤헤! 생각은 그렇겠지, 샐리, 생각은 그럴 거야. 행동은 완전히 다르겠지만, 착한 동생. 너도 폭시 - 존경스러운 우리 아버지랍니다, 신사 여러분 - 금언을, '모든 사람을 의심하라'는 금언을 외면할 수 없잖아. 평생을 안고 살아가야 할 금언이니까! 내가 여기에 들어올 때, 설사 너는 자신을 위해 거래할 생각이 없었더라도, 지금쯤엔 어쩔 도리가 없었을 거야. 그래서 내가 선수를 친 거야. 그래서 너한테 고민거리와 불명예를 덜어준 거라고."

브라스가 자신감을 살짝 되찾으며 덧붙였다.

"불명예가 있다면, 그건, 신사 여러분, 제가 감수하겠습니다. 여성이 불명예를 겪는 건 막아야 하니까요."

너무나 지당한 주장을 하고, 선친의 위대한 권위에 확실하게 따른다 해도, 선친이 제시하고 자식이 실천하는 고상한 원칙이 늘 바람직한지, 실제로 바람직한 결과를 낳는지 아닌지는 의심스럽다. 이건 정말 용감하고 대담한 의심이 아닐 수 없다. 세상을 잘 아는 사람, 지혜로운 고객, 영리한 똥개, 재빠른 사람, 황금 손 같은 사람 등, 다양한 인물이 이런 원칙을 북극성 같은 지침으로 여기며 하루하루를 살아가기 때문이다. 하지만 솟구치는 의심을 가만히 달래는 게 좋을 때도 있다. 브라스가 심하게 의심하지 않았다면, 그래서 살며시 엿듣지 않았다면, 이번 만남을 여동생 혼자 바람직하게 풀도록 했다면, 혹은 살며시 엿들었다 해도

(불신과 자기 연민이 너무나 강한 터라 애초에 불가능하지만) 여동생 의중을 너무 성급하게 예단하지 않았다면, 브라스 자신에게 훨씬 바람직한 결과가 나올 수도 있었으니 말이다. 하지만 세속적인 인물은, 온몸에 갑옷을 걸치고 살아가는 인물은, 늘 현미경으로 살피며 경계하느라 아무렇지 않을 때조차 쇠사슬 갑옷을 걸치는 불편함과 어리석음은 차치하더라도, 나쁜 걸 막느라 좋은 것까지 막을 때가 많지 않던가!

신사 세 명은 따로 모여서 토론했다. 짧은 논의를 마치자, 공증인은 탁자에 있는 문방구를 브라스에게 가리키며 자술서를 쓰겠다면 지금 기회를 주겠다고 알렸다. 그와 동시에, 치안판사를 곧바로 찾아가야 한다는, 모든 행동과 말은 전적으로 브라스 자신의 판단에 따른 거라는 다짐까지 받았다.

브라스는 두 손에서 장갑을 벗어, 사람들 앞에서 바닥을 기는 마음으로 말했다.

“신사 여러분, 저한테 필요한 건 충분히 배려하겠다는 보장입니다. 충분히 배려하지 않으신다면 진실이 드러났더라도 저는 세 분께 끝까지 저항할 수밖에 없으니, 제가 깨끗이 자백하는 건 여러분한테 달렸습니다. 위써던 선생님, 머리가 어지러우니…… 종을 울려서 따듯하고 짜릿한 음료수를 주문해 주시는 은혜를 베푸신다면, 비록 엄청난 일을 겪긴 했지만, 선생님의 건강을 빌며 음료수를 마시는 울적한 기쁨이나마 누리겠습니다.”

그러더니 구슬픈 미소를 머금은 얼굴로 둘러보며 덧붙였다.

“저는 세 신사분 모두 법조인 거리 초라한 거실에 모시고 마음껏 대접하길 예전부터 기원했습니다. 하지만 그런 희망은 이제 몽땅 날아갔군요. 아아!”

브라스는 커다란 충격이 쌓여서 음료수가 올 때까지 더 말할 수도 생각할 수도 없었다. 그러다 음료수를 받아 꿀꺽꿀꺽 정신없이 들이켠 다음에 비로소 앉아서 자술서를 쓰기 시작했다.

그러는 동안 사랑스러운 샐리는 팔짱도 끼고 뒷짐도 지며 실내를 사내처럼 뚜벅뚜벅 거닐기도 하고 일어나서 코담배 통을 꺼내 뚜껑을 물어뜯기도 했다. 그래서 완전히 지칠 때까지 거닐다, 문 옆 의자에 앉아서 곯아떨어졌다.

이렇게 잠잔 건 속임수 같기도 했다. 어둑어둑한 초저녁에 아무도 안 보는 틈을 타서 살그머니 빠져나갔기 때문이다. 맨정신으로 마음먹고 도망친 건지, 몽유병이 있어서 잠자는 사이에 걸어나간 건지 여부는 여전히 논쟁거리지만, 한 가지만큼은 (이게 가장 중요한데) 모두 공감한다. 샐리가 어떤 상태로 걸어나갔든, 두 번 다시 안 돌아왔다는 사실이다.

어둑어둑한 초저녁이 되었다는 건 브라스가 자술서를 쓰는데 상당한 시간이 걸렸다는 의미다. 한참 고생하다 초저녁에 비로소 마무리해, 중요한 인물은 세 친구와 함께 전세 마차에 올라타고 찾아가니, 치안판사는 브라스를 지극히 따듯하게 맞이한 건 물론이고 다음 날도 만나는 기쁨을 확실하게 누리고자 안전한 곳에 가두고, 세 신사에게 다음 날 퀼프 체포영장을 확실히 발부하겠다고, 상황을 정리하고 (다행히도 지금 런던에 있는) 국무장관에게 보고해서 키트를 곧바로 무죄 석방토록 하겠다고 흔쾌히 약속했다.

이제는 정말이지 퀼프의 사악한 행위도 끝날 때가 다가오고, 천벌은 – 크면 클수록 더디게 다가오긴 해도 – 냄새를 또렷하게 맡고서 그 발자취를 확실하게 좇아가다, 순식간에 덮칠 것 같았다. 그 제물은 천벌이 살그머니 다가오는 것도 모른 채 승리감을 만끽하며 자기 길을 의기양양하게 걷지만, 천벌은 그 뒤꿈치에 가만히 따라붙으니, 옆으로 새는 법은 절대 없다!

세 신사는 용무를 마치고 하숙방으로 급히 돌아가고, 스위블러는 삼십 분이나 앉아서 쾌활하게 대화할 정도로 기운을 빠르게 추슬렀다. 갈랜드 노부인은 집으로 돌아갔지만 아벨은 남아있었다. 세 신사는 밖에서 일어난 일을 알려주고, 갈랜드 부자와 독신 남성은, 그리고 아벨은, 묘한 눈치를 채고 환자와 공증인과 조그만 하녀만 남겨둔 채 떠났다. 그러자 공증인이 침대 곁에 앉으며 말했다.

"병세가 많이 좋아졌으니 업무상 문제로 나한테 넘어온 내용을 당신한테 전달하는 위험을 감수하고자 하오."

공증인이 말하는 업무와 관련해서 위험을 감수할 문제는 스위블러에게 바람직한 기대감을 조금도 불러올 수 없었다. 편지로 이미 몇 차례 노골적으로 협박받은 외상값 문제를 마음속으로 떠올린 것 같았다. 그래서 침울한 얼굴로 대답했다.

"물론입니다, 선생님. 하지만 심하게 불쾌한 일은 아니길 바랍니다."

"그런 일이라면 더욱 좋은 시기를 골랐겠지요. 우선 알려줄 건, 조금 전에 떠난 신사들은 이 내용을 모른다는 것, 그분들이 당신한테 베푼 친절은 순전히 자발적일 뿐 대가를 바란 게 아니라는 것이오. 걱정도 덜고 부담도 덜라고 하는 말이오."

스위블러는 고맙다고, 정말로 부담을 덜 수 있으면 좋겠다고 대답하자, 공증인이 다시 말했다.

"지금까지 당신을 찾으려 애썼는데 이런 상황에서 찾을 줄은 몰랐소. 당신은 도싯 주 셸번에서 독신으로 살다가 돌아가신 레베카 스위블러의 조카요."

"돌아가셨어요?"

"돌아가셨소. 당신이 현재와 다른 방식으로 살았다면 (유언장도 그렇고 내가 보기에도 그런데) 2만5천 파운드를 상속받았을 거요. 그러나 실제로는 매년 150파운드 배당금이 떨어졌으니, 내가 볼 때는 그거라도 축하할 일 같소."

공증인 말에 스위블러는 동시에 울고 웃으며 대답했다.

"맞습니다, 선생님. 불쌍한 후작 부인을 학교에 보낼 순 있을 테니까요! 후작 부인이 비단옷을 입고 돈도 쓸 수 있을 테니까요! 그게 아니라면 나는 침대에서 절대로 안 일어날 테니까요!"

67장

앞에서 열심히 진술한 사실을 몰라, (앞으로 닥칠 일 역시 은밀하게 진행한 터라) 발밑에 지뢰가 잔뜩 깔렸다는 사실 역시 꿈도 못 꾸니, 퀼프는 자신이 부추긴 흉계가 성공했다는 상황에 크게 만족할 뿐 아무런 의심도 없이 외딴 사무실에 틀어박혀서 지냈다. 회계를 정리하는 작업에, 외딴곳에서 혼자 조용히 진행하는 게 제일 좋은 업무에 열중하느라, 지난 이틀 동안 소굴에서 벗어나질 않았다. 삼 일째 되는 날에도 열심히 작업할 뿐 밖으로 나갈 마음은 조금도 없었다.

브라스가 자백한 다음 날, 그러니까 퀼프가 자유를 갑자기 억압당한 채 달갑지 않은 사실을 지극히 불쾌하게 통보받을 가능성이 많은 날이었다. 난쟁이는 평소처럼 기분이 상쾌할 뿐, 건물 위에 나직이 깔린 먹구름조차 알아차릴 수 없었다. 그래서 몸과 마음이 허락하는 선에서 작업에 깊이 빠져들다, 날카로운 비명을 지르거나 커다랗게 짖어대서 단조로운 일상에 변화를 주는 식으로 긴장을 풀었다.

곁에는 탐 스콧이 평소와 마찬가지로 벽난로 불길 앞에 두꺼비처럼 웅크리고 앉아서 때때로 주인이 등을 보일 때마다 잔뜩 찡그린 주인 표정을 흉내 냈다. 뱃머리 조각상은 아직도 있었다. 얼굴은 새빨갛게 달군 부지깽이에 끔찍하게 그을린 데다 코끝에 7cm짜리 못까지 박혔지만, 덜 망가진 부위에서 덤덤하게 웃는 모습은 가해자에게 새로운 분노와 모욕감을 불러일으키는, 옹골찬 순교자 같았다.

그날은 런던에서 지대가 높고 햇살이 잘 드는 지역마저 눅눅하고 어둡고 춥고 음울했다. 습한 저지대는 안개가 구석구석 두껍게 들어차서 1~2m 거리만 떨어져도 모든 게 희끄무레했다. 강물에서 반짝이는 경고등이나 불빛은 장막에 갇혀서 꼼짝을 못해, 사공은 노에 기댄 채 냉기가 살을 에는 공중에 대고 이따금 소리쳐서 자신이 가는 방향을 파악하려 애쓰고, 강물은 사방으로 마냥 뻗어 나가는 것 같았다.

안개는 굼뜨게 느릿느릿 움직이긴 해도 구석구석 파고들었다. 두꺼운 천이나 모피로 감싸도 막을 순 없었다. 잔뜩 움츠러든 여행자 뼛속까지 파고들어, 냉기와 고통을 차곡차곡 쌓아 올리는 것 같았다. 모든 게 눅눅하고 끈적끈적했다. 따듯한 불길이 홀로 맞서 싸우느라 흥겹게 널뛰며 반짝일 뿐이니, 집에서 벽난로 앞에 모여앉아, 이런 날씨에 여행객이 히스 꽃 만발한 황무지에서 길을 잃고 헤매는 얘기나 하면 딱 좋은 날, 따듯한 벽난로가 여느 때보다 소중한 날이었다.

알다시피 난쟁이는 벽난로를 독차지하는 게 취미라 잔치를 열고 싶으면 혼자서 마음껏 즐기는 식이었다. 그래서 실내에 머무는 안락한 느낌을 충분히 아는 터라 작업을 멈추고 즐겁게 지내기로 마음먹고, 석탄을 잔뜩 쌓아놓으라고 탐 스콧에게 지시했다.

난쟁이는 촛불을 새로 여러 개 켜고 불길에 연료를 잔뜩 넣고, 식인종 같은 방식으로 비프스테이크를 잔인하게 요리해서 깨끗하게 먹어치우고, 커다란 사발에 펀치 술을 넣어서 불에 올려놓고, 파이프에 불을 붙인 다음에 가만히 앉아서 초저녁을 느긋하게 보냈다.

바로 그 순간, 통나무 문을 나지막이 두드리는 소리가 관심을 끌었다. 그 소리가 두세 차례 되풀이되자, 난쟁이는 조그만 창문을 열어서 머리를 내밀고 누가 찾아왔는지 물었다.

"나예요, 퀼프."

여자 목소리가 대답하자, 난쟁이는 상대를 자세히 보려고 목을 길게 내빼며 소리쳤다.

"당신! 앙큼한 계집이 뭐하러 왔어? 괴물이 사는 성에 겁도 없이 찾아오다니, 엉?"

"소식을 전하러 왔어요. 그렇게 화내지 마세요."

"좋은 소식, 기쁜 소식, 남정네가 손가락을 튕기며 좋아할 소식인가? 사랑하는 노인네가 죽은 거야?"

"어떤 내용인지, 좋은 건지 나쁜 건지 몰라요."

부인이 대답하자, 퀼프가 핀잔을 주었다.

"노인네한테 문제가 생긴 건 아니군. 아직 살았어. 당장 돌아가, 나쁜 소리나 찍찍대는 여편네야, 그냥 돌아가!"

"편지를 가져왔으니……"

조그만 여인이 온순하게 말하는데, 퀼프가 차단하며 소리쳤다.

"창문 안으로 던지고 꺼져! 안 그러면 당장 나가서 얼굴을 긁어버릴 테니까."

"안 돼요, 제발, 퀼프…… 내가 말하는 걸 들어봐요, 제발!"

순종적인 부인이 눈물을 흘리며 하소연하자, 난쟁이는 심술궂게 웃으며 으르렁댔다.

"말해. 빨리, 짤막하게. 알겠어?"

그러자 부인이 덜덜 떨며 설명했다.

"오늘 오후에 어떤 소년이 우리 집으로 가져왔는데, 누가 보냈는지 모른다고, 그냥 갖다 주라는 말만 들었다고, 중요한 내용이니 당신한테 직접 전달해야 한다고 했어요."

남편이 편지를 받으려고 손을 내뻗는 순간, 부인이 덧붙였다.

"하지만 제발 부탁이니, 안에 들어가게 해주세요. 몸이 다 젖어서 얼마나 추운지, 짙은 안개를 뚫고 오느라 길을 몇 번이나 잃고 헤맸는지 몰라요. 불가에서 딱 오 분만 몸을 말리게 해주세요. 그럼 시키는 대로 당장 떠날게요, 퀼프. 맹세해요."

사랑스러운 남편은 잠시 망설였다. 하지만 답장을 써서 맡겨야 할지도 모른다는 생각이 들어서 창문을 닫고 문을 열어 안으로 들어오게 했다. 부인은 기꺼이 순종하곤 불길 앞에 무릎을 꿇고 앉아서 두 손을 녹이며 조그만 편지를 건네니, 퀼프는 재빨리 낚아채고 눈을 흘기며 말했다.

"나는 당신 몸이 축축하게 젖어서 기분이 좋아. 당신이 추운 것도 기분이 좋고, 당신이 길을 잃고 헤맨 것도 기분이 좋고, 울어서 눈이 새빨간 것도 기분이 좋아. 조그만 코가 꽁꽁 얼어붙은 걸 보니 마음이 놓여."

"아, 퀼프! 너무 잔인하세요!"

부인이 흐느끼니, 퀼프는 얼굴을 잔뜩 찡그려서 험상궂은 표정을 떠올리며 중얼거렸다.

"이 여자는 내가 죽었다고 생각했어! 내 돈을 몽땅 차지해서 좋아하는 놈팡이랑 결혼하려 했다고! 하하하! 이 여자가 그랬다고!"

이렇게 비웃어도 가련한 여인은 아무런 대답을 못 하고 무릎을 꿇은 채 두 손을 녹이며 흐느끼니 퀼프는 더없이 즐거웠다. 그런데 부인을 바라보며 껄껄대고 웃다, 탐 스콧이 좋아하는 모습을 우연히 보았다. 그 순간, 자신이 좋아하는 걸 옆에서 뻔뻔하게 뺏어 먹게 할 순 없다는 생각에, 난쟁이는 그놈 목덜미를 움켜잡고 문으로 질질 끌어 잠시 드잡이질한 끝에 발로 차서 마당으로 내쫓았다. 색다른 관심을 받은 대가로 탐은 그 즉시 물구나무서서 창문으로 가, 이런 표현도 가능하다면, 신발로 안을 들여다보는 건 물론, 몸이 뒤집힌 밴시 요정[35]처럼 유리창을 톡톡 두드렸다. 당연히 퀼프는 그 즉시 순결한 부지깽이를 움켜잡고 숨어서 기회를 노리다, 한두 차례 확실하게 사례하니, 탐은 물구나무선 채 사라지고, 퀼프는 혼자서 조용한 분위기를 장악한 채 편지를 바라보며 쌀쌀맞게 말했다.

"그래! 귀찮은 일도 처리했으니, 이제 편지를 읽어야겠어. 으흠! 내가 아는 글씨체로군. 아름다운 샐리!"

편지를 펼치니, 법을 좋아하는 손으로 예쁘고 또렷하게 쓴 글씨가 이렇게 흘러나왔다.

'오빠가 약속을 깨고 배신했어요. 전부 드러났어요. 당장 피하는 게 좋아요. 사람들이 들이닥칠 테니까요. 여태껏 조용한 건 갑자기 들이닥치려는 목적이에요. 시간을 낭비하지 마세요. 나는 그랬어요. 그래서 아무도 모르는 곳으로 도망쳤어요. 내가 당신이라면 당장 그럴 거예요. 최근까지 'ㅂ. ㄱ.'에 살던 'S.'.'

퀼프가 편지를 대여섯 번 읽는 사이에 붉으락푸르락 변하는 얼굴을 묘사하려면 완전히 새로운 언어가 필요할 것이다. 현재의 어휘로는 그런 걸 쓰거나 읽거나 말로 나온 적이 한 번도 없기 때문이다. 퀼프는 오랫동안 한 마디도 뱉어내지 않았다. 부인이 그 표정을 보고 놀라서

35) Banshee: 아일랜드와 스코틀랜드 민담에 나오는 요정으로, 가족이 죽는 걸 울어서 예고한다.

몸이 얼어붙을 즈음에 비로소 힘겹게 뱉어냈다.

"그놈이 여기에 있다면. 그놈이 여기에만 있다면……"

"아, 퀼프! 무슨 일이에요? 누구한테 화내는 거예요?"

부인이 물어도, 난쟁이는 신경조차 안 쓰며 중얼댔다.

"……당장 물속에 빠뜨릴 텐데. 가볍게 순식간에 죽일 텐데…… 강물이 바로 옆이니. 아! 그놈이 여기에 있다면! 단춧구멍을 잡고서 농담하며 살살 꼬셔서 물가로 데려가는 순간, 갑자기 밀어서 풍덩 떨어뜨리는 건데! 사람이 물에 빠지면 세 번 떠오른다지. 아! 그놈이 세 번 떠오르는 걸 본다면 그 얼굴이 떠오를 때마다 놀릴 텐데…… 아, 그럼 정말 재밌을 텐데!"

"퀼프! 도대체 무슨 일이에요?"

부인이 덜덜 떠는 목소리로 물으며 용기 내서 그 어깨를 잡았다. 전혀 알 수 없는 장면을 퀼프 혼자 떠올리며 좋아하는 모습이 부인은 너무나 무서웠다. 하지만 퀼프는 두 손을 천천히 문지르다 꽉 움켜잡으며 중얼거릴 뿐이었다.

"철면피 개자식! 비굴하고 겁도 많은 놈이라서 입을 꾹 다물 줄 알았는데. 아, 브라스, 브라스…… 다정하고 친절하고 애정이 깊고 충성스럽고 아부도 잘하는, 매력적인 친구여…… 지금 여기에만 있다면!"

부인은 남편이 중얼대는 소리를 들으면 안 될 것 같아서 뒤로 물러나다, 용기를 내서 다시 다가가 입을 열려는 순간, 남편이 문으로 급히 달려가서 사람을 부르니, 탐 스콧은 조금 전에 다정하게 경고받은 게 떠올라, 재빨리 다가가는 게 좋다 여기고, 난쟁이는 그런 탐을 안으로 끌어당기며 말했다.

"자! 이 여자를 집으로 데려가. 내일 여기로 오지 마, 봉쇄할 거니까. 내가 특별히 알릴 때까지 절대 돌아오지 마. 알겠어?"

탐은 부루퉁한 표정으로 고개를 끄덕이곤 부인에게 앞장서라 손짓하고, 난쟁이는 부인에게 직접 말했다.

"당신은 나에 대해 아무것도 묻지 말고 나를 찾지도 말고 나에 관해 무엇도 말하지 마. 난 안 죽을 테니, 부인, 마음 놓고. 저 애가 무사히 데려다줄 거야."

"하지만, 여보? 무슨 일이에요? 어디로 가려고요? 제발 자세히 알려주세요."

부인이 소리치자, 난쟁이는 그 팔을 움켜잡으며 말했다.

"내가 할 말은 아무 말도 않고 아무것도 안 가르쳐주는 게 당신한테 좋다는 거야. 그러니 당장 떠나."

"무슨 일이 생겼나요? 아! 제발 알려주세요!"

부인이 울부짖자, 난쟁이가 으르렁댔다.

"그래. 아니야. 무슨 일이 생기겠어? 앞으로 어떻게 할지 내가 다 말했잖아. 내 말대로 안 하거나 털끝만큼이라도 안 따르면 혼날 줄 알아. 그만 떠나!"

"네, 떠날게요. 당장 떠날게요. 하지만 그 전에 한 가지만 대답해주세요. 그 편지가 사랑스러운 넬리와 관련이 있나요? 꼭 물어야겠어요, 정말로, 퀼프. 그 아이를 속인 다음부터 낮이고 밤이고 내가 얼마나 슬퍼했는지 당신은 몰라요. 나 때문에 그 애가 어떤 해를 입었는지 모르지만, 크든 작든, 나는 당신 때문에 그랬어요, 퀼프. 나는 당시에도 양심의 가책에 시달렸다고요. 그러니 어서 대답하세요, 제발."

부인이 덜덜 떨며 사정하는데도 퀼프는 잔뜩 흥분한 채 아무 대답이 없다, 갑자기 돌아서서 제일 좋아하는 무기를 힘껏 움켜쥐니, 탐 스콧은 부인을 잡고 힘껏 당기며 재빨리 도망쳤다. 그나마 다행이었다. 퀼프가 너무 화나서 정신을 잃고 마구 쫓아 나오는데, 짙은 안개가 두 사람을 안 숨겼더라면 훨씬 오랫동안 쫓아올 게 분명했으니 말이다.

결국 퀼프는 힘껏 달리느라 가쁜 숨을 내쉬다, 천천히 돌아서며 중얼거렸다.

"이름을 숨기고 멀리 떠나기에 딱 좋은 밤이야. 머물러라. 머무는 게 훨씬 좋으니, 우리는 여기가 더없이 편안하고 자유롭구나."

퀼프는 너무 낡아서 진흙 속으로 깊이 내려앉은 커다란 대문 두 개를 닫느라 젖먹던 힘까지 짜낸 다음, 묵직한 대들보로 빗장을 질렀다. 그런 다음엔 잔뜩 뒤엉키며 눈으로 흘러내린 머리칼을 젖히려 마구 흔들었다……빠르고 힘차게. 그러다 중얼거렸다.

"이 선창에서 옆 선창으로 울타리를 가볍게 뛰어넘는 거야. 사람은 자신이 갈 길을 알아야 해, 오늘 밤에 사랑스러운 이곳에서 새로운 길을 찾는 거야. 길이 있는 한, 불청객을 두려워할 필요는 없어."

어둠은 더욱 짙어지고 안개도 훨씬 늘어, 퀼프는 두 손으로 더듬으며 소굴로 돌아갔다. 그래서 벽난로 불을 쬐며 가만히 생각하다, 재빨리 떠나는데 필요한 준비를 서둘렀다.

몇 가지 필수품을 양쪽 주머니에 쑤셔 넣는 동안에도 퀼프는 나지막한 목소리로, 혹은 샐리가 보낸 편지를 읽고서 툭하면 그런 것처럼 이를 부드득 갈며, 끊임없이 중얼거렸다.

"아, 브라스! 착하고 유익한 인간…… 지금 너를 껴안을 수만 있다면! 두 팔로 꽉 움켜잡아 갈비뼈를 압박할 수만 있다면, 예전에 그런 것처럼…… 그러면 얼마나 재밌을까! 행여나 마주친다면, 브라스, 영원히 못 잊을 인사를 나눌 텐데 말이야. 일이 착착 풀려가는 마당에, 브라스, 멋진 선택을 하다니! 회개하는 모습이 사려 깊고 훌륭해. 아, 여기에서 얼굴을 다시 마주한다면, 겁쟁이 변호사야, 우리 가운데 한 명은 지극히 만족할 텐데!"

그러다 멈추고 펀치 사발을 들어서 입에 대고 쭉 들이켜는 게, 바싹 마른 입술을 맛난 물로 시원하게 적시는 것 같았다. 그리곤 갑자기 내려놓고 다시 준비하다, 눈빛을 번뜩이며 중얼거렸다.

"샐리도 있어. 기개도 결단력도 의지도 있는 여자…… 그런데 잠잔 거야, 아니면 돌덩이처럼 굳어버린 거야? 그 정도면 칼로 찌르거나 독살할 수도 있잖아. 샐리는 이런 일이 생길 걸 예상했을 수도 있어. 그런데도 경고장을 늦게 보낸 이유는 뭐야? 브라스가 저기에 – 바로 저쪽에 – 하얀 얼굴에 빨간 머리로 앉아서 역겹게 웃을 때, 그 머릿속에 떠도는 생각을 내가 왜 몰랐을까? 그날 밤에 그렇게 안 때렸더라면, 머릿속 생각을 알았더라면, 속여서 잠재울 약이 없었더라면, 불로 지지지 않았더라면 얼마나 좋았을까!"

퀼프는 사발을 다시 들어서 쭉 들이켰다. 그리고 사나운 표정으로 불을 쬐면서 중얼거렸다.

"이번 일 역시, 최근에 겪은 골칫거리가 다 그렇듯, 노망난 늙은이랑 사랑스러운 손녀딸 때문에 일어난 거야…… 힘없이 떠돌며 빌어먹는 두 사람 때문에! 나한텐 아직 두 사람을 괴롭힐 능력이 있어. 그리고 너, 다정한 키트, 정직한 키트, 착하고 결백한 키트, 너도 조심해. 나는 싫어하는 곳을 깨물거든. 네놈을 증오할 이유도 충분하고, 귀여운 놈아. 나도 오늘 밤엔 네놈만큼이나 자랑스럽다고. 이제 내 차례라고…… 저건 뭐야?"

자신이 닫은 대문을 두드리는 소리. 시끄럽게 두드리는 소리. 그러다, 감도는 정적, 대문을 두드리던 사람들이 동작을 멈추고 가만히 듣는 듯, 그러다 더욱 시끄럽고 절박하게 두드리는 소리.

"빠르군! 열망도 대단하고! 나 때문에 자네들이 실망할까 두려워. 준비는 끝났어. 샐리, 고마워!"

퀼프는 이렇게 말하면서 촛불을 껐다. 환한 불길을 성급하게 끄느라 화로가 뒤집혀서 앞으로 구르다 빨간 깜부기불로 떨어져서 불꽃을 내뿜으며 꺼져, 실내가 순식간에 칠흑처럼 깜깜했다. 대문을 두드리는 소리는 계속 일어나고, 퀼프는 손으로 더듬으며 문 쪽에 가서 밖으로 나왔다.

바로 그 순간에 두드리는 소리가 멈췄다. 여덟 시밖에 안 됐지만 안개가 사방을 짙게 에워싸며 시야를 완전히 차단했다. 여기에 비하면 사방이 깜깜한 밤은 대낮이었다. 퀼프는 입을 벌린 어두운 동굴로 뛰어들듯, 앞으로 서너 걸음 달리다, 방향이 틀린 것 같아, 방향을 바꿨다. 그러다 방향을 알 수 없어, 가만히 섰다. 그래서 주변을 에워싼 어둠 속을 들여다보려 애쓰며 중얼거렸다.

"대문을 다시 두드리면 그 소리를 듣고서 방향을 잡을 수 있어! 어서! 대문을 때려!"

가만히 서서 열심히 듣지만, 소리는 다시 안 일어났다. 사방이 황량할 뿐, 들리는 소리는 조금도 없었다. 멀리서 짖어대는 개소리가 가끔 들리는 정도였다. 소리가 멀었다. 한쪽에서 짖어대면 다른 쪽에서 대답하는 식이었다. 선박에서도 그런 소리가 자주 일어난다는 걸 아는 터라 그걸 기준으로 방향을 잡을 순 없었다. 난쟁이는 두 팔을 쭉 내밀고 천천히 걸으며 중얼거렸다.

"담이나 울타리만 찾으면 방향을 잡을 수 있어. 악마가 춤추는 멋진 밤에 소중한 친구랑 마주치진 않겠어! 소원만 이루어진다면 태양 같은 건 두 번 다시 안 떠올라도 좋아."

이 말을 뱉어내는 순간, 퀼프는 비틀거리다 떨어지고……다음 순간에 까맣고 차가운 물과 싸우기 시작했다!

물이 귓속으로 부글대며 몰려드는 순간, 대문을 두드리는 소리는 다시 들리고, 외치는 소리까지 잇따라 들리고, 목소리까지 구분할 수 있었다. 온 힘을 다해서 팔다리를 휘젓는 순간, 사람들이 길을 잃고 헤맨다는 걸, 자신이 죽어가는 걸 지켜만 본다는 걸, 손만 뻗으면 닿는 거린데 자신을 구하려 애쓰진 않는다는 걸, 자신 스스로 그들을 차단하고 거부했다는 걸 알아차렸다. 퀼프는 커다랗게 외치는 소리에 커다랗게 대답했다…… 눈앞에서 수많은 불길이 돌개바람에 휩싸이며 춤추듯 커다란 소리였다. 하지만 소용이 없었다. 강한 물살이 목구멍으로 파고들면서 급한 물살로 떠밀었다.

죽을 힘을 다해서 싸우다 다시 떠올라, 두 손으로 물을 때리며 이글거리는 눈으로 사방을 둘러보니, 까만 물체가 가까이 다가오는 게 보였다. 선체! 매끈하고 부드러운 표면이 손에 닿았다. 커다랗게 소리쳤다. 하지만 소리가 미처 빠져나가기도 전에 강물이 마구잡이로 몰아닥쳐, 밑으로 내리밀며 송장을 실어갔다.

강물이 끔찍한 화물을 이리 흔들고 저리 농락하며, 끈적끈적한 말뚝에 비비기도 하고, 진창이나 기다란 갈대숲으로 밀어 넣기도 하고, 거친 돌과 자갈 위로 묵직하게 끌기도 하고, 자연에 모든 걸 맡기는 척하다 곧바로 낚아채기도 하며, 못생긴 장난감을 가지고 질리도록 논 다음에 비로소 늪지로 내던져 – 겨울밤이면 해적이 쇠사슬에 묶여서 끌려가는 곳으로 내던져 – 하얗게 변하도록 놔두었다.

시체 홀로 거기에 있었다. 하늘은 황혼에 물들고 그걸 머금은 강물은 찌무룩한 빛깔로 흘렀다. 최근까지 살아있던 인간을 송장으로 내버린 곳 역시 새빨갛게 물들었다. 이글거리는 황혼은 얼굴도 물들였다. 머리칼은 머리 주변에서 눅눅한 바람에 흔들리며 죽음을 비웃는 – 살았을 때 즐거웠느냐고 놀리는 – 것 같고, 옷자락은 밤바람에 천천히 흔들렸다.

12
LANDELLS.
HKB

68장

불빛은 환하고, 불길은 화사하고, 얼굴마다 기뻐하고, 목소리마다 즐겁고, 말마다 반기며 사랑하고, 마음마다 따듯하고, 행복한 눈물이 가득하고…… 모든 게 완전히 다르다! 하지만 이건 키트가 서두르는 기쁨이다. 사람들이 기다린다는 걸 알기 때문이다. 너무 기뻐, 그들 사이로 들어서기도 전에 죽을 것 같다.

사람들은 키트를 풀어주려고 온종일 애썼다. 키트에게 다른 죄수들과 함께 내일 멀리 떠나지 않는다는 말부터 한다. 새로운 의문점이 떠올랐다고, 다시 조사한다고, 풀려날 것 같다고, 하나씩 알려준다. 초저녁은 다가오고, 사람들은 키트를 신사 여러 명이 모인 방으로 데려간다. 그들 사이에서 착하디착한 주인 나리가 나와서 키트 손을 잡는다. 무죄가 밝혀졌다는, 이제 풀려난다는 말이 흘러나온다. 키트는 아무도 안 보이지만 목소리를 좇아서 대답하려 애쓰다, 정신을 잃고 쓰러진다.

사람들이 정신을 차리게 하더니 정신 바싹 차려야 한다고, 사내답게 견디어내야 한다고 말한다. 누군가 불쌍한 어머니를 생각해야 한다는 말도 한다. 행복한 소식에 압도당한 건 바로 그 어머니를 너무나 많이 생각했기 때문이다. 사람들이 에워싸더니, 이번 사건이 널리 퍼졌다고, 런던은 물론 온 나라 사람이 이번 사태를 안타깝게 여긴다고 말한다. 키트는 이 말이 안 들린다. 머릿속 생각이 어머니를 벗어날 수 없다. 어머니가 아시나요? 어머니가 뭐라고 하셨나요? 어머니에게 알렸나요? 다른 건 하나도 떠올릴 수 없다.

사람들이 포도주를 마시게 하고 한동안 다정하게 말하는 사이에, 키트는 정신을 가다듬고 귀를 기울이다 고맙다는 말까지 한다. 자유다. 갈랜드 노신사는 키트가 마음을 달랬다면 이제 떠나자고 말한다. 신사들이 에워싸서 손을 잡고 흔든다. 키트는 자신에게 보이는 관심과 따듯한 약속이 더없이 고마워도, 대답할 힘은 다시 사라진다. 주인 나리 팔에 기대도 똑바로 서는 것조차 힘들다.

음산한 통로를 지날 때는 교도관들이 근무를 서다 키트가 풀려나는 걸 특유의 거친 방식으로 축하한다. 신문 보는 걸 더없이 좋아하는 교도관도 있는데, 크게 반기는 태도는 아니다. 칭찬하는 말투가 왠지 무뚝뚝하다. 그는 키트를 침입자로, 그곳에 엉뚱하게 들어온 침입자로, 자격도 없이 특권을 누린 침입자로 여긴다. 착한 젊은이 같긴 해도 그곳에 들어올 권리는 없다고, 그런 젊은이는 빨리 떠날수록 좋다고 생각한다.

마지막 대문이 뒤에서 닫힌다. 키트 일행은 바깥 담장을 지나서 밖으로, 어두운 감방에 갇혔을 때 키트가 그렇게 떠올리던, 밤마다 꿈꾸던 거리로 발을 내디딘다. 도로는 예전보다 널찍하고 사람들도 훨씬 붐비는 것 같다. 밤 날씨가 나쁜데도 키트 눈빛은 한없이 즐겁고 기쁘다! 키트랑 헤어질 때 한 신사가 그 손에 돈을 찔러준다. 키트는 돈을 세지 않다, 신사들이 불쌍한 죄수를 돕는 모금함을 몇 걸음 지나친 다음에, 재빨리 돌아가서 거기에 돈을 넣는다.

갈랜드 노신사는 인근에 마차를 대기한 상태라, 키트와 함께 올라타고 마부에게 집으로 가라고 말한다. 처음에는 걷는 속도로 가다 나중에는 마차 앞에 횃불까지 단다. 안개가 너무 짙기 때문이다. 하지만 강가에서 멀리 벗어나고 사람들이 많은 도심지를 벗어나자 조심할 필요가 줄어든 만큼 빠르게 달린다. 아무리 빨리 달려도 키트에겐 느리기만 한 것 같더니, 목적지가 다가올 즈음에는 조금만 천천히 가라고 사정하다, 집이 보일 때는 마차를 세우라고, 잠시 멈춰서 숨을 돌리자고 사정한다.

하지만 멈추는 건 없다. 노신사는 단호하고, 말은 속도를 더하니, 마침내 정원 대문이 나온다. 다음 순간에는 현관 앞에 선다. 안에서 시끄러운 말소리와 발소리가 들린다. 현관이 열린다. 키트는 재빨리 달려가고, 어머니는 그 목에 매달린다.

늘 한결같은 바버라 어머니는 아기를 안고서, 이렇게 기쁜 날을 기대조차 할 수 없던 슬프디슬픈 날부터 지금까지 아기를 한 번도 안 내려놓은 듯한 모습으로, 어떤 여자도 그렇게 운 적이 없을 정도로 눈이 퉁퉁 붓도록 흐느끼고, 귀여운 바버라는, 불쌍한 바버라는 여위고 창백한 얼굴로, 하지만 여전히 아름다운 모습으로 벽에 기댄 채 나뭇잎처럼 덜덜 떨고, 갈랜드 노부인은 도와주는 사람 하나 없이 여느 때보다 산뜻하고 말끔한 모습으로 비틀거리고, 아벨은 코를 힘껏 풀더니 모든 사람을 껴안으려 하고, 독신 남성은 특별한 일도 없이 사람들 사이를 끊임없이 돌아다니고, 어린 제이콥은 착하고 귀엽고 생각이 깊은 모습으로 현관 제일 아래 계단에 혼자 앉아서는 노인처럼 두 손을 무릎에 올린 채 아무도 귀찮게 않고 겁나게 웃어대니, 순간적으로 모두 정신이 나간 채 각자 바보같이 독특하게 행동한다.

그러다 모든 사람이 정신을 차리고 환하게 웃으며 대화하는데, 바버라가, 마음이 여리고 다정하고 어리석고 귀여운 바버라가 갑자기 사라지니, 옆방에서 혼자 정신을 잃다가 히스테리를 부리고 다시 정신을 잃는데, 너무 심해서 식초와 냉수를 충분히 써도 좋아지는 기미가 없다는 게 드러난다. 키트 어머니는 아들에게 다가가, 바버라에게 가서 달래주라 하고, 키트는 "네"라 대답하고 옆방으로 가서 다정한 목소리로 "바버라!"라 부르고, 바버라 어머니는 "키트가 왔어"라 말하니, 바버라는 (눈을 계속 감은 채) "아! 키트가 진짜 왔나요?" 하고 물어, 바버라 어머니는 "그래, 진짜야, 이제 문제 될 건 하나도 없어"라 대답한다.

키트까지 이제 무사하다고 직접 말하며 달래니 바버라는 다시 폭소를 터트리다 다시 눈물을 터트리고, 바버라 어머니와 키트 어머니는 서로 고갯짓한 다음 바버라를 야단치는 척하는데, 정신을 빨리 차리게 하려는 것뿐이고, 환자를 간호한 경험이 풍부한 터라 바버라가 회복하는 기미를 깨달은 다음에는 키트에게 "괜찮을 거"라 달래며 원래 있던 방으로 돌아가게 한다.

아아! 원래 있던 방으로 (바로 옆방으로) 들어서니 상류층 모임이라도 되는 듯, 화려한 유리병마다 포도주는 그득하고 온갖 요리는 가득해, 어린 제이콥은 집에서 만든 건포도 케이크를 향해 깜짝 놀랄 속도로 다가가고, 곧이어 나온 무화과와 오렌지에 시선이 꽂히더니, 자신에게 주어진 시간을 당연히 조금도 허비하지 않는다. 키트가 다시 들어서는 순간, (평소에 서둔 적이 없던) 독신 남성이 유리잔마다 포도주를 가득 따라, 키트를 위해 건배하고, 살아생전에 키트 같은 친구를 만나서 더없이 기쁘다 말하고, 갈랜드 노신사도 똑같이 말하고, 갈랜드 노부인도 똑같이 말하고, 아벨도 똑같이 말한다. 하지만 명예로운 영광은 이게 전부가 아니니, 독신 남성이 주머니에서 묵직한 은시계를 힘차게 꺼내는데, 시계 뒷등에 키트라는 이름과 화려한 문양을 새겨놓았다. 한 마디로 키트를 생각하며 특별 주문한 시계로 그 자리에서 선물한다. 당연히, 갈랜드 노부부도 선물을 준비했다 암시하고, 아벨 역시 자신도 그렇다고 곧바로 말하니, 세상에서 가장 행복한 사람은 키트가 아닐 수 없다.

아직 못 만난 친구가 있지만 편자를 단 네발짐승이라는 이유로 사람들 모임에 들어올 수 없는 터라, 키트는 기회를 엿보다 살그머니 빠져나와서 마구간으로 급히 간다. 빗장에 손을 얹는 순간에 당나귀는 커다랗게 히힝 대며 반기고, 키트가 문턱을 넘기도 전에 (밧줄에 묶이는 모욕을 못 견디니) 그대로 풀어놓은 마방에서 기뻐 날뛰다, 키트가 대뜸 다가와서 쓰다듬고 어루만질 때는 코로 외투를 마구 비벼대며 애무하는 게, 어떤 당나귀가 인간을 그리도 반갑게 애무할까 의심스러울 정도다. 마음에서 우러나와 진심으로 반기는 모습에 당연히 키트도 당나귀 목에 팔을 두르고 다정하게 껴안는다.

그런데 바버라가 거기로 어떻게 왔을까? 그렇게 말쑥한 모습으로 어떻게 회복했을까! 정신을 차린 뒤로 거울을 계속 봤단 말인가! 어쨌든 하고많은 곳 가운데 바버라는 마구간으로 어떻게 나왔을까? 키트가 잡혀간 뒤로 당나귀는 오로지 바버라가 주는 먹이만 먹었으니, 바버라는 키트가 거기에 있을 거란 생각은 못 한 채 당나귀가 무탈한지 살피러 나오다, 키트랑 마주친 것뿐이다. 그런데, 아아, 바버라 얼굴이 또 빨갛게 달아오르는구나!

키트는 당나귀를 충분히 어루만진 것 같기도 하고 당나귀보다 어루만지기 좋은 상대가 나타난 것 같기도 했다. 어쨌든 당나귀 곁을 떠나 바버라에게 다가가선 기분이 좋아졌기를 바란다고 말한다. 그렇다. 바버라는 훨씬 좋아졌다. 얼굴이 더더욱 빨갛게 달아올라 고개를 숙이곤 자신이 멍청한 모습을 보였다며 걱정한다. 키트는 “조금도 그렇지 않다”고 대답한다. 바버라는 그 말을 듣고 기뻐하며 “흠!” 하고 살짝, 아주 살짝 기침하고 입을 꾹 다문다.

당나귀는 사리분별을 그렇게 잘할 수 없다! 그래서 대리석이라도 되는 듯 꼼짝달싹을 안 한다. 모든 걸 안다는 표정인데, 하기야 늘 그런 표정이었다. “지금껏 손을 맞잡고 악수할 시간조차 없었네.” 키트가 말하니 바버라가 손을 내민다. 아아, 그러면서 온몸을 떤다! 바보처럼 심장이 쿵쾅거리는 바버라!

팔을 뻗으면 닿을 거리? 팔을 뻗으면 닿을 거리도 안 된다. 바버라는 팔이 길지 않을뿐더러 쭉 뻗은 것도 아니고 살짝 굽혔다. 둘이 악수하느라 키트는 바버라 앞으로 살짝 다가간다. 속눈썹에 조그맣게 달려서 덜덜 떨리는 눈물방울이 보일 정도다. 키트가 바버라 몰래 그 눈물을 쳐다보는 건 너무나 당연하다. 바버라가 그걸 모른 채 두 눈을 들다, 키트와 시선이 마주친 건 너무나 당연하다. 그 순간, 그럴 생각이나 충동을 예전에 못 느꼈는데, 키트가 바버라 입술에 키스한 것도 당연할까? 어쨌든 키트가 키스한다. 바버라는 "창피하다"고 말하면서도 키트가 키스하도록 가만히 있는다…… 두 번씩이나. 키트는 세 번이라도 키스할 것 같은데 당나귀가 너무 좋아서 어쩔 줄 모르겠다는 듯 갑자기 뒷발을 내차며 머리를 흔들고, 바버라는 겁에 질려서 도망친다…… 하지만 두 볼이 새빨갛게 달아오른 걸 보고서 어머니와 키트 어머니가 왜 그러느냐고 묻는 일이 없도록 그쪽으로 곧장 가진 않는다. 앙큼하고 귀여운 바버라!

모든 사람이 황홀경을 어느 정도 가라앉히고, 키트와 어머니, 바버라와 어머니, 어린 제이콥과 유모차에 탄 아기가 - 하룻밤 묵을 예정이라 급히 서두는 일 없이 - 그곳에서 저녁을 함께 들었다. 나중에 갈랜드 노신사가 키트를 불러, 할 말이 있다면서 단둘이 얘기할 방으로 데려가, 키트를 엄청 놀라게 했다. 키트가 불안해서 얼굴이 하얗게 질리자 노신사는 좋은 내용이라고 서둘러 덧붙인 다음, 다음 날 아침에 먼 길을 떠날 수 있겠느냐고 물었다.

"먼 길이요, 나리!"

키트가 깜짝 놀라자, 노신사가 덧붙였다.

"옆방에 계신 친구랑 나랑 함께. 이유를 짐작하겠니?"

키트는 한층 더 창백한 얼굴로 고개를 젓고, 노신사는 다시 말했다.

"아니야, 알 거야. 마음속으로 느낀 것 같아. 추측해봐."

키트는 알아들을 수 없는 말을 모호하게 중얼대지만 "넬리 아씨"란 말은 서너 차례 또렷하게 뱉어냈다. 그러면서도 머리를 절레절레 흔드는 게, 그럴 희망은 조금도 없다고 덧붙이는 것 같았다.

하지만 갈랜드 노신사는, 키트가 확신한 것과 달리, "다시 추측해봐"라 말하지 않고 진지하게 대답했다, 제대로 추측했다고.

"두 사람이 깃든 곳을 마침내 찾아냈어. 바로 거기에 가려는 거야."

키트는 더듬거리는 어투로 그곳이 어딘지, 어떻게 찾아냈는지, 얼마나 지났는지, 넬리가 잘 지내는지, 행복한지 물었다.

"넬리가 행복하다는 건 의심할 여지가 없어. 잘 지내는지는…… 앞으로 그럴 게 확실하고. 그동안 아파서 체력이 많이 떨어졌다고 들었는데, 오늘 아침에는 좋아졌다는, 그래서 모두 희망을 품는다는 소식을 들었거든. 의자에 앉으렴, 자세히 설명하마."

키트는 감히 숨도 못 들이마신 채 시키는 대로 했다. 그러자 갈랜드 노신사는 자신에게 형이 있다고 (키트도 예전에 들은 기억이, 젊어서 찍은 사진이 제일 좋은 방에 걸린 걸 본 기억이 나고) 형이 아주 멀리 떨어진 곳에, 시골에, 학생 때부터 알고 지낸 성직자와 산다고. 자기네 형제는 여느 형제처럼 사랑하지만 오랫동안 못 만났다고, 하지만 편지를 자주 주고받으며 예전처럼 손을 맞잡을 시기가 오기만 늘 학수고대했다고, 그런데도 많은 인간이 습관적으로 그러듯 '현재'가 살금살금 사라지도록 여태껏 놔두었다고, 그래서 '미래'가 '과거'로 녹아들게 했다고. 형은 – 아벨과 마찬가지로 – 성격이 온화하고 조용하고 수줍음을 많이 타는데, 지금 사는 마을에서 소박한 사람들이 참 좋아한다고, '학사'라 불리며 크게 존경받는다고, 도움과 은혜를 안 받은 사람이 없다고. 이렇게 사소한 내용조차 자신은 오랜 세월에 걸쳐 조금씩 파악했다고, '학사'는 잘한 걸 자랑하는 바람직하지 못한 유형이 아니라 좋은 일을 하고도 숨기는, 다른 사람이 잘한 걸 찾아내서 칭찬하는 걸 훨씬 좋아하는 유형이라고. 그래서 마을 친구 이야기를 거의 안 했다고, 그런데도 두 사람에게 – 그동안 자신이 지극히 다정하게 대한 여자애와 노인에게 – 관심이 꽂힌 나머지 며칠 전 편지에 그 얘기를 처음부터 끝까지 자세히 했다고, 두 사람이 방랑한 얘기, 서로 사랑하는 내용까지 담았다고, 눈물 없이 못 읽을 정도라고. 그 편지를 읽는 순간, 우리가 그토록 찾던 두 사람이 분명하다, 하늘이 보살펴서 다정한 형에게 보낸 게 분명하다 확신했다고. 그래서 자세한 내용을 확인하는 편지를 보냈다고, 그 답장이 오늘 아침에 도착했다고, 자신 판단이 옳다는 걸 확인했다고, 그래서 먼 길에 나설 계획을 곧바로 세웠는데, 바로 내일 아침이라고 설명했다.

노신사는 자리에서 일어나 키트 어깨에 한 손을 얹으며 마무리했다.

“내일 떠날 때까지 푹 쉬렴. 튼튼한 장정도 녹초가 될 수밖에 없는 하루를 보냈으니. 잘 자렴, 우리가 멀리 찾아간 길이 바람직한 열매를 맺도록 하늘에 기도하자꾸나!”

69장

키트는 다음 날 새벽에 조금도 게으름을 안 피웠다. 날이 밝기 훨씬 전에 침대에서 벌떡 일어나, 고마운 원정길에 나설 준비에 들어갔다. 어제 일로 마음이 들뜨고 밤에 뜻밖의 소식까지 들은 터라, 길고 깜깜한 밤 내내 뒤척이다 뒤숭숭한 꿈만 꿀 바에는 빨리 일어나는 게 최선이었다.

설사, 결과는 뻔한데 고생은 엄청나게 할 수밖에 없더라도 – 춥디추운 계절에 맨발로 걷고 배를 쫄쫄 굶고 엄청 고생하며 쫓아가고 온갖 고통에 시달린 다음에야 비로소 성공할 수 있더라도 - 정말 힘든 일이 본격적으로 드러나, 엄청난 결단성과 인내심을 발휘해야 풀 수 있고 극단적인 용기마저 필요하더라도, 행복하게 끝나서 넬리 아씨에게 도움과 기쁨을 줄 수만 있다면 - 키트는 모든 용기는 물론, 열정까지 최대한 짜내면서 끝까지 최선을 다할 것 같았다.

키트 혼자만 이렇게 열망하는 건 아니었다. 키트가 일어나고 15분도 안 돼서 집 안이 모두 일어나서 바쁘게 움직였다. 각자 무슨 일이든 하며, 먼 길에 나설 준비를 열심히 도왔다. 사실대로 말하자면, 독신 남성은 할 일이 없어서 다른 사람을 감독하며 이리저리 돌아다니기만 할 정도였다. 짐 싸는 작업과 준비하는 작업은 거침없이 진행되더니, 동녘이 틀 즈음엔 모든 준비를 마무리했다. 너무 바쁘게 움직인 걸 키트가 아쉬워할 정도였다. 먼 길을 떠나기로 예약한 역마차는 9시에 올 예정이니 중간에 비는 시간을 1시간 반이나 채워야 하는데, 할 일이라곤 아침을 먹는 것밖에 없었기 때문이다. 하지만 할 일이 있었다. 바버라였다. 바버라가 바쁜 건 확실하고 할 일은 많을수록 좋으니 키트가 기꺼이 도와주었다. 그러는 편이 시간을 보내는 방법으로는 최고일 터였다. 바버라도 굳이 반대하진 않아, 키트는 갑자기 떠오른 전날 밤 사건을 생각하다, 바버라는 자신을 좋아하는 게 분명하고, 자신 역시 바버라를 좋아하는 게 분명하다고 결론을 내렸다.

그런데 바버라는, 사실대로 말하자면 - 아니, 사실대로 말해서 - 이번 일로 부산떠는 걸 좋아하지 않는 것 같았다. 이런 일까지 생겨서 기쁘고 즐겁다고 키트가 열린 마음으로 말할 때는 한층 풀죽은 모습이, 유난히 싫어하는 것 같았다! 그러다 말하는데, 아아, 이런 말을 무관심한 척 꺼내는 건 애초에 불가능하다.

"집에 온 지 얼마 안 됐잖아, 키트. 그런데 다시 나가는 걸 너무 기뻐하는 것 같아."

"하지만 넬리 아씨를 데려오는 일이잖아! 넬리 아씨를 다시 만나는 거라고! 그것만 생각하면! 네가, 바버라, 드디어 아씨를 만난다고 생각하면 정말 기뻐."

바버라는 자신이 기쁠 건 없다고 단호하게 말하지 않았다. 하지만 머리를 살짝 튕기며 그런 기색을 또렷하게 드러내니, 순진한 키트는 바버라가 냉랭한 이유를 이해할 수 없어 당혹스럽기만 했다. 그래서 두 손을 비비며 말했다.

"너도 아씨를 보면 아름답고 사랑스러운 얼굴이라고 여길 게 분명해. 자신 있게 말할 수 있어."

하지만 바버라는 머리를 다시 튕기고, 키트는 이렇게 물었다.

"왜 그러니, 바버라?"

"아무것도 아니야."

바버라가 소리쳤다. 그리고 입술을 삐죽 내미는데…… 심술이 나거나 흉한 모습이 아니라, 앵두 같은 입술이 더욱 아름답게 보이기만 했다.

키트가 바버라에게 키스할 때처럼 학생이 빠르게 배우는 학교는 어디에도 없다. 키트는 이제 비로소 바버라 속마음을 깨닫고 마음에 단번에 새겼다. 바버라는 책이다. 그게 키트 눈에 또렷하게 보였다. 그래서 물었다.

"바버라, 나한테 화났어?"

맙소사, 아니야! 내가 왜 화내니? 나한테 화낼 권리가 어딨다고? 게다가 내가 화나든 말든 무슨 상관인데? 누가 신경이나 쓰니?

"맙소사, 내가 신경 쓰지. 당연히 신경 쓰지."

바버라는 당연히 신경 쓸 이유를 조금도 모르겠다 대답하고, 키트는 당연히 안다면서, 다시 생각해 보라고 말했다.

당연히 바버라는 다시 생각했다. 모르겠어, 나는 당연히 신경 쓰는 이유를 모르겠어. 키트가 한 말을 이해할 수 없어. 위층에서 할 일이 있으니 그만 올라가야 해……

그와 동시에 키트는 바버라를 잡으며 말했다.

"안 돼, 바버라. 우리 다정하게 헤어지자. 나는 너를 늘 생각했어, 어려울 때마다. 네가 아니면 감옥 생활은 훨씬 끔찍했을 거야."

어이쿠, 세상에나! 이 말을 듣는 순간에 빨갛게 달아오른 바버라 얼굴이, 조그만 새가 움츠리듯 덜덜 떠는 모습이 얼마나 예쁘던가!

"사실대로 말하는 거야, 맹세해, 내가 하고픈 말 절반도 안 되긴 하지만. 네가 넬리 아씨를 보고 기뻐하길 바라는 건, 내가 기뻐하는 걸 너도 기뻐하길 바라기 때문이야. 그게 전부야. 넬리 아씨를 위한 거라면, 바버라, 꼭 그래야 한다면 나는 죽을 수도 있을 것 같아. 하지만 너도 그렇게 생각할 거야, 넬리 아씨를 나만큼 안다면. 분명히 그럴 거라고 장담해."

바버라는 감동해서 자신이 냉담하게 보인 걸 사과하고, 키트는 다시 말했다.

"나는 넬리 아씨를 천사처럼 생각하고 말하는 게 익숙해. 다시 만나길 학수고대하다 보니 넬리 아씨가 나를 보고 예전처럼 기뻐서 웃으면서, 예전에 흔히 그런 것처럼 '우리 정겨운 키트'라면서 손을 내밀 것 같아. 넬리 아씨는 당연히 귀하게, 주변엔 친구들이 가득한 가운데 행복하게 성장했을 거야. 하지만 나는 옛날에 그 밑에서 일하던 하인, 넬리 아씨를 친절하고 착하고 다정한 주인 아씨로 지극히 사랑하던 하인, 넬리 아씨에게 해로운 일이 생기면 즉각 달려가는 - 그래, 앞으로도 달려갈 - 하인이지. 넬리 아씨가 친구들과 돌아오면 나 같은 초라한 아이를 잊거나 창피하게 여기진 않을까, 냉랭하게 말해서 상처를 주진 않을까 하는 두려움이 마음속 깊은 곳에서 마구 떠오른 적도 있어, 바버라. 그렇지만 곰곰이 생각하니 그건 내가 넬리 아씨를 잘못 판단한 거란 확신이 들더군. 그래서 예전 모습 그대로 다시 만나길, 처음에 그런 것처럼, 계속 갈망했어. 그러면서 예전 모습을 떠올리니, 내가 아직도 하인이라면 넬리 아씨를 기쁘게 하려고 늘 애쓸 것 같은 느낌이, 넬리 아씨가 늘 좋아하는 하인으로 지내고 싶을 거란 느낌이 들었어. 그래서 내가 훨씬 좋아진다면 – 더 나빠질 것 같진 않은데 – 넬리 아씨를 그만큼 더 고마워하고 그만큼 더 사랑하고 존경할 거야. 이건 솔직하고 명백한 사실이야, 친애하는 바버라, 맹세코 사실이야!"

귀여운 바버라는 고집이 세거나 변덕스러운 성격이 아니라서 깊이 후회하며 눈물을 흘렸다. 이 대화가 어떤 내용으로 나아갈지 우리가 굳이 물어볼 필요는 없다. 바로 그 순간에 마차 바퀴 소리가 들리나 싶더니 정원 대문에서 종소리가 곧바로 일어나, 사람들이 바삐 움직이며 잠시 조용하던 분위기를 열 배는 더 번잡하게 만들었기 때문이다.

역마차와 동시에 척스터가 전세 마차를 타고 독신 남성에게 건넬 서류와 돈을 가져와서 그 손에 확실히 건네주었다. 임무를 마치자 척스터는 가족 한가운데로 끼어들어, 산책도 하고 이동식 아침 식사도 들며 마차에 짐 싣는 과정을 무관심한 척 점잖게 구경하다, 아벨에게 물었다.

"저 속물도 가는가 보죠, 선생? 지난번에는 늙은 버펄로가 싫어할 것 같다며 안 갔는데요."

"누가 싫어해요, 선생?"

아벨이 묻자, 척스터가 얼굴을 살짝 붉히며 대답했다.

"노인이요."

"우리 고객이 데려가길 바란답니다. 이번에는 그럴 염려가 없거든요. 지금 찾아가는 두 분은 큰아버님을 전적으로 신뢰하시고, 큰아버님은 사람들이 바람직한 목적으로 찾아왔다는 걸 확실히 보증하실 테니까요."

아벨이 무뚝뚝하게 대답하자, 척스터는 창문을 내다보며 생각했다.

'아! 또 나만 빠지는군! 당연히 저 속물이 나보다 중요하지. 5파운드 지폐를 훔쳐가지 않은 건 밝혀졌지만, 내가 볼 때 저놈은 그런 짓을 저지르고도 남을 놈이야. 이번 일이 생기기 훨씬 전부터 나는 늘 그렇게 생각했다고. 야, 젊은 아가씨가 정말 아름답군! 놀라울 정도로 아름다워!'

척스터가 극찬한 대상은 바바라니 (어느덧 떠날 준비를 모두 마치고) 바바라가 마차 주변에 있을 때 척스터는 갑자기 진행 절차에 커다란 관심을 느끼고 정원으로 으스대며 내려가, 추파를 던지기에 딱 좋은 위치를 잡았다. 그는 남녀 관계에 경험이 많고 아가씨들 마음을 후리는 기술에 정통한 터라, 딱 버티고 선 자리에서 한 손을 엉덩이에 대고 다른 손으로 흩날리는 머리칼을 쓰다듬었다. 점잖은 모임에서 좋아하는 자세로, 휘파람까지 우아하게 불면 대단한 위력을 발휘하기로 유명했다.

하지만 시골은 도시와 달라서 그런지 간사한 모습에 누구도 관심을 안 보인 채 여행을 떠나는 사람들에게 잘 다녀오라 말하고, 손에 키스하고 손수건을 흔드는 등, 통속적이고 저속한 관행에 열중할 뿐이었다. 그런 가운데 독신 남성과 갈랜드 노신사는 마차에 올라타고, 마차 심부름꾼은 안장에, 키트는 머리끝부터 발끝까지 꽁꽁 감싼 채 마차 뒤 하인 자리에 앉았다. 갈랜드 노부인도 있고, 아벨도 있고, 키트 어머니도 있고, 어린 제이콥도 있고, 바바라 어머니는 잠잘 줄 모르는 아기를 약간 떨어진 거리에서 달래다, 모두 일제히 고개를 끄덕이고 손을 흔들고 무릎을 구부려 인사하며 "안녕히 다녀오세요!" 하고 목청껏 소리쳤다. 마차는 출발하고, 척스터는 떡 버틴 자리에 홀로 서서, 키트가 마차 뒤 하인 자리에서 일어나 바버라에게 손을 흔드는 모습을, 그러자 두 눈에 - 자기 눈에 - 척스터 눈에 - 성공한 청년 척스터 눈에 - 휴일이면 공원에서 고품격 숙녀들이 4륜 마차를 타고 가면서 추파를 던지던 척스터 눈에, 바버라가 키트에게 손을 흔드는 모습이 광채가 번뜩일 정도로 화사하게 보였다.

도무지 말도 안 되는 광경에 척스터는 그 자리에 뿌리박힌 채 한참을 넋을 잃다, 키트를 극악무도한 범죄자라고, 속물 왕국 황제라고 속으로 얼마나 저주했는지, 너무나 불쾌한 상황에 분노하다 1실링을 둘러싼 옛날 일까지 얼마나 또렷하게 떠올렸는지는 우리 관심사가 아니다. 우리 관심사는 굴러가는 바퀴를 쫓아가는 것, 여행객과 함께 매서운 여행길에 나서는 것이다.

살을 에는 날씨였다. 바람은 사납고 매섭게 불어닥쳐, 단단한 땅바닥을 얼리고, 나무와 산울타리에서 하얀 서리를 흩날려 먼지처럼 소용돌이치며 휘몰았다. 하지만 키트는 날씨에 신경을 조금도 안 썼다. 바람 속에 해방감과 신선함이 가득해, 울부짖으며 몰아닥쳐도 살을 날카롭게 에지만 않는다면 충분히 반길 수 있었다. 바람이 흙먼지와 서리를 휩쓸며 마른 나뭇가지와 말라비틀어진 나뭇잎에 몰아쳐서 뒤흔드는 모습은 마치 주변 모든 게 한마음으로 서두는 것 같았다, 자기네 일행처럼. 돌풍이 몰아닥칠 때마다 마차는 더 힘차게 나아가는 것 같기도 했다. 힘껏 싸워서 하나씩 이겨내며 나아가는 느낌이, 힘과 분노를 가득 끌어모으며 달리는 느낌이, 쏜살처럼 스치는 순간에 고개를 숙이다 돌려서, 강하게 몰아친 바람이 거센소리를 내며 멀리 사라지고 커다란 나무마다 고개를 숙여서 움츠러드는 모습을 바라보는 느낌이 좋았다.

바람은 온종일 끊임없이 몰아쳤다. 밤하늘은 맑고 별빛은 총총하지만, 바람은 가라앉지 않고, 추위는 뼛속으로 파고들었다. 오랫동안 달리다 보면 몸을 조금이라도 데우고 싶다는 생각이 절로 떠오르지 않을 수 없으니, 역참에 들어서자마자 마차에서 내려, 마부가 가격을 흥정하고 새 말을 고르는 동안에도 이리저리 열심히 뜀박질한 다음, 마구를 씌우는 사이에 다시 이리저리 뜀박질해서 혈액이 손가락 끝까지 찌릿찌릿 감돌도록 몸을 달궜다. 그러다 추위가 1도 줄어드는 만큼 먼 길을 가는 기쁨과 쾌감이 절반으로 줄어드는 걸 느끼고, 그래서 다시 올라타면, 마차는 바퀴마다 굴러서 흥겨운 선율을 다시 뱉어내며, 따듯한 잠자리에 깃든 마을 사람을 뒤로 한 채, 한적한 도로를 마냥 달렸다.

한편, 마차 안 두 신사는 잠을 이룰 수 없어서 지루한 마음을 대화로 달랬다. 두 신사 모두 기대감이 큰 만큼 대화 주제는 지금 떠나는 먼 길로, 그래서 나타날 결과로, 도중에 느끼는 희망과 두려움으로 자연스레 나아갔다. 희망과 기대감이 너무나 갑작스레 몰려든 터라 애매한 불안감까지 없는 건 아니나, 희망은 크고 두려움은 작았다.

깊은 밤 절반을 훌쩍 넘겨서 대화는 끝나고 깊은 침묵이 감돌 때, 독신 남성은 입을 꾹 다물고 깊은 생각에 빠져들다, 동료를 바라보며 불쑥 물었다.

"선생님은 잘 들어주시는 편인가요?"

"다른 사람이랑 비슷하겠지요. 흥미가 있으면 열심히 듣고, 흥미가 없으면 열심히 듣는 척하고. 왜 물으시나요?"

갈랜드 노신사가 빙그레 웃으며 묻자, 독신 남성이 대답했다.

"짤막한 이야기가 입술에 맴돌아서 말씀드릴까 하고요. 아주 짧은 내용입니다."

독신 남성이 대답을 기다리더니, 노신사 소매에 한 손을 올리며 이야기를 시작했다.

"형제가 있었답니다. 서로를 지극히 사랑했지요. 나이 차이는 열두 살이고요. 잘 모르겠지만, 그래서 더욱 사랑했던 것 같아요. 나이는 차이가 커도, 형제는 얼마 뒤에 연적이 되고 말았어요. 한 여인에게 마음 깊이 뜨거운 연정을 품은 거지요.

동생은 – 예민한 눈으로 주변을 살필 수밖에 없는 이유가 있으니 – 그 사실을 먼저 깨달았답니다. 그래서 얼마나 고뇌했는지는, 그 영혼이 얼마나 고통스러워했는지는, 정신적으로 얼마나 심하게 갈등했는지는 말하지 않겠습니다. 동생은 아픈 아이였어요. 형은 건강하고 힘도 좋지만, 동생을 생각하는 마음 하나로 그렇게 좋아하던 스포츠를 외면한 채 매일 같이 침상 옆에 앉아서 창백한 동생 얼굴에 빨간 혈색이 돌 때까지 옛날이야기를 해주고, 화창한 여름날이면 가련하고 불쌍한 동생을 품에 안고 풀밭으로 데려가, 자연 전체가 건강한 풍경을 구경하며 동생이 마음을 달래도록 하는 등, 모든 점에서 따사롭게 돌보았어요. 형이 얼마나 애쓰고 가련한 동생은 그런 형을 얼마나 사랑했는지는 말하지 않겠습니다. 이야기가 끝나질 않을 테니까요. 하지만 시련이 몰아닥친 순간, 동생 마음속에는 형 생각이 가득했어요. 하늘은 남자답게 행동하라고, 형이 베푼 은혜를 갚으라고 말했지요. 동생은 기꺼운 마음으로 형 곁을 떠났어요. 진짜 이유는 한 번도 말하지 않은 채, 외국에서 죽을 생각으로 그 나라를 벗어났답니다.

형은 그 여인과 결혼했어요. 얼마 뒤에 딸을 낳고, 여인은 하늘나라로 떠났고요.

전통이 깊은 집안 화랑에 쭉 걸린 초상화를 보면, 얼굴과 체구가 – 아주 살짝, 아주 조금일 때도 없는 건 아니나 – 다음 세대로 넘어간다는 걸, 사랑스러운 소녀 얼굴이 오랜 세대에 걸쳐 – 조금도 늙거나 변하지 않고 – 초상화로 나타나서 역순으로 – 조상이 지은 죄를 모두 참회한다는 걸 느낄 수 있지요.

어린 딸 역시 어머니 생전 모습을 빼닮았답니다. 아내를 잃은 형이 그런 딸에게 얼마나 헌신했는지, 아내가 살아 숨 쉬는 형상에 얼마나 매달렸는지는 쉽게 짐작하시겠지요. 어린 딸은 여인으로 성장해, 그 가치를 알 수 없는 사내한테 마음을 주었답니다. 아아! 사랑하는 아버지는 딸이 아파하며 삐쩍 말라가는 모습을 차마 볼 수 없었답니다. 아버지는 사내가 바람직하게 변할 수 있다고, 예쁜 부인이 생기면 당연히 그렇게 될 거라고 생각했어요. 그래서 두 사람을 맺어주고, 두 사람은 결혼했답니다.

딸은 결혼하자마자 온갖 고통에 시달리며, 차가운 냉대와 부당한 비난에 시달리며, 남편이 초래한 가난에 시달리며, 말하는 자체로 잔인하고 안타까울 정도로, 도저히 못 견딜 정도로, 항시적인 갈등에 시달리며, 여성만이 가능한 성격으로 헌신하며 하루하루를 힘겹게 살았어요. 딸은 결혼할 때 가져온 돈을 모두 탕진하고, 아버지는 사위 때문에 거지 비슷하게 되어 (모두 한집에서 사는 터라) 딸이 학대받으며 불행하게 사는 모습을 수없이 목격하니, 딸은 자신의 운명보다 아버지의 운명을 슬퍼하며 흐느꼈어요. 끝까지 강인한 애정으로 인내하던 딸은 아버지 손에 고아 두 명을 남긴 채 – 한 명은 열 살에서 열두 살가량 된 아들이고, 한 명은 여자애로, 자기 어머니가 세상을 뜰 때 자신이 그런 것처럼 무기력한 모습도, 나이도, 특징도 똑같은 딸을 남긴 채 – 과부가 되고 3주 만에 세상을 떠났답니다.

형은, 두 아이 할아버지는, 결국 파산했어요. 무겁게 내리누르는 슬픔과 힘겨운 세월에 시달리며 만신창이가 되었어요. 하지만 얼마 안 남은 재산을 정리해서 장사를 시작했어요 - 처음에는 그림을, 나중에는 골동품을. 어릴 적부터 그런 물건에 관심이 많더니, 오랫동안 갈고닦던 취향을 입에 풀칠할 수단으로 삼은 거죠.

사내아이는 몸과 마음이 자기 아버지처럼 자라고, 여자아이는 자기 어머니처럼 자라나, 어린 손녀딸을 무릎에 올려놓고 파란 눈을 들여다보면, 노인은 비참한 현실에서 벗어나는 느낌이, 딸이 여자애로 다시 태어났다는 느낌이 들었어요. 제멋대로 자란 손자는 얼마 뒤에 집을 박차고 나가서 비슷한 아이들과 어울리고, 노인은 손녀딸과 단둘이 살았답니다.

자신에게 제일 소중하고 가까운, 죽은 아내와 딸을 사랑하는 마음이 조그만 여자애로 넘어갈 즈음 - 손녀딸 얼굴을 볼 때마다 두 사람 어릴 적 모습이, 고생하던 두 사람 모습이, 어린 딸이 겪은 고통이 생생하게 떠오를 즈음 - 젊은 손자가 방탕하게 살며 나쁜 짓을 저지르고 자기 아버지가 그런 것처럼 돈을 탕진해서 노인이 돈에 쪼들리며 힘겹게 살 즈음 - 가진 것 하나 없이 힘겹게 살겠다는 근심 걱정이 끔찍하게 몰려들기 시작했어요. 노인이 두려운 건 자신 때문이 아니었어요. 어린 손녀딸 때문이었어요. 그래서 집 안에 유령처럼 달라붙어, 낮이고 밤이고 따라다녔어요.

동생은 여러 나라를 돌아다니며 외롭게 살았어요. 유형을 떠나듯 스스로 나선 길은 이런저런 오해를 낳고, 후회하는 마음은 고통스럽게 떠오르고, 그럴 때마다 가슴이 쓰라린 건 물론, 가는 길마다 구슬픈 그림자를 드리웠어요. 여기에다 형과 소식을 주고받는 자체가 힘들고 애매하며, 끊길 때도 잦았지요. 하지만 완전히 끊어진 건 아니라서 기나긴 공백과 간격을 두고 간간이 주고받았지요…… 이제껏 선생님께 말씀드린 내용을.

그러다 어린 시절이, 행복하게 살던 시절이 - 고통스럽긴 해도 형에게 보살핌을 받으며 행복하게 살던 시절이 머리맡으로 툭하면 깃들었어요. 밤마다 어린 시절로 돌아가고, 곁에는 형이 있었어요. 동생은 있는 힘을 다해서 모든 사업을 최대한 빠르게 정리하고, 가진 모든 것을 현금으로 바꿔서 형과 함께 넉넉하게 쓸 재산을 지닌 채, 기대감에 부풀어, 손과 발을 덜덜 떨며, 어느 인간도 견디기 힘들 만큼 벅찬 가슴으로, 어느 날 초저녁에 형네 집을 찾아갔어요!"

독신 남성은 목소리를 심하게 떨다 멈추고, 갈랜드 노신사는 그 손을 꼭 잡고서 침묵하다 말했다.

"나머지 이야기는 나도 압니다."

"네, 이어지는 내용까지 말할 필요는 없겠지요. 힘겹게 찾아다니다 좌절하던 모습을 선생님도 보셨으니까요. 사방을 살피며 조사한 덕분에 순회공연하는 두 사람을 보았다는 소식을 듣고, 당사자를 재빨리 찾고, 두 사람이 있다는 곳까지 달려갔지만 결국엔 너무 늦고 말았으니까요. 아아, 하느님, 이번에는 너무 안 늦기를!"

"그런 일은 없습니다. 이번에는 성공할 겁니다."

노신사가 격려하자, 독신 남성이 대답했다.

"저 역시 처음부터 그러길 바라는 마음뿐입니다. 지금 이 순간에도 그러길 바라는 마음만 가득하고요. 하지만 무거운 마음은 영혼을 끝없이 짓누르고, 선생님, 슬픔은 마냥 몰려들어, 희망도 이성도 마비시키려 드네요."

"충분히 이해합니다. 이렇게 황량한 시간과 공간에, 특히나 이렇게 매섭고 어두운 밤에 예전 일을 떠올리니 당연히 그럴 수밖에요. 정말 황량한 밤이잖아요! 들어보세요! 바람이 울부짖는 소리를!"

70장

동녘이 환해도 마차는 여전히 달렸다. 집을 나선 이후, 꼭 필요한 식사를 하느라 여기저기에 멈추고, 새 말로 바꿀 때까지 기다리며, 특히 밤에는 시간을 지체할 때가 잦았다. 그것 말고는 한 번을 안 멈춰도, 날씨는 짓궂게 끊임없이 방해하고 길은 가파르고 거칠었다. 목적지까지 가려면 밤을 한 번 더 보내야 할 것 같았다.

키트는 추위가 무섭게 몰아쳐도 씩씩하게 견뎠다. 몸속에서 피가 돌도록 애쓰고, 힘든 여행길이 행복하게 끝나는 상상을 하고, 주변을 둘러보며 감탄하느라 불편한 걸 떠올릴 여유는 없었다. 그런 키트도, 함께 여행하는 두 신사도 날이 저무는 사이에 조급한 마음은 빠르게 치솟는데, 시간은 조금도 멈추질 않았다. 겨울철 짧은 햇살은 금방 사라지고, 아직도 달려야 할 길은 많은데 어둠이 몰려들었다.

어둠이 깔릴 때부터 바람은 가라앉았다. 멀리서 울부짖던 소리가 나직이 우는 소리로 변한 채, 양쪽에 늘어선 관목을 은밀하게 흔들면서 살그머니 기어오는 모습은, 거대한 유령이 좁은 길에서 옷깃을 스치며 뚜벅뚜벅 걸어오는 것 같았다. 바람은 그렇게 가라앉다 사라지고, 눈발이 뒤를 이었다.

눈송이가 떨어진다 싶더니, 순식간에 두텁게 변하면서 대지를 완벽하게 뒤덮어, 엄숙한 정적이 모든 걸 휘감았다. 바퀴가 구르는 소리는 사라지고, 말발굽이 달가닥대며 날카롭게 울려 퍼지던 소리는 묵직하게 억눌렸다. 활기차게 달리던 소리는 모두 가라앉고 죽음 같은 느낌만 가득 들어찼다.

키트는 하얀 눈발이 눈을 가리고 얼음이 속눈썹까지 맺혀서 시야를 가렸지만 불빛이 반짝이는 흔적을, 멀지 않은 곳에서 마을이 나오는 흔적을 찾아내려 애썼다. 그래서 어렴풋이 찾아내지만, 매번 착각이었다. 높다란 교회 종탑이 멀리서 보이고 나무와 헛간이, 환한 불빛이 바닥에 드리운 그림자가 나타나곤 했다. 이런저런 마부도, 길을 걷는 사람도, 짐마차도 앞에서 다가오다 좁은 길에서 마주치는데, 가까이 다가가는 순간에 하나같이 그림자로 돌변했다. 도로에서 담벼락과 폐허와 단단한 박공벽이 일어서다 곧장 달려서 다가가는 순간에 황량한 도로로 돌변했다. 이상한 갈림길도, 다리도, 폭포수도 여기저기 나타나서 길을 헷갈리게 했으나, 그것들 역시 다른 것과 마찬가지로 지나치는 순간에 희미한 환영으로 돌변해서 텅 빈 도로만 드러냈다.

외딴 역참으로 들어서자 키트는 팔다리가 언 터라 밑으로 천천히 내려, 목적지까지 얼마나 가야 하는지 물었다. 외딴 지역에선 사람들이 벌써 잠자리에 든, 정말 늦은 시각이었다. 하지만 어떤 목소리 하나가 2층 창문에서 대답했다. 16km. 10분이 한 시간 같았다. 하지만 결국엔 한 인물이 부르르 떨면서 말을 끌고 나와, 잠시 지체하던 마차도 다시 움직였다.

들판을 가로지르며 5~6km를 달리니, 하얀 눈에 가린, 깊게 팬 바퀴 자국과 구멍이 너무나 많아, 말이 벌벌 떨며 달리다 다리를 부러뜨릴 위험이 있어서 마차는 걷는 속도로 나아갔다. 먼 길이 막바지로 치닫는 순간이라 모두 잔뜩 흥분해, 마차에 가만히 앉아서 천천히 나아가는 걸 도저히 견딜 수 없어, 세 사람 모두 내려서 터벅터벅 걸으며 마차를 따라갔다.

거리는 끝없이 늘어지는 것 같고, 걷는 건 정말 힘들었다. 마부가 길을 잃은 게 분명하다고 각자 생각하는 판에, 바로 앞에서 교회 종소리가 울리며 자정을 알리고, 마차는 멈췄다. 지금껏 마차는 정말 조용히 움직였으나, 눈을 밟는 바퀴 소리가 사라지는 순간에 찾아드는 침묵은 거대한 소음이 순식간에 사라지며 완벽한 정적이 깃든 것처럼 놀라웠다.

"목적지에 다 왔습니다, 신사 여러분."

마부가 말에서 내리며 말하더니 조그만 여인숙 문을 두드리며 소리치다 덧붙였다.

"여보세요! - 여기서 열두 시는 모두 잠자는 시간이랍니다."

오랫동안 커다랗게 두드렸지만, 잠든 사람을 깨울 순 없었다. 하나같이 깜깜하고 고요할 뿐이었다. 사람들이 뒤로 물러나서 쳐다보지만, 하얀 벽에 달라붙은 창문은 여전히 까맣기만 했다. 불빛은 나타나질 않았다. 인기척이 없는 걸 보면 사람이 안 사는 것 같기도 하고, 잠자다 죽은 것 같기도 했다.

일행은 황량한 메아리를 두 번 다시 일으키기 싫은 듯, 상황에 전혀 안 맞는 소리로 조그맣게 속삭였다.

"마부 혼자 깨우게 하고 우리는 마을로 들어갑시다. 나는 우리가 너무 안 늦었다는 사실을 확인할 때까지 못 쉬겠습니다. 그러니 마을로 들어갑시다, 제발!"

독신 남성이 사정하자, 세 사람은 마부 혼자 두드려서 여인숙 사람을 깨우도록 한 다음에 마을로 들어갔다. 키트는 조그만 꾸러미를 들었다. 집을 떠날 때 마차 안에 걸어놓고 한 번도 안 잊은 새, 넬리가 맡긴 새장과 새였다. 넬리가 기뻐할 게 분명했다.

길이 밑으로 완만하게 굽었다. 앞으로 나아가다 보니, 처음에는 시간을 알린 교회 종이, 다음엔 그 주변에 옹기종기 모인 마을이 시야에서 사라졌다. 여인숙 대문을 두드리는 소리가 정적을 깨뜨리며 부담스럽게 다가왔다. 마부가 안 두드리면 좋겠다는, 자신들이 돌아갈 때까지 정적을 깨뜨리지 않길 바라는 마음마저 떠올랐다.

낡은 교회 종탑이 새하얀 눈을 뒤집어쓴 유령처럼 다시 솟아오르고, 세 사람은 옆으로 다가갔다. 주변 전체가 새하얀데도 회색으로 우뚝 선 모습이 장엄했다. 종탑 벽에서 오래된 해시계가 눈발에 가린 채 살짝 드러났다. 시간 자체가 늙을 대로 늙어서 둔해 빠져, 우울한 밤만 계속될 뿐, 태양은 두 번 다시 안 떠오를 것 같았다.

바로 옆에 쪽문이 있는데, 그 너머로 공동묘지를 가로지르는 길이 여럿이라 어떤 길로 가야 할지 몰라서 세 사람은 다시 멈췄다.

마을 도로 역시 – 초라한 움막이 다양한 높이와 세월을 머금은 채 산만하게 모여, 일부는 정면에서 바라보고, 일부는 뒷면을 드러내고, 일부는 박공벽을 들이밀고, 이정표나 헛간이 길을 파먹고 들어온 곳을 도로라 할 수 있다면 – 바로 앞에 있었다. 멀지 않은 곳에서 창문 하나에 희미한 불빛이 반짝여, 키트는 길을 물으려고 그 집으로 대뜸 달려갔다.

처음 부르는 소리에 어떤 노인이 추위를 막으려고 두꺼운 천으로 목을 감싼 채 여닫이 창문에 나타나, 늦은 시각에 도대체 누가 찾아왔느냐며 투덜댔다.

"이렇게 추운 날씨에, 그것도 이렇게 늦은 밤에 찾아오다니. 내가 맡은 일은 잠자리에서 일어날 필요가 없는 일이라고. 마을에서 나한테 맡긴 일은 차갑게 하는 일이라고, 이런 계절에는 더더욱. 그런데 무슨 일로 부르느냐고?"

"연로하고 아프신 걸 알았다면 귀찮게 하지 않았을 겁니다."

키트가 말하자, 노인이 짜증스러운 어투로 반박했다.

"늙었다니! 내가 늙은 걸 당신이 어떻게 알아? 당신이 생각한 만큼 안 늙은 걸 수도 있다고. 아픈 것만 해도 그래. 젊은이 가운데 나보다 아픈 사람도 많다고. 내가 나이를 먹어서 체력이랑 기운이 떨어질 거로 여기는 건 동정에 불과해. 어쨌든 너무 거칠게 말해서 미안하군. 밤에는 눈이 침침하거든…… 늙거나 병들어서 그런 건 아니고. 그런 적은 없으니까. 그런데 처음 보는 젊은이로군."

"잠자리에 드신 걸 깨워서 죄송합니다. 하지만 저쪽 공동묘지 입구에서 두 신사분이, 저와 마찬가지로 먼 길을 달려서 이제 막 도착하신 분들이, 사제관을 찾으신답니다. 길을 알려주실 수 있는지요?"

키트가 묻자, 노인이 덜덜 떠는 목소리로 대답했다.

"당연하지, 다음 여름이면 여기에서 묘지기로 일한 게 오십 년이니. 오른쪽으로 가면 되네, 젊은이. 설마 착하신 우리 신부님한테 나쁜 소식을 가져온 건 아니겠지?"

키트는 고맙다고, 나쁜 소식은 아니라고 재빨리 대답하고 돌아서는데, 사내아이 목소리가 들렸다. 고개를 돌리니, 바로 옆집 창문에 조그만 아이가 나타났다.

"무슨 일이에요? 제 꿈이 이루어졌나요? 누구든 일어나서 알려주세요."

아이가 간절한 어투로 묻자, 키트가 대답하기 전에 묘지기가 말했다.

"불쌍한 놈! 얘야, 잘 지내지?"

"제 꿈이 이루어졌나요? 아니야, 어떻게 이루어지겠어! 어떻게 그럴 수 있겠어……아! 어떻게!"

사내아이가 한탄하는데, 목소리가 너무나 간절한 나머지 듣는 사람마저 마음이 녹아내릴 것 같았다.

"무슨 말인지 알 것 같군! 얘야, 다시 잠자리에 들려무나!"

묘지기가 말하자, 사내아이는 좌절감을 뱉어내며 한탄했다.

"아! 그런 일은 절대 없을 줄 알았어요. 물어볼 필요도 없다는 걸 확실히 느꼈다고요! 하지만 오늘 밤도, 어젯밤도 똑같아요. 잠만 들면 잔인한 꿈이 나타나요."

"그래도 잠자려 애쓰렴. 그러면 금방 잠들 거야."

노인이 달래자, 아이가 대답했다.

"아니에요, 아니에요, 절대로 그럴 수 없어요…… 꿈이 너무 잔인해요. 차라리 안 자는 편이 좋아요. 잠자리에 깃든 꿈이 두려운 건 아니지만, 너무나 슬퍼요…… 너무나, 너무나 슬퍼요."

노인은 신의 은총을 빌고, 사내아이는 안녕히 주무시라 울면서 대답하고, 키트는 혼자 남았다.

키트는 급히 돌아갔다. 방금 들은 내용에, 아이가 말하는 방식보다 아이가 말한 내용에 크게 감동했는데, 그 의미를 알 순 없었다. 이윽고 세 사람은 묘지기가 가르쳐준 길로 들어서서 사제관 담장으로 다가갔다. 그다음에 비로소 둘러보니 멀찌감치 황량한 건물 사이로 불빛 하나가 외롭게 비쳤다.

주변이 어두운데 불빛 혼자 별처럼 반짝이는 걸 보면, 앞으로 불쑥 튀어나온 창문에서 흘러나오는 게 분명했다. 하늘에 총총한 별처럼 홀로 반짝이면서도 꼼짝을 안 하는 모습은, 하늘에서 영원히 반짝이는 등불을 동무로 여기는 것 같았다.

"불빛이 아름다워요!"

독신 남성이 감탄하자, 갈랜드 노신사가 대답했다.

"저 폐가에 사는 게 분명해요. 근처에 다른 집은 없으니까."

"이렇게 늦은 시각에 깨어있을 리 없는데……"

독신 남성이 황급히 말하는 순간에 키트가 끼어들어, 두 분이 대문에서 초인종을 울리고 기다리는 동안, 불빛 비치는 곳으로 자신이 다가가서 안에 사람이 있는지 알아보겠다고 간청했다. 그래서 허락받고, 한 손에 새장을 든 채 창문 쪽으로 단숨에 달렸다.

무덤 사이를 그런 속도로 달리는 게 쉽지 않아 다른 때라면 길을 돌아서 천천히 가겠지만, 지금은 장애물을 무시한 채 그대로 달려 창문 몇 m 앞으로 순식간에 다가갔다. 그런 다음에 비로소 최대한 조용히 다가가, 눈이 하얗게 쌓인 담쟁이덩굴이 옷을 비빌 정도로 가까운 곳에서 귀를 가만히 기울였다. 안에서 어떤 소리도 안 일어났다. 교회 건물만큼이나 조용했다. 뺨을 유리창에 대고 다시 가만히 들었다. 아무런 소리도 없었다. 주변이 너무나 조용했다. 잠자는 사람이 숨 쉬는 소리까지 또렷하게 들릴 터였다, 안에 사람이 있다면.

깊은 밤에 집 안에 불빛까지 있는데, 사람은 없다는 게 너무나 이상했다.

퇴창 아랫부분에 커튼을 드리워서 안을 들여다볼 수 없었다. 하지만 커튼에 드리우는 그림자 자체가 없었다. 벽에 발을 딛고 올라가서 내려다보는 건 위험을 초래할 가능성이, 소리가 나서 여자애를 깜짝 놀라게 할 가능성이 있었다, 여자애가 안에 정말 있다면. 듣고 또 듣고 또 들어도, 텅 빈 느낌은 똑같았다.

그곳에서 조심스레 천천히 벗어나 폐가를 몇 걸음 돌아가니 현관이 나왔다. 똑똑 두드렸다. 대답이 없었다. 하지만 안에서 이상한 소리가 일었다. 무슨 소린지 분간할 수 없었다. 한 사람이 아파서 나지막이 신음하는 소리 같지만, 그건 아니었다, 규칙적으로 꾸준히 들리는 걸 보면. 어찌 들으면 노래하는 소리 같기도 하고, 흐느끼는 소리 같기도 한데, 그것 역시 아니었다. 소리 자체가 변하거나 멈추질 않았다. 지금까지 듣던 소리랑 느낌이 완전히 달랐다. 이 세상 소리가 아닌 것 같았다. 괜히 무섭고 으스스한 느낌이었다.

눈발과 서리에 얼어붙은 피가 더욱 차갑게 얼어붙었다. 그런데도 키트는 다시 두드렸다. 대답은 없고, 메아리는 그대로 퍼져나갔다. 키트는 빗장에 한 손을 대고 무릎으로 문을 밀었다. 문짝이 경첩에 매달린 채 스르르 돌아갔다. 낡은 벽난로에서 불길이 타오르는 걸 보고, 키트는 안으로 들어갔다.

71장

실내에는 등잔도 촛불도 없어, 빨갛게 타오르는 장작불이 어떤 인물을 희미하게 비추었다. 등을 돌린 채 벽난로 앞에 앉아서 약한 불빛을 향해 상체를 구부린 모습이었다. 누가 보더라도 불기를 쬐는 형상이었다. 그런데 불기를 쬐는 게 아니었다. 상체를 구부려서 웅크린 건 맞지만, 따듯한 불기를 쬐려고 내민 손도 없고, 추위가 살을 에는 바깥에 비해 더없이 아늑한 분위기를 즐기는 느낌도 아니었다. 팔다리를 움츠린 채 머리를 숙이고 두 팔을 가슴에 겹쳐서 주먹을 꽉 움켜쥐고 의자에 앉은 몸을 앞뒤로 흔들며, 조금 전에 들은 것과 똑같은 소리를 구슬프게 끊임없이 흘려보냈다.

뒤에서 묵직한 현관문이 쿵 닫히며 키트를 깜짝 놀라게 했다. 하지만 상체를 구부린 인물은 입을 열지도, 고개를 돌리지도 않았다. 쿵 소리를 들은 흔적조차 없었다. 상대는 노인 형상으로, 벽난로에 쌓인 재와 똑같은 백발이 머리에 가득했다. 노인, 줄어드는 불빛과 죽어가는 불길, 세월이 켜켜이 쌓인 실내, 쓸쓸한 분위기, 헛되이 보낸 삶, 깜깜한 어둠이 하나로 어우러졌다. 재, 먼지, 폐가!

키트가 입을 열고서 말하는데, 자신도 알아들을 수 없었다. 나지막이 끔찍하게 우는 소리도 여전하고, 의자에 앉아서 앞뒤로 흔드는 모습도 여전하고, 자신이 들어온 건 관심도 없다는 듯 마냥 괴로워하는 모습도 여전했다.

키트는 빗장에 한 손을 올리다, 장작 하나가 부서지고 떨어지며 환하게 내뿜는 불빛이 비추는 형상에 시선이 꽂혔다. 원래 자리로 돌아가……한 걸음……또 한 걸음……또 한 걸음 다가갔다. 그리고 한 걸음 더 다가가서 얼굴을 보았다. 맞다! 많이 변했어도, 아는 얼굴이었다. 키트는 한쪽 무릎을 꿇고 그 손을 움켜잡으며 소리쳤다.

"주인님! 친애하는 주인님. 저한테 말씀 좀 하세요!"

노인이 천천히 고개를 돌리다 퀭한 목소리로 투덜댔다.

"또 왔군!……오늘 밤엔 유령이 정말 많이도 찾아오는군!"

"유령이 아니에요, 주인님. 옛날에 주인님을 모시던 하인이에요. 저를 알아보시겠지요? 넬리 아씨는……어디에 있나요……지금 어디에 있나요?"

"누구나 그렇게 말해! 하나같이 똑같은 걸 물어. 유령!"

"넬리 아씨는 어디에 있나요? 아, 그것만 알려주세요…… 그것만, 친애하는 주인님!"

"잠자……저쪽……저 방에서."

"하느님 감사합니다!"

"그래! 하느님 감사합니다! 내가 밤마다 기도했어, 넬리가 잠잘 때, 하느님도 알아. 들어봐! 넬리가 불렀나?"

"아무 소리도 못 들었어요."

"들었어. 지금 부르잖아. 지금 나한테 저 소리가 안 들린다는 거야?"

키트는 깜짝 놀라며 다시 듣고, 노인은 의기양양하게 웃으며 소리쳤다.

"저 소리도? 저 소리를 나보다 잘 알아들을 사람이 누구겠어? 쉿! 쉿!"

노인이 조용히 하라 손짓하곤 옆방으로 살금살금 들어갔다. 그래서 (다정하게 달래는 어투로 말하다) 잠시 뒤에 손에 등잔을 들고 돌아오더니 조그맣게 속삭였다.

"잠자는 중이야. 네 말이 맞았어. 저 애는 안 불렀어…… 잠자다 부른 게 아닌 한. 저 애는 예전에도 잠자다가 나를 불렀거든. 옆에 앉아서 지켜보는데 입술을 움직인 거야. 아무 소리도 안 났지만, 나한테 말한 게 분명해. 불빛이 저 아이 눈을 밝혀서 잠을 깨울까 두려워서 이걸 가지고 나온 거야."

방문객이 아니라 자신에게 말하는 어투였다. 그리곤 등잔을 탁자에 내려놓더니, 순간적으로 뭔가 떠오르거나 호기심이 치솟는다는 듯 다시 집어서 키트 얼굴로 바싹 들어 올렸다. 하지만 그 이유를 잊어버린 듯, 돌아서서 다시 내려놓으며 말했다.

"저 아이는 곤하게 자는 중이야. 하지만 이상할 건 없어. 천사들이 땅바닥에 하얀 눈을 흩뿌려, 조용한 발소리조차 집어삼키고 새 소리마저 죽여서 저 아이를 못 깨우게 하거든. 저 아이는 새한테 먹이를 주곤 했어. 새는 아무리 춥고 굶주려도 겁이 많아서 우리가 다가가면 도망쳐. 그런데 저 아이가 다가가면 도망치질 않아!"

노인이 귀를 다시 조용히 기울였다. 숨조차 못 쉬고 오랫동안, 정말 오랫동안 귀를 기울였다. 환청이 사라지자 낡은 옷장을 열어, 살아있는 생명체라도 되는 듯, 옷가지 몇 개를 조심스럽게 꺼내서 손으로 부드럽게 쓰다듬으며 중얼거렸다.

"왜 그렇게 누워서 늦장을 부리니, 사랑하는 넬리, 바깥에 딸기가 빨갛게 익어서 네 손길만 기다리는데! 왜 그렇게 누워서 늦장을 부리니, 조그만 친구들이 문가로 살금살금 다가와서 '넬리 누나…… 넬리 누나, 어디 있어?'라고 부르는데? 네가 안 보이니까 슬프게 흐느끼잖니. 우리

애는 어린애들한테 늘 다정했어. 아무리 거친 아이도 우리 애가 말하면 들었으니까…… 늘 다정하게 대해서!"

키트는 말할 힘조차 없었다. 두 눈엔 눈물이 가득 고였다.

노인이 드레스를 가슴에 꼭 껴안고 쭈글쭈글한 손으로 쓰다듬으며 소리쳤다.

"우리 아이가 입던 소박한 드레스…… 우리 아이가 제일 좋아하던 거! 잠에서 깨어나면 이걸 찾을 거야. 사람들이 장난치려고 여기에 숨겨도 우리 아이가 찾아낼 거야…… 그럼, 찾아내고말고. 나는 세상에 널린 재물을 다 준다 해도 우리 아이를 안 괴롭혀. 보라고…… 이 신발…… 정말 많이 닳았지…… 우리 아이는 우리가 힘겹게 지나온 길을 안 잊으려고 이걸 보관했어. 이걸 보면 맨발로 맨땅을 걷던 게 떠오르거든. 나중에 사람들이 말하길, 발바닥이 돌멩이에 찢기고 갈라졌다더군. 우리 아이는 그런 말을 한 번도 안 했어. 그래, 그래, 한 번도 안 했어! 그때 우리 아이가 뒤에서 걸었던 게, 절뚝거리는 모습을 내가 못 보도록 한 게 떠오르는 거야. 그런데도 여전히 내 손을 잡고 앞장선 것 같은 거야."

노인이 옷가지를 입술에 댄 다음에 조심스럽게 돌려놓고 혼자 중얼거리다…… 방금 다녀온 침실을 아련한 눈빛으로 바라보았다.

"원래는 우리 아이도 잠꾸러기가 아니었어. 당시에는 건강했거든. 우리가 꾹 참아야 해. 건강을 찾으면 예전처럼 일찍 일어날 테니까. 이른 새벽마다 주변을 힘차게 돌아다닐 테니까. 우리 아이가 걷던 흔적을 찾아보려 했지만, 이슬 내린 땅바닥에 조그만 발자국이 안 찍혀서 알아볼 수 없어. 거기 누구야? 문을 닫아. 빨리! 얼음장 같은 냉기를 아직 못 몰아냈어, 아이를 따듯하게 해야 해!"

현관문이 실제로 열렸다. 갈랜드 노신사와 독신 남성이 다른 두 사람과 함께 들어온 것이다. 교장 선생과 학사였다. 교장 선생은 한 손에 등불을 들었다. 등잔에 연료를 넣으러 자기 집으로 간 사이에 노인만 있는 거실로 키트가 들어온 것 같았다.

노인은 두 친구를 보고서 현관문이 열린 순간에 - 더없이 약하고 더없이 슬픈 표정을 이렇게 말해도 된다면 - 잔뜩 화나서 소리치던 표정을 지우고 마음을 누그러뜨린 채, 원래 자리로 가서 처음처럼 몸을 앞뒤로 흔들며, 종잡을 수 없는 소리를 다시 조금씩 뱉어내며 중얼거렸다.

낯선 인물에게는 어떤 관심도 안 보였다. 두 사람을 본 건 맞지만, 특별한 관심이나 호기심을 보일 순 없는 것 같았다. 노인 동생은 가만히 있었다. 학사가 의자를 끌고 다가가서 노인 옆에 앉았다. 그래서 오랜 침묵이 흐른 뒤에 비로소 말할 용기를 끌어모았다.

"오늘 밤도 안 주무시네요! 나한테 한 약속을 지키면 좋겠습니다. 이제 잠자리에 드세요."

"잠은 내 곁을 떠났다오. 우리 아이 곁으로 모두 갔다오!"

노인이 대답하자, 학사가 다시 말했다.

"이런 모습을 본다면 손녀딸이 많이 아파할 겁니다. 손녀딸이 아파하는 걸 바라진 않으시죠?"

"나도 모르겠구려, 우리 아이가 일어날 수만 있다면. 아이가 너무 오래 자는구려. 하지만 그건 모르고 하는 말이에요. 편하고 행복하게 자거든요…… 그죠?"

노인 말에 학사가 대답했다.

"맞아요, 맞아. 편하고 행복하게 자네요!"

"좋은 거예요!……그러다 깨어나면……"

노인이 말을 흐리자, 학사가 대신 말했다.

"행복하겠지요. 말할 수 없이, 상상도 못 할 만큼 행복하겠지요."

노인은 가만히 일어나서 등불을 가져온 침실로 살금살금 걸어가고, 사람들은 지켜보았다. 정적이 감도는 침실에서 다시 말하는 노인 목소리를 가만히 들었다. 그러다 서로를 쳐다보는데, 하나같이 두 뺨에 눈물이 흘렀다. 노인이 돌아와, 우리 아이가 여전히 잔다고, 하지만 몸을 움직인 것 같다고 속삭였다. 손이 살짝, 아주 살짝 움직였다고, 움직인 게 확실하다고, 할아버지 손을 찾은 것 같다고. 예전에도 깊이 잠자면서 그럴 때가 잦았다고. 노인은 이렇게 말한 다음, 의자에 풀썩 주저앉아 두 손으로 머리를 감싼 채, 영원히 못 잊을 비명을 뱉어냈다.

가련한 교장 선생은 노인 옆으로 가자고 학사에게 손짓했다. 두 사람은 백발을 움켜잡은 노인 손가락을 양옆에서 풀어 꼭 움켜잡았다. 그런 다음에 교장 선생이 말했다.

"제 말은 들을 거예요. 분명해요. 제 말이든 학사님 말이든 우리가 간청하면 영감님이 들을 거예요. 넬리라면 그럴 테니까요, 언제든."

"나는 우리 아이가 좋아한 목소리는 뭐든 들을 거요. 우리 아이가 좋아한 건 나 역시 좋아하니까!"

노인이 소리치자, 교장 선생이 대답했다.

"그렇겠지요. 분명히 그럴 거예요. 넬리를 생각하세요. 넬리와 겪은 슬픔과 고난을, 함께 겪은 시련을, 차분한 즐거움을 모두 떠올리세요."

"지금 그런다오, 그래. 다른 건 생각하지 않는다오."

"오늘 밤은 다른 걸 생각하지 마세요. 마음을 부드럽게 달래는 것만 떠올리세요, 소중한 친구여. 넬리와 함께 예쁘게 살아가던 시절만 떠올리세요."

"조그맣게 말하세요. 우리 아이가 깨어나면 안 되니까. 우리 아이 두 눈을 다시 보고, 환한 웃음을 다시 보고 싶구려. 지금도 가녀린 얼굴에 미소를 머금지만, 딱딱하게 굳어서 움직이질 않는구려. 웃음은 이리저리 움직여야 해요. 하늘나라에 올라가면 그럴 수 있어요. 우리 아이가 깨어나면 안 돼요."

"넬리가 잠자는 얘기는 그만하고, 머나먼 곳에서 방랑하던 이야기를, 옛날 집에서 지내던 이야기를, 그 집에서 도망치던 이야기를, 넬리가 쾌활하게 지내던 이야기를 해요."

교장 선생이 제안하자, 노인이 물끄러미 보다가 소리쳤다.

"그래요, 우리 아이는 늘 쾌활했어요, 정말 쾌활했어요. 세상에 처음 태어날 때부터 온화하고 차분한 분위기가 맴돌면서도 천성적으로 쾌활했어요."

"네, 예전에 영감님이 그러셨지요, 넬리는 자기 엄마를 꼭 빼닮았다고. 넬리 엄마가 생각나세요? 기억을 떠올릴 수 있나요?"

교장 선생이 묻는데, 노인은 가만히 쳐다보기만 할 뿐 아무런 대답도 안 하자, 학사가 끼어들었다.

"그 엄마를 낳은 엄마는요? 오랜 세월이 지나고, 수많은 고통이 세월을 기다랗게 늘렸지만, 엄마가 죽은 걸, 그래서 그 천성과 가치를 깨닫기도 전에 넬리를 그만큼 더 소중하게 여기던 걸 잊어버리진 않았겠지요? 옛날을, 젊은 시절을, 꽃다운 넬리 말고 어린 동생과 살아가던 시절을 떠올려 보세요. 예전에, 어린 동생이 영감님을 더없이 사랑하던 시절을, 영감님도 어린 나이에 불과하던 시절을 떠올려 보세요. 동생이 있다는 사실을 떠올려 보세요, 떨어져 지내느라 오랫동안 못 만나고, 오랫동안 잊고 지내던 동생이 마침내 절박한 순간에 영감님을 위로하고 달래주려고 돌아온 사실을……"

바로 그 순간, 동생이 노인 앞에 무릎을 꿇으며 소리쳤다.

"예전에 영감님이 동생한테 해준 걸 보답하려고, 사랑하는 형님, 오랜 사랑에 끊임없는 관심과 보살핌과 사랑으로 보답하려고, 바다가 우리를 가른 동안조차 한 번도 안 잊은 사랑을 품고 형님 곁을 지키려고, 지난 세월에 변함없이 보여준 진심을 황량하게 살아갈 앞날에 끊임없이 보답하려고 돌아왔다는 사실을. 알겠다고 한마디만 하세요, 형님…… 어릴 적에, 우리가 늘 함께 살기로 마음먹고 즐겁게 지내던 시절 절반만큼이라도 서로를 소중하고 다정하게 여기며 함께 살아가겠다고!"

노인이 사람들 얼굴을 차례대로 바라보면서 입술을 움직이는데, 거기에서 흘러나오는 대답은 없었다. 그래서 동생이 다시 말했다.

"우리가 함께 살아간다면, 앞으로 우리 삶이 얼마나 단단히 엮이겠습니까! 어릴 적부터, 살아갈 날이 우리 앞에 창창할 때부터 형제애를 다지며 사랑했으니, 기나긴 삶을 살아온 지금 어린 시절로 돌아가서 다시 시작하는 겁니다. 돈과 명예와 쾌락을 좇아서 온 세상을 돌아다니다 처음 태어난 고향으로 물러나 죽기 전에 어린 시절로 돌아가려고 애쓰는 수많은 영혼처럼, 우리도, 비록 어린 시절은 그만한 행운이 안 따랐지만 마무리는 훨씬 행복할 수 있으니, 어릴 적에 살던 곳으로 돌아가서 남은 삶을 새롭게 살아가는 겁니다. 실현한 꿈은 하나 없이, 어른으로 성장해서 고향으로 돌아가는 겁니다. 가진 것 하나 없이, 서로를 사랑하는 마음 하나만 가져가는 겁니다. 쓰라린 삶의 파편은 내버리고, 처음 느낀 형제애만 가져가는 겁니다. 그래서 어릴 때처럼 살아가는 겁니다."

동생이 목소리를 가다듬으며 이어나갔다.

"입에 담기조차 끔찍한 상황이 벌어진다 해도…… 설사 그렇게 된다 해도, 아니, 그렇게 될 수밖에 없다 해도 – 아아, 하늘이여, 우리를 보살피시어 그런 일이 없도록 도와주소서! – 사랑하는 형님, 우리는 안 헤어지는 겁니다. 아무리 커다란 고통이 닥쳐도 서로를 위로하며 살아가는 겁니다."

이렇게 말하는 동안, 노인은 안쪽 침실로 조금씩 조금씩 뒷걸음질 치더니, 침실을 가리키며 덜덜 떨리는 입술로 말했다.

"우리 아이한테서 내 마음을 떼어내려고 작당했군. 그럴 순 없어…… 절대 그럴 순 없어, 내가 살아있는 한. 나는 친척도 친구도 없어……지금껏 없었고……앞으로도 없어……우리 아이 말고는. 나한테는 우리 아이가 전부야. 우리를 떼어놓기엔 너무 늦었어."

노인은 손을 흔들어서 물리치더니, 넬리를 다정하게 부르며 침실로 살금살금 들어갔다. 뒤에 남은 사람은 가까이 모여 – 너무나 슬퍼서 쉽게 안 나오는 말을 – 몇 마디 속삭이다, 그 뒤를 따라갔다. 모두 살금살금 움직였다. 발소리조차 안 날 정도였다. 하지만 그 사이에서 흐느끼는 소리가, 슬프게 우는 소리가 일었다.

넬리가 죽은 것이다. 침실에, 조그만 침대에 가만히 누워서 영면에 든 것이다. 엄숙한 정적이 이상할 게 조금도 없었다.

넬리가 죽었다. 영면에 든 모습은 너무나 아름답고 차분하며 고통의 흔적은 어디에도 없어, 그렇게 보기 좋을 수 없었다. 하느님이 살을 이제 막 빚어서 숨결을 불어넣기만 기다리는 것 같았다. 세상에 살다 죽은 사람 같지 않았다.

침대 곳곳에 감탕나무와 녹색 잎사귀를 입혔는데, 넬리가 가장 좋아하던 곳에서 채집한 거였다. "내가 죽으면 햇살을 사랑하고 하늘을 늘 바라보는 식물을 옆에 놓아주세요"가 마지막 유언이었다.

넬리가 죽었다. 소중하고, 다정하고, 부지런하고, 고상한 넬리가 죽었다. 넬리가 키우던 조그만 새는 – 손가락으로 눌러도 으깨질 것 같은 가여운 새는 – 새장에서 이리저리 날아다니는데, 주인 여자애는 강인한 심장이 멈춰서 꼼짝을 안 했다.

LANDELLS.

그동안 걱정하고 고생하고 힘들어하던 흔적은 어디로 갔는가? 모두 사라졌다. 슬픔도 함께 죽었다. 차분한 아름다움과 심오한 평정심 속에서 완벽한 행복과 평화가 새로이 태어났다.

그래도 예전 모습은 그대로 남았다. 이런 변화에도 전혀 안 흔들렸다. 그렇다. 낡은 벽난로 불빛은 여전히 다정한 얼굴을 환하게 비추며 웃음 지었다. 여름날 초저녁에 가난한 교장 선생 집 앞에서, 추운 날에 비에 흠뻑 젖은 채 용광로 불 앞에서, 죽어가는 아이 침대 곁에서 온화하고 사랑스럽게 쳐다보던 모습 그대로였다. 사람이 죽으면 천사들이 장엄하게 나타난다는 걸 생생하게 느낄 정도였다.

노인은 축 늘어진 팔을 붙잡아 조그만 손을 따듯하게 하려고 가슴에 품었다. 넬리가 마지막 미소를 머금으며 할아버지에게 내밀던 손 – 방랑길 내내 할아버지를 인도하던 손이었다. 노인은 그 손을 입술에 대고 꾹 누르다 가슴에 다시 껴안더니, 이제 따듯해졌다고 중얼거렸다. 그러면서 주변을 에워싼 사람을 고통스러운 눈빛으로 쳐다보는 게, 넬리를 도와달라고 애원하는 것 같았다.

넬리는 죽어, 어떤 도움도 받을 수 없고 필요하지도 않았다. 낡은 집엔 넬리가 불어넣은 생명력만 가득한 것 같았다, 목숨이 빠르게 이지러지는 순간조차. 넬리가 가꾸던 정원도, 넬리가 기쁘게 하던 시선도, 깊은 생각에 잠겨서 조용히 찾아가던 곳도, 바로 어제 거닐던 산책길도 이제 넬리가 영원히 사라진 걸 아는 것 같았다.

교장 선생이 허리를 숙여서 그 뺨에 뽀뽀하고 눈물을 하염없이 흘리며 말했다.

"하늘의 정의가 이루어지는 곳은 지상이 아닙니다. 지상이 어떤 곳인지 생각해 보세요. 넬리가 어린 영혼으로 가녀린 날개를 펴고 일찍 날아간 세상이랑 비교해 보세요. 이 침상에 대고 간절하게 기도하면 넬리가 살아난다 해도, 감히 누가 그럴 수 있겠습니까!"

72장

아침이 다가올 때, 사람들은 슬프디슬픈 문제를 훨씬 차분하게 말할 수 있어, 넬리가 삶을 어떻게 마무리했는지 들었다.

이틀 전이었다. 사람들은 마지막이 다가온다는 걸 깨닫고 자리를 지켰다. 넬리는 동녘이 튼 직후에 죽었다. 전날 밤에 사람들이 책도 읽어주고 이야기도 해주었으나, 시간이 지나면서 넬리는 조금씩 잠들었다. 잠꼬대하는 소리가 희미하게 일었다. 할아버지와 떠돌던 내용이라는 걸, 고통스러운 광경이 아니라 다정하게 도와준 사람들 얘기라는 걸 누구나 느낄 수 있었다. "하느님 은총이 가득하길!"이라는 말이 툭하면 흘러나왔기 때문이다. 깨어난 다음에 두서없이 말한 건, 공중에서 아름다운 선율이 인다고 말한 건 딱 한 번이다. 진짜 그런 소리가 일어난 걸 수도 있다. 하지만 아무도 모른다.

조용히 잠자다 눈을 떴을 때는 한 번 더 뽀뽀해달라고 간청했다. 사람들이 차례대로 뽀뽀하자, 넬리는 얼굴에 사랑스러운 미소를 머금고 - 사람들이 생전 처음 보는, 앞으로 영원히 못 잊을 것 같은 미소를 머금고 - 할아버지를 바라보다, 두 팔로 그 목에 매달렸다. 그러다 죽은 걸 사람들은 몰랐다, 처음에는.

넬리는 정말 가까운 친구 같았다며, 두 자매 얘기를 자주 했다. 자신이 정말 많이 생각한다고, 밤마다 강변을 나란히 거니는 모습을 많이 지켜보았다고 자매에게 말하고 싶은 마음이 간절했다는 얘기도 했다.

불쌍한 키트도 보고 싶다고 최근에 자주 말했다. 키트에게 안부를 전해 달라고도 했다. 키트를 생각하거나 얘기할 때는 언제나 명랑하고 쾌활했다.

넬리는 누구에게도 투덜대거나 불평하지 않았다. 차분한 마음으로, 조금도 안 흐트러진 채, 여러분에게 늘 고마운 마음이 가득하다고 말하면서 여름날 황혼빛처럼 꺼져갔다.

날이 밝자마자, 넬리와 자주 어울리던 꼬마 친구가 말린 꽃을 가져와서 넬리 가슴에 올려달라고 사정했다. 간밤에 창문에 나타나서 묘지기에게 말한 소년이자, 잠자리에 들기 전에 넬리가 누워있는 침실 주변을 맴돈 흔적이 하얀 눈에 찍힌 조그만 발자국의 주인공이었다. 당시에 소년은 사람들이 넬리를 혼자 남겨두었다고 착각해서 도저히 견딜 수 없었던 것 같다.

소년은 사람들에게 자신이 꾼 꿈 이야기를, 넬리 누나가 늘 그런 것처럼 모든 사람 가슴 속에 부활했다는 이야기를 다시 했다. 그리곤 넬리 누나를 보고 싶다고 사정했다. 얌전하게 행동하겠다고, 자신이 놀랄까 걱정할 필요는 없다고, 형이 죽었을 때도 그 곁에 온종일 앉아있었다고, 형 곁을 지킬 수 있어서 기뻤다고 말했다. 사람들은 소원을 들어주고, 소년은 실제로 약속을 지키니, 천진난만한 모습으로 모든 사람에게 좋은 교훈을 주었다.

그때까지 노인은 – 넬리에게 말한 걸 빼면 – 한 번이라도 입을 열거나 침대 곁을 떠나지 않았다. 하지만 넬리가 좋아하던 꼬마를 보는 순간, 꼬마가 가까이 다가오도록 하려는 듯, 자리를 처음으로 비켜주었다. 그리고 침대를 가리키며 처음으로 눈물을 터트려, 곁에 있던 사람들은 노인이 꼬마에게 긍정적으로 반응한다는 걸 깨닫고 단둘만 남겨둔 채 밖으로 나갔다.

꼬마는 꾸밈없는 넬리 얘기로 노인을 달래며 좀 쉬도록, 주변을 산책하도록, 자신이 하라는 대로 하도록 설득했다. 그래서 날이 밝아, 세속적인 넬리 몸뚱이를 세속적인 시선 밖으로 영원히 옮겨야 할 때, 넬리를 떼어내는 걸 모르도록, 꼬마는 노인을 데리고 밖으로 나갔다.

두 사람은 신선한 나뭇잎과 산딸기를 따서 넬리 침상을 장식하자고 했다. 겨울철 맑고 화창한 일요일 오후라, 두 사람이 마을을 지날 때, 맞은편에서 오던 사람들이 길을 비켜주며 부드럽게 인사했다. 노인 손을 잡고 다정하게 흔드는 사람도 있고, 노인이 지날 때 모자를 벗는 사람도 있는데, "하느님, 가련한 노인을 도와주소서!"라고 중얼대는 건 대체로 똑같았다.

꼬마 어머니가 사는 집에 들를 때는 노인이 물었다.

"아주머니! 마을 사람들이 하나같이 까만 옷을 입은 이유는 무언가요? 애도용 리본이나 상장까지 달았던데요."

꼬마 어머니가 모른다고 대답하니, 노인이 다시 물었다.

"아니, 아주머니도 까만 옷을 입었잖소? 한낮에 뜬금없이 창문을 전부 닫고. 도대체 왜 그러는 거요?"

이번에도 꼬마 어머니는 모른다 대답하고, 노인은 황급히 말했다.

"어서 가봐야겠다. 도대체 왜 이러는지 알아봐야겠어."

하지만 꼬마는 노인을 잡으며 소리쳤다.

"안 돼요, 안 돼요. 약속하셨잖아요. 우리는 풀밭으로 가야 해요. 넬리 누나와 제가 자주 가던 곳이요. 우리가 그곳에서 정원에 장식할 화환을 만드는 걸 할아버지도 여러 번 보셨잖아요. 돌아가면 안 돼요!"

"넬리는 지금 어디에 있니? 그것부터 말하렴."

노인이 묻자, 꼬마가 대답했다.

"그것도 모르세요? 우리가 넬리 누나 곁에 있다 나온 거 아닌가요,

이제 막?"

"맞아. 맞아. 우리가 넬리 곁에 있다 나왔어…… 그렇지?"

노인은 손으로 이마를 짚고 퀭한 눈으로 둘러보더니, 갑자기 생각난 듯, 길을 건너서 묘지기 집으로 들어갔다. 묘지기는 귀가 안 들리는 조수와 함께 벽난로 앞에 앉아있다가 상대를 알아보고 동시에 일어났다.

꼬마가 한 손으로 황급히 신호했다. 즉자적인 행동이나, 그게 아니더라도 노인 표정으로 충분했다.

"혹시……혹시 오늘 누굴 매장하나요?"

노인이 간절하게 묻자, 묘지기가 대답했다.

"아니요, 아니에요! 누굴 매장해야 하나요, 영감님?"

"맞아요. 내 말이 그 말이오. 매장하긴 누굴 매장해!"

"오늘은 우리도 쉬는 날이에요, 영감님. 할 일이 없는 날이라고요."

묘지기가 차분하게 대답하자, 노인이 꼬마를 바라보며 말했다.

"그래, 네가 가자는 데로 가자. 나한테 말한 게 확실하지요? 속이는 건 아니겠지요? 나는 변했다오, 만난 지 얼마 안 되긴 했지만."

"아이랑 갈 길을 가세요, 영감님. 하느님이 함께하시길!"

묘지기가 말하자, 노인이 순순히 말했다.

"됐다. 가자꾸나, 얘야, 가자……"

그리곤 꼬마 뒤를 순순히 따라갔다.

그런데 종소리가 - 넬리가 자주 듣던 종소리가, 낮이고 밤이고, 살아있는 목소리만큼이나 좋아하며 엄숙하게 듣던 종소리가 - 잔인하게 울렸다, 그렇게 젊고, 그렇게 아름답고, 그렇게 착한 넬리를 추도하며. 다 늙은 사람도, 원기 왕성한 장년도, 막 피어나는 젊은이도, 힘없는 어린애도 - 목발을 짚은 모습으로, 힘이 넘치는 건강을 자랑하는 모습으로, 앞날이 창창한 모습으로, 인생의 첫발을 막 내디딘 모습으로 - 쏟아져나와서 넬리 무덤 주변에 모여들었다. 늙은 사람은 눈이 침침하고 감각이 떨어지는데도 - 할머니들은 10년 전에 죽어도 할 말이 없는 나이를 여전히 먹으면서도 - 귀머거리, 장님, 절뚝발이, 풍 맞은 사람 등, 죽어서도 살아가는 사람들이 요절한 젊은이 장례식에 다양한 모습과 형상으로 모여들었다. 아직은 꿈지럭대며 돌아다니는 사람들에게 관 속에 갇히는 죽음은 도대체 무얼 뜻할까!

가득 모인 사람들 사이로 넬리를, 대지를 이제 막 덮은 백설처럼 순수한 넬리를, 지상의 삶이 쏜살처럼 날아간 넬리를 운구한다. 하늘이 자비를 베풀어서 평화로운 공간으로 데려온 순간에 넬리가 앉던 계단 밑을 지나고, 낡은 교회는 고요한 그늘 속으로 받아들인다.

사람들은 낡은 구석으로, 넬리가 가만히 앉아서 깊은 명상에 잠기던 곳으로 나아가, 바닥을 덮은 석판에 내려놓는다. 채색 유리창으로, 여름이면 나뭇가지가 끊임없이 바스락대고 새들이 온종일 달콤하게 노래하는 창문으로 햇살이 흘러든다. 산들바람이 나뭇가지를 흔들 때마다 햇살이 춤추며 다양한 색조로 넬리 무덤을 비출 터였다.

흙은 흙으로, 재는 재로, 먼지는 먼지로![36] 젊은 손은 조그만 꽃을 수없이 떨어뜨리고, 숨죽인 흐느낌은 여기저기에서 일어난다. 적지 않은 사람이 무릎을 꿇는다. 모두 진지하게 마음 깊이 슬퍼한다.

장례식이 끝나고 가까운 친구들이 옆으로 물러나자, 마을 사람들이 동그랗게 모여들어 아직 석판을 안 덮은 무덤을 들여다본다. 넬리가 바로 그 자리에 앉아서 책을 읽다 무릎에 떨어뜨린 채 슬픈 얼굴로 하늘을 물끄러미 쳐다보곤 했다고 누군가 말한다. 다른 사람은, 넬리는 연약한데도 정말 용감했다고, 깜깜한 밤에 혼자서 교회에 들어가는 걸 무서워하기는커녕 사방이 고요할 때 혼자 가만히 머물길 좋아했다고, 두꺼

36) 장례식 때 하는 말.

운 벽 사이로 살그머니 들어오는 달빛이 전부인데도 종탑 계단을 오르기도 했다고 말한다. 늙은 사람들 사이에서는 넬리가 천사들과 얘기하는 모습을 보았다는, 천사 같은 표정과 말투를 떠올리면 세상을 일찍 떠난 것도 이해할 수 있겠다는 소리가 조용히 떠돈다. 서너 명씩 다가와서 무덤을 내려다보다 다른 사람에게 자리를 내주고 물러나며 자기네끼리 속삭이니, 얼마 뒤에 교회는 텅 비고, 남은 사람은 가까운 친구와 묘지기가 전부였다.

사람들은 석판을 닫아서 고정하는 모습을 지켜본다. 초저녁 어둠이 몰려들고 모든 소리는 사라져서 신성한 정적만 가득할 때 - 달이 떠올라 무덤과 묘비에, 기둥에, 벽에, 아치에, (사람들 보기에) 고요한 넬리 무덤에 유난히 환하게 비출 때 - 주변 모든 것에, 그리고 가슴속에 불멸에 대한 확신이 가득할 때 비로소 사람들은 넬리를 하느님에게 맡기고 평온한 마음으로 돌아선다.

아! 죽음이 보여주는 교훈을 마음에 새기는 건 정말 어렵지만, 모든 사람이 알아야 할 교훈이며, 우주에 관통하는 절대 진리니, 누구도 거부하지 않게 하라. 순수하고 젊은 인간에게 죽음이 몰아칠 때, 연약한 인간은 영혼이 자유롭길 갈망하고, 그래서 자비와 자선과 사랑이란 형태로 수많은 미덕을 실천하고 세상을 축복하며 살아갈지니. 언젠가 죽을 수밖에 없는 인간이 슬퍼서 푸릇푸릇한 무덤에 흩뿌리는 눈물은 마음을 부드럽게 다지고 선행을 낳을지니. 죽음이 한 걸음 내디딜 때마다 맑은 기운이 일어나서 그 세력을 물리쳐, 죽음으로 어둡게 나아가던 길은 하늘로 올라가는 빛처럼 환하게 변할지니.

노인은 느지막하게 돌아왔다. 돌아오는 길에 꼬마가 이런저런 핑계를 대며 자기 집으로 데려가니, 오랫동안 걸은 데다 시간이 늦어서 꾸벅꾸벅 졸다가 벽난로 옆에서 곤하게 잠든 것이다. 노인은 기진맥진하고,

사람들은 그런 노인을 안 깨우려 조심했다. 그래서 잠속에 붙들리다, 마침내 깨어난 건 달빛이 환할 때였다.

동생은 노인이 너무 오랫동안 안 보이는 게 불안해, 현관 밖에서 기다리다 꼬마와 함께 오솔길에서 나타난 형을 발견했다. 그래서 그쪽으로 다가가 자기 팔에 기대도록 한 다음, 덜덜 떨면서 힘겹게 내딛는 발걸음을 집으로 인도했다.

노인은 넬리 침실로 곧장 들어갔다. 하지만 침대에 있어야 할 넬리가 안 보이자, 사람들이 있는 거실로 돌아와서 넋이 달아난 표정으로 살폈다. 그러다 교장 선생네 집으로 달려가며 넬리를 불렀다. 사람들은 그 뒤를 바싹 쫓아가고, 노인이 아무리 찾아도 소용없을 때 집으로 데려왔다.

사람들은 애정과 동정심이 가득 묻어나오는 어투로, 할 말이 있으니 의자에 앉으라고 타일렀다. 그런 다음, 앞으로 들을 말에 대한 마음의 준비를 시키려고 애쓰다, 넬리를 좋은 곳으로 옮겼다는 식으로 열심히 말하며, 마침내 진실을 털어놓았다. 그 말을 듣는 순간, 노인은 살해당한 사람처럼 그대로 쓰러졌다.

그렇게 오랜 시간이 지나고 사람들은 노인이 살아날 가망을 포기했으나, 슬픔의 힘 역시 강력하고 노인은 깨어났다.

죽음 뒤에 나타나는 허전함을 - 가슴이 퀭한 느낌을 - 사랑하는 사람이 툭하면 보고 싶어, 아무리 강한 사람이라도 빠져들 수밖에 없는 적막감을 - 주변에 널린 물건마다 묘비로 보이고 방마다 무덤 같은 심정을, 주변 어디를 쳐다봐도 죽은 사람만 떠오르는 심정을 모르는 사람이라면, 이런 심정을 체험한 적이 없는 사람이라면, 노인이 얼마나 많은 나날을 슬퍼하고 괴로워했는지, 무언가를 찾으려고 이리저리 얼마나 떠돌았는지, 얼마나 힘들어했는지, 조금도 이해할 수 없으리라.

노인이 떠올리거나 기억할 수 있는 건 오로지 넬리였다. 자기 동생을 못 알아보는 건 물론, 그럴 마음조차 없는 것 같았다. 아무리 많은 관심과 애정을 보여도 늘 무관심했다. 유일한 관심사가 아니면, 사람들이 아무리 열심히 얘기해도 잠시 듣는 척하다 돌아서서 넬리를 찾았다.

노인 마음속과 다른 모든 사람 마음속에 들어있는 공통 관심사를 - 죽음을! - 입에 담을 순 없었다. 노인은 그 말을 들을 수도 견딜 수도 없었다. 살짝 비추기만 해도 처음 들을 때 그런 것처럼 그대로 쓰러졌다. 노인이 무슨 희망으로 살아가는지는 아무도 모르지만, 넬리를 되찾을 거란 희망을 - 불가능한 희망을, 하루하루 멀어지고 하루하루 마음만 괴롭히는 희망을 - 품은 건 누가 보더라도 또렷했다.

사람들은 깊은 슬픔이 몰아친 현장에서 노인을 빼내면, 다른 곳으로 옮기면, 기운과 활력을 되찾지 않을까 하는 생각도 했다. 동생은 전문가에게 조언을 부탁하고, 그들은 먼 길을 찾아와서 노인을 진단했다. 일부는 현장에 머물며 노인이 입을 열면 대화하고, 혼자서 말없이 돌아다닐 때는 가만히 관찰했다. 그래서 다른 곳으로 옮긴다 해도 노인은 여기로 돌아오려 끊임없이 애쓸 거라는, 오로지 여기만 생각할 거라는 결론을 내렸다. 사방이 막힌 곳에 가두고 엄격하게 감시한다면 죄수처럼 붙잡아둘 순 있겠지만, 어떤 식으로든 도망쳐, 도중에 쓰러져서 죽더라도, 여기로 돌아오려 애쓸 거라고 말이다.

노인은 처음에 꼬마 말을 곧잘 듣더니 이제 더는 안 들었다. 꼬마가 옆에서 걷는 걸 꾹 참기도 하고, 손을 내밀거나, 걸음을 멈추고 뺨에 뽀뽀하거나, 머리를 쓰다듬는 식으로 꼬마란 존재에 관심을 기울일 때는 있었다. 하지만 그만 가라고 - 다정한 어투로 - 사정하거나, 근처에 얼씬을 못하게 할 때도 있었다. 그러나 혼자든, 꼬마 친구와 함께든, 어떤 대가나 희생을 치러서라도 좋은 방법을 떠올려서 마음을 편하게 위로하려 애쓰는 사람과 함께든, 노인은 늘 똑같았다. 깊은 상실감에 빠진 채 살아있는 건 무어든 관심도 애정도 안 보였다.

그러던 어느 날, 사람들은 노인이 이른 새벽에 일어나서 등에 봇짐을 메고 손에 지팡이를 들고 머리에 밀짚모자를 쓰고 넬리가 들고 다니던 조그만 바구니를 가지고 사라진 걸 깨달았다. 그래서 사방을 돌아다니며 찾아 나설 채비를 하는데, 어떤 아이 한 명이 겁에 질린 표정으로 찾아와서 교회에 앉아있는, 넬리 무덤 옆에 앉아있는 노인을 지금 막 보았다고 알려주었다.

사람들이 급히 달려가서 문으로 조용히 다가가, 끈질기게 기다리는 자세로 노인을 살폈다. 노인에게 안 다가간 채 온종일 관찰만 한 것이다. 그런 가운데 날이 어두워지자, 노인이 일어나서 집으로 돌아가, 침실로 들어가며 혼자 중얼거렸다.

"내일은 넬리가 나오겠지!"

노인은 다음 날도 동틀 녘부터 그곳에 머물다, 밤에 돌아와서 침대에 누우며 중얼거렸다.

"내일은 넬리가 나오겠지!"

그때부터 매일, 온종일, 노인은 무덤에서 넬리가 나오기만 기다렸다. 낯선 지방을 상쾌하게 돌아다니는 모습이, 광활한 하늘 밑에 드러눕는 모습이, 숲과 들판을 떠돌며, 사람이 지나다닌 흔적이 거의 없는 길에 발을 내딛는 모습이 노인 눈앞에 얼마나 많이 떠오르고, 정겨운 목소리는 얼마나 많이 들리고, 정겨운 얼굴, 펄럭이는 드레스, 바람에 흥겹게 흔들리는 머리칼은 – 예전에 수없이 보았으나 아직도 여전히 보고 싶은 모습은 – 얼마나 많이 보았을까, 낡고 우중충하고 고요한 교회에서! 노인은 무슨 생각을 하고 어디를 가는지 한 번도 말하지 않았다. 밤이면 사람들 곁에 앉아도, 동트기 전에 손녀딸과 단둘이 또다시 도망칠 궁리

HERE
GRAY

를 하며 속으로 좋아한다는 걸 누구나 느꼈다. "하느님, 내일은 넬리를 돌려보내 주세요!" 하고 조그맣게 기도하는 소리가 나지막이 들릴 정도였다.

마지막은 상쾌한 봄날에 찾아왔다. 평소 시간에 안 돌아와서 사람들이 찾아가니, 노인은 석판에 누워서 죽은 상태였다.

그렇게 사랑하던 넬리 곁에 노인을 나란히 누이니, 손녀딸과 할아버지는 손에 손을 맞잡던 교회에, 함께 기도하고 묵상하던 교회에 나란히 잠들었다.

73장

마법의 실타래가 풀리고 또 풀리며 이야기 기록자를 여기까지 인도하더니, 이제는 속도가 떨어지다 멈춘다. 목적지가 눈앞이다. 이야기가 끝으로 치닫는다.

먼 길을 우리와 함께 오랫동안 걸어온 사람들을 이제 정리해서 기나긴 여행을 마무리해야 하겠다.

누구보다 먼저, 사이좋은 오누이 브라스 샘슨과 샐리가 우리 관심을 점잖게 끌어당긴다.

브라스는 앞에서 본 것처럼 치안 판사에게 불려가서 구금된 이후로 절대로 거절할 수 없는 강력한 압박을 받고서 상당히 오랫동안 보호받아야 했으니, 그 기간 내내 교도관이 지극한 관심을 끊임없이 보인 덕분에 사교계에서 완전히 사라진 건 물론, 판석이 깔린 조그만 마당 말고는 바깥에 나가서 운동할 수도 없었다. 그래서 늘 온순하고 수줍은 표정으로 살아갈 수밖에 없어, 사람들은 브라스를 가까이 두는 걸 좋아한 나머지 각각 1,500파운드라는 엄청난 재산가 두 명을 신원보증인으로 확실하게 내세우는 걸 보석 조건으로 제시했다. 다른 조건이라면 밖으로 나가자마자 두 번 다시 안 돌아올 것처럼 보였기 때문이다.

브라스는 터무니없는 유머에 감동한 나머지, 온 힘을 다해서 수많은 인맥을 뒤져 둘이 합쳐도 재산이 15페니에서 반 페니 모자란 친구 두 명을 신원보증인으로 내세우며 보석을 신청하니, 15란 숫자는 맞아떨어졌다. 하지만 24시간 뒤에 두 친구는 거부당하고, 브라스는 안에 남는데 동의하고, 실제로 남으니, (재밌게 노는 걸 좋아하는) '대배심'이라는 큰 인물 클럽에서는 다른 까불이 12명을 불러놓고 위증과 사기로 재판한다며 호출하고, 까불이들은 차례대로 유죄라 말하면서 더없이 좋아하고, 사람들은 너무 기뻐, 브라스가 전세 마차를 타고 까불이들이 모인 건물로 갈 때는 썩은 달걀이랑 죽은 고양이를 던지고 당장에라도 갈기갈기 찢어발길 것처럼 환영해서 한층 재밌게 해, 브라스는 그 이상 즐거울 수 없었다.

여기에 재미를 한층 더하려고 브라스는 변호사를 통해, 자신은 사면과 안전을 보장한다는 약속을 받고 모든 걸 자백했으니, 법에서는 자신이 미망을 품은 만큼 관용을 베푸는 게 마땅하다고 주장했다. 까불이들은 엄숙한 논쟁을 마치고, 이 주장을 (너무나 재미있어서 과장할 필요가 조금도 없는 몇 가지 주장과 함께) 판사에게 넘겨서 결정하게 하니, 그동안 브라스는 원래 묵던 곳으로 이송되었다. 결국 일부 주장은 브라스에게 유리하게 나오고 일부 주장은 불리하게 나와, 최종 판결은 외국을 오랫동안 여행하는 대신, 조국에 남아서 사소한 제약을 받는 것으로 나왔다.

그 결과, 다른 신사 여러 명과 함께 세금으로 먹여주고 재워주는 널찍한 저택에서 몇 년을 지내며, 원래는 회색이 노랗게 변한 옷을 입고, 머리는 엄청 짧게 깎고, 멀건 죽이나 수프를 먹으며 살았다. 계단을 끝없이 오르는 운동도 해야 하는 데다,[37] 다리를 너무 안 써서 힘이 줄지 않도록 한쪽 발목에 쇠로 만든 부적까지 달아야 했다. 이런 생활에 충분히 적응하자, 어느 날 초저녁에는 다른 신사 9명과 숙녀 2명과 함께 왕실 마차를 타고 은퇴하는 특권을 누리며 주소를 옮겼다.

브라스는 이렇게 사소한 형벌 말고도 변호사 명부에서 이름이 깨끗하게 지워지고, 이름이 이렇게 지워지는 건 현재도 당시에도 엄청난 질책이며 불명예며 엄청난 악당이란 의미인데, 이 말은 정말 맞는 것 같으니, 무가치한 이름이 훌륭한 단체에서 권력을 누리는 사례가 많기 때문이다.

샐리는 이상한 소문이 많이 떠돌았다. 남성 복장으로 항구에 가서 여자 뱃사람이 되었다고 자신만만하게 말하는 사람도 나오고, 근위보병 2연대 병사로 근무한다고, 초저녁에 성 제임스 공원 초소에서 군복 차림으로 보초를 서다 장총에 기댄 모습을 보았다고 은밀하게 속삭이는 사람도 나왔다. 이런 식으로 은밀하게 속삭이는 소문이 다양하게 돌아다녔으나, 샐리를 직접 봤다는 확실한 증거가 없더니, 실제로는 5년이 지난 다음에 비로소 행색이 초라한 두 사람이 황혼 녘에 성 자일스 구석에서 기어 나와, 잔뜩 움츠린 채 발을 질질 끌며 가다가 도로변이나 도랑을 뒤져서 음식 찌꺼기를 찾는 모습이 여러 차례 드러났다. 두 사람은, 끔찍한 유령이 밝은 대낮에 어두운 지하 묘지나 하수구에 숨다 밖으로 기어 나올 때만, 춥고 어둑어둑한 밤에만 모습을 드러내니, 질병과 악덕과 굶주림의 상징이 아닐 수 없었다. 알만한 사람은 두 사람이 브라스랑 샐리라고 수군댔으니, 오늘날에도 꺼림칙한 밤이면 역겨운 모습으로

37) 감옥이나 구빈원에서 발로 쳇바퀴를 밟으며 강제노동하는 걸 풍자한 표현이다.

나타나서 살며시 다가와, 지나던 사람들이 잔뜩 움츠러들곤 한다는 소문이 돌아다닌다.

퀼프는 며칠이 지난 다음에 눈에 띄어, 시신이 쓸려간 해안 근처로 운반해서 검시했다. 일반적인 추정은 자살했다는 건데, 상황을 볼 때 정말 그런 것도 같고, 판결도 그렇게 나왔다. 그래서 심장에 말뚝을 꽂은 채 한적한 도로 사거리에 묻었다.[38)]

끔찍하고 야만적인 의식을 치른 시신은 나중에 탐 스콧에게 은밀하게 전달됐다는 소문이 돌았다. 하지만 여기에도 의견은 갈린다. 일부는 탐이 한밤중에 시신을 파내서 미망인이 말한 곳에 묻었다고 주장하기 때문이다. 나중에 재판받을 때 탐이 눈물을 흩뿌린 사실로 볼 때 두 이야기 모두 나름대로 근거가 있는 것 같은데, 탐이 울었다는 자체는 정말 대단하다. 게다가 배심원을 공격하고 싶다는 마음마저 강하게 드러내다 밖으로 끌려나간 다음에는 창턱에 물구나무서서 하나밖에 없는 창문을 가리기까지 했다, 하급관리가 두 발을 조심스럽게 떼어낼 때까지.

탐 스콧은 주인이 죽어서 세상에 홀로 내동댕이쳐지자, 머리와 손을 땅에 대는 식으로 세상을 헤쳐나가기로 하고, 물구나무서기로 밥벌이를 시작했다. 하지만 (놀라운 기술을 좋아하는 사람도 많고 평판도 좋으나) 이 분야에서 성공하려면 영국 태생이라는 한계를 뛰어넘어야 한다는 사실을 깨닫고, 이탈리아 꼬마 느낌이 나는 이름으로 행세하니, 얼마 안 가서 놀랍게 성공해 관객이 넘쳐났다.

퀼프 부인은 넬리를 속였다는 자책감에 시달리며 그 생각을 떠올리거나 입에 담을 때마다 눈물을 펑펑 쏟았다. 남편은 상속인이 따로 없어서 모든 재산은 부인이 물려받았다. 퀼프가 유언장을 안 만들었기에 망정

38) 1823년까지 영국에서는 사람이 자살하면 심장에 말뚝을 박아서 사거리에 묻었다.

이지, 하마터면 땡전 한 푼 못 건질 뻔한 재산이다. 첫 결혼은 엄마 고집으로 한 터라 두 번째 결혼만큼은 누구하고도 상의하지 않고 혼자 결정했다. 상대는 젊고 잘생긴 사내로, 그는 지니윈 부인에게 생활비를 주고 따로 살게 한다는 조건을 내걸었다. 두 사람은 결혼해서 부부싸움을 평균치 정도만 하며 죽은 난쟁이 돈으로 행복하게 살았다.

갈랜드 노신사와 노부인, 아벨은 (이제 금방 말할 터인데, 새 가족을 맞이하기 전까지) 평소처럼 살다, 나중에 공증인 사무실 동업자로 승격하고, 규모가 상당한 잔치를 열어서 축하했다. 수줍음을 정말 많이 타는 아가씨 한 명이 여기에 우연히 초대받았는데, 아벨은 이 아가씨와 사랑에 빠지고 말았다. 어떻게 초대하게 되었는지, 두 사람이 어떻게 만났는지, 누가 상대에게 말을 먼저 걸었는지는 아무도 모른다. 확실한 건 시간이 일정하게 지난 다음에 둘이 결혼했다는 거다. 마찬가지로 확실한 건 두 사람처럼 행복한 부부는 어디에도 없었다는 거다. 그만큼 확실한 건 두 사람 모두 그럴 자격이 충분하다는 거다. 그래서 자녀를 낳고 행복하게 살았다는 글을 쓸 수 있어서 마음이 즐겁다. 가정에서 자녀를 낳아, 착하고 관대한 인물로 키우는 건 고귀한 본성을 높이는 거고 인류에겐 축복이기 때문이다.

당나귀는 유별나게 오래 살아서 당나귀 계의 '올드 파'[39]로 존경받으며, 생명을 다하는 순간까지 독립정신과 원칙을 중시하는 성격을 지켰다. 뒤에 조그만 마차를 달고 노부부가 사는 집과 신혼부부가 사는 집을 툭하면 오갔는데, 새 부부 집에 전용마구간이 있어서 혼자 스스로 놀라울 정도로 점잖게 들어갈 정도였다. 그러다 자녀가 함께 놀 정도로 자라자, 많이 양보하여 조그만 방목장에서 아이들과 개처럼 뛰어다니며 놀아주다, 손으로 쓰다듬거나 편자를 구경하거나 꼬리에 매달리는

39) Old Parr: '토마스 파'의 애칭으로 152세까지 장수한 거로 유명하다.

정도는 허용해도, 등에 올라타는 건 절대로 허용하지 않아, 아무리 친해도 넘어설 수 없는 한계가, 꼭 지켜야 할 예의가 있다는 사실을 가르쳐주었다.

당나귀는 말년에 따듯한 사랑을 느꼈으니, 성직자 친구가 사망한 뒤에 착하디착한 학사가 갈랜드 노신사와 살려고 왔을 때, 깊은 우정을 쌓은 나머지, 학사가 등에 올라타는 걸 조금도 반항하지 않고 상냥하게 받아들였다. 죽기 전에는 2~3년 동안 아무 일도 않고 방목장에서 살았는데, 마지막으로 보여준 행동은 (잔뜩 화난 노신사처럼) 수의사를 걷어 찬 것이다.

스위블러는 열병에서 천천히 회복하더니, 연금을 받기 시작한 순간, 병상에서 약속한 대로 후작 부인에게 멋진 옷을 한 벌 사주고 여학교에 곧장 넣었다. 어울리는 이름도 정하려 이리저리 궁리하다, 듣기 좋고 고상한 데다 신비로운 느낌까지 있다면서 '소프로니아 스핑크스'로 정했다. 후작 부인은 스위블러가 고른 학교에 이 이름으로 눈물을 흘리며 들어가더니, 순식간에 동급생을 앞질러, 몇 단계 뛰어넘어 고학년으로 올라갔다. 스위블러는 후작 부인을 학교에 보내느라 5년 동안 허리띠를 졸라맸으나 열정이 식은 적은 전혀 없고, 한 달에 한 번씩 찾아갈 때마다 여선생에게 학업 성취도가 놀랍다는 말을 (엄청 진지하게) 듣는 데다, 인용문 구사 실력이 대단한, 괴팍한 문학청년으로 자신을 우러러보는 시선까지 받는 식으로 충분한 보상을 받았다.

한 마디로, 스위블러는 후작 부인이, 넉넉하게 추측해서, 19세가 족히 될 때까지 – 잘생기고 지혜롭고 유머 감각이 충분할 때까지 – 학교에 보내곤 앞으로 어떻게 하는 게 좋을까 진지하게 고민했다. 이런 생각을 마음속 깊이 떠올리며 학교를 찾아가는데, 후작 부인이 환하게 웃으며 여느 때보다 신선한 모습으로 다가왔다. 바로 그 순간, 처음은 아니지만,

후작 부인이 자신과 결혼하면 둘 다 얼마나 편할까 하는 생각이 문뜩 떠올랐다. 그래서 물으니 후작 부인이 뭐라고 대답했는지 모르겠지만 '싫다'는 아니고, 두 사람은 딱 일주일 뒤에 진지한 마음으로 결혼했다. 그런 다음부터 스위블러는 자신이 젊은 숙녀를 오랫동안 키웠다며 툭하면 자랑했다.

신혼살림은 햄스테드 조그만 집에서 월세로 시작했는데, 문명 세계에선 선망의 대상이라 할 수 있는 흡연실이 정원에 있어, 두 사람은 아예 그 집을 사기로 하고 신혼 기간이 끝나자마자 집주인이 됐다. 이 집으로 척스터는 일요일마다 정기적으로 찾아와서 – 대체로 아침 식사부터 시작해 – 하루를 보내며 사교계 정보와 바깥소식을 전달했다. 키트하고는 오랫동안 철천지원수로 지내며, 5파운드 지폐를 훔쳤다고 할 때가 나중에 무죄로 풀려날 때보다 훨씬 좋아 보였다고, 범죄자일 때는 뭔가 대담하고 용감해 보이더니 무죄로 밝혀진 다음에는 성격이 비열하고 교활하게 보였다고 항변했다. 하지만 결국에는 키트와 조금씩 화해하더니, 마음을 고쳐먹고 용서를 청하는 차원에서 후원까지 해주었다. 하지만 1실링 문제는 절대로 잊거나 용서하지 않았다. 1실링을 또 받으려고 돌아온 거라면 괜찮지만, 일을 그만큼 더 해주려고 돌아왔다는 건 품성에 오점이 있다는 증거라는, 아무리 참회하고 회개해도 씻어낼 수 없는 오점이라는 거였다.

스위블러는 철학적으로 명상하는 걸 좋아한 터라 흡연실에서 깊은 명상에 잠기곤 했으며, 이럴 때마다 소프로니아 부모가 누굴까를 둘러싸고 마음속으로 논쟁하기 일쑤였다. 소프로니아는 자신이 고아라고 생각하지만, 스위블러는 조그만 조각을 이리저리 모아볼 때, 샐리는 뭔가 아는 게 분명한 것 같았다. 부인에게 샐리와 퀼프가 나눴다는 이상한 대화를 듣고 나서는 퀼프 역시 살았다면, 그래서 마음만 먹는다면 수수께끼를 풀 수 있지 않았을까 하는 의심까지 품었다.[40] 하지만 이런 억측 때문에 불편한 건 없었다. 소프로니아는 명랑하고 다정하고 검소한 부인이며, 스위블러 자신은 (척스터와 다툴 때마다 부인이 말리는 게 아니라 부추기는 느낌이 들 때만 빼면) 가정적이고 다정한 남편이었다. 두 사람은 단둘이서 카드 게임을 수십만 번은 했다. 스위블러가 얼마나 좋은 남편인지 밝히는 차원에서, 우리가 소프로니아라고 부르는 여인을 그는 처음부터 마지막까지 후작 부인이라고 부르고, 병실에서 처음 본 날을 매년 크게 기념하며, 만찬에 척스터까지 초대한다는 사실도 덧붙이는 게 좋겠다.

도박꾼 아이삭 리스트와 자울은 공범이 분명한 선술집 주인 제임스 그로브스와 함께 오랫동안 승승장구하다 결국엔 실패하고 사방으로 도망치다, 촘촘하고 강력한 법의 그물망에 걸리고 말았다. 그 출발점은 새로 만난 공범이 - 젊은 프레드가 - 고집을 부리다 잡힌 것이니, 자신은 물론 동료들까지 징벌을 받는 계기가 되었다.

젊은 프레드는 외국을 잠시 떠돌며 임기응변으로 살았으니, 이 말은 인간이 짐승보다 뛰어난 재능을 악용해서 짐승보다 못한 인간으로 전락했다는 뜻이다. 그 시신은 얼마 뒤에 어떤 사람이 파리에서 익사한 시신을 공시하는 병원에 갔다가 우연히 알아보았는데, 여기저기 깨지고 부러진 몸뚱이는 죽기 전에 심하게 드잡이질했다는 걸 보여주었다. 하지만 이 사람은 고향으로 돌아갈 때까지 아무에게도 털어놓지 않았고, 시신을 찾는 사람 역시 하나도 없었다.

독신 남성이란 호칭이 훨씬 익숙한 노인 동생은 불쌍한 교장 선생을 외로운 집에서 끌어내어 자신과 함께 살도록 하려고 애썼다. 하지만

40) 스위블러가 후작 부인을 샐리와 퀼프 사이에서 낳은 사생아로 의심한다는 걸 에둘러서 표현한 부분이다. '소프로니아 스핑크스'란 이름 역시 후작 부인의 의심스러운 출생배경을 암시한다.

소박한 마을 선생은 시끄러운 세상으로 나가는 게 겁도 나고 오래된 공동묘지 부속건물에서 사는 게 좋기도 했다. 학교생활도, 한적하게 사는 것도, 넬리를 추모하는 꼬마가 옆에 있는 것도 좋아, 차분히 평화롭게 살았다. 하지만 친구가 고마운 마음으로 사례한 덕분에 - 이 정도 설명으로 충분할 텐데 - 더는 가난하지 않았다.

이 친구는 - 독신 남성도 좋고 노인 동생이라 해도 좋은데 - 마음속에 깊은 슬픔이 깔렸다. 하지만 염세주의에 빠져서 우울하게 살아갈 성격은 아니니, 세상에 뛰어들어 훨씬 열심히 살았다. (넬리가 이야기한 내용을 최대한 추려 모아) 노인이 손녀딸과 지난 길을 돌아다니고, 두 사람이 머문 곳에 머물고, 두 사람이 힘들어하던 곳에서 슬퍼하고, 두 사람이 즐거워하던 곳에서 즐거워하는 게 오랫동안, 아주 오랫동안, 커다란 기쁨이었다. 두 사람을 도운 사람 역시 찾아다녔다. 넬리가 마음속 친구로 여기던 여학생 자매도, 밀랍 인형 주인 잘리 부인도, 코들린도, 쇼트도 모두 찾아갔다. 용광로에 불을 지피던 노동자도 당연히 안 잊었으리라.

키트가 겪은 사례는 널리 퍼져, 여기저기에 많은 친구가 생기고, 많은 친구가 바람직한 직업을 다양하게 제안했다. 키트는 갈랜드 노신사 밑에서 하던 일을 그만둘 생각이 처음에는 조금도 없었으나, 노신사가 진지하게 하는 충고를 듣고서 새롭게 살아갈 가능성을 심사숙고했다. 그런 가운데, 키트를 유죄로 여긴 걸 크게 자책하고 거기에 맞게 행동해야 한다고 확신한 신사 가운데 한 명이 터무니없이 좋은 일자리를 주었다. 이 신사는 키트 어머니도 행복하게 살도록 도와주었다. 키트가 툭하면 말한 것처럼, 엄청난 불행이 결국에는 크나큰 기회로 돌변한 것이다.

그렇다면 키트는 평생을 독신으로 보냈을까, 아니면 결혼했을까? 당연히 결혼했는데, 그렇다면 그 부인감으로 바버라 말고 또 누가 있을까? 무엇보다 좋은 건, 키트가 결혼하자마자 어린 제이콥이 앞에서 언급한 반바지를 벗고 긴바지를 입기도 전에 삼촌이 되었다는 것, 하지만 이보다 대단한 건, 갓난아기도 삼촌이 되었다는 것이다. 키트 어머니와 바버라 어머니 역시 두 사람이 결혼한 걸 더없이 기뻐한 건 물론, 모든 점에서 자기네가 너무나 잘 맞는다는 사실을 발견하고 함께 살았다는 것, 그때부터 잘 어울리는 친구로 지냈다는 것이다. 웨슬리 극장 역시 – 꼭대기 자리로 – 분기에 한 번씩 찾아가는 영광을 누리고, 키트 어머니는 극장 바깥벽에 페인트를 새로 칠한 걸 보고서 키트가 지난번에 낸 입장료가 도움이 되었다 자랑하고, 자기네가 그냥 지나치면 극장 주인 기분이 어떨까 궁금하다는 말까지 했다는 것이다!

키트 자녀가 6살과 7살이 되었을 때, 바버라를 똑 닮은 어여쁜 딸도 보이고, 굴 먹는 법을 처음 가르쳐줄 때 기뻐하던 어린 제이콥을 똑 닮은 아들도 보였다. 갈랜드 노신사가 대부를 선 '아벨'도 보이고, 스위블러 선생이 특히 좋아하던 '스위블러'도 보였다. 아이들은 늦은 밤까지 키트 주변에 모여들어 어여쁜 넬리 아씨 얘기를 해달라고 졸랐다. 키트는 즐겁게 이야기하고, 아이들이 더 길게 해달라고 소리치면, 넬리 아씨가 하늘나라에 간 건 착하게 살아서라고, 착한 사람은 누구나 하늘나라에 간다고, 너희도 착하게 살면 나중에 그럴 수 있다고, 자신이 어릴 적에 넬리 아씨가 도와준 걸 보면 잘 안다고 했다. 그런 다음엔 자신은 원래 몹시 가난했다고, 너무 가난해서 아무것도 배울 수 없는데 넬리 아씨가 글씨를 가르쳐주었다고, 노인은 "넬리가 키트만 보면 늘 웃는다"고 말하곤 했다는 말도 아이들에게 했다. 그럴 때마다 아이들은 눈물을 훔치고, 넬리 아씨를 떠올리다, 다시 즐거워했다.

키트는 아이들을 데리고 넬리 아씨가 살던 거리를 가끔 찾아갔다.

하지만 주변을 개발해서 너무나 많이 변해, 예전 같은 모습은 조금도 없었다. 낡은 건물은 예전에 헐리고 그 자리에 널찍한 도로가 들어섰다. 처음에는 막대기로 바닥에 사각형을 그려서 건물이 있던 자리를 보여주었다. 하지만 얼마 뒤에는 그것마저 애매해, 이 주변 같다는 식으로 말할 수밖에 없었다. 혼란스러울 정도였다.

이런 일이 지난 몇 년 사이에 모두 일어났으니, 세상일은 지금까지 흘러온 이야기처럼 쏜살같구나!

작가 소개

찰스 디킨스는 캐릭터 묘사가 극히 뛰어나며 풍자가 대단하고 문장이 화려하나, 지금까지 한국에서 번역물로 제대로 소개했다고 볼 수 없다. 《올리버 트위스트》와 《크리스마스 캐럴》, 《두 도시 이야기》, 《위대한 유산》, 《데이비드 코퍼필드》, 《올리버 트위스트》, 《어려운 시절》, 《골동품 상점》 등, 세계적으로 유명한, 디킨스 문학의 별미를 이미지만 소개하거나 완역을 난수표로 소개한 수준이라서 독자들이 디킨스 문학을 맛보기엔 부족했다.

찰스 디킨스(Charles John Huffam Dickens)는 영국 빅토리아 시대를 풍미한 소설가다. 이백 년도 넘은 1812년 2월 7일, 나폴레옹 전쟁이 한창일 때에 영국 남부 포츠머스 외곽에서 팔 남매 가운데 둘째로 태어나 장남으로 살아간다. 형제 두 명은 어려서 죽는다. 할아버지는 저택에서 집사로 일하고 할머니는 하녀장으로 일했는데, 찰스 디킨스는 할머니가 "즉석에서 이야기를 지어내 모두를 즐겁게 하는" 능력이 탁월했다고 기억한다. 아버지는 해군 경리국 하급관리로 사교적이고 유머가 풍부하나

경제적으로 무능하고, 어머니는 선량하고 밝은 성격이나 자녀에게 무정했다. 경제적인 이유로 어려서 계속 이사 다녔다. 외할아버지 역시 해군 경리국에서 일했으나, 자금을 횡령하고 외국으로 도망쳤다.

디킨스가 다섯 살 때 아버지는 전근명령을 받아 온 가족이 채텀으로 이사해서 5년을 사는데, 도시 남쪽으로는 밀밭이 풍요롭고 북쪽으로는 바닷물이 들어오는 습지대가 황량하고, 서쪽 2㎞ 거리에는 조용한 대성당도시 로체스터가 있으니, 채텀은 어린 디킨스에게 깊은 인상을 주고 나중에 다양한 작품에 등장한다.

디킨스에게는 이때가 가장 행복한 시절이었다. "어머니를 통해서 지식욕과 독서욕에 처음 눈떴다. 어머니는 매일 규칙적으로 나에게 공부를 오랫동안 가르쳤다." 집에는 유모가 있어, 살인마 대위가 아내를 여럿 죽여서 파이로 만들었다든가 무서운 고양이가 밤마다 눈을 번뜩이면서 어슬렁어슬렁 돌아다니며 어린애를 먹어치운다든가 하는 이야기를 하면서 "악마처럼 즐거워"하니, 어린 디킨스는 다양한 악몽과 공포에 시달렸다. 나중에 디킨스 자신이 "우리가 어른이 된 다음에도 황당한 공포에 가끔 빠져드는 건 어린 시절에 유모 같은 사람이 무섭게 만들어낸 이야기가 마음속에 깊숙이 틀어박혔기 때문"이라고 정의할 정도였다.

이 시절에 디킨스는 흉내를 잘 내, 유모 앞에서 즉흥 연기도 하고 누나가 연주하는 피아노 가락에 맞춰서 노래도 하니, 아버지는 장녀와 장남을 채텀에서 유명한 여인숙으로 데려가 이중창을 부르게 해서 박수갈채와 함께 다양한 음식을 얻어먹었다. 이 무렵에 굴을 처음 먹고서 어린 디킨스는 "마음이 지극히 설렜다." 2㎞ 떨어진 로체스터 로열 극장에 가서 다양한 연극도 관람해, 30년이 지난 다음에 디킨스는 "멋진 소극장에 처음 들어선 황홀한 느낌을 지금도 또렷하게 기억한다"면서 말한다.

> 녹색 장막이 뚫린 구멍에서 눈빛 하나가 반짝이며 우리를 쳐다본다……. 파란 옷차림에 머리를 뒤로 길게 늘어뜨린 여주인공이 빛을 내뿜자, 모두 무서워서 마른침을 꿀꺽 삼키다 환호한다……. 코미디언이 빨간 가발을 쓰고 지하감옥에 갇혀서 재미있게 노래하는데, 나는 그렇게 우스꽝스러운 사람을 처음 봤다……. 녹색 장막이 내려올 때는 등잔 기름 냄새와 오렌지 껍질 냄새가 향긋했다.

어린 디킨스는 아버지를 따라 해군 공창에 가서 노동자가 일하는 모습도 신나게 구경한다. 톱밥과 뱃밥과 돛 냄새가 진동하는 곳에서 노동자들이 불러대는 노래도 듣고, 죄수들이 묵묵히 끌려가는 장면도 목격하니, 이런 장면은 《위대한 유산》에서 실감 나게 등장하고, 아버지랑 주변 시골을 산책하던 경험은 《위대한 유산》에서 매형과 산책하는 장면으로 나타난다.

얼마 뒤에는 염색가게 위층에 있는 학원에 다니면서 "무시무시한 노부인이 회초리로 지배하는 세상"을 체험하니, 디킨스는 《위대한 유산》에서 어린 핍이 다니던 엉터리 학교로 그 분위기를 묘사한다. 아홉 살 때는 정식학교에 잠시 다니며 공부도 열심히 하고 크리켓 게임 같은 스포츠도 즐겼다. '데이비드 코퍼필드'가 그런 것처럼 "아버지가 이층 조그만 방에 모아둔 책을 읽으며 '로더릭 랜덤', '페레그린 피클', '험프리 클링커', '톰 존스', '웨이크필드에 사는 성직자', '돈키호테', '질 블라스', '로빈슨 크루소' 같은 훌륭한 주인공을 친구로 사귄" 것도 이즈음이니, 디킨스는 이후로도 평생에 걸쳐서 책을 읽는 즐거움에 빠져든다.

하지만 아버지는 빚이 늘면서 위기에 처하고, 어린 디킨스는 따로 살다 혼자서 역마차를 타고 가족을 찾아가는데, 이 경험은 디킨스 뇌리에 평생 틀어박혀 《올리버 트위스트》와 자전적 소설 《데이비드 코퍼필드》에서 주인공이 어린 나이에 혼자 먼 길을 떠나는 고통으로 나타난다. 어린 디킨스가 찾아간 가족은 런던 빈민가에서 살았다. 디킨스는 아버지를 "정이 많고 상냥한" 사람으로 여겼는데, "생활이 어려운 데다 성격까지 물러서 아들을 제대로 공부시킬 생각을 전혀 안 하는 것 같았다. 아들에게 제대로 성장할 권리가 있다는 사실조차 잊어버린 것 같았다"고 당시를 회상한다.

어린 디킨스는 다양한 책을 읽고, 채텀에서 배운 통속적인 노래를 불러서 박수갈채를 받고, 활기찬 런던 거리를 돌아다니는 걸 낙으로 삼았다. 미로처럼 얽힌 좁은 뒷골목이, 싸구려 술집과 금방이라도 쓰러질 것처럼 누추한 건물과 헐벗은 아이로 득시글거리는 거리가 특히 마음에 들었다. "기가 막힐 정도로 가난한 분위기, 음식을 구걸하는 장면, 음습한 분위기 등이 터무니없이 강렬한 이미지로 다가와" 나중에 《올리버 트위스트》에 그대로 담는다.

결국엔 아버지가 파산하자, 어머니는 없는 돈을 탈탈 털고 집을 빌려 학교를 열어서 먹고살 방편을 모색한다. 입구에는 놋쇠로 명패를 걸고 이웃에는 안내장을 보냈다. 하지만 "학생을 받을 준비도 안 되고 누가 입학할 기미도 없었다." 채권자들이 툭하면 찾아와서 고래고래 소리치며 독기를 내뿜을 뿐이었다. 이윽고 집 안에 있던 가구를 하나씩 팔고, 어린 디킨스는 운반 가능한 물품을 전당포로 가져가는 역할을 맡았다. 디킨스가 애독하던 책까지 중고서점으로 한 권씩 팔려나가, 온 가족은 텅 빈 방 두 칸에서 하루하루를 힘겹게 산다.

구두약 공장 지배인을 하던 친척이 어린 디킨스에게 공장에서 일할 걸 제안하고 부모가 받아들이니, 디킨스는 열세 살 생일이 이틀 지난 뒤에 구두약 공장에 노동자로 취업한다. 공장은 강기슭이고 쥐는 우글거렸다. 거칠고 무식한 아이들이 함께 일하는데, 디킨스를 "꼬마 신사"라고 부르며 친절하게 대했다. 하지만 디킨스는 "이들과 일하면서 정신적으로 심한 갈등에 휩싸였다. 어린 시절을 행복하게 보낼 때 만나던 친구들과 비교했다. 많이 공부해서 훌륭한 사람이 되고 싶다는 희망이 산산이 부서지는 걸 느꼈다."

디킨스는 공장에서 일하는 현실에 깊은 충격을 받는다. "나는 어리벙벙했다. 그토록 어린 나이에 그토록 가볍게 버림받다니……. 아무도 동정하지 않았다. 재능은 뛰어나고 머리는 팍팍 돌고 의욕은 넘치고 감성은 섬세한데, 부모는 나를 학교에 보낼 고민은커녕 동정하는 마음조차 없었다." 디킨스는 정신적 육체적으로 커다란 상처를 받았다. 공장에서 얼마나 일했는지조차 기억을 못 할 정도니, 그 심정은 '데이비드 코퍼필드'가 주류 공장에서 일하며 느끼던 좌절감에 그대로 묻어나온다.

아버지는 채권자 고발로 '채무자 감옥'에 갇히고 생활비를 절약하려고 가족도 함께 들어가, 감옥 생활에 적응하다 못해 단조롭고 평온 무사한 분위기를 나름대로 즐기며 기뻐했다. 하지만 어린 디킨스는 혼자 공장에 다니며 무서운 노부인 집에서 하숙했다. 생활비를 하루 단위로 쪼개서 싸구려 빵과 치즈로 살았다. "돈이 조금 있을 때는 카페에서 커피 한 잔이랑 버터 바른 빵을 먹고, 돈이 없을 때는 청과시장에서 파인애플 따위를 구경했다." 일요일에 10㎞를 걸어서 부모 및 형제자매와 하루를 보내는 게 유일한 낙이었다.

아버지는 할머니 유산으로 빚을 일부 청산한 덕분에 '지급불능 채무자 조례'를 적용받고 풀려나니, 조그만 셋집을 전전하며 불안하게 살면서도 가계를 조금씩 일으켜 세웠다. 어머니는 어린 디킨스가 구두약 공장에 계속 다니길 원했으나, 아버지는 장남이 힘들게 살아가는 게 마음 아팠는지, 구두약 공장 지배인 친척과 심하게 다투고 아들을 빼내서 웰링턴 하우스 아카데미(Wellington House Academy)에 2년 동안 보낸다. 하지만 어머니는 "공장에서 돈이나 벌라"며 끊임없이 반대하고 디킨스는 어머니와 서먹한 관계를 평생 유지하니, 나중에 "나는 원한과 분노를 담아서 글을 쓰지 않는다. 모든 환경과 경험이 하나로 모여서 현재의 나로 완성되었다는 걸 알기 때문이다. 하지만 어머니가 나를 공장으로 돌려보내려고 애쓴 기억만큼은 지금도 못 잊고 앞으로도 못 잊을 것"이라고 고백한다.

디킨스는 어린 시절에 구두약 공장에 다니며 고생한 경험을 누구에게도 말하지 않았다. 이십 년이 지난 다음에 비로소 처음 언급할 정도로 디킨스에게는 커다란 상처였다. 하지만 어린 시절에 겪은 고통은 다양한 작품에서 다양한 형태로 등장한다. 어린아이를 소중하게 여기는 묘사가 모든 작품에 나오는 까닭도 여기에 있다. 비판에 민감하며, 한번 꺼낸 말은 거두지 않는 완고한 성격도 여기에서 나왔다. 스스로 중산층이라고 생각하던 어린애가 노동자로 전락하면서 겪는 좌절과 고통 역시 자전적 소설 《데이비드 코퍼필드》에 잘 나타나며 아버지는 '미코버', 어머니는 법률사무소 대표의 딸로 허영심 많은 '도라'를 대변한다.

2년 동안 다닌 '웰링턴 하우스 아카데미'는 인근에서 평이 좋았으나 찰스 디킨스에게는 그렇지 않았다. "교장은 내가 만난 누구보다도 특별나게 무식한 사람으로 전제군주처럼 선생과 학생을 지배"했다. 그래도 어린 디킨스는 학교생활에 적응하려 노력하고, 당시에 학교를 같이 다닌 친구들은 찰스 디킨스가 잘생기고, 옷은 낡아도 세련된 느낌이고, 자신감이 넘치고, 머리가 빨리 돌고, 책을 많이 읽고, 아마추어 연극에 몰두하고, 이야기하는 걸 좋아하고, 책상 서랍에다 흰쥐를 몰래 키우고,

장난도 잘 치고, 스포츠에 열심히 참여했다고 기억한다. 하지만 아버지는 또다시 빈곤에 빠져들고 디킨스는 생활 전선에 다시 뛰어든다.

열여섯 살 나이에 변호사 사무실에 들어가서 이 년간 심부름꾼으로 일하는데 법조인 거리 중심부에 있는 사무실은 "정말 좁은 세계, 정말 따분한 세계"였다. 서류를 베끼거나 잔심부름하다가 시간이 나면 "세속적인 냄새와 곰팡내 솔솔 풍기는" 법정이나 주변을 탐색했다. 한가한 오후에는 장난도 치고 흉내 내는 실력을 발휘하며 동료들과 즐겁게 지냈다. 그런 동료 가운데 하나는 "디킨스는 거리를 오가는 서민들 모습을 그대로 흉내 냈다. 과일 장수든 채소 장수든 건달이든 정말 그럴싸했다"고 기억한다.

디킨스는 동료들과 즐겁게 지내면서도 좀 더 바람직한 일을 끊임없이 모색한다. 그리고 대영박물관 도서 열람증을 손에 넣어서 독학으로 다양한 지식을 쌓고 속기도 배운다. 신문기자가 되고 싶었기 때문인데, 야심만만한 청년들이 선호하던 직업으로 수입도 좋았다. 속기를 일 년 정도 혼자서 공부한 디킨스는 결국 '민법 박사회관'에서 진술을 기록하는 속기사로 새롭게 출발한다. 하지만 너무나 따분하고 지루한 분위기에, 연극배우로 직업을 바꾸는 고민에 몰두한다. 그래서 밤마다 극장을 찾아가 좋은 연기를 연구하다, 스무 살에는 연극 오디션까지 신청한다. 하지만 감기에 걸려서 불참하고, 다시 신청할 용기를 못 낸다. (디킨스는 소설을 쓸 때마다 등장인물을 혼자 연기해서 자연스러운 분위기를 살려 낸 거로 유명하다.)

디킨스는 결국 스물한 살 나이에 의회 출입기자가 된다. 그래서 신속하고 정확한 기사로 이름을 얻는다. 열악한 노동환경은 문제가 안 됐다. "낡은 하원 건물 뒷좌석에서 책상 삼아 필기하느라 무릎이 다 닳고, 낡고 비좁은 울타리에서 양 떼처럼 바싹 달라붙은 기자들과 함께 선

채로 기록하느라 신발 밑창이 다 닳았다." 선거법 개정안과 공장법과 구빈법 개정안을 둘러싼 논쟁을 지켜볼 때는 "광대 노릇이 돋보이는 정치 연극"이라는 생각이 절로 들었다.

디킨스는 여기에서 의회와 정치에 대한 불신과 부정부패, 빈부 격차 등 다양한 사회현상에 눈을 뜬다. 하지만 말년에 고백한 바에 의하면 "젊은 시절에 신문사에서 혹독한 훈련을 잘 견딘 게 내가 성공한 첫 번째 원인"이기도 하다.

이즈음에 은행가 딸과 첫사랑에 빠진다. 상대는 까만 머리칼에 몸집은 자그마한 미인, 마리아였다. 디킨스는 4년 동안 마리아를 너무나 사랑한 나머지, "다른 생각은 조금도 못했다." 마리아 역시 처음에는 디킨스를 좋아했으나 경쟁자는 사방에 가득하고, 마리아 부모는 경제적으로 무능한 디킨스 집안을 인정할 수 없고, 마리아 역시 싸늘하게 변했다. 디킨스는 "박정하고 무관심한 취급을 여러 차례 당하며" 괴로워하고 실의에 빠진 채 밤에는 잠을 못 이루고 그 집 주변을 이리저리 돌아다녔다.

디킨스는 한층 더 열심히 일하는 식으로 상처를 치유한다. 성공하고 싶다는 결의도 더욱 강하게 다진다. 그해 여름 의회 휴회 기간에는 저술 활동을 시작하고 그해 말에는 'A Dinner at Poplar Walk'를 월간지 'Monthly Magazine'에 발표한다. 자신이 쓴 글이 활자로 나온 걸 보고, 디킨스는 "국회의사당까지 걸어가, 아무도 없는 곳에서 30분 정도를 보냈다. 너무 기쁘고 자랑스러워 두 눈에 가득 맺힌 눈물을 다른 사람에게 보이고 싶지 않았다." 이어서 비슷한 단편을 익명으로 몇 번 발표하다 34년 8월에 '보즈Boz'라는 필명을 처음 사용한다. 가족이 막냇동생 오거스터스를 부르는 별명이었다.

스물세 살에는 "글솜씨도 훌륭하고 보도기자로도 탁월하다"는 이유로 '모닝 크로니클' 기자에 발탁되어 풍속 전문 스케치를 기고한다. 중요한 모임이나 선거운동 등을 전국 규모로 취재할 권한도 생기니, 디킨스는 마차를 타고 밤새도록 달리는 쾌감을 마음껏 즐겼다. 흔들리는 등불에 의지하며 원고를 갈겨쓸 때는 열린 창문에서 진흙이 튀어들었다. 그래서 파란 천에 까만 벨벳을 테두리에 둘러친 망토를 사서 스페인식으로 한쪽 어깨에 걸치며 멋을 냈다. 머리도 기르고, 조끼도 멋있게 차려입었다. 아버지가 심각한 위기에 빠질 때는 빚도 일부 갚아주었다. 스물네 살에는 경제적으로 완전히 자립한 건 물론 유능한 기자로 이름도 높였다. '픽위크 페이퍼스'를 20회 연재하자고 제안받아, 전문작가로 나아가는 길도 열렸다.

'모닝 크로니클' 편집자 호가스는 젊은 기대주를 호가스 자택으로 초대하니, 결국 디킨스는 이곳에서 파티와 음악회가 열릴 때마다 참여해 재미있는 노래와 익살로 모든 사람을 즐겁게 했다. 호가스는 세 딸이 있는데, 맏딸 캐서린은 열아홉 살, 메리는 열네 살, 조지나는 일곱 살이었다. 캐서린은 약간 통통하면서도 예쁜 얼굴에 표정이나 성격이 온화하고 상냥하며, 조용한 성품이면서도 유머 감각이 있어, 디킨스와 연인으로 발전하고 몇 개월 후에는 결혼을 약속한다.

디킨스는 캐서린과 사귀면서도 업무에 끊임없이 쫓기느라 편지를 보내서 방문 약속을 취소하거나 늦출 때가 많았다. 하지만 화내거나 토라지거나 풀이 죽지 않도록 간청하며 "우리가 만난 순간부터 그대를 단 한 순간도 사랑하지 않은 적이 없으며, 앞으로도 없을 거"라고 강조한다.

이듬해 2월에는 그동안 발표한 풍속 스케치를 모아서 첫 번째 단행본 《보즈 스케치Sketches by Boz》를 출간하고, 판매성적이 좋아서 8월에는 2판을 간행하고, 12월에는 단편소설과 스케치 20편을 모아서 속편으로 출간한다. 디킨스 자신은 "생각이 짧고 미숙한" 작품으로 규정하지만, 나중에 디킨스 전기를 집필한 포스터는 《보즈 스케치》를 "런던 일상을 꼭대기부터 밑바닥까지 즐거움과 기쁨, 괴로움과 죄악까지 또렷하게 그려낸" 작품으로, 독자는 "시대 상황을 비롯해 거리 풍경과 풍속을 정교하게 묘사한" 작품으로 평가하고, 풍속학자는 당시 풍속을 연구하는 자료로 활용한다.

이즈음에 'Chapman & Hall'에서 화가 시모어가 그린 삽화를 곁들여서 단편소설을 연재하자고 제안한다. 디킨스는 오페라 대본 한 편과 희극 한 편을 집필하는 중인 데다 장편 소설 집필까지 고려하던 중이었다. 하지만 캐서린과 결혼할 예정이라서 돈이 많이 필요할 때였다. 디킨스는 캐서린에게 보낸 편지에 밝혔듯이 "이 일은 마음에 안 들지만 보수가 좋아서 유혹을 뿌리치기 힘들었다." 그래서 《픽위크 클럽》 첫 호는 1836년 3월 31일 목요일에 나오고, 이틀 뒤인 4월 2일에 디킨스는 첼시 '성 루카' 성당에서 캐서린과 결혼한다. 양쪽 집안 식구만 참석한 소박한 결혼식을 마치고, 신혼부부는 고즈넉한 시골 마을로 가서 신혼여행을 즐겼다.

《픽위크 클럽》은 판매가 부진한 데다 화가 시모어가 정신쇠약으로 자살하니, 디킨스는 중심인물로 부상해서 '해블롯 브라운'을 삽화가로 선택하고, 브라운은 '보즈'와 어울리도록 '피즈'로 필명을 정해, 두 사람은 20년 넘게 협업 관계를 유지한다.

《픽위크 클럽》은 4호부터 독자의 관심을 끌고, 선거를 재미있게 묘사한 5호가 나올 즈음에는 "보즈가 모든 사람의 이목은 물론 마음마저 사로잡아" 사람들이 서점 유리창에 딱 달라붙어서 최신호를 본다는 신문 기사까지 실리니, 그와 함께 판매량은 꾸준히 늘고, 디킨스는 "더할 나위 없이 위대한 보즈"로 명성을 떨친다.

새로운 성공에 힘입어 디킨스는 "집필 작업에 완전히 빠져든다." 1836년 11월에 출판인 '리처드 벤틀리'가 월간지 편집주간을 제의하자, 디킨스는 소설 집필 계획을 잡아놓고도 제안을 받아들인다. 월급과 따로 원고료를 받는 조건이었다. 부인이 첫아이를 낳기 직전이라서 가장으로 책임감을 절실하게 느낄 때였다. 이듬해 1월 6일에는 첫 아이를 낳고, 디킨스는 너무 기쁜 나머지 자기 이름 '찰스'를 물려준다.

디킨스는 자신이 편집주간으로 근무하는 '벤틀리 미셀러니'에서 장편 소설 《올리버 트위스트》를 본격적으로 연재한다. 공리주의에 근거해서 '신 빈민구제법'을 제정해, 빈자와 고아를 교구 구빈원에서 무자비하게 다루는 비인간적인 제도를 비판하는 내용인데, 작품에 몰두할수록 디킨스는 어린 시절에 겪은 비참한 느낌과 굶주림과 소외감에 빠져들어, 폭력과 사기가 난무하는 런던 빈민가에서 어린애가 살아남으려고 필사적으로 몸부림치는 이야기에 온 힘을 쏟아부었다. 당시의 전형적인 소설기법대로 좋은 사람과 나쁜 사람을 또렷하게 대비하면서도 '낸시'라는 독특한 인물을 통해 새로운 가능성을 열어놓는다.

매춘부 사기꾼 '낸시'를 연민이 가득한 눈길로 묘사하는 방식에 독자는 커다란 충격과 반감을 느낀다. 하지만 새로운 해석에 빠져드는 독자도 많아, 디킨스는 월간지로 발행한 내용을 나중에 단행본으로 묶어서 발행할 때 본인 이름을 사용할 걸 단호하게 주장하고, 비평가들은 셰익스피어에 버금가는 대작가 반열에 디킨스를 올려놓는다.

경제적으로 성공한 디킨스는 고급주택으로 이사해서 쾌적한 생활을 시작하고, 처제 메리(Mary)는 당시 영국 풍습에 따라 그 집에 함께 살면서 아기를 돌본다. 디킨스는 이런 처제에게서 이상적인 여인상을 발견하고 처제와 정신적으로 독특한 유대관계를 맺는다. 하지만 이듬해에 처제가 병으로 죽자, 디킨스는 너무나 커다란 충격에 처음이자 마지막으로 소설 연재를 중단한다. 처제 손가락에서 뺀 반지를 죽을 때까지 손가락에 낄 정도였다. 메리에 대한 그리움은 3년 뒤에 발표한 작품 《골동품 상점》에서 '넬리'로 나타난다.

커다란 비극에 가정은 구멍이 뚫리고, 디킨스는 오후에 친구들과 어울리며 말을 타고 시내를 어슬렁거리며 돌아다니는 걸 피난처로 삼는다. 그러면서 여유도 생기고 사고력도 풍부하게 변하니, "상상력을 자극하려면 몸을 꾸준히 움직여야 한다"고 입버릇처럼 말할 정도였다. 평생에 걸친 문학적 조언자로 나중에 '찰스 디킨스 전기'까지 집필하는 존 포스터(John Poster)를 만난 것도 이즈음이다. 디킨스는 포스터와 공통점이 많았다. 나이도 같고, 중하층 계급 출신도 같고, 법률을 공부하다 저널리즘과 문학으로 방향을 바꾼 것도 같고, 명랑한 성격에 연극과 파티를 좋아하는 것도 같았다. 포스터는 디킨스에게 평생 헌신하고, 디킨스는 포스터에게 평생 기대며 살았다.

1839년에는 《니콜라스 니클비》를 출간하고, 1841년에는 《골동품 상점》과 《바너비 러지》를 출간하면서 디킨스는 시대를 대표하는 작가로 올라선다. 런던 사교계에서 추앙받고, 특권 신사 클럽에 가입하고, 공공장소에서 연설하는 사례도 많았다. 1841년에는 에든버러 시민들이 디킨스에게 경의를 표하며 에든버러 명예시민으로 추대했다. 20대 청년에게 "더없이 커다란 영광"으로 디킨스는 크게 감격했다.

집필활동에 왕성하던 디킨스는 서른세 살 나이에 견문을 넓히고자 아내 캐서린과 함께 미국 방문길에 나선다. 왕도 없고 계급도 없는 자유민주주의 국가라는 사실에 잔뜩 기대하고, 뉴욕에서 3천 명이 넘는 독자가 환호하니, 디킨스는 미국과 미국인에게 감동한다. 뉴욕의 활기찬 분위기와 보스턴의 아름다우면서도 고상한 분위기에 감탄한다.

하지만 체류하는 나날이 늘어나면서 언제나 대중에게 드러나는 생활이 버겁게 다가왔다. 향수병에 시달리고 런던에 두고 온 아이들도 눈앞에 어른댔다. 남쪽으로는 필라델피아와 워싱턴과 리치먼드를 둘러보고, 서쪽으로는 루이빌과 세인트루이스를 방문하고, 북동쪽으로는 신시내티를 찾아가는데, 너무나 갑작스럽게 변하는 기후가 고통스러웠다. 열차와 배를 타거나 역마차를 타고 울퉁불퉁한 도로를 달리는 것도 힘에 겨웠다. 영국인이 흔히 그렇듯, 지나치게 잘된 난방도 싫고, 담배를 질겅질겅 씹어대다 퉤퉤 뱉어내는 습관도 싫었다. 노예제도를 목격한 순간에는 "인간으로 크나큰 굴욕감"을 느꼈다.

무엇보다 화난 건 '국제저작권 협정'에 미국이 서명하지 않는 현실이었다. 그러니 영국 작가는 아무리 인기가 많아도, 심지어 미국 출판사와 계약까지 해도, 저작권 침해를 문제 삼을 수 없으니, 디킨스는 미국에서 판매하는 작품에 공정한 대가를 받을 수 없었다. 자신을 열렬히 환영하고 환호하면서도 저작권 침해를 묵인하는 자세는 예의가 아닌 것 같았다. 그래서 문제 삼으면 신문에서는 "문학적 명성보다 달러"를, "월계관보다 화려한 조끼"를 좋아하는 "속물"이라며 비판했다.

귀국길에 오른 디킨스는 "상상 속 공화국"에 실망하고 "배고픈 40년대"로 신음하는 영국 사회에 더욱 커다란 관심을 보이며 사회 운동에 동참한다. 여성과 아동이 땅속에서 노동하는 걸 금지하는 '탄광 노동자 법안'을 지지하며 열정적인 글을 써서 신문에 투고하고, 대여섯 살 어린애를 공장에서 부려먹는 현실에 "철퇴를 내리겠다"고 맹세한다. 《올리버 트위스트》에서 페이긴 영감이 은신하던 빈민가와 빈민학교를 찾아간다. 굶주림에 허덕이느라 선악조차 구별할 수 없는 아이들을 보고서 근본적인 대책을 촉구하고 모색한다. 그리고 1843년에 작심하고 불과 보름이란 짧은 시기에 《크리스마스 캐럴》을 집필해서 발표한다. 디킨스는 작품을 집필하는 동안 몇 날 밤이고 캄캄한 런던 거리를 돌아다니며 상상력을 끌어올렸다.

자본주의 병폐를 처절하게 비판하는 책은 놀라운 파문을 일으켰다. 초판 6천 부가 며칠 만에 동나고, 크리스마스를 배경으로 한 책은 여름철에도 팔려나갔다. 사람들은 크리스마스 분위기와 의미를 새롭게 되새기며 디킨스에게 고맙다는 편지를 보냈다. 하지만 《크리스마스 캐럴》은 디킨스에게 엄청난 성공과 동시에 좌절을 안긴다. 호화로운 표지와 금박 장식에 삽화까지 천연색으로 넣어서 독자에겐 책값이 비싸도 그 돈으론 제작비를 충당할 수 없었다. 디킨스는 출판사와 분쟁까지 겪으며 고통스러워하다 결국엔 다른 출판사와 '크리스마스 캐럴 2탄'을 쓰기로 계약하고 선금으로 금화 이천팔백 냥을 받아서 낡은 대형마차에 가족을 태우고 이탈리아 제노바로 떠난다.

메리가 사망한 후에 디킨스 집에 들어와서 아이들을 돌보던 막내처제 조지나는 활달하고 총명한 아가씨인 데다 언니 메리를 신기할 정도로 빼닮았다. 디킨스는 조지나를 "귀염둥이"라고 부르며 귀여워하는데, 아내가 열 번째 아이를 낳고 무기력증에 빠져서 방구석에 틀어박히니, 둘 사이는 더욱 가까워질 수밖에 없었다. 연극도 함께 기획하고, 산책도 함께했다. 조지나는 평생을 독신으로 살며 디킨스 집안에서 살림을 맡았는데, 언니 캐서린이 이혼한 다음에도 디킨스가 임종하는 자리까지 지킨다.

디킨스는 1845년 7월에 가족을 데리고 런던으로 돌아와, 아마추어 연극을 준비한다. 곱슬곱슬하고 까만 수염에 화려한 의상을 차려입고 겁많은 허풍쟁이 군인 역할로 출연하고, 연극은 많은 화제를 불러일으켜서 자선공연까지 이어진다. 디킨스는 의상과 배경과 조명과 광고 포스터까지 전담하는 건 물론 무대감독처럼 총연습까지 지휘하고, 이후 10년 동안 간헐적으로 공연하니, 디킨스에겐 불행한 가정생활의 도피

처며 기분전환이며 "동료들과 함께 책을 쓰는 과정"이었다. 하지만 이탈리아에서 돌아오는 길에 지나친 스위스가 계속 떠올라, 디킨스는 가족을 데리고 스위스로 건너가서 로잔 호숫가 조용한 집에 머물며 집필에 몰두한다.

서른여덟 살에는 뉴게이트 감옥을 방문한다. 디킨스는 감옥에서 젊은 여성들이 고통스러워하는 모습에 특히 많은 관심을 보인다. 가난한 집에서 태어나 부모에게 사랑을 못 받고 어린 나이에 거리를 떠돌다 구렁텅이에 빠지거나 매춘으로 접어드는 악순환을 정확히 이해한다. 그래서 후원자를 모아 매춘부와 여성 노숙자를 위해 런던에 '집 없는 여성을 위한 쉼터'를 설립한다. 일정한 규율 아래 포근한 보금자리를 제공하며 읽고 쓰는 법을 가르쳐서 사회에 재편입하는 길을 열어준 것이다.

마흔을 눈앞에 두고 디킨스는 자신이 살아온 길이 자주 떠오른다는 사실을 깨닫는다. "별다른 보살핌도 못 받고 고생하던 어린 시절"이 유난히 많이 떠올랐다. 구두약 공장에 다니던 굴욕적인 어린 시절을 친구 포스터에게 처음 고백한 것도 이즈음이다. 얼마 후에는 사랑하는 누나 '프랜시스 엘리자베스'가 결핵으로 사망하자, 디킨스는 자신이 보낸 어린 시절에 더욱 집착한다. 자신이 가장 사랑하고 좋아하는 자전적 작품 《데이비드 코퍼필드》를 쓰기 시작한 거다. 한겨울에 야머스에 가서 광활하게 뻗어 나간 해안을 보고 깊은 영감도 받는다. 디킨스 자신은 물론 아버지와 어머니, 첫사랑과 결혼, 40평생을 살아오면서 만난 사람과 느낌과 생각을 모두 정리한다. 작가 자신과 주변을 "사실과 허구로 복잡하게 뒤섞는" 작업에 얼마나 열정을 쏟아부었는지, 나중에는 "제일 좋아하는 자식은 '데이비드 코퍼필드'"라고 고백한다.

마흔한 살에는 '가정 이야기'라는 잡지를 창간해, 가정이 가장 중요하다고 주장하지만, 디킨스 자신은 아내와 끊임없는 불화를 겪으며 가정

생활을 힘들게 이어간다.

1854년에는 런던에서 콜레라가 들끓고, 크림전쟁을 둘러싼 정부 실책은 잇따라 드러나고, 영국 북서부 프레스턴 면공업 지역에서 장기 파업이 일어나니, 디킨스는 사회 문제에 깊이 빠져들다가 사장과 노동자 사이를 가로막은 거대한 벽에 몰두한다. 그래서 의회를 "국립 쓰레기장"이라 비판하고, 노동자들이 비참하게 살아가면서도 의리를 지키는 순박함과 인간애에 집착하며 모든 열정을 쏟아부으니, 《어려운 시절》이란 작품이 나온다.

《어려운 시절》은 크게 성공하나 비평가들 역시 크게 당황해서 이 작품은 디킨스 작품 가운데 평가가 가장 엇갈리는 소설이라고 할 수 있다. 우익 정치인 맥컬리는 "기분 나쁜 사회주의"라며 무시하지만, 유명한 비평가 존 러스킨은 디킨스 최대 작품이라고 극찬하며 사회 문제에 관심을 가진 사람은 누구나 정독해야 한다고 평가한다.

마흔여섯 살에는 윌키 콜린스의 통속극 '얼어붙은 골짜기'에서 연출을 맡고 배우로 출연하면서 열여덟 살 여배우 엘렌 터넌과 사랑에 빠지고, 이듬해에 아내와 이혼한다. 이후에 집필한 《두 도시 이야기》에서 엘렌 터넌을 여주인공 마네뜨 아가씨로 담아낸다. 잇따라 《위대한 유산》까지 집필하고 발표하니, 두 작품은 디킨스 문학의 백미라는 찬사를 얻는다. 그리고 전국을 순회하며 작품 낭독회를 시작한다. 극장에서 유료관객을 대상으로 작품 몇 장면을 골라 낭독하는 건데, 엄청난 인기를 누린다. 순회 낭독회를 통해 디킨스는 막대한 돈을 벌지만, 건강을 해친다.

1870년 6월 8일, 오십구 세 나이로 저택에서 '에드윈 드루드의 수수께끼'를 온종일 쓰고 저녁 식사를 하다가 쓰러져 다음 날 세상을 떠난다. 웨스트민스터 사원 '시인의 묘역'에 묻혀 묘비에 다음 같은 글을 새긴다.

"가난하고 고통받고 박해받는 사람을 동정했다. 이 사람이 죽으면서 세상은 영국에서 가장 위대한 작가를 잃었다."

디킨스가 세상을 떠났다는 말에 노동자들은 술집에서 "우리 친구가 죽었다"며 울부짖고, 신문과 잡지는 찰스 디킨스 일대기를 며칠 동안 도배하고, 한 신문은 부고란에 이렇게 적었다. "디킨스가 발표한 소설은 언제나 화제를 불러모았다. 디킨스가 쓴 소설에는 현실정치와 사건이 그대로 담겼다. 디킨스가 소설에 담아낸 건 소설이 아니라 현실 세계였다."

당시 영국은 산업혁명에 성공해 전 세계에서 가장 빠르게 발전하는 나라였다. 디킨스는 작가로 성공해 번듯한 마차를 타고 저명인사와 교류하면서도 대다수 서민이 진흙탕을 밟고 힘겹게 살아가며 신음하는 소리를 듣고 영국 최고 전성기에 담긴 아픈 그림자를 직시하면서 위대한 작품을 남겼다. 당시에는 다섯 살 어린애가 공장에서 열두 시간씩 일하고 겨우 동전 몇 닢을 손에 쥔 채 집으로 돌아가는 일이 잦고, 노동자 평균수명은 겨우 스물여덟 살이었다.

디킨스는 가난한 사람을 깊이 동정하고, 사회적인 악습을 공격하고, 사회에서 실제로 일어난 사건을 기사로 작성하고 소설에 담았다. 칼 맑스가 "정치 현실과 사회현실에 대해 전문 정치인이나 정치 평론가나 학자보다 많은 진실을 말했다"고 평가할 정도였다. 초기 소설은 풍자가 강하지만 후기 소설은 풍자 대신 치밀한 구성과 사회비평이 돋보인다.

디킨스 문학에서 가장 독특한 역할을 한 건 연극이다. 디킨스 자신이 어릴 때부터 연극에 깊이 빠지고, 한때는 연극배우로 살아갈 염원까지 품었다면, 작가로 성공한 다음에는 아마추어 연극에 배우로 참여하는 정도에 그치지 않고 총연출까지 맡았다. 원고를 집필할 때는 스스로 다양한 등장인물로 돌변해 직접 연기하며 캐릭터를 만들어나가니, 톨스토이나 도스토옙스키를 비롯한 대문호는 물론 수많은 독자가 감탄하는 캐릭터가 소설에 등장하는 배경이다. 또 하나는 자신이 직접 경험한 사건이나 캐릭터를 중심으로 인물 성격을 잡아나가고, 사회현실을 대변하는 독특한 사건이 신문 기사에 실리면 그 내용을 자세히 조사해서 작품에 싣는 식으로 허구를 구성하니, 탁월한 현실감이 작품을 지배하는 배경이라 할 수 있다.

작품해설

디킨스는 어린 시절을 힘겹게 보내고, 21살에는 배우가 되려고 애쓰다, 22살에 'Monthly Magazine' 기자가 돼서 'A Dinner at Poplar Walk'를 게재하고, 24살 나이에 '모닝 크로니클' 기자가 돼서, 26살부터 '보즈의 스케치'를 20개월 연재하다, 27세 겨울에 단행본으로 출간해서 세상에 이름을 알리고, 28세 4월에 '올리버 트위스트', 동년 시월에 월간지에 연재하던 장편 소설 '니콜라스 니클비'를 연달아내는 사이에도 기자로 활동하면서, 26세 4월에 결혼해서 3년 뒤에는 세 아이의 아빠가 된다. 바쁜 세월을 보내는 중에, 디킨스가 결혼하고 13개월이 지난 1837년 5월에 어린 처제가 17세 나이로 갑자기 사망하고, 디킨스가 친동생처럼 여기던 처제의 죽음은 다음 작품 '골동품 상점'에 또렷한 흔적을 남긴다.

처제 메리 호가트는 5월 6일 디킨스 부부와 함께 극장에 갔다 저녁 늦은 시간에 돌아오고, 자기 방으로 가서 잠자리에 들더니, 급살에 걸리고 말았다. 의사가 급히 달려와서 치료했지만, 처제는 결국 디킨스 팔에 안긴 채 다음 날 세상을 떴다. 디킨스는 깊은 슬픔에 빠져, 처제 묘비에

'그렇게 젊고, 그렇게 아름답고, 그렇게 착하니, 하느님께서 열일곱이란 나이에 천사로 데려가는 자비를 베푸셨도다'라는 글을 남기고, 처제 손가락에서 빼낸 반지를 평생 끼고 다니며 마음을 달랬다. 그리고 '골동품 상점'에서 넬리가 죽자, '그렇게 젊고, 그렇게 아름답고, 그렇게 착하니'란 표현을 그대로 사용하고, 친구 존 포스터에게 보낸 편지에는 '슬픈 이야기를 떠올리니 오래된 상처가 새로 불거진다'고 고백했다.

'골동품 상점'은 디킨스가 발표한 네 번째 장편 소설로, 'Master Humphrey's Clock'이란 주간지에 매주 조금씩 발표했다. 처음에는 Master Humphrey 노인이 친구 몇 명 앞에서 이야기하는 형식으로 단편을 쓰려고 1840년 4월에 1편을 발표했으나, 초판이 6만 부나 팔리고 추가 주문이 10만 부에 달하는 대성공을 거두었다. 하지만 2편과 3편은 판매량이 급감하고, 독자는 단편이 아니라 장편을 원한다는 사실이 드러나면서 디킨스는 새로운 고민에 빠진다. 그리고 '어린 여자애 이야기'를 장편으로 재편할 계획을 세우고, 시리즈 8편이 실린 3장 끝부분부터 이야기 형식을 소설 형식으로 새롭게 꾸미면서 '골동품 상점'에 본격적으로 빠져들고, 이후 88주에 걸쳐 독자는 매번 10만 부를 넘기는 구독으로 반긴다.

작품의 시대 배경은 1825년 언저리로 보인다. 29장에서 몬프라더스 교장은 수석 사제와 참사회 반대로 바이런 경이 웨스트민스터 사원에 안치되지 않았다는 얘기를 하는데, 바이런 경이 죽은 건 1824년 4월 19일이기 때문이다. 퀼프가 자살했다 여기고 심장에 말뚝을 박아서 그 시신을 십자로에 묻는 건 1823년에 금지된 관행이며, 넬리 할아버지가 정신병원에 끌려가서 벽에 묶여 채찍에 맞을까 두려워하는데, 이런 관행 역시 1830년에 사라진다. 63장 첫 문단에서 키트를 재판정에 세우면서 '국왕 폐하의 존엄한 왕권과 동시에 그걸 보장하는 법령까지 침해했다는 고발'이라는 표현은 1820년부터 1830년까지 통치한 국왕 '조지 4세'를 뜻하는 것도 이와 비슷하다. 하지만 13장 첫 줄에 브라스 변호사를 '여왕 폐하가 다스리는……법원 변호사'라 표현해서 1837년에 시작한 빅토리아 여왕 통치 기간을 상정하니, 이는 순간적으로 펜이 미끄러졌다고 볼 수 있다.

이 작품에는 대비되는 측면이 많다. 애초에 디킨스 친구 포스터는 '디킨스가 처음부터 작품 전체에 대한 구도를 짜기보단 작품을 써나가면서 사건을 점진적으로 발전시켜 나간다'고 했으나, 정작 디킨스 자신은 1848년 발행본 서문에 '이 작품을 쓰는 동안에 침실을 처음 묘사할 때부터 여자애가 광야를 외롭게 떠도는, 하지만 얼굴은 순진무구하며 마음은 늘 순수한 모습을 그리려고 애썼다'고 주장한 것부터 그렇다. 본문 53장 후반부에서 말하듯, '세상 만물은, 좋은 쪽이든 나쁜 쪽이든, 우리 눈에 또렷하게 대비'되는 것이다. 그래서 '골동품 상점'에는 사랑스러운 장면과 괴기한 장면이 나오고 희극과 비극이 나오며, 작품 배경은 도시와 시골, 농사짓는 풍경과 대규모 공장지대 사이를 오가며, 신의와 배신, 이타심과 이기심, 젊은이와 늙은이, 선과 악, 삶과 죽음이 대비된다. 작품을 시작할 때 넬리는 이상한 골동품이 가득한 침실에 누워서 잠자고, 작품이 끝날 즈음엔 오래된 공동묘지에 딸린 낡디낡은 침실에 누워서 죽는다. 넬리는 아름다운 선을 순수하게 대변하고 퀼프는 괴기한 악을 추악하게 대변하며, 스위블러는 양극단 사이에서 타협하며 우리처럼 평범한 인간상을 대변한다.

넬리의 삶 역시 죽음을 언제나 암시한다. '골동품'은 죽은 사람이 남긴 유품이니, '골동품 상점'이란 제목 자체가 수많은 죽음을 전제로 한다. 코들린과 쇼트를 처음 만난 곳 역시 공동묘지며, 나중에는 50년 전에 사망한 남편 무덤에 찾아온 할머니를 만나서 '이제 고통은 사라지고 엄숙한 즐거움과 의무감을 느낀다'는 말을 듣는다. 교장 선생이 누구보다 사랑하던 제자가 죽는 자리를 지키고, 할아버지가 도적질하기 직전에 다시 먼 길에 나서 굶주린 배를 움켜쥐고 구걸하나, 가난한 사내는 땅바닥에 있는 꾸러미 같은 걸 가리키며 힘없이 말한다.

"저거 보이니? 아들이 죽었단다. 나를 비롯해 노동자 오백 명이 쫓겨났어, 삼 개월 전에. 세 번째자 마지막으로 죽은 자식이란다. 그런 내가 자선을 베풀 수 있겠니, 빵 한 조각이라도?"

실제로 1830년대와 1840년대엔 영국 전역이 이런 상황이었다. 1839년 통계를 보면 런던에서 죽은 사람 절반은 10세 미만이며, 살아남았다 해도 어린애한테, 특히 여자애라면, 런던 거리는 무법천지였다. 하지만 작품 1장을 끌어가는 화자 '나'란 신사처럼 '여자애가 해로운 일은 안 겪을까, 불이 나거나 강도가 들거나 살인을 당하지 않을까 걱정스럽기도 하고 행여나 내가 떠나면 나쁜 일이 일어날 것만 같아서 발길을 못 돌리고 머뭇거리며' 넬리를 지켜주고, 키트 어머니 말대로 "가련한 것이 창문에 혼자 있을 때 행여나 나쁜 일이 일어날까 두려워서 키트가 밤마다 하루도 안 빼고 지켜본다는 걸, 아무리 피곤해도 아무 일 없단 확신이 들 때까지 그곳을 떠나지도 집으로 와서 잠자리에 들지도 않기" 때문인지, 넬리는 이런 위험까진 안 겪는다.

하지만 넬리가 교장 선생을 다시 만나 시골 마을로 들어서서 처음 본 것 역시 낡디낡은 공동묘지고, 처음 만난 사람은 어린 나이에 죽은 형 무덤 옆에서 뛰노는 어린애며, 교회 지하 묘지에선 다양한 주검이 살았을 때 모습을 노래한다. 이런 과정을 통해 넬리는 죽음을 삶의 일부로, 삶의 완성으로 자연스럽게 받아들이니, 넬리 눈에는 몸이 망가질

대로 망가진 79세 묘지기 노인과 귀머거리 노인이 동갑내기 할머니 무덤 자리를 파면서 '할머니가 죽은 건 자신들과 아무런 상관이 없다고, 자신들은 앞으로 최소한 십 년 동안 걱정할 필요가 없다고' 자신하며 헤어지는 모습이 오히려 이상하기만 하다. 넬리가 슬픈 건 죽음 자체가 아니라 "죽은 사람이 너무 빨리 잊힌다는" 사실이다.

결국 작품에서 넬리는 죽고, 당대 석학은 뜨겁게 논쟁한다. 오스카 와일드는 '심장을 돌로 만든 사람이 아니라면 넬리가 죽었다는 내용을 읽을 때 웃음이 절로 터지지 않을 수 없다'는 유명한 말을 하고, 소설가 체스터튼은 "내가 본 건 넬리의 죽음이 아니라 넬리의 삶이다"고 가볍게 넘기고, 버나드 쇼는 감성적 극단을 추구하던 빅토리아 시대는 지났다면서 넬리는 "독자를 울게 하는 문학적 양파에 지나지 않는다"고 주장했다. 하지만 작품을 처음 출판할 당시에 수많은 독자가 넬리의 죽음을 슬퍼했다. 당대 최고의 석학이자 이성적인 비평가로 이름을 날리던 프랜시스 제프리는 책상에 머리를 누인 채 가까운 집안 아이가 죽은 것처럼 구슬프게 흐느끼고, 엄격하기로 소문난 역사가 토머스 칼라일마저 깊은 슬픔에 빠졌다. 빅토리아 여왕은 1841년에 읽고서 "매우 흥미롭고 탁월한 작품"이라 칭찬했으나, 아일랜드 정치지도자 데니얼 오코넬은 책을 열차 창문 밖으로 내던지며 "여자애를 왜 죽여!"라고 소리쳤다. 영국만 이런 건 아니었다. 마지막 호를 싣고 영국에서 배가 들어올 때 사람들이 뉴욕 항구로 몰려들었다는 게, 그러면서 "넬리가 죽었나요?"라고 커다랗게 물었다는 게 유명한 사례다.

총 88주에 걸쳐서 일주일에 한 번씩 발표한 작품은 넬리가 죽기 전부터, 행복하게 살지 죽을지를 둘러싸고 이미 커다란 논쟁이 일었으나, 디킨스는 넬리를 묘사하는 내내 죽은 처제를 끊임없이 떠올린 터라 이미 방향을 잡았음에도 1840년 11월 초에는 친구 포스터에게

"여자애 문제로 밤새도록 고민하느라 아침에 씁쓸한 마음으로 일어났다"고 쓰고, 1841년 1월 8일 편지에는 "사랑하는 처제가 죽은 다음 날, 나는 여자애가 죽는 슬픈 이야기를 떠올렸다"고, 1월 17일 편지에는 "작품을 이렇게 마무리하기로 마음먹은 이래, 나는 사랑하는 사람을 떠나보낸 독자가 이 글을 보고 죽음을 편히 받아들이도록, 그래서 위안을 받도록 엄청나게 애썼다"고 쓴다. 그리고 71장 끝에서는 학교 교장이 허리를 숙여서 넬리 뺨에 뽀뽀하고 눈물을 하염없이 흘리며 말한다.

"하늘의 정의가 이루어지는 곳은 지상이 아닙니다. 지상이 어떤 곳인지 생각해 보세요. 넬리가 어린 영혼으로 가녀린 날개를 펴고 일찍 날아간 세상이랑 비교해 보세요. 이 침상에 대고 간절하게 기도하면 넬리가 살아난다 해도, 감히 누가 그럴 수 있겠습니까!"

그렇다. '골동품 상점'이라는 놀라운 작품을 제대로 이해하고 즐기는 비법은, 작품 내용을 감상적인 시대물이나 사실주의 소설로 읽지 말고, 말로 설명할 수 없는 황당한 요소 때문에 끊임없이 흔들리는 어른용 동화로 보면서, 한 꺼풀 밑에서 꿈틀대는 암울한 본질을 읽는 것, 황홀한 이야기가 흔히 그러듯, 근친상간, 변태, 가학적 본능, 분리 불안, 죽음 등, 인간 내면에 깃든 근본적인 심리와 금기를 가만히 건들어보는 것, 그래서 삶을 긍정적으로 바라볼 때 새로운 희망을 느낀다는 사실을 깨닫는 것이다.

이런 특징은 작품 등장인물 대비에도 또렷하게 드러난다. 넬리, 충실하고 성실한 키트, 행복한 순간을 보낸 걸 죄악으로 여기며 하느님께 비는 키트 어머니, 그걸 부추기는 교회 목사, 내성적인 성격에 늘

수줍어하는 아벨, 고집스러운 당나귀를 포용하려 애쓰는 갈랜드 노부부, 손녀딸이 부자로 살도록 일확천금을 꿈꾸며 도박에 빠져든 노인, 넬리를 통해 위안을 찾는 교장 선생, 마을 사람을 도우며 한적한 생활을 즐기는 학사, 갑자기 나타난 신비로운 독신 남성, 부모도 모르고 나이도 모르는, 출생이 의심스러워 늘 구박받고 굶으며 먹을 것만 찾아다니는 후작 부인, 키트를 좋아하면서도 수동적인 바버라, 둘을 맺어주려는 바버라 어머니가 한 축이라면, 난쟁이 꼽추 퀼프, 법을 이용해서 악귀처럼 돈을 버는 브라스 오누이, 사기 도박꾼으로 도적질까지 부추기며 노인을 악의 구렁텅이로 몰아가는 부류가 또 한 축을 이루고, 인형극을 순회공연하는 코들린과 쇼트, 인형극 주인공으로 폭력적인 군주를 상징하는 펀치, 뒷다리로 걷는 개, 죽마를 타고 다니는 사람, 거인과 난쟁이, 사지가 없는 여자들은 주변의 다양하면서도 괴팍한 삶을 보여준다.

하지만 누구보다 친숙한 캐릭터는 게으르고 나약하나 본성은 착한 스위블러가 아닐 수 없다. 처음에는 '허영심과 탐욕과 가난과 방탕한 생활 때문에……친구 프레드에게 이리저리 휘둘리며……완벽하게 지배당하고', 퀼프와 브라스 오누이에게 이용당하나, '화려한 미남자들' 영구 회장이란 자부심에 걸맞게 '내가 화합의 날개에 힘입어 여기로 깃들었다는, 내가 우정이란 갈퀴로 상호 갈등과 원한이라는 씨앗을 걷어내고 그 자리에 사회적 화합이라는 싹을 뿌리러 왔다'고 자신의 역할을 규정한 채 세상을 늘 긍정적으로 바라보니, 이런 자세는 불쌍하고 어린 하녀에게 카드놀이를 알려주면서 '후작 부인'이라 부르는 식으로 허영심을 충족하나, 불쌍한 하녀는 생전 처음으로 인간다운 대접을 받고 새로운 희망을 꿈꾸다 생명을 살리고 진실을 밝히는 결과로 나타난다. 두 사람 관계는 슬프면서도 웃기고, 감동적이지만 편파

적이지 않으니, 여기에서 '골동품 상점'도 우리도 새로운 돌파구를 찾는다.

2019년 6월 일요일에
오랜 작업을 마치고
독자 여러분의 적극적인 평가를 기대하며
삼각산이 보이는 미아동에서
김옥수